COLLECTION FOLIO

Angelo Rinaldi

Les roses de Pline

Gallimard

Angelo Rinaldi est né en Corse où il a passé son enfance. Il a publié son premier roman, *La loge du gouverneur*, en 1969. Puis *La maison des Atlantes* (Prix Femina) en 1971. *L'éducation de l'oubli* en 1974, *Les dames de France* en 1977, *La dernière fête de l'Empire* en 1980, *Les jardins du Consulat* en 1984. Il est aussi critique littéraire.

Or, je le dis, aussi longtemps que l'héritier est enfant, il ne diffère en rien d'un esclave, alors qu'il est le maître de tout ; mais il est sous des tuteurs et curateurs jusqu'à la date fixée par le père.

Saint Paul,
Épître aux Galates

J'avais eu bien des chances dans la vie, tant de chances même qu'elles ne me laissaient en propre que bien peu de mérites, mais s'il y en avait une que j'appréciais entre toutes, c'était de ne pas avoir eu d'enfance... Je rêvassais, le dos tourné à la fenêtre où, dans la perspective de l'Arc de Triomphe, s'inscrivait le ciel pommelé d'un printemps qui compromettait mes promenades de l'après-midi par des averses. Debout devant mon bureau, un papier à la main, la secrétaire attendait sans impatience, habituée à mes accès de mutisme qui me donnaient des airs de profondeur, et dont je savais jouer. Comment aurait-elle soupçonné que sa robe à la taille soulignée très haut, style Directoire, me faisait penser au buste de certaines cariatides à l'entrée d'une chapelle et à la poitrine de Rose, ma cousine ? Avec la voiture, le chauffeur et l'abonnement à tous les journaux, l'un des privilèges de ma fonction dénuée de pouvoir mais non de confort — je n'en exigeais pas davantage, je ne réclamais jamais rien, je cueillais en passant —, c'était une secrétaire qu'on élevait sur le papier au rang d'assistante. La mienne, qui me suivait par intérêt à tous les postes, depuis dix ans, n'avait jamais été aussi féminine dans ses attitudes, ni aussi originale dans ses tenues que depuis qu'elle couchait avec des personnes de son sexe ; même la méchanceté qui était le fond de son caractère, la source de sa drôlerie et le revers de son intelligence, s'en trouvait atténuée, et son corps, qui n'avait jamais dû être aussi bien caressé que par ses maîtresses, présentait dans l'immobilité l'épanouissement annonciateur de la maternité comme — perpétuellement — celui de Rose autrefois. Avait-elle maigri avec l'âge, Rose ? Avait-elle retardé l'apparition des rides et préservé la fraîcheur de son teint grâce à cette crème à base de poudre de magnésium, de jus de concombre et de citron, que le pharmacien du Boulevard lui confectionnait chaque mois ?

Livré à mes associations d'idées, sous l'effet de coïncidences et de l'enchaînement des rapports, j'en étais à ce point où je devais me rappeler que j'avais même potassé mes leçons dans la chapelle d'un tombeau. Impossible, lorsque Rose avait prévu son arrivée à Paris pour le surlendemain et que je venais de découvrir, au hasard de ma revue de presse, ce faire-part du décès d'une adolescente précisant que les obsèques auraient lieu au Père-Lachaise à la fin de la semaine, de ne pas revoir là-bas dans l'île certain mausolée qui surplombait le chemin de la gare de marchandises. Il avait cette couleur saumonée que l'on trouve souvent aux maisons de Trastevere, et sur une carte postale qui proposait un survol du rivage le plus proche en l'honneur d'une église dite des Siciliens pour une raison que j'ignorerais toujours il ressemblait à un fortin dissimulé entre les arbres, qui aurait défendu la première ligne des collines. Rose, qui habitait à cent mètres de l'édifice, en avait été la gardienne à l'année, et moi quelquefois le locataire pour des après-midi entiers, le jeudi. L'été, j'en appréciais beaucoup la fraîcheur et la lumière de précoce coucher de soleil que maintenaient les dominantes d'ocre et de bleu du vitrail derrière l'autel, dont les compartiments fragmentaient une Annonciation. A mi-hauteur manquait celui qui avait contenu les pieds de l'ange ; à la place, un carré de ciel et de mer, de sorte qu'on percevait le moindre battement d'ailes dans le poulailler dont le treillage recouvrait l'une des deux planches du potager en contrebas. Rien de tel que des caquètements de poules, un cri de coq à l'improviste, pour chasser les pensées moroses, et aussi, la nuit, les cambrioleurs qui auraient su l'existence des candélabres, de la nappe brodée, de la chasuble qui pouvait tenir debout à force de broderies. De son lit, Rose aurait entendu ; la Winchester était à sa portée, dans un râtelier. Elle n'aurait plus eu ensuite qu'à ouvrir l'une des fenêtres du rez-de-chaussée et à tirer en l'air, selon le scénario qu'elle m'avait mimé et qui, d'ailleurs, s'était déroulé une fois de cette façon. Mais je n'étais poussé par aucune tristesse en venant dans ces lieux, sauf quand je pensais à mes parents. Parmi tant de marbres et de stucs, je n'avais, en général, que des idées de bien-être, de grandeur et de théâtre. Elles m'envahissaient dès que je franchissais la grille dont Rose avait cherché la clé dans le buffet sans cesser de fredonner. Je trouvais aussitôt un démenti au *Chant du départ* : « Tyrans, descendez au cercueil. » Ici où étaient enterrés des nobles et des seigneurs d'autrefois, on devait gravir les trente et une marches d'un escalier bordé de cyprès — six de chaque côté. Dans mon ascension qui s'efforçait d'être majestueuse, je regrettais de ne pas revêtir une cape de mousquetaire ; l'imperméable négligemment jeté sur mes épaules n'en donnait pas assez l'illusion. A gauche, un figuier sauvage avait prospéré à la faveur d'un glissement de terrain qui lui créait une plate-forme ; on se promettait toujours de l'abattre, on ne trouvait jamais le temps. Lorsque je partirais, il y serait encore avec ses fruits rabougris qui, arrachés, laissaient sur la branche comme une goutte de sperme, à quoi on reconnaissait qu'ils étaient immangeables.

Pourquoi revoyais-je des pommes de pin sur le sol — grenades en miniature, dégoupillées et rouillées ? J'avais encore devant les yeux les cariatides de l'entrée, à partir desquelles on pouvait deviner le luxe de l'intérieur, les armoiries au-dessus de la porte dotée d'un heurtoir en bronze — une main repliée. Qui espérait-on avertir ou réveiller ? Était-ce un léopard ou bien un lion qui, sous une couronne à quatre pointes, se contorsionnait dans la pierre du blason comme tout objet se reflétant dans l'eau du torrent qu'enjambait le pont de la route nationale, et qui, grossi des multiples sources de la vallée, ne diminuait jamais de débit, même en août ? Dans la chapelle, la température était propice à la conservation du vin et du fromage, répétait Rose qui ne songeait d'ailleurs pas à en profiter pour son compte. Elle avait trop le respect des défunts. Elle s'entretenait avec eux à volonté, en rêve ; il lui suffisait, paraît-il, d'invoquer un nom avant de s'endormir ; mon père et ma mère, par exemple, lui dictaient des conseils pour la défense de mes intérêts — jusqu'au prix de l'objet, du bijou ou du meuble que nous avions décidé de vendre afin de nous procurer des liquidités, un trimestre où les loyers rentraient mal. Pour sa commodité, les jours de nettoyage, Rose apportait cependant un cendrier en pâte de verre que, à l'approche de la Toussaint, en prévision de la visite de la Princesse, on dissimulait dans le tabernacle avec des produits d'entretien, après avoir rangé la demi-douzaine de chaises et, pour en secouer la poussière, assené de petites tapes aux accoudoirs de velours des quatre prie-Dieu qui perdaient le crin de leur rembourrage. Au préalable, on avait essuyé ce qui semblait un hublot, un trou ovale obturé par une vitre à travers laquelle, dans le mur à droite de l'autel, l'ambassadeur Giuliani, constructeur de l'édifice, debout et embaumé selon sa volonté pour être prêt à tout moment à l'appel du Jugement, montrait son visage de momie aux paupières closes, où l'on décelait, quand le soleil tombait dessus, l'expression d'un étonnement né d'un examen de conscience sans fin. Et, dans le marbre, la reproduction des médailles qu'il avait glanées au service des derniers rois de Naples où il s'était placé par haine des Bonaparte, devait être à la hauteur de la poitrine, s'il est vrai qu'il avait encore les bras appuyés à une planche comme un passager qui se penche au bastingage quand le port est à l'horizon. Il y avait aussi, en permanence, une échelle. On la plaçait près de l'entrée contre les casiers dépourvus d'inscriptions, faute d'occupants ; j'y aurais volontiers transféré les dépouilles de mes parents puisque, selon les apparences, on ne mourrait plus dans cette famille dont un panneau de la Société des autobus rappelait le nom face à la maison de Rose : « Tombeau Giuliani. Arrêt facultatif. » La plaque était criblée de plombs. Des chasseurs qui retournaient en ville saluaient ainsi Rose qui accourait sur le pas de la porte et recevait tantôt deux perdrix, tantôt un lièvre. Si on ne lui offrait rien, elle riait quand même — elle riait de tout et s'amusait d'un rien comme ma mère. Elle aimait le bruit, la musique, les fêtes. On l'invitait dans toutes les réunions, à cause de son entrain, et je souffrais parfois de ce rôle de meneuse de revue pour noces et banquets qu'on lui attribuait, devinant, en outre, que les amabilités dont on l'accablait dissimulaient du mépris pour sa situation de « femme entretenue », quoique sa liaison avec M. Solinas, le marchand de chaussures de la rue du Roi-Jérôme, qui, avec ses boucles argentées, sa lippe, sa carrure et son hâle, avait des airs de mulâtre à la Dumas, eût, à force de durée, acquis la respectabilité d'un mariage. J'étais grave pour deux, riche aussi — et puritain. Je ne voyais pas assez que, lorsqu'elle m'avait pris sous son aile, elle était de deux ans à peine la cadette de mon père, son cousin germain. Elle n'avait donc pas encore l'âge atteint aujourd'hui par ma secrétaire, qui eût été bien en peine de soulever d'une seule main, comme elle, l'échelle du tombeau, empruntée à un chantier, comme en témoignaient les traces de plâtre sur les barreaux, et qui permettait l'astiquage des deux bustes en vis-à-vis dans leur niche, de part et d'autre de l'autel.

L'un représentait un homme à perruque Louis XV, moins frais au physique, quand on avait gravé ses traits dans le marbre, que l'ambassadeur Giuliani dans son trou, l'autre un personnage aux joues pleines, une espèce de magistrat, à en juger par le foulard noué en cravate autour du cou. On les imaginait en train de suivre au-dessous d'eux un invisible et perpétuel office qui leur procurait la sérénité, ou en tout cas un adoucissement à l'exil car la disproportion de leur taille avec celle de leur abri, en vain élargi sur le pourtour par une peinture en trompe l'œil, prouvait qu'ils avaient séjourné dans des locaux moins définitifs.

En haut de l'échelle, Rose qui avait troqué ses chaussures à talons bottier pour des espadrilles, la jupe retroussée sur des mollets d'adolescent qui a bruni tout l'été à la plage, frottait le marbre avec son chiffon dégoulinant d'eau savonneuse et fredonnait « Parlami d'amore, Mariù », ou « Chagrin d'amour en toute saison », qui étaient la base de son répertoire, sans se soucier de l'identité de qui que ce fût. Elle n'en était pas moins consciente de la beauté du tombeau qu'elle prêtait contre une commission aux Pompes funèbres, quand on ramenait le corps d'un habitant de l'île mort sur le continent et qu'on allait ensuite enterrer très loin dans la montagne. Le cercueil était installé sur des tréteaux, au pied de l'autel ; devant, la famille recevait, parmi les gerbes de fleurs et les couronnes de perles, l'hommage et les condoléances des amis, à qui l'on épargnait ainsi de suivre le convoi jusqu'au bout et de perdre leur journée. Et ce n'était pas l'appât du gain qui poussait ma cousine à consentir cette location — même si elle faisait payer cher sa jeunesse au vieux M. Solinas, ce que je comprenais très bien, elle n'était pas avare. Elle avait le souci d'attirer l'attention du public sur un monument, comme les gens qui prêtent leur château pour des spectacles Son et Lumière se réjouissent du bruit, entre leurs murs, des gloires, des fastes, des triomphes et des ruines d'autrefois, ou s'enchantent du tournage, chez eux, d'un film rafraîchissant par le drame qu'il raconte toutes ces douleurs du passé qui constituent l'histoire d'une famille, puisque le bonheur ne laisse pas de traces.

L'année où l'Armée avait rapatrié, chaque mois, les dépouilles de victimes des successives guerres d'outre-mer, Rose ne cachait pas son plaisir : la cérémonie se trouvait rehaussée par un détachement de soldats qui montait la garde le long des marches, et une dizaine de drapeaux s'inclinaient, la hampe fixée à l'intérieur de l'étui du ceinturon et maintenue à la hauteur de la braguette par de vieux messieurs à béret basque, dans un geste d'onanisme arrêté au bord du plaisir. Des voix criaient des ordres, des crosses de fusil heurtaient la pierre, un clairon sonnait, et tous ces bruits remplissaient l'air jusqu'aux alentours de l'église des Siciliens et de la petite gare où stationnaient en permanence des wagons contenant des blocs de marbre et des billots de bois. C'était beau, j'en convenais. Il n'y aurait eu que la Princesse pour me renseigner avec exactitude au sujet des deux bustes en me désignant de sa canne les casiers qui contenaient les restes de leurs modèles, mais elle m'intimidait trop pour que je l'interroge, lorsque, après son heure de prière, elle allait boire une tasse de café chez Rose qui, honteuse des bols décorés de *l'Angélus* de Millet ou de la tête de l'impératrice Joséphine, avait emprunté un service de porcelaine à la

Villa. Elena Santarcangeli devait en reconnaître le chiffre et les motifs sur le bord des assiettes au dîner. Car le soir elle dînait chez moi, et je ne me rappelais pas qu'elle eût jamais marqué un quelconque étonnement d'être l'invitée à dîner du gamin qui avait rejoint le chauffeur de taxi au pied de la grille. Vêtu de noir comme un adulte, s'il avait porté un chapeau il aurait ressemblé tout à fait à un fils de quaker.

Depuis qu'elle avait descendu l'échelle de coupée, précédée par le commandant du bateau de Livourne en grande tenue, le chauffeur ne quittait pas sa cliente. Il me poussait du coude lorsque retentissait là-haut le claquement du heurtoir utilisé avec force pour vérifier que la porte du mausolée était bien fermée — ou signifier peut-être un au revoir à l'année prochaine, et alors nous dirigions nos regards vers le torrent, afin de ne pas être témoins qu'il en coûtait autant à la vieille dame de descendre les trente et une marches que de les monter, même allégée du poids d'un bouquet de roses. Elle refusait toute aide ; à dire vrai, son air n'engageait pas à lui en proposer une, ni même à lui adresser la parole tant que la visite ne serait pas terminée. Je l'observais cependant à la dérobée. Les pointes de sa mantille, recouvrant sa coiffure toute en hauteur et en vagues bleutées qui la grandissait, flottaient devant sa poitrine maigre où se remarquait un camée juste cerné d'un liséré d'or. Quand elle s'arrêtait pour reprendre son souffle, la tête rejetée en arrière, elle paraissait surgir de sous un rideau, ou de sous un linge, comme Rose lorsqu'elle se nettoyait le visage à la vapeur d'un bol d'eau chaude. Puis, d'un geste vif, elle arrachait une feuille du figuier qui avait poussé une branche en travers de l'escalier. Les chèvres, quand elles en attrapaient une, dressées sur leurs pattes arrière, produisaient le même bruit sec. La distance qui séparait le mausolée des Giuliani de la maison de ma cousine était courte ; néanmoins, la Princesse la parcourait en voiture — le terrain était en pente, il n'y avait donc qu'à desserrer le frein. Auparavant, toutes voiles dehors avec sa cargaison de tristesses, elle s'était avancée dans le sentier pour contempler le torrent qui coulait à nos pieds entre des terrasses de cultures maraîchères, ma cousine se réservant un carré pour les fèves. Au bout de quelques minutes, Elena Santarcangeli se tournait en direction de la gare, sa canne décrivant un cercle dans l'air devant elle, et les propos qu'elle tenait à ce moment-là ne variaient pas : tous les terrains des alentours avaient appartenu à sa grand-mère maternelle : elle conservait encore à Rome la paperasserie suscitée par l'expropriation, quand on avait construit le chemin de fer, au siècle dernier. Savais-je que c'était l'ingénieur Eiffel — l'homme de la Tour — qui avait creusé les tunnels dans la montagne ? Sur ma réponse accueillie avec une mine d'examinatrice qui a posé la question la plus anodine pour repêcher un candidat qu'elle juge sympathique, elle m'invitait à la suivre et montait à bord de la Traction avant qui glissait aussitôt, frein desserré. En vertu de la vitesse acquise et selon le principe des montagnes russes, elle escaladait sans secousse le talus de la route nationale cent mètres plus bas. Rose se tenait au milieu de la chaussée et ouvrait les bras en signe de bienvenue : la couleur claire de ses vêtements ne l'amincissait pas. Elle était endimanchée, mais n'exhibait que pour le dîner les bijoux de ma mère qu'elle replaçait ensuite dans une cachette connue de nous deux seulement, afin d'éviter une tentation à la femme de ménage qui avait toute liberté de fouiller la Villa de fond en comble pendant que j'étais au lycée. Ce n'était jamais longtemps la même. Sans doute Rose, qui soudain éclatait en reproches et se mettait à chercher des moutons de poussière sous les meubles, voulait-elle éviter que je ne m'attache à une étrangère. Et il est vrai que j'avais, sans le dire, beaucoup regretté le départ de Bruna, une jeune Sarde aux joues pleines, le teint ambré et le sourire même de la Gitane dans la publicité pour l'Émail Diamant ; un après-midi, j'avais épié ses enlacements avec un garçon trapu et blond qu'elle me présentait comme son fiancé, et en moyenne elle m'en présenterait un nouveau chaque mois au cours de l'année où elle viendrait tous les après-midi. Le couple était debout contre le buffet de la cuisine ; de la vaisselle tintait comme au passage d'un train chaque fois que l'homme donnait un coup de reins pour faire mesurer sa vigueur à travers leurs habits. Peut-être l'avait-il épuisée dans la répétition de ces frottements ; tout à coup, il s'était immobilisé, les yeux clos, la tête dans le cou de sa partenaire, pesant sur elle de tout le poids de son corps, comme si on venait de lui planter un poignard dans le dos. Un visage de malade qui régurgite, paupières baissées, s'était inscrit dans le rectangle d'un miroir accroché à un clou près du buffet. On n'avait plus entendu dans la pièce que le bourdonnement des mouches et des guêpes tournoyant au-dessus de la coupe glacée, sur la table, remplie de fruits ; les pêches étaient trop petites pour n'être pas des pêches de vigne. Les persiennes de la porte donnant sur le jardin étaient à demi fermées : nous étions en été par conséquent.

La Princesse, qui ne voulait pas entendre parler du Cimetière des Anglais, à Rome, où sa famille paternelle disposait d'une concession, ni des autres tombeaux dispersés à travers ses domaines, n'occuperait jamais le casier qu'elle s'était choisi dans le mausolée, l'avant-dernier de la seconde rangée, juste sous le buste du personnage à perruque. Malgré sa volonté, dont elle nous entretenait à chacune de ses visites comme d'une preuve d'attachement au pays de ses ancêtres maternels — et j'admirais tant l'aisance avec laquelle elle glissait du français à l'italien à l'intérieur de la même nuance de voix —, ses héritiers l'avaient enterrée au Cimetière des Anglais.

Pour chercher sa sépulture, vingt ans après son dernier dîner à la Villa des Palmiers, profitant d'un voyage d'affaires, j'étais allé tirer le cordon qui fait se fondre le tintement d'une cloche de couvent dans la rumeur de la circulation, le long du Tibre, et accourir un albinos aux yeux protubérants de langouste, qui, avant toute question, désigne du doigt la tombe de Shelley, à l'extrémité de l'allée en face, avant de refermer la porte en fer noire dont chaque panneau comporte un évidement triangulaire. Et sur celui de droite, au-dessus d'une fente, est indiqué en caractères dorés : « Lettres. Télégrammes. Exprès. » Toute la végétation de Rome et de l'île est derrière ces murs : lauriers, pins, yeuses, palmiers, cyprès ; avril faisait fleurir un arbre de Judée ; deux jardiniers en salopette commentaient le mariage du gardien de but de la

Juventus et se demandaient si la chasteté n'était pas nécessaire aux professionnels du sport.

Telle que je la connaissais, même si on ne la payait plus pour ce travail, Rose devait continuer, aujourd'hui encore, d'entretenir le tombeau des Giuliani par un mélange d'habitude, de superstition et de bonté à l'égard des morts qui n'en peuvent mais de l'incurie des vivants. Et peut-être aussi en souvenir de ces dîners pour lesquels on sortait l'argenterie à la Villa des Palmiers si pleine encore de la présence de mes parents et de leur amour, et où, à douze ans, j'avais mis un nœud papillon pour passer à table et boire ma première coupe de champagne.

Le regard de la secrétaire, quittant le bas de la feuille, était revenu sur moi avec une nuance d'ironie. Je n'avais pas répondu à la dernière question du formulaire que les nouveaux patrons avaient établi pour reconstituer les archives du personnel dispersées en représailles par les prédécesseurs avant leur départ. Même au poste où j'étais parvenu grâce à eux, puisque j'avais facilité leur mainmise sur la maison par un apport de capitaux, je ne me trouvais pas dispensé de désigner la « Personne à prévenir en cas d'accident » et l'héritier de mon « capital-décès ». Sans doute, comme autrefois, Rose avait-elle annulé dans mon esprit toute hypothèse néfaste quant à l'avenir. Parce qu'elle serait là après-demain, je me sentais protégé, mais elle ne resterait qu'une semaine à Paris, après avoir tant de fois repoussé ce voyage dont elle voulait profiter maintenant pour se soumettre à un bilan de santé. A son âge, m'avait-elle écrit, n'aurait-on jamais eu besoin que de cachets d'aspirine contre la migraine, cette précaution s'imposait, surtout dans un pays où les médecins consacraient plus de temps à la politique qu'à leur métier. Mais quel âge avait-elle au juste ? La soixantaine, déjà ? Il ne me fallait plus calculer par rapport à mon père mais par rapport au quadragénaire que j'étais moi-même devenu pour l'état civil, sinon tout à fait pour le miroir, malgré une imprudence à peu près constante en toute chose, les veilles et l'absence de sport — toujours ma chance —, une santé exempte des tares familiales. Je n'avais pas un kilo de plus qu'à vingt ans. Le nombre d'années qui nous séparaient n'avait plus la même importance qu'à l'époque où, chez les commerçants, Rose réglait les achats à ma place avec l'argent que j'avais fourré dans son sac, avant d'entrer, pour que l'on ne s'étonne pas qu'un gosse eût de telles sommes sur lui. En tout état de cause, quel autre nom inscrire pour compléter mon dossier, sinon celui de ma cousine ?

Il y avait eu cependant des moments dans mon existence où j'aurais hésité et peut-être préféré la mère de cette adolescente dont j'apprenais aujourd'hui la mort accidentelle à la lecture d'un quotidien, et que tant de soirs, quand elle n'était qu'un bébé, j'avais, une fois changé ses couches, endormie sur mes genoux dans le café de la place Saint-Sulpice où Marthe, Frédéric et la bande avaient leur quartier général. J'y étais entré la première fois, chassé par un orage de la file d'attente qui s'allongeait devant le cinéma dont le séparait seulement une boutique de vêtements pour hommes.

Nous paraissions si jeunes alors, nous étions si bouclés, qu'un étranger aurait pu voir, dans notre trio à ce point maladroit dans ses gestes à l'égard d'un nourrisson, des frères et sœur chargés de la garde du dernier-né pendant que les parents se payaient à côté le dernier film policier. Nous étions inséparables, et d'un commun accord Marthe et Frédéric m'avaient chargé de choisir un prénom pour leur enfant, et ainsi avais-je choisi Hélène en souvenir d'Elena Santarcangeli. Nous nous aimions beaucoup car nous ne nous connaissions pas encore.

A présent, malgré la séparation, les années et le nombre d'agendas posés près du téléphone pour noter les adresses, de vraiment intime je n'avais plus que Rose — Rose sans profession, demeurant quartier Giuliani, au lieu-dit Maison du Torrent.

J'avais glissé le formulaire de la compagnie d'assurances dans une enveloppe. Au pincement de ses lèvres, il était évident que ma secrétaire s'en offusquait comme d'une marque de défiance. Qu'aurais-je eu à lui cacher pour le présent, au bout de dix années de partage quotidien de petites vexations et de grands secrets dans l'exercice d'un métier bien éloigné des aspirations de ma jeunesse — si toutefois c'était un métier le travail que nous faisions ensemble. Mais pouvais-je en faire un autre ? Au Café de l'Horloge ne m'étais-je pas raconté des histoires pour être au diapason d'un petit groupe où chacun se sentait une de ces vocations dont l'épanouissement a tôt ou tard un écho dans le public ? Qui voulait devenir cinéaste, qui fréquentait un cours de comédie, qui allait aux Beaux-Arts, qui tâtait du journalisme — il y avait même un sculpteur ; et, à l'arrière-plan, toujours présent dans ma mémoire alors que certaines figures sur le devant de la scène s'étaient brouillées, Taïeb le Kabyle qui était si content de n'être pas pris pour un Nord-Africain. Ses cheveux châtains, son teint clair, ses yeux gris, sa stature et son visage aux traits réguliers l'auraient désigné jadis aux sergents recruteurs parcourant l'Europe au nom de Frédéric de Prusse, cette « tante », ce « fenouil », disait M. Tiberi qui poursuivait à travers lui sa haine à l'égard de Voltaire, née de raisons locales, et qui aussi sans doute, les querelles de l'époque étant interdites à un ancien fasciste, se rabattait sur celles des siècles précédents. Ce n'était pas un roi mais un auteur de pièces de boulevard qui entretenait le Kabyle — au moins en partie ; il imposait sa présence à des dîners d'où Taïeb sortait exalté, presque incrédule, pour avoir reconnu autour de la table des personnes dont la photo s'étalait souvent dans les magazines qu'on feuillette chez le dentiste. Taïeb n'essayait, lui, que d'être heureux, de ne pas retourner à la rue, de ne plus avoir faim, et surtout d'oublier les cris de sa famille égorgée par des fellagha pour s'être ralliée à la France, tandis qu'il parvenait lui-même à s'enfuir, à se blottir dans les buissons où des parachutistes en patrouille l'avaient découvert, le lendemain du massacre. Il revenait du lit comme on revient de l'usine ; nous étions sa famille qui l'attendait sous la clarté de la lampe et avec laquelle il ne demandait qu'à partager ses gains contre un sourire ou quelques attentions. Un jour, nous étions allés occuper les deux stalles de l'urinoir du Café de l'Horloge en poursuivant côte à côte la conversation entamée au comptoir avec le serveur qui était surnommé Feuille Morte à cause de la couleur de ses cheveux ; Taïeb, avant de se reboutonner, avait pivoté d'un bloc sur lui-même et saisi mon poignet d'un air tout à coup furieux, pour le plaquer contre son ventre : j'avais cru que retombait dans le creux de ma main, tout chaud, tout mou, le cou d'un poulet que vient de trancher le couteau de la cuisinière, et l'accent du Kabyle pour me dire à mi-voix entre plainte et fureur : « Mais, quand même, il n'y a pas que ça dans la vie », m'avait empêché de m'offusquer de son geste.

Ne sachant quoi faire, je l'avais ensuite conduit jusqu'à la poste de la rue du Four pour lui obtenir un livret de Caisse d'épargne, parce qu'il conservait presque tout son argent dans les poches de son blouson de cuir, ce qui produisait parfois l'effet de doubler le volume de ses pectoraux, et le rendait vulnérable aux sollicitations des tapeurs. A Marthe Dieudonné, il rapportait des flacons de parfum entamés, des objets en cristal et des statuettes de terre cuite dont il taisait l'origine. Quand son protecteur l'avait lâché au bout d'un an, il s'était suicidé. A son exemple, le serveur du Café de l'Horloge, neveu du patron, promis à sa succession et cependant déjà dégoûté de la plonge, avait décidé de se servir des atouts de sa jeunesse avec les personnes des deux sexes. Sa vocation était favorisée par la proximité de l'Amiral, une boîte à garçons située rue du Cherche-Midi, la première du genre, avec le Pim's, où il était devenu de bon ton, pour les femmes riches, d'aller dîner car il y avait un restaurant à l'étage, dont le chef réinventait avec ses deux aides l'alphabet des sourds-muets, dans une cuisine aussi exiguë qu'une chambre de bonne, le fonctionnement du système d'aération y maintenant en permanence le bruit d'une salle des machines. Au rez-de-chaussée, dans l'atmosphère d'un collège où les anciens se seraient mêlés avec une gaieté un peu forcée aux pensionnaires de l'année, pour un banquet à la veille des vacances, quand vers minuit la foule était si dense que l'on avait peine à tenir son verre contre la poitrine et que l'on devait, à cause de la musique, lire sur les lèvres de son interlocuteur, j'avais savouré le sentiment d'être admiré et convoité, avec toute la confiance en soi que cela procure et dont j'avais besoin auprès des femmes. Des mains me palpaient au passage de la douane, mais je n'avais jamais voulu, même par curiosité, franchir la frontière ; de consentir à certains gestes dans l'intimité m'aurait semblé bouffon, même si un soir, mis au défi de le faire, j'avais accepté d'embrasser un garçon sur la bouche et vérifié l'agrément de sentir, sous mes lèvres, des lèvres plus fermes que celles des femmes opposant la résistance d'un fruit pas encore mûr. Anatomiquement, le sexe féminin n'était pas moins ridicule, mais on pouvait l'effacer en le pénétrant.

Au total, je n'avais eu vent d'aucune réussite parmi mes amis de ce temps-là, hormis celle de Marthe Dieudonné, qui avait d'ailleurs jeté ses filets à l'Amiral, distinguant tout de suite — je le comprenais à présent — les possibilités offertes à la future avocate par un microcosme où s'abolissaient les classes sociales. Dans le rôle de consolatrice et de conseillère, elle s'était trouvée, là, aussi à l'aise et sollicitée qu'une religieuse dans une Afrique de lépreux. Elle y avait harponné, quand il fallait, la femme d'un confrère en renom, une femme qui justement était associée à mon enfance et ne le savait toujours pas au moment où une lettre m'avait annoncé l'arrivée de ma cousine. Il était inévitable que je la rencontre dans ces dîners pour lesquels un grand couturier lui prêtait des robes, et où moi-même je me trouvais de corvée. Agacé par ses poses, ses numéros, l'étalage de son amitié pour les imbéciles mondains, n'ayant pas encore épuisé l'étonnement que son passage de six mois dans un camp de concentration et le réel de la mort n'eussent pas épuré son caractère de toute trace de vanité et de frivolité, j'avais envie de la prendre à part pour lui dire : « Sabine Deloffre, ne racontez donc pas d'histoires sur votre famille. J'ai connu votre tante — elle tenait la boucherie sous les arcades du Boulevard. Ma cousine Rose pourrait vous donner bientôt de ses nouvelles. Après une attaque d'hémiplégie, son fils, qui était si beau et de première force au poker, à qui vous ressemblez tellement que je vous ai identifiée vous-même tout de suite il y a vingt ans, l'a envoyée crever dans un asile de vieillards. Et puis votre véritable prénom n'est pas Sabine, mais Dévote, un vieux prénom de chez nous. » Mais j'apportais autant de passion à percer les secrets d'autrui — les plus honteux et les plus ridicules de préférence — que de soin à les conserver par-devers moi, où ils pourrissaient de n'être pas utilisés. Ma mémoire avait quelquefois des relents de poubelle — toute mémoire aussi, peut-être.

En apparence, Marthe Dieudonné ne prétendait à rien, dans la vie, sinon à travailler beaucoup pour que son mari puisse peindre sans soucis matériels. Elle était la seule de notre bande qui eût socialement réussi et la mort de sa fille, que j'apprenais par la lecture d'un journal, devait être son premier coup dur, à supposer qu'elle eût aimé sa fille. L'argent que j'avais prêté à beaucoup, avec l'arrière-pensée d'obliger des artistes qui, la gloire venue, me conserveraient leur amitié, m'introduiraient peut-être dans leur biographie comme le modeste donateur peint au bas du tableau, avait été perdu pour tout le monde. Jusqu'au serveur du Café de l'Horloge qui, même en allant au plus facile, avait quand même échoué ; pour ce métier qui exigeait d'exciter l'imagination de l'autre autant que son corps, Feuille Morte avait un sexe trop petit. Heureusement, Rose, qui continuait de gérer ce qui restait des biens de ma mère après les soustractions effectuées au cours de nos huit années vécues dans le confort et ensuite pour l'achat d'un appartement destiné à me loger à Paris, n'avait rien soupçonné de mes générosités, que dépassaient toutefois en gratuité celles de Taïeb. Ma cousine n'admettait que la dépense qui rapporte une jouissance ici et tout de suite et n'aurait pas toléré le gaspillage de l'argent procuré par la vente de la Villa que M. Solinas avait acquise au double de son prix. J'avais acheté toiles, dessins et aquarelles dont l'aspect me rebutait, à des artistes que je croyais marqués du double signe du génie et de la malédiction, et qui étaient, en fait, affligés d'un autre handicap : c'étaient des ratés, incapables même de reproduire l'académisme de leur époque et de se tromper à son rythme. Caractéristique des bandes qui se forment à cet âge adulte pour vivre une dernière enfance dans un chassé-croisé d'illusions, d'équivoques et de coucheries, en mâchonnant l'éternelle salade aux noix du Café de l'Horloge — souvent grâce à mes largesses —, chacun se mentait à lui-même, ce qui était sans doute moins grave que de mentir à tous par système comme Marthe Dieudonné. Ma meilleure amie se révélait si habile à rompre, avant d'être percée à jour, avec les affections, les amitiés et les milieux dont elle avait épuisé la substance, que de toutes les personnes qui l'avaient fréquentée à l'époque et attribuaient leur éviction du cercle enchanté que nous formions aux circonstances de la vie, je devais être le seul maintenant à connaître la vérité sur son compte. Et encore le devais-je moins à ma perspicacité qu'à des hasards analogues à celui qui, tout à l'heure, avait placé sous mes yeux le faire-part de décès de sa fille, dont Frédéric n'était sans doute pas le père. On pouvait au moins se poser la question.

« Il reste un tube de vitamine C dans l'armoire, avait marmonné la secrétaire en quittant mon bureau. Ça vous réveillera. Couchez-vous de bonne heure. Vous n'êtes plus un jeune homme. » Dans le couloir, elle devait être déjà en train de décacheter l'enveloppe que je lui avais confiée. Ses procédés m'étaient familiers ; je les avais du reste encouragés pour des causes communes. Le nom et l'adresse de Rose, qui ne lui diraient rien, elle les apprendrait par cœur avant de les transcrire chez elle dans un de ces carnets qui nous avaient été quelquefois utiles à consulter au cours de nos carrières parallèles où nous avions été unis par l'intérêt bien plus que par la sympathie. Cette femme s'était attachée à moi comme à un fétiche, m'attribuant beaucoup de culot, de ténacité et de sang-froid — elle se trompait. Si je n'avais jamais craint l'initiative, c'était parce que je manquais d'imagination, et si aucun événement ne me troublait, c'est que j'étais indifférent au résultat. Mais ma carrière constituait une autre histoire dont il n'y avait à retenir que ma façon d'entraîner les gens sans l'avoir jamais cherché ; ignorant où j'allais au juste depuis la mort de mes parents, avancer était tout ce que je savais faire.

Ce jour où, réfugié au Café de l'Horloge parce qu'il pleuvait si fort qu'on n'entendait plus le bruit de la fontaine Saint-Sulpice, je m'étais assis à la table occupée par la bande, faute de place ailleurs, peut-être Marthe Dieudonné avait-elle flairé l'espèce de sauvegarde attachée à ma personne et que ne justifiait aucune qualité particulière, même du point de vue physique, en dépit de ce que je croyais. Elle m'avait souri. Charmé de l'accueil, impatient de me faire des amis, j'avais payé les consommations de tous en prenant le patron à part sous prétexte de lui réclamer un jeton de téléphone. Et cela surtout n'avait pas dû échapper à une fille déjà experte dans l'art de susciter des cadeaux et des élans de reconnaissance disproportionnés aux services qu'elle rendait et qu'elle mettait, mine de rien, en exergue avec un art de Japonaise utilisant un minimum de fleurs, composant plus qu'un bouquet, un chef-d'œuvre. Je me levais quand elle m'avait demandé soudain : « Où habites-tu ?

— A l'hôtel, rue Monsieur-le-Prince.

— Attends, on te raccompagne. »

Nous ne nous étions plus quittés pendant des années.

Qui n'en avait pas l'expérience ? Le coup de foudre provoque un déshabillage de l'âme au cours duquel un passé connu jusqu'à l'écœurement semble acquérir une saveur nouvelle, comme si la passion qui commence lui communiquait sa propre fraîcheur. Et cependant, même dans les moments de plus grand abandon, je n'avais jamais parlé à quiconque de Rose, ni de l'existence que j'avais menée à la Villa des Palmiers entre ma dixième et ma dix-huitième année. En intensité, en confiance, en espoir, mon amitié pour Marthe et Frédéric avait valu bien des amours, quand elle ne les dépassait pas, mais à peine me souvenais-je d'avoir mentionné ma cousine dans la conversation lorsque j'apportais chez eux, pour la gosse, les colis de gâteaux que Rose persistait à m'envoyer comme à un soldat dont il aurait fallu améliorer l'ordinaire. Un jour que nous cherchions une librairie juridique dans les parages de l'Odéon, me rappelant la bibliothèque au rez-de-chaussée de la Villa — ses recueils d'annales, sa collection de *La Gazette du Palais* et ses ouvrages de jurisprudence —, j'avais lâché une allusion à mon grand-père maternel, l'avoué qui avait commercialisé la formule d'un vin cuit et mis son nom sur une bouteille d'apéritif qu'on voyait encore dans mon adolescence en haut des étagères de certains bistrots du port. Marthe, qui terminait ses études de droit quand je l'avais connue, adorait son propre grand-père toujours vivant — à la différence du mien, mort avant ma naissance, et qui se serait sans doute opposé au mariage de sa fille avec le cousin d'une femme telle que Rose. Après le divorce de ses parents, qu'elle n'évoquait pas plus que les enfants qu'ils avaient eus ensuite, chacun de leur côté, Marthe avait été élevée par ce vieillard qui était brocanteur. Elle disait : antiquaire. Il faisait le va-et-vient entre son magasin dans une ville des bords de Loire et le dépôt de meubles qu'il possédait près de la gare de Lyon et qui était à proprement parler un atelier de contrefaçon, en bas de l'immeuble où il habitait. Au fond, Marthe n'avait eu les fous rires de notre âge que lorsqu'elle détaillait les méthodes du faussaire pour vieillir le neuf. Mais elle ne se déciderait jamais à nous présenter l'artiste de l'enfumage, de la décoloration à l'ammoniaque, du brunissoir écrasant les pores du bois, du polissoir atténuant les arêtes, du hérisson de crins imitant les chiures de mouches avec de l'encre de Chine, et qui, au volant de sa fourgonnette de luxe, s'en allait chercher dans certaine église, sous les charpentes, au creux même des voûtes, la poussière de siècles dont il avait besoin pour fabriquer de faux meubles anciens. Le grand-père vivait en manipulant les objets du passé, la petite-fille gagnait dans tous les domaines en utilisant ses amis et ses interlocuteurs comme des instruments : tous les deux falsifiaient. Du premier, je n'avais en tout et pour tout que l'image d'une tête penchée à la portière d'une fourgonnette noire analogue à celles qu'utilisent les livreurs des grands couturiers, et qui s'arrêtait à la hauteur du Café de l'Horloge, où notre petite bande était au complet vers les sept heures du soir et recevait des renforts de l'Amiral, vers minuit. La chevelure du conducteur, dans la lumière des néons de l'enseigne, avait les mêmes reflets que celle de la Princesse — presque la même épaisseur aussi, qui dénotait beaucoup de soins, voire la pose des bigoudis d'une permanente. Dès qu'elle entendait crier son prénom, sortant de sa placidité maternelle qui n'était pas son moindre charme, Marthe se levait en toute hâte comme si elle craignait d'être suivie par quelqu'un d'entre nous. Son regard, après avoir fait le tour de la table, s'attardant peut-être au passage sur l'un de ces amants que je ne lui soupçonnais pas, revenait sur Frédéric, qui, aussitôt, tâchait de créer une diversion avec l'une de ces remarques sans rime ni raison où excellent les timides aux abois et qui conduisent quelquefois à les soupçonner d'humour. Pendant ce temps, je me demandais comment l'individu qui dehors continuait d'appeler, avec des inflexions de voix si féminines qu'elles répandaient jusqu'à l'angle de la rue Bonaparte la douteuse légende des antiquaires, pouvait avoir une descendance. La fréquentation de l'Amiral n'avait pas beaucoup atténué ma naïveté ; la réserve que j'observais au sujet de ma famille, quand on m'interrogeait, n'en était que plus remarquable. Si l'on insistait, je laissais entendre que j'avais perdu mes parents de bonne heure, sans préciser davantage, et ce flou suggérait, je crois, une enfance d'orphelin sur laquelle quelque tribu méditerranéenne s'était refermée pour remplir les vides. A me remémorer le parti que Marthe, de sa voix qui persuadait parfois qu'elle se livrait à un concours de chuchotements avec son mari, savait tirer des confidences de ses amis lorsque, soudain, elle les avait écartés de sa route, je me doutais bien en quoi elle aurait transformé mes récits. Au fond, je n'avais jamais été intelligent lorsque j'avais cherché à l'être — seulement si j'obéissais à mon instinct.

Une semaine après la rentrée des classes, à peine réglé le problème de mon habillement, jamais assez luxueux à son goût, parce qu'elle se croyait jugée dans son rôle de tutrice sur ma propre mise, Rose commençait à se préoccuper de la composition du menu pour le dîner en l'honneur d'Elena Santarcangeli. Et ses plaintes concernant la femme de ménage qui s'occupait de la Villa des Palmiers et qui, à l'écouter, n'était même pas capable de me préparer un repas froid, présageaient un congédiement avant les vacances de Noël. Elle avait consigné sur un carnet ce que nous avions mangé l'année précédente, par crainte de servir deux fois la même chose à la Princesse, dont le passage dans notre ciel était équidistant de deux autres, sans profit pour la cuisine qu'on lui servait : celui du pigeon ramier qui, dans sa descente vers l'Afrique, survolait les étangs de la région au début d'octobre, et celui de la bécasse, qui arrivait à la mi-novembre et restait jusqu'au printemps. Seulement à quelqu'un d'intime, j'aurais pu essayer de dire ce qu'était devenu dans mon imagination cet oiseau qui monte le soir vers la montagne et descend le matin vers les lieux humides, à la recherche des vers de vase. Dans l'herbe, des crottes de dimension d'une pièce de cent francs, jaune strié de blanc, me signalaient sa présence lorsque, m'éloignant en promenade de la maison de ma cousine, j'atteignais le plateau en amont de la petite gare, où, sur une centaine de mètres et d'immenses plaques d'ardoise qui suggéraient quelque chaussée des Géants, le torrent adoptait une allure de rivière. La Princesse ne mangerait jamais de bécasse à ma table, et moi pas davantage, quoique pour des raisons étrangères au calendrier — de ces raisons qu'il coûte plus d'avouer que des actes dont on a honte ou de ces gestes de l'intimité procurant des plaisirs frauduleux. Par ma faute, je ne conservais que des fragments de certaine scène qui s'était déroulée devant la grille de la Villa des Palmiers, à la tombée du jour : avant de monter dans ce même taxi qu'emprunterait plus tard la Princesse — une Traction avant — ma mère, qui était entourée de valises, m'avait serré très fort contre elle, murmurant un mot de notre vocabulaire qui n'avait de sens, comme avec les animaux, que par le ton sur lequel il était prononcé : « magnin ». De quel borborygme de landau représentait-il l'aboutissement ? Ma mère était partie avant de me le dire, quand ce mot était encore d'un usage courant entre nous, et rien que pour le plaisir.

Quand elle s'était rencognée sur la banquette, mais la tête tournée vers la lunette arrière pour me regarder encore, mon père l'avait débarrassée du châle de laine blanche, frangé comme une tapisserie, qui couvrait ses épaules, et que Rose devait ensuite rapporter dans ma chambre où j'étais retourné jouer. Me trompais-je ? Il me semblait que ma cousine s'était absentée à deux reprises ; l'appartement de M. Solinas, où je dormais alors, renfermait des meubles recouverts de housses que je prenais pour des blouses d'hôpital sans avoir jamais mis les pieds dans un établissement de ce genre : les chiens désertaient la chambre de leur maître pour s'installer dans la mienne. Mes parents n'étaient plus revenus, car, allait-on m'expliquer quelques mois après, en soignant l'un les médecins avaient découvert que l'autre était atteint au même degré. De quoi ? On ne l'avait pas précisé, et pour m'apprendre la nouvelle de leur mort, on avait usé de bien des ménagements, utilisé des périphrases et procédé par étapes. J'étais pourtant préparé à la révélation. Depuis la semaine précédente, j'avais déjà compris à cette imperceptible nuance dans le ton employé par les adultes à mon égard — que devait noter aussi le dauphin quand le roi entrait en agonie — et il allait de soi, dans ma tête, que mes parents ne pouvaient disparaître que de la même façon qu'ils avaient vécu — ne se quittant jamais. Je ne les avais jamais imaginés séparés malgré les échos de leurs disputes qui parvenaient quelquefois jusqu'à mon lit ainsi que, si je prêtais l'oreille, tous les bruits d'une pièce où se tiennent un homme et une femme. Quelques-uns m'avaient intrigué. Je les déchiffrerais mieux lorsque l'expérience m'apprendrait que les éclats de voix ne sont rien si les corps ont toujours du plaisir l'un de l'autre. Nous traversions alors cette période où Rose qui, aidée en sous-main par toutes les relations de M. Solinas, faisait le siège du juge des tutelles pour avoir la garde du mineur que j'étais, n'avait pas encore autorisé mon retour à la Villa des Palmiers. Elle me retenait chez elle avec l'excuse que ma présence consolait mon arrière-grand-mère Bianca que l'on tirait chaque matin de son lit pour l'installer dans un fauteuil à bascule où elle passait sa journée près de la fenêtre qui donnait du côté de l'église des Siciliens. Elle était pourtant retombée en enfance, Bianca aussi parcheminée et réduite que l'ambassadeur Giuliani derrière son hublot, et Rose se plaisait à l'habiller de vêtements provenant des armoires de ma mère, dont l'élégance contrastait avec le défraîchi des pantoufles où flottaient des pieds décharnés, blancs dessus avec des veines en relief, cornés dessous, comme si elle avait marché sans chaussures toute sa vie. Elle ressemblait à une vieille squaw attifée de robes provenant du pillage d'une diligence qui eût transporté des bagages d'actrice, et ne manifestait d'intérêt pour ce qui se passait autour d'elle qu'en percevant le froissement d'un sachet de bonbons. Comme la chatte de la maison, mal remise d'avoir été heurtée par une voiture, qui essayait pour son compte de se refaire une santé sous le fauteuil à bascule, sortait soudain de son assoupissement quand elle entendait ouvrir la porte du réfrigérateur qui était d'un achat récent, et où la bouchère du Boulevard aurait pu caser un quartier de bœuf. Dans les soliloques qui agitaient parfois Bianca sans modifier le vide de son regard, ni l'inclinaison de son buste sur lequel pendait le chemisier d'une jeune femme, les mains refermées cependant sur les accoudoirs avec la vigueur d'une passagère de luge cramponnée à son véhicule dans le vertige d'une course à l'abîme, elle s'adressait à son fils préféré, cet Alexandre tué à la guerre de Quatorze, et dont, trente ans plus tard, Rose me prierait de retrouver la sépulture au Père-Lachaise. Mais chiffonner entre mes doigts du papier ayant enveloppé des berlingots, pour arracher quelques lueurs d'intelligence à la vieille femme que l'on enterrerait bientôt vêtue de la veste à brandebourgs et de la robe noire portées par ma mère à l'occasion d'un mariage, ne suffisait pas à me détourner d'une tristesse qui me rendait parfois muet des journées entières. Cet enfant n'avait pas dit un mot depuis qu'il s'était levé. Il ne mangeait pas, à peine s'il grignotait ; on l'avait pourtant ramené à la Villa pour qu'il choisisse lui-même les livres et les jouets dont il avait besoin. Fallait-il consulter un médecin ? On lui examinait le blanc de l'œil, qui demeurait sec, on lui tâtait le ventre, malgré sa pudeur, on lui proposait des tisanes laxatives, ou l'achat d'une bicyclette. En vain. « Fais donc quelque chose, Solinas ! » Rose interpellait toujours son amant par son nom de famille, à la manière des lycéens et des soldats entre eux. En réalité, cet enfant découvrait le remords qui enchaîne au passé. Il regrettait d'être retourné si vite dans sa chambre, le soir du départ de ses parents, d'avoir par impatience cessé de répondre aux baisers de sa mère dont il ne restait plus à présent que l'odeur dans les plis du châle au fond d'une armoire, sur sa coiffeuse dans un pot de pommade ouvert, la marque d'un index imprimé dans de la pâte qui jaunissait, et l'écho d'un mot incommunicable à autrui puisque incompréhensible à lui-même, mais qui le poursuivrait toute la vie : « magnin ».

Alors M. Solinas, qui s'était attiré une rebuffade pour avoir suggéré que l'orphelin adopte l'un de ses chiens — cela se produirait pourtant —, avait dit « Bon, on verra... », ce qui était toujours le maximum de son engagement quand il prenait à cœur la solution d'un problème. Un soir après le dîner, ayant décroché un fusil au râtelier dans le vestibule — c'était donc un samedi, puisqu'il passait le week-end chez Rose, quoique sans partager sa chambre tant que je n'aurais pas regagné la Villa des Palmiers —, il m'avait emmené braconner en compagnie du plus jeune de ses commis, celui qui, une fois par mois, apportait les livres de comptabilité de la boutique, qui étaient examinés le dimanche après la sieste, c'est-à-dire truqués à l'intention du fisc. Le jeune homme était, lui, armé d'une torche électrique. Nous avions tous les trois marché longtemps en silence le long de la berge du torrent, et dépassé le plateau à partir duquel il y avait des étendues de terrains qui figuraient encore sur les registres du cadastre au nom de la Princesse, quand le faisceau lumineux, balayant les buissons par intervalles, avait fait surgir d'un massif de lentisques, au-dessus de nous, les yeux d'une bécasse qui en était éblouie. Des yeux d'un vert presque turquoise, les yeux d'un inconnu masqué, enveloppé de nuit, qui n'aurait montré de lui-même que son regard phosphorescent à travers les fentes d'un loup de velours. Presque aussitôt une détonation avait retenti, suivie de battements d'ailes qui attestaient la fuite de congénères, ou peut-être un envol de chouettes dans les arbres. Alors l'enfant que j'étais, qui n'avait ni bougé ni prononcé une parole, s'était retrouvé ruisselant de larmes, comme au réveil on se découvre en sueur des pieds à la tête au cours d'un accès de paludisme qui a couvé pendant le sommeil ; on aurait cru que même sa peau pleurait. Dans l'obscurité, personne n'allait remarquer son attitude ; en cet instant précis, la disparition de ses parents avait cessé d'être une chose abstraite, et, désormais, il se figurerait que la mort se présentait toujours avec ces yeux-là.

A défaut de pigeons et de bécasses, le gibier ne manquait pas à l'automne, et Rose envoyait à la chasse M. Solinas, qui enregistrait cette commande la face levée, en marchant selon son habitude de long en large dans la salle à manger pour, aurait-on dit, dépenser le trop-plein de sa vitalité de colosse, contenue toute la journée derrière le tiroir-caisse d'un magasin de chaussures. En cas de perplexité, ou s'il rêvassait, arrivé dans un angle de la pièce, à demi tourné vers nous, il suspendait son bras par le poignet à l'une des volutes du portemanteau rappelant, comme la cheminée, où un enfant de ma taille tenait debout dans l'âtre, et la porte murée dont le dessin du chambranle subsistait sous la tapisserie en imitation de toile de Jouy, que la Maison du Torrent avait été bien avant la guerre une auberge où Bianca faisait la cuisine et, la première dans un établissement de ce genre, proposait en prime à ses clients les merveilles d'un poste de radio. C'était d'elle que Rose tenait les recettes des plats qu'appréciait la Princesse.

A la fin de l'été, la peau ambrée au naturel de M. Solinas avait par endroits la nuance vert-de-gris qu'attrapent certains mulâtres à l'approche de la vieillesse, et j'étais frappé, lorsqu'il marchait devant moi, par le mouvement de ses jambes musculeuses — à perpétuité le déhanchement d'un homme qui se retire du ventre d'une femme sans avoir joui. Il semblait aussi certain de rapporter le nombre requis de perdreaux, de lièvres ou de canards pour le dîner avec la Princesse, que s'il partait effectuer des achats en ville muni d'une liste de provisions, tel un gosse. Qu'aurions-nous mangé s'il était revenu bredouille, avec ses chiens qui lui avaient donné l'occasion de se lier à Rose, chez laquelle il les avait mis en pension, lorsque sa femme l'avait quitté pour se mettre en ménage avec un maçon italien de vingt ans son cadet ? (J'avais une préférence pour un airedale baptisé Tango, qui coursait le sanglier et que j'emmenais souvent à la Villa des Palmiers pour me tenir compagnie. Il y resterait à la fin, je m'y étais très vite attaché.) En fait, nous n'envisagions jamais l'éventualité d'un échec de M. Solinas ; nous ne doutions pas plus que lui-même que tout ce qui lui était réclamé serait sur la table pour le dîner du surlendemain.

Le chauffeur de taxi, qui descendait chercher la Princesse au port, m'avait prévenu aussitôt reçu le télégramme par lequel on retenait ses services, ou, plus exactement, son fils s'était chargé de m'avertir. Partagé entre la détestation que lui inspirait ma richesse, que l'on s'exagérait en raison de mes dépenses et de l'élégance funèbre de mes vêtements, et la nécessité de ménager un client dont la moindre plainte l'aurait fait fouetter chez lui à coups de ceinturon par son père, qui était d'une irascibilité d'alcoolique, mon camarade m'avait entraîné à l'écart dans la cour de récréation pour m'indiquer, d'un air gêné, quel serait le jour qui s'ajouterait à mes vacances de la Toussaint. Ce gros garçon bûcheur et triste, à qui le souvenir de la pauvreté et du knout familial avait dû autant que la haine donner des ailes pour s'élever, rougissait du métier de son père, qu'il voyait se comporter en domestique à mon égard et dont la Traction avant, par malchance pour lui et commodité pour moi, stationnait du matin au soir à proximité du lycée sur le boulevard du front de mer. Il passait devant sans tourner la tête, s'arrangeant pour qu'il y eût le plus grand nombre possible de nos camarades entre lui qui rasait les murs et le caniveau où l'eau jaillie des bouches d'incendie descellées par les éboueurs logeait sous les pneus brindilles, papiers gras et feuilles mortes. Mais puisque nous sortions de classe à la même heure, il devait de près ou de loin me voir lorsque je m'installais à l'arrière, sans jamais oublier que maman s'était assise à cette même place pour ne plus revenir. A telle enseigne que j'avais éprouvé le sentiment d'être trahi quand ce véhicule avait été remplacé par une 403 neuve, de but en blanc, ce qui ne m'avait pas laissé le temps de le faire racheter par M. Solinas : il avait été déjà cédé à un garagiste. Rien ne me plaisait plus que de verser de l'argent à des adultes, surtout des pourboires ; ils établissaient des rapports d'égalité, abolissaient la différence d'âge qui me pesait, créaient un climat propice aux confidences qui n'étaient pas d'ordinaire réservées aux gamins et qui, à quinze ans, me procureraient l'adresse de certaine coiffeuse recevant des hommes chez elle après son travail. Toute ma vie j'aimerais acheter l'amitié pour faire plus vite, mais celle de mes condisciples ne m'avait jamais tenté. J'avais sur eux la supériorité de l'indépendance, et que je fusse en mesure, à tout moment, de sauter dans un taxi, une cigarette aux lèvres, était un moyen de la leur prouver auquel j'avais recours assez souvent pour qu'ils me jugent poseur et antipathique. Je ne côtoyais qu'en classe les garçons de mon âge : dehors, je n'en fréquentais aucun, malgré les invitations de quelques mères aux yeux desquelles je devais avoir une certaine valeur mondaine, ou qui, si elles avaient du cœur, prenaient en pitié la solitude de l'orphelin sans en imaginer la contrepartie qui me faisait une vie d'adulte. Et c'était encore une de mes chances que de n'avoir pas eu de ces amis d'enfance ou de jeunesse que l'on s'épuisait à traîner derrière soi, témoins gênants de l'inaccomplissement des rêves et des ambitions, qui vous confrontaient sans relâche à l'esquisse que vous aviez été, alors qu'eux-mêmes avaient tant changé et n'étaient plus que la caricature de ce qu'ils promettaient de devenir. Comment me seraient apparus ceux qui auraient dû être mes témoins ou mes camarades, si Frédéric et Marthe dont personne au lycée, ni de près ni de loin, n'atteignait la séduction, m'avaient horrifié par leur métamorphose ? Qu'aurais-je pu dire aujourd'hui au fils de mon chauffeur, si nous avions été liés ? A nous revoir, à nous jauger, juger et sonder mutuellement, chacun de son côté n'aurait-il pas conclu que chez la plupart des adultes, comme chez les grands singes, l'intelligence et l'invention ne dépassaient jamais la période de la jeunesse ? Dans l'hypothèse la plus favorable, j'aurais renvoyé mon ancien condisciple à des images de la servitude de son père, qui était si dur pour lui et aux petits soins pour moi, qui démarrait dans ma direction sur un signe de la main, m'épargnait la fatigue de marcher le long des rues stupéfiées de soleil, l'ennui d'emprunter l'autobus pour me rendre chez Rose, voire à la Villa des Palmiers. Celle-ci, où l'on avait du premier étage une vue panoramique des vieux quartiers dominés par le clocher de la cathédrale, était éloignée du centre, que lui cachait du reste une colline. Comment en étais-je venu à me persuader que la maison de ma mère, où je vivais seul, se serait trouvée en face du tombeau des Giuliani, à la même hauteur, si des kilomètres, tant de dénivellations, la ville entière, ne les avaient pas séparés ? Il en allait ainsi comme pour les yeux de la bécasse : c'étaient mes idées d'enfant. Je croyais également que le visage des acteurs et des actrices de cinéma était recouvert d'une pellicule de cellophane, évitant le contact des épidermes, quand ils s'embrassaient. Dans une fiction, ils me semblaient inimaginables, les baisers qu'échangeaient mes parents lorsque la porte de leur chambre — dite la chambre du balcon — était ouverte, et que ces baisers à pleine bouche, je les déduisais de l'allongement et de la fusion de leurs ombres dans le rectangle lumineux se cassant sur le mur du corridor, et où, si la tête de l'un s'appuyait contre le cou de l'autre, se dessinait un oiseau bicéphale. Même si je n'avais pas marché pieds nus, on ne m'aurait pas entendu retourner dans mon lit, où, quelques minutes plus tard, j'appelais ma mère comme si je m'éveillais d'un cauchemar. Elle avait trop d'oreille pour ne pas distinguer la nécessité du stratagème et tardait à me faire écho. Mais peut-être, à ce moment-là, était-ce le bonheur même qui l'en empêchait, et aucune femme n'aurait-elle pu répondre à la demande d'un fils. Je recommençais, j'invoquais une peur, une migraine, une colique. Une peur quand c'était un jeu de semer des douceurs sur les meubles à mon intention ? Car on connaissait ma manie déambulatoire, qui avait d'abord fait craindre des accès de somnambulisme : il m'arrivait de me relever, après m'être couché, pour rôder à travers la maison, dont l'obscurité et le silence me rendaient le maître avant l'heure. J'étais un enfant qui n'avait pas peur de l'obscurité, sans doute par manque d'imagination, j'aimais la nuit qui, de caramels en boules de gomme, de calissons en tablettes de chewing-gum découverts sous des napperons, à l'intérieur de coupes ou de cendriers, se transformait en chasse au trésor. Quelquefois, d'une enveloppe que gonflait une friandise, je tirais une feuille de papier quadrillé sur laquelle ma mère avait écrit une recommandation que je n'aurais pas écoutée si elle me l'avait adressée de vive voix, dans la journée. Et ces messages tracés en lettres capitales, au stylo à bille, commençaient toujours par le même mot de notre vocabulaire, « magnin », pseudonyme, borborygme, compliment — on ne saurait plus.

A une fenêtre, je soulevais les rideaux pour essayer de reconnaître, à leur brillant, mes jouets abandonnés sur l'herbe du jardin en pente tout en creux et en bosses, et où, par endroits, affleurait une roche qui devait créer des difficultés sahariennes aux trois palmiers. Les deux plus grands — les plus empanachés —, qui s'élevaient là où commençait l'allée en terre battue conduisant à la grille, prenaient sous la lune une majesté de colonnes au sommet desquelles auraient nidifié des anges aux ailes repliées. Le troisième, qui semblait avoir poussé au hasard, comme le figuier du tombeau des Giuliani, sortait de la base d'un monticule pansu et se raidissait de toutes ses forces pour monter droit. Plus tard, je penserais à cet arbre devant ces estampes qui montrent des samouraïs à chignon, pointant vers leur partenaire un sexe courbe comme leur épée qui traîne sur les tapis, fourrures et coussins où le couple se contorsionne. Quant à la maladie, aucun gosse n'était moins fragile que moi, pas un, non plus sans doute, n'était aussi jaloux de cet amour dont il était pourtant né, qu'il ne savait même pas nommer et qui lui opposait un mur. Certains soirs, j'allais jusqu'à simuler une crise de nerfs pour me glisser entre Fabio et Madeleine ; je redoutais un abandon, craignant qu'à la faveur de mon sommeil mes parents ne s'éloignent à jamais dans ces zones au seuil desquelles s'arrêtait ma compréhension. J'exigeais d'appareiller en même temps qu'eux, de monter sur leur barque, d'être du voyage, et cependant je les verrais partir pour de bon sans m'émouvoir, ni rien soupçonner. A la fin, ils cédaient à mes appels, non sans beaucoup de conciliabules. Quelquefois, avec des voix si changées et si oppressées que je les croyais atteints à leur tour des mêmes malaises que je m'étais inventés pour les attendrir, ils me priaient de patienter, d'attendre par exemple que sur la pendule de ma cheminée l'un des personnages inscrits en relief autour du cadran eût frappé la demi-heure suivante. Je possédais toujours cette pendule à motifs mythologiques : quel jeune provincial s'était-il jamais installé à Paris avec l'essentiel du mobilier qu'il avait déjà sous les yeux à l'âge où l'on ne sait pas la valeur marchande du décor où l'on vit ?

Rose n'avait vendu qu'une coquille vide à M. Solinas, tout juste si elle n'avait pas arraché les palmiers qui donnaient son nom à la bâtisse, dans le quartier, alors que le constructeur, en évitant de la baptiser, avait sans doute espéré y attacher le sien déjà lié à celui d'un apéritif. Et cela me faisait penser, puisqu'il s'agissait de l'avoué détenteur de la copieuse bibliothèque juridique et du « Berryer », que je n'avais guère eu de curiosité à l'égard de la famille de ma mère, qui était née elle-même après vingt ans de mariage, à la suite d'un vœu dont la réalisation avait rapporté des vitraux neufs à une église des faubourgs et coûté la vie à l'accouchée. Quand j'étais devenu orphelin, il ne me restait plus de ce côté-là que des cousins dispersés à travers le pays, ou encore en poste à l'étranger, officiers de carrière, fonctionnaires appartenant à des administrations diverses, tous à un rang honorable —

il y avait même un sous-préfet dont l'étymologie du nom, Capifalli, décomposé en *caput* et *phallus*, amusait beaucoup mon précepteur et qui, sous de Gaulle, allait monter assez haut dans la hiérarchie pour que je m'en vante devant Marthe Dieudonné. Elle saisirait l'occasion au vol, étant à la recherche d'un appui pour le succès d'une démarche administrative : il ne me serait pas marchandé. Frédéric obtiendrait de la Ville de Paris l'atelier dont il avait besoin pour ne pas traîner tout l'après-midi au Café de l'Horloge où Taïeb et le neveu du patron n'étaient plus là pour l'empêcher de se soûler. L'affaire avait abouti après un échange de lettres, assorti, en conclusion, d'une invitation à déjeuner rédigée en termes tels que je m'étais gardé de la prendre au sérieux, de sorte que je ne rencontrerais jamais ce cousin utilisateur d'un papier à en-tête d'un ministère, et pas davantage ses frères, fils et neveux dont le carnet mondain, à deux ou trois reprises, me renseignerait sur les étapes de leur existence, comme il venait de m'apprendre la mort de la fille de Marthe Dieudonné.

Aucun d'eux n'avait beaucoup insisté, autrefois, pour se charger de mon éducation. En revanche, Rose avait été contrainte de batailler dur contre les siens — un frère et une sœur de mon père, trop pauvres pour ne pas être tentés de mettre la main sur ce que je représentais, trop pauvres aussi pour l'emporter sur les relations de M. Solinas dans l'esprit du juge des tutelles, et des magistrats en général. Avec les uns et les autres, m'auraient-ils aimé autant que Rose, ce qui semblait difficile, mon enfance eût été différente, et, comme celle de n'importe qui, toute de soumission aux adultes qui n'avançaient que leur âge pour justifier des décisions qui se discutaient. Pour commencer, je n'aurais pas eu de précepteur. Car c'en était un, en somme, que M. Tiberi, officiellement mon répétiteur de latin et de grec, condamné à mort au lendemain de la Libération pour avoir dirigé avant la guerre une revue irrédentiste, nourri et habillé à la Villa des Palmiers, en échange de ses causeries qui m'épargnaient de fastidieuses lectures, enrichissaient mes dissertations et m'avaient procuré, en bien des matières, des notions qui devaient à l'avenir tromper pas mal d'interlocuteurs sur l'étendue de ma culture. Il était en droit de glisser dans les récits qu'il me faisait sur le banc du jardin, « Ce jour-là, le Duce m'a dit », et s'il exagérait sans doute le nombre de leurs rencontres, une au moins avait eu lieu, celle de 1932, comme l'attestait une photo conservée par vanité et qui, versée à son dossier, avait failli l'envoyer au peloton d'exécution.

Si douteux que fût le personnage cité pour les besoins d'une anecdote personnelle, sans que jamais la politique eût été abordée de front, ce personnage appartenait à l'histoire, et sa fin se comparait à celle de l'empereur Vitellius dans un texte que l'on m'avait donné à traduire sans indiquer l'auteur. Son corps suspendu à un croc de boucher se détachait sur un fond de flammes d'enfer dont la chaleur avait peut-être laissé à M. Tiberi ces marbrures de rouge sur son visage carré et lourd comme celui de son ancien maître, cette sudation proche de l'infirmité qu'il épongeait avec des mouchoirs à carreaux et combattait par des stations dans la salle de bains de mes parents

— l'un des avantages en nature qu'on lui consentait, avec le dîner que ses bavardages retardaient parfois jusqu'à onze heures du soir, l'été. Mais j'étais charmé par ces bavardages, et, si, pour rattraper du sommeil, je séchais des cours, le lendemain je disposais de billets d'excuse calligraphiés à l'avance par Rose, couvrant tout l'éventail des maladies non mortelles, et auxquels il n'y avait plus qu'à ajouter une date.

Un peu par charité, et beaucoup en souvenir des banquets de propagande qu'il commandait autrefois à l'auberge de Bianca, ma cousine avait recruté M. Tiberi à sa sortie du pénitencier agricole réservé aux « politiques », où, au poste de bibliothécaire, il avait, pour le plaisir, poursuivi des études en tous sens. Il avait, en outre, appris d'un codétenu des éléments de chiromancie, et de quelques autres tant d'histoires sur ce qui s'était passé à Paris sous l'Occupation, que l'on aurait cru qu'il y avait lui-même vécu, qu'il avait de ses propres yeux, par exemple, observé le manège de Picasso au Pré Catelan déchirant un coin de la nappe en papier et y griffonnant un message que le maître d'hôtel transmettait à l'ambassadeur de Franco en train de banqueter dix mètres plus loin avec des généraux allemands. D'avoir, deux jours durant, attendu les fers aux pieds, dans sa cellule, le résultat de son recours en grâce que le clergé soutenait, rameuté par un cousin chanoine, avait rendu M. Tiberi solennel à jamais, et je le soupçonnais de tirer des satisfactions de snobisme de sa condamnation à mort. Avait-il modifié ses opinions, pris du recul ou s'était-il obstiné ? Je l'ignorerais toujours ; il n'avait jamais tenté de me catéchiser, peut-être Rose l'avait-elle mis en garde contre la tentation de le faire. Cependant, il me semblait qu'il avait été moins fasciste, à proprement parler, que nostalgique de la Rome impériale dont il avait rêvé la résurrection, à laquelle l'île serait revenue, et qu'il rendait vivante, à travers ses explications de textes, en me décrivant, par exemple, ce qui s'élevait aujourd'hui le long des voies empruntées par les Césars vainqueurs, de retour dans la Ville, à la tête de leurs légions. Ici, tel quartier qu'il avait traversé chaque matin, là, tel immeuble où il avait demeuré, plus loin, du côté de la Farnesina, assises sur des bornes, au crépuscule, des femmes qui avaient la bouche à cinq lires. M. Tiberi, au patronyme de cruauté et de débauche, ne cherchait pas avec moi de périphrases pour ces choses, quitte à nuancer de gouaille sa solennité habituelle et à gâter la mélancolie qui l'assaillait lorsque, sur le banc, il m'invitait à respirer les odeurs de lavande, de jasmin et de magnolia qui s'élargissaient autour de nous : le vent qui descend du Janicule, disait-il, apportait les mêmes à Trastevere, où il avait vécu dans une rue si petite qu'il se demandait maintenant s'il ne lui donnait pas le nom de la rue qui la prolongeait. Mais il existait bien une rue du Cèdre, je le vérifierais lorsque, à l'occasion d'un voyage, l'idée me viendrait de retrouver la tombe d'Elena Santarcangeli, à qui, féru d'histoire locale, il avait révélé des événements auxquels s'était trouvée mêlée par le passé la branche insulaire de sa famille ; il lui réclamait aussi des nouvelles de personnes qu'elle avait l'air de bien connaître elle-même, les désignant quelquefois par leur sobriquet. M. Tiberi les avait-il seulement approchées ? D'une année à l'autre, notre invitée n'avait-elle pas eu le temps de mener une enquête, et de le confondre s'il mentait ?

M. Tiberi, comme nous tous, se réjouissait à la perspective d'une fête qui allait interrompre notre vie tout de même monotone. Quelle importance qu'il n'y eût ni pigeons ramiers ni bécasses au menu ? On lui prêtait un complet croisé taillé dans une belle flanelle, il buvait du champagne à rendre violacées les marbrures de son visage, mangeait du gibier et disposait d'une interlocutrice plus à sa mesure qu'un commerçant de province, une femme entretenue et un lycéen habillé de noir dont l'intelligence lui paraissait peut-être sujette à caution, et qu'il haïssait peut-être aussi dans son for intérieur pour tous les privilèges qu'il avait reçus à la naissance. Après tout, avais-je jamais su ce qu'il pensait réellement de moi ? Et d'ailleurs, si l'on connaissait l'opinion des personnes avec lesquelles on vit, on travaille, on dort, et qui quelquefois nous aiment, est-ce que l'on n'aurait pas, tous les jours, la tentation de se jeter par la fenêtre ? Pour un soir, en tout cas, l'illusion de l'aisance matérielle et l'agrément d'une conversation où l'on sautait sans arrêt d'une langue à l'autre, comme si le sentiment était réservé à l'italienne et l'intelligence à la française, restituaient à mon précepteur son sourire qui permettait de distinguer à ses canines l'accroche en métal de ses deux bridges latéraux, qu'on lui avait posés à sa libération du pénitencier où il avait perdu quelques dents à vouloir séparer des pensionnaires au cours d'une bagarre à coups de pioche, dans les vignes. Et, ayant décliné l'offre de la Princesse qui proposait de le ramener en ville dans le taxi revenu devant la grille à minuit et demi, il partait en emportant ce que les Américains réclament au restaurant — le « panier du chien » — sur lequel il vivait jusqu'à ce qu'il aille au domicile d'une bouchère enseigner, contre un gigot, au fils de la maison, ce que celui-ci était capable d'assimiler en français et en maths. Il passait pour donner également à d'autres rejetons de commerçants des leçons de maintien ; on avançait même des noms. Est-ce pour cette raison que, dans les *Mémoires* de Chateaubriand, parcourus d'ailleurs sur son insistance, M. Violet, qui apprend le menuet à « Mesdames les Sauvagesses » et « Messieurs les Sauvages », m'avait fait songer à M. Tiberi, qui était d'une politesse proportionnée à tout et à tous, adaptée à la moindre circonstance, et où demeurait sans doute un brin de la douceur contrainte de l'homme longtemps soumis aux humeurs des gardes-chiourme ? Pour être plus doux et généreux, nous n'en étions pas moins ses maîtres, il dépendait de mon humeur, et j'admirais encore d'avoir été, dans l'ensemble, si délicat à son égard malgré la méchanceté de l'enfance.

Pour remercier Rose, le lendemain d'un dîner avec la Princesse, il lui envoyait un sonnet de sa composition, qu'elle parcourait à peine mais ne méprisait pas, bien que le goût d'écrire, à l'inverse de la lecture qui rend savant et fort, lui parût un signe de féminité. Elle rangeait la feuille de papier, au bas de laquelle s'étalait un paraphe à l'encre violette, dans le tiroir du buffet où voisinaient les clés du mausolée des Giuliani et les factures des fournisseurs. La semaine suivante, M. Tiberi rapportait à la Villa le costume croisé dont on supposait qu'il avait été oublié par un ami de mon père, dans le sac en plastique d'un teinturier : il en assurait le nettoyage à ses frais. Rose méritait bien des poèmes mais je n'étais pas de taille à les écrire. Sans elle, je n'aurais pas reçu avec faste une étrangère, mangé et dormi quand je voulais, hébergé des campeurs qui traversaient le pays, bénéficié d'autant d'argent de poche que je le désirais pour l'achat de nouveautés en librairie à l'intention de M. Tiberi, le cinéma et la passe hebdomadaire avec une fille. Je n'aurais pas non plus étudié sans contrainte, rêvassé dans une chapelle, loué des taxis à volonté, amadoué les professeurs qui m'étaient hostiles en sollicitant des leçons particulières à un prix si élevé que pas un ne résistait. Si ces adultes se dérobaient au rapport d'égalité que je leur proposais implicitement par mon sérieux, mon habillement et la distance que j'observais à l'égard de mes condisciples, il ne me restait plus qu'à les soumettre. Et celui qui, non sans mérite, m'avait fait comprendre les équations du second degré, nos exercices terminés dans la bibliothèque où j'installais le tableau noir posé sur un chevalet sans cesse repoussé de pièce en pièce à l'étage, après lui avoir servi un verre de whisky, je l'abandonnais à sa contemplation des tableaux aux murs, sous prétexte d'aller chercher mes cahiers dans ma chambre. La bouteille était entre le siphon d'eau de Seltz et le seau à glace, sur le plateau que j'avais préparé à l'avance ; il la vidait en trois rendez-vous. Je n'oubliais pas le regard qu'il avait à mon retour dans la pièce, et où je plongeais le mien pour qu'il ne m'évite pas. Sa main aux doigts tachés de craie se refermait sur l'enveloppe contenant ses honoraires que je lui avais tendue et qu'il enfonçait aussitôt dans la poche de son veston comme s'il y cherchait une arme. Il s'était levé à regret de son fauteuil à partir duquel il avait cru me vaincre par son savoir. Il me quittait en silence, sans même me gratifier d'un hochement de tête ; debout près de la porte-fenêtre, j'écoutais son pas s'éloigner dans le hall et l'allée, et le claquement de la grille du jardin qui était refermée avec force. Je jouissais de ma souveraineté ; j'avais maté un adulte, un homme, c'était donc que j'en étais un moi aussi. J'aimais bien ces affrontements, sans paroles, ni cris ni violence ; était-ce cela qui, un moment, m'avait fait beaucoup jouer au poker ? Peut-être, si cette souveraineté — ou ce que j'éprouvais comme telle — avait été moins grande, si elle n'avait pas allégé ma solitude, à défaut de la guérir, me serais-je rappelé avec plus de netteté encore les détails de mon incursion, certains soirs, dans la chambre de mes parents qui, en ces lieux où ils avaient vécu et où moi-même je grandissais, ne furent jamais tout à fait morts. Et, probablement à cause de cela, la plupart, sinon toutes les images que je conservais d'eux avaient-elles subi l'appauvrissement de l'habitude dans ce cadre sans déchirure visible et où presque rien ne devait changer jusqu'à mon départ, alors qu'elles auraient flambé aujourd'hui si j'avais été envoyé en exil auprès de quelque oncle ou cousin, ou, mieux encore pour la tristesse, si j'avais été mis en pension au lycée. D'où venait sans doute que j'étais empêché de dire la couleur de ce pyjama masculin qui, à l'échancrure du col, laissait apparaître une épaisse touffe de poils. Sa vue ne me répugnait d'ailleurs pas. Elle m'incitait à me poser des questions sur l'avenir de mon propre corps et, monté sur une chaise, à m'examiner la poitrine et le ventre dans la glace de la salle de bains, où un négrillon de Venise, au sourire Banania, signifiait l'enfance de l'occupant, énorme jouet en bois colorié que je détestais parce qu'il me dominait de toute la hauteur de son turban.

A mon arrivée, dans la chambre conjugale, mon père ne bougeait pas, les yeux mi-clos ; un air de lassitude lui était venu avec l'ombre de la barbe qui soulignait l'ovale de son visage, sa tête creusait le coussin, le désordre de ses mèches révélant les golfes qui s'étaient élargis aux tempes ; sa main était tendue vers le cendrier de cristal qui luisait sous la lampe de la table de nuit, dans le tiroir de laquelle il y avait un revolver que je faisais semblant de ne pas remarquer. Par la suite, Rose et M. Solinas m'affirmeraient que je m'étais trompé, que j'avais confondu avec le brillant de la nacre d'un porte-cigarettes. Mais je n'y croirais pas, je voudrais l'arme de mon père, je ferais des scènes ; n'étais-je pas l'héritier de tout ? Pendant que je m'approchais du lit en essayant de conserver l'expression du malheureux qui espère du secours, ma mère s'était redressée à demi, sans être gênée par sa tenue, et commençait à rire. Rose exceptée, quelle femme aurait ri autant que maman, du moins en ma présence ? Maman : il fallait cependant renoncer à l'emploi de ce mot ; dans la bouche d'un adulte de mon âge, il gênait, quand il n'amusait pas. Et ce n'était pas ce qu' il y avait de moins pénible dans le fait de vieillir ; il interdisait, sous peine de ridicule, d'user de diminutifs en public et condamnait à comprimer toute tendresse dans votre for intérieur, quand elle vous venait. Par bonheur, il n'y avait plus personne pour m'inspirer un tel sentiment ; je ne parlais que pour moi-même ; j'en profitais.

La combinaison de maman, dont l'étoffe couleur de chair était en mouvement sur ses seins ronds, comme une perpétuelle caresse, remontait haut le long de ses jambes que même des mannequins n'ont pas, quand elle rejetait la couverture pour m'accueillir, cherchant en vain, du pied, ses mules sur la peau de chèvre aux poils très longs. Je l'avais du reste revêtue pour jouer un berger dans une saynette à la maternelle ; les menus ongles peints en rouge y disparaissaient aussi vite que des coccinelles dans l'herbe — ces coccinelles dont l'apparition réjouissait beaucoup M. Tiberi : elles mangeaient les pucerons des rosiers de la façade, évitant l'usage des insecticides.

Maman avait un mouvement sublime de l'épaule pour rattraper l'une des bretelles en train de glisser — pourquoi réserver sublime aux chefs-d'œuvre de l'art : un mouvement ne pouvait-il pas le mériter aussi ? Mais je ne lui laissais pas terminer celui-là, je lui avais déjà sauté au cou ; elle basculait en arrière et s'esclaffait de plus belle si, à la hauteur de sa hanche, sous la soie, j'étais parvenu à saisir entre le pouce et l'index un élastique dont l'utilité m'échappait et sur lequel je m'efforçais de tirer. Lorsque j'y parvenais, le caoutchouc claquait ensuite sur sa cuisse. « Tu me fais mal », criait-elle, et un rire encore démentait ses paroles. Il était doux de me couler contre cette poitrine, ce ventre, d'y respirer cette odeur qui, après le départ de maman, persisterait dans un châle de laine et certaines armoires, qui me submergerait à l'improviste, un quart de siècle plus tard, dans la cabine de l'ascenseur d'un grand hôtel où un autre corps était à découvrir dans une autre chambre. Et alors je mettrais du temps à comprendre qu'elle émanait du manteau de fourrure de la femme entrée sur mes talons, parce que cette femme au regard soudain étonné, incertaine de la nature du frémissement qui me parcourait et qu'elle n'espérait sans doute plus susciter chez un homme, était vieille. Elle avait l'âge que ma mère aurait atteint sans la maladie, et demeurait fidèle à ce parfum sans doute en vogue dans sa jeunesse et dont je m'étais retenu de lui demander le nom pour ne pas augmenter l'équivoque de la situation, ou dissiper un éventuel sentiment de bonheur si je m'en expliquais. Maman n'avait pas vieilli. Je me blottissais contre elle, terrain mouvant où mon corps s'étalait à son aise, y déchargeant sa nervosité par secousses, mais je jouissais également, au cours des secondes précédant le sommeil, d'être adossé à la masse musculeuse de l'homme qui bientôt éteindrait la lampe sans avoir prononcé un mot, sa cigarette finie. J'éprouvais la même sensation de chaleur qu'à la plage, quand il nous emmenait pique-niquer dans la crique en bordure des terrains qu'il comptait remettre en culture, peut-être parce qu'il s'ennuyait, lui qui avait beaucoup voyagé, pas mal bourlingué, connu la guerre, qui avait même débarqué à New York en qualité de mousse à bord d'un cargo, et n'était plus, à la Villa des Palmiers, qu'un amant doublé d'une sorte de régisseur. Je somnolais, à plat ventre sur le sable, mais la tête à l'ombre du rocher au pied duquel, se confondant avec ce bloc rougeâtre, aux proportions de menhir, Fabio, qui avait tombé la veste — rien que ce vêtement — et retroussé ses manches de chemise jusqu'au coude, son chapeau repoussé sur son front en sueur, les dents serrées sur un bâtonnet de bois de réglisse, contemplait en silence tantôt la ligne de l'horizon, tantôt sa femme et son fils presque nus. Parfois il se dressait d'un bond de danseur cosaque pour lancer un galet qui ricochait très loin à la surface de l'eau ; il hésitait à se rasseoir, le vent enroulait autour de sa jambe la serviette de bain qu'il avait piétinée — d'un coup de talon, il écrasait ce serpent. Madeleine, en se retournant sur elle-même, soupirait : « Raconte donc quelque chose au petit... — Que veux-tu que je dise ? » répondait-il. Alors elle souriait. Il n'y avait rien à dire, en effet. Nous étions heureux ; je l'étais, en tout cas, avec l'impression que le bonheur m'était dû et la certitude qu'il devait revenir à date fixe comme les fêtes du calendrier. Je ne verrais de couple plus désassorti socialement que parmi les clients de l'Amiral, mais il fallait sans doute écarter une telle comparaison qui s'inscrivait en faux contre la durée de l'amour, car je n'avais aucune raison de douter de la solidité et de la sincérité de celui qui avait uni mes parents : il m'éclairait encore au moment où Rose annonçait son arrivée à Paris, et sa lumière renversait les perspectives. Madeleine et Fabio étaient maintenant plus jeunes que moi ; dans vingt ans, ils seraient comme les enfants que je n'avais pas eus. Je ressemblais physiquement à mon père au point que Bianca, dans le brouillard de la sénilité, me prenait pour lui quand il avait mon âge, et que sa dernière phrase intelligible, le jour où l'on renonça à la transporter de son lit au fauteuil à bascule, fut pour me commander d'atteler la mule. Ce qui avait constitué, jadis, la première tâche de son petit-fils, Fabio, quand, à l'aube, elle partait dans la campagne à la recherche de fruits, d'œufs et de légumes frais pour l'auberge, à bord de sa carriole dont on tournait le frein, sur le côté, comme la manivelle d'un moulin à café. L'image était de Rose, qui décrivait très bien la scène ; je lui demanderais à Paris si je n'avais pas inventé que Fabio, au retour, attachait l'animal à la grille du tombeau des Giuliani. Bientôt un cousin navigateur l'embarquerait sur son cargo, mais il avait déjà eu le temps d'entr'apercevoir Madeleine, qui n'était pas de son monde, à un bal donné à l'auberge pour un grand mariage, d'en être ébloui et de se jurer : « Je l'aurai. » De lui, j'avais aussi la touffe de poils qui montait jusqu'à ma pomme d'Adam, et où l'on distinguait les premiers fils gris si je ne boutonnais pas bien ma chemise. Et tout cela s'arrêterait à moi. Le célibataire me semblait comme le dernier chapitre d'un livre sans commencement mais qui, avec lui, s'achevait ; j'étais un point final. N'était-ce pas curieux, à la réflexion ? Jamais Elena Santarcangeli ne m'avait interrogé au sujet de mes parents. Sans doute s'attendait-elle à être accueillie par eux, la première fois, et avait-elle supposé que le jeune garçon rencontré dans la maison de la gardienne du tombeau, que ses manières, son accent et sa pâleur accentuée par le sombre de ses habits écartaient en apparence du milieu social de Rose, lui transmettait leur message en l'invitant à dîner. Il ne surnageait, en fait, que quelques détails de cette soirée-là. Nous avions décidé d'éclairer les pièces en façade, du rez-de-chaussée au second étage. Cependant, avant d'entrer dans la « chambre du balcon » où, jusqu'à la vente de la Villa, neuf ans plus tard, tout serait laissé tel que l'avait photographié le dernier regard de mes parents, Rose et moi avions hésité, comme si la lumière risquait de détruire les ultimes traces de présence, en suspens dans l'air de cette pièce dont je m'abstenais le plus possible de franchir le seuil depuis mon retour sous le toit familial, six mois après la mort de mes parents. N'y pénétrait que la femme de ménage pour l'aérer une matinée par semaine, et disparaissait ainsi peu à peu une odeur qu'on aurait dû au contraire retenir, un mélange d'encaustique, de poudre de riz — parlait-on encore de poudre de riz ? —, d'eau de Cologne, de bergamote et de lavande séchée, de tabac blond, plus la composante que pas un chimiste ne saurait isoler et qui provient de la vie d'un couple, sueurs, humeurs et rêves mêlés. Car c'était dans cette odeur que j'avais été conçu avec un plaisir dont il n'y avait pas à douter.

Ma cousine, accaparée par les préparatifs du dîner, la recherche de la plus belle vaisselle dans les buffets et les questions de toilette depuis le moment où l'invitation avait jailli de ma bouche devant l'étrangère à la canne, qui excitait mon imagination, avait dû renoncer à sa sieste. Du coup, elle s'était privée de la possibilité d'invoquer ces apparitions en songe à la faveur desquelles mes parents étaient censés lui fournir des directives, en cas de difficultés ou de problèmes. Finalement Rose avait posé la main sur le commutateur : la « chambre du balcon » serait éclairée comme les autres pièces de la Villa en l'honneur d'Elena Santarcangeli. Qui nous reprocherait d'agir pour le mieux afin d'honorer la mémoire des absents ? Ce qui était d'ailleurs, sur un plan général, l'unique article de la morale qu'elle m'enseignerait. Et elle me transformait, si, avec le recul, je l'interprétais bien, en une sorte d'acteur débutant livré à lui-même et au public, après la défaillance des deux titulaires des principaux rôles, et qui, pour soutenir l'honneur de la troupe et sauver la représentation, se devait à lui tout seul de peupler la scène. Il devenait normal que je dépense pour trois.

Nous avions donc allumé, outre le lustre qui, sur six lampes, en avait trois dirigées vers le plafond, l'applique au-dessus du lit et les deux abat-jour enjuponnés, l'un sur la coiffeuse où il rendait translucide un flacon de cristal en forme de guitare, l'autre sur une console d'angle où traînait encore une paire de bas que Rose avait aussitôt ramassée avec un soupir pour la ranger dans un tiroir. Il y avait un geste que les femmes n'accomplissaient plus aujourd'hui : mouiller en hâte la pointe de l'index et frotter de salive le mollet à l'endroit où une maille vient de filer, et ensuite relevant la tête et puis la secouant pour rejeter en arrière les mèches tombées sur son front. Si maman me surprenait à l'observer, aussitôt elle me menaçait du doigt, mais c'était pour rire. Les femmes portaient désormais des bas indémaillables ; leur théâtre de séduction y avait sans doute perdu. Elena Santarcangeli ne pouvait avoir mangé du gibier la première fois qu'elle était venue à la Villa. Comment M. Solinas serait-il allé à la chasse puisqu'il avait été averti seulement au milieu de l'après-midi ? On avait dû commander les viandes à la meilleure boucherie de la ville, dont nous étions les clients depuis toujours, celle de Mme Catta, une femme presque de la même taille et de la même corpulence que l'amant de Rose. Des traits extraordinaires de régularité, de la majesté même quand elle désossait une épaule de mouton, une couperose qui lui donnait l'air de sortir d'une bagarre à coups de griffes entre femmes, elle commandait à quatre commis et avait deux motifs de fierté dans la vie. Le premier, elle l'avait sous les yeux une partie de la journée : son fils blond et musclé comme un rameur d'Oxford, élevé par M. Tiberi jusqu'au niveau de la classe de quatrième, d'une beauté qui s'annulait presque d'elle-même à force de perfection, joueur de poker la nuit, caissier de magasin l'après-midi. Le second, c'était une nièce dont elle vantait le courage et l'endurance qu'elle avait montrés, toute jeune, pendant la guerre, sans jamais nous préciser en quoi avaient consisté ses épreuves, pour enchaîner aussitôt sur l'éclat de son mariage avec un avocat de Paris, le même qui, un jour, recruterait Marthe Dieudonné comme stagiaire avant d'en faire sa maîtresse : le monde était petit, du moins celui où convergeaient les réussites sociales, et aux alentours duquel je serais voué à bourdonner sans y entrer vraiment.

Pour ce qui était de la force physique, on admettait volontiers que sa nièce Sabine, l'héroïne de ces drames réduits à des allusions entre deux coups de hachoir, avait eu de qui tenir, quand on observait sa tante toujours chaussée de bottes d'égoutier, en train de manier la scie qui faisait grincer des dents, de charger un quartier de bœuf sur ses épaules, ou de laver à grande eau le carrelage, derrière les grilles fermées qui projetaient un damier d'ombres sous les arcades. Campée au milieu de la chaussée, elle arrêtait, par un signe d'auto-stoppeur, les camions remplis de meuglements, qui se rendaient du port aux abattoirs, et sautant d'un bond sur la plate-forme arrière dont elle redescendait avec un élan de soldat lancé à l'attaque, à la bouche un sifflement de berger qui autorisait le chauffeur à redémarrer : elle avait vérifié la qualité du bétail qui lui était destiné et ne formulait pas d'objections. Malgré ses tabliers et ses bras où le sang, à la fin de la journée, prenait des teintes de vieux crime, elle ne renonçait pas à maquiller et à poudrer son visage qui était comme le premier état de ce que son fils, de huit ans mon aîné, perfectionnait de saison en saison. Elle avait le tic de se mordiller sans cesse les lèvres, qu'elle enduisait de rouge à la mode d'un temps où l'on se dessinait un cœur sur la bouche. La sienne se transformait ainsi en gueule de lionne conservant au coin des babines les traces d'un carnage dont témoignaient dans son dos l'amoncellement de langues et de poumons, les grappes de foies et les agneaux écorchés et sans tête, sur le comptoir au bois creusé en son milieu par le raclement des couteaux, comme les marches d'un monument par les millions de pas des visiteurs.

De quoi parlerais-je avec Rose, sinon du passé, quand elle en aurait terminé avec ses promenades de touriste et ses examens médicaux de routine ? Je lui demanderais s'il était exact que Mme Catta avait enfermé en punition dans la chambre froide, jusqu'à ce qu'il eût attrapé une pneumonie, l'un de ses employés soupçonné de la voler, et si elle était parvenue à nous procurer, pour le premier dîner avec la Princesse, ces morceaux de hampe ou d' « araignée » qu'elle me remettait d'autorité, enveloppés de papier jaune, lorsque je passais devant sa boutique. Car elle n'en avait pas tous les jours à vendre et les réservait aux élus, non pas systématiquement des riches, mais des gens qui bénéficiaient de sa sympathie. Ayant connu mon père, laissant parfois entendre avec un sourire qu'ils avaient goûté à la chose ensemble dans leur jeunesse, elle disait de moi à ses clientes : « C'est le petit de Fabio et de Madeleine », en me serrant contre sa poitrine. Je me retenais de respirer pour ne pas succomber à l'odeur fade d'entrailles qui émanait de tous ses pores et m'enveloppait jusqu'à la nausée. Il ne fallait sans doute pas trop tarder si on voulait la revoir vivante, à l'hospice. Elle était veuve ; on ne l'imaginait pas avec un mari.

Rose me confirmerait sans doute que M. Solinas, pris au dépourvu, s'était heurté à tant de problèmes pour s'habiller qu'elle avait presque dû se fâcher pour qu'il accepte de dîner avec la Princesse. Hors de son magasin où il portait toujours la même flanelle grise, rehaussée à un revers par le liséré bleu de la médaille de la Résistance, il n'appréciait que les tenues de treillis et les vestes de velours, qui convenaient aux rondeurs de sa personne et de sa psychologie, et dissimulaient un peu son déhanchement de pantin. Le costume qu'il avait déniché pour la circonstance était à ses mesures d'une époque où il ne se vantait pas encore de peser plus de cent kilos. Aussi, afin d'éviter que les coutures ne craquent, à chaque bouchée, les coudes au corps, se penchait-il d'un bloc à la rencontre de sa fourchette qu'il redressait vers lui par une torsion du poignet, mais peut-être, ce détail, le tenais-je d'un récit de la soirée qui allait être délayé par les autres, au cours de l'année suivante. Je ne devais pas être moins raide que M. Solinas sur ma chaise. Rose avait estimé qu'il me fallait une chemise de soirée et, malgré la crainte que Bruna, la Sarde au sourire éclatant encore à mon service, ne rate la confection d'un plat loin de sa surveillance, elle était parvenue à s'en procurer une avant la fermeture des magasins. Mais de ce genre et de cette qualité, elle était évidemment destinée à des adultes, le plus petit d'entre eux ayant une taille supérieure à la mienne, en dépit de ma récente poussée de croissance. Il avait été nécessaire de réduire la largeur de la chemise grâce à un système d'épingles dans le dos que Rose, à genoux derrière moi qui étais entravé par le pantalon à mes pieds, avait improvisé avec la fièvre d'un grand couturier retouchant sur un trait de génie un modèle de sa collection quand ses salons sont déjà envahis de journalistes et de clients.

De revoir Elena Santarcangeli toujours appuyée à sa canne, dont je me demandais à présent si elle ne servait pas autant à une espèce de coquetterie qu'à ses déplacements, s'attarder sans commentaires, quoique longuement, devant les portraits accrochés aux murs de la bibliothèque et donc inévitables sur le chemin de la salle à manger, ne résultait-il pas du chevauchement de plusieurs scènes au cours desquelles s'était renouvelée une attitude où la politesse et l'intérêt entraient en parts égales ? La Princesse ne pouvait prendre pour des portraits d'ancêtres ces peintures que mon grand-père maternel, l'avoué inventeur d'apéritifs à ses moments perdus, avait achetées à la faveur des successions, liquidations et faillites qu'il était appelé à régler. La propriétaire d'un palais romain devait avoir l'œil trop exercé pour ne pas reconnaître des têtes de caractère dans cette galerie composée du Philosophe, du Marchand, de la Jeune Fille, du Vieillard à qui je trouvais, sans doute à cause de sa perruque, un air de ressemblance avec l'un des bustes du tombeau des Giuliani, et enfin de mon préféré, le Prélat, figure large et autoritaire dont la chair rosissait à la lueur de l'incendie qui montait de la pourpre de sa robe. J'y tenais tellement que je l'avais emporté à Paris, au lieu de l'abandonner avec ses compagnons dans le grenier de la Maison du Torrent où Rose avait rangé toutes les affaires dont je ne voulais pas m'encombrer et que l'on aurait bien le temps de vendre. Je m'en lasserais pourtant, et à peine l'aurais-je avoué que Marthe Dieudonné me procurerait un acquéreur qui payait en liquide ; elle servirait d'intermédiaire. Sans doute, de mèche avec son grand-père, m'avait-elle joué la comédie, calculant mal son coup par excès de méfiance, comme cela arrivait quelquefois aux cyniques face à des sentimentaux dont ils ne mesuraient pas bien la faiblesse. Si seulement elle avait insisté dans son admiration pour ce tableau, je le lui aurais donné. Quand les cyniques se trompaient, c'était surtout dans l'évaluation de la crédulité de leurs victimes ; ils la sous-estimaient souvent. Je le savais pour avoir, au gré des tangages de l'existence, roulé d'un bord à l'autre, mais parmi toutes les vilenies ou bassesses que j'avais à me reprocher comme tout un chacun — mais peut-être moins que beaucoup parce que, la chance m'ayant presque toujours servi au bon moment, il m'avait été facile de demeurer vertueux —, aucune ne m'avait conduit à tromper la confiance mise en moi, quand on m'en accordait. Je ne m'attribuais cependant pas comme des vertus des vices que je n'avais eu ni l'occasion, ni le goût, ni le courage de pratiquer.

Quoi qu'il en soit, de la première soirée qu'Elena Santarcangeli avait passée à la Villa, sur deux points j'étais formel. Ils concernaient la paire de bas et la chemise d'homme rajustée tant bien que mal, à la dernière minute, pour que je ne flotte pas dedans. Lorsque Rose avait déployé devant elle cette soie si légère qui ne serait plus remplie, qui remuait doucement comme hier quand elle séchait sur le fil tendu entre les palmiers du jardin, je m'étais frotté de toutes mes forces contre l'armoire pour combattre le picotement que je sentais aux yeux. Des pointes d'épingles m'avaient déchiré la peau, de la nuque au creux des reins. En bas, M. Solinas nous criait de nous dépêcher ; l'invitée descendait de la Traction avant qui, quelques mois auparavant, avait emmené au port Fabio et Madeleine pour le voyage au bout duquel brillaient les yeux de la bécasse. Elena Santarcangeli, que nous étions allés, Rose, M. Solinas et moi, accueillir en procession à la grille, arborait le même tailleur de voyage qu'elle portait l'après-midi lorsque je lui avais été présenté à la Maison du Torrent, où, peut-être pour mieux écouter la proposition d'un enfant, elle avait suspendu le geste qui lui était habituel au cours de la cérémonie du café et préludait à la fin de la visite. Tout en parlant, elle plaçait sous le sucrier une enveloppe tirée de son sac et destinée à Rose, gardienne du mausolée, comme s'il s'agissait de caler ce récipient. Je n'étais plus en mesure de décrire la coupe, le style et le tissu de son vêtement, mais en définir le genre, ça oui, et sans risque de me tromper puisque par la suite elle ne s'habillerait jamais différemment dans la journée.

En outre, on m'avait assez répété que devant le trio que nous formions, dont les efforts pour être élégant devaient être visibles au premier coup d'œil, même si l'illumination de la façade n'aboutissait qu'à créer une zone de lumière laiteuse au bout de l'allée, la Princesse s'était excusée de n'avoir pas eu de quoi se changer à l'hôtel. Elle avait quitté Rome comme d'habitude, sans imaginer qu'elle recevrait une invitation dans une ville où, depuis la mort d'une cousine germaine de sa grand-mère, mis à part Rose et le chauffeur de taxi, elle ne rencontrait que l'employé de la perception à qui elle versait l'impôt foncier pour ses hectares de maquis dans les collines. Dès l'année suivante, elle aurait soin de glisser une robe du soir dans ses bagages — une robe toujours de couleur noire — et des bijoux aussi, de sorte que, pour ne pas être en reste, entraînée dans la spirale de la surenchère, à partir du printemps Rose soumettrait à sa couturière tous les patrons de robes servis en prime pour l'abonnement à des revues de mode, et bientôt ne se contenterait plus de vider la cassette contenant les bagues et différents colliers de ma mère, que l'on changeait régulièrement de cachette à la maison. Elle retirerait d'un coffre à la banque la broche « oiseau de paradis », qui avait une monture en or pavée de brillants jonquille, de saphirs et d'émeraudes. Mon père l'avait gagnée au poker. Je l'avais encore, mais par miracle. Si je n'avais pas eu la certitude que c'était l'unique cadeau de valeur offert par un jeune homme pauvre à sa femme plus riche que lui, cent fois je l'aurais proposée à Marthe Dieudonné, à l'époque où je me figurais qu'elle et son mari étaient la sœur et le frère qui m'avaient manqué, oubliant que l'une de mes craintes avait été que mes parents ne m'en donnent, et ma consolation, à leur mort, de n'avoir à partager leur souvenir avec personne. (Et si je faisais à Rose la surprise de lui céder la broche, la semaine prochaine, en souvenir de nos dîners après lesquels, par exception, elle couchait à la Villa des Palmiers, lavant et rangeant la vaisselle tard dans la nuit, de peur que la femme de ménage n'ébrèche ou ne casse la porcelaine dont elle avait consigné l'inventaire dans un cahier ?) Mais peut-être le surcroît d'élégance que j'avais cru déceler, au fil du temps, chez la Princesse n'était-il qu'une illusion due au fait que plus je grandissais, plus je devenais capable de scruter les personnes et de connaître l'importance de certains détails. Par exemple, sous l'influence de M. Tiberi, j'apprenais à m'intéresser à la forme des mains. Mon précepteur en répertoriait huit ou neuf, sans compter les catégories intermédiaires dont la complexité le passionnait. Il avait voulu m'apprendre à les distinguer toutes, et, un après-midi où le mistral avait interrompu sa leçon de latin sur le banc du jardin — toujours hachée de digressions sur les sujets les plus divers, mais non les moins utiles à mon éducation comme j'aurais l'occasion de le constater —, nous nous étions réfugiés dans la bibliothèque. Et, comme tout était préférable à la règle de l'ablatif absolu, j'avais commencé à transcrire sous sa dictée quelques-uns des rudiments de chiromancie qu'on lui avait enseignés au pénitencier. Mon regard allait sans arrêt de la paume de ma main gauche à la feuille posée sur le bureau de l'avoué, d'où montait une odeur d'encaustique. Je m'appliquais à discerner les sept montagnes, les sept lignes principales correspondant aux sept planètes, et ce qui, aux jointures des doigts, correspondait aux douze signes du zodiaque. M. Tiberi m'avait prévenu que, même si je n'y croyais pas ou si, pour l'imiter, je me bornais à interpréter les données du présent sans me hasarder à des prophéties, cela me serait utile en société, et que j'en tirerais un certain prestige : on n'était jamais assez mystérieux. « Et puis tu verras, avait-il ajouté, les gens n'aiment qu'une chose, c'est qu'on leur parle d'eux-mêmes, rien que d'eux-mêmes », et il devait y avoir dans son accent la tristesse d'un homme à qui le recours à cette recette permettait de vivoter. En préambule, il m'avait conseillé de ne jamais dire à mes interlocuteurs, le cas échéant, que ce qui allait dans le sens de leurs espérances. Je n'aurais pas grand mal à les deviner, avec de l'entraînement, je les sentirais comme palpiter entre mes doigts. L'important ne serait pas, en général, de connaître leur avenir, dont je serais de toute façon exclu, mais de percer le secret de leur caractère ; il ne m'avouerait jamais qu'il s'était mis à donner des consultations en ville, se rendant au domicile de ses clientes, qui, au fur et à mesure, lui en recrutaient d'autres, mais la monotonie des aspirations de toutes l'accablait : « Tota mulier in utero. » Il n'allait pas rater celle-là...

Preuve qu'il me tenait en assez haute estime pour ne pas me cacher la vérité, après un long silence entrecoupé d'allusions à la chaleur du jour, qui m'invitaient à mettre une bouteille de vin au frais, il m'avait déclaré que je possédais la main *nécessaire* qui dénote le goût de l'activité et l'application au travail. Qu'est-ce qui lui avait fait dire que j'avais des qualités dont je n'aurais pas besoin dans la vie ? Je ne l'écoutais plus ; j'étais vexé et peut-être triste. J'espérais avoir, même amoindrie par une mixité, la main *psychique*, la plus rare et la plus belle, et qui, avec ses doigts sans nœuds, révélait l'individu doué d'une intelligence supérieure, tourné vers les arts et s'y épanouissant dans une ascension lente mais irrésistible — et ainsi Rose aurait-elle pu recevoir plus que des poèmes de circonstance. Ma déception était sans doute à l'origine de l'oubli dans lequel devaient tomber les raffinements de précision qu'il me fournissait avec des dessins à l'appui, mais le peu qui m'en était resté, je l'avais utilisé quelquefois par jeu, pour capter l'attention d'un auditoire. Quitte à en être troublé, il me fallait bien reconnaître que, lorsque je ne m'étais pas encore aperçu que mon argent suffisait à me faire admettre dans la bande du Café de l'Horloge et que je tâchais de me rendre intéressant par tous les moyens, j'avais repéré dans la main de Taïeb la croix dentelée qui, sur la ligne de vie, signifiait une mort violente, et dont M. Tiberi disait que, s'il avait su en temps utile qu'elle n'existait pas dans la sienne, il n'aurait pas passé deux jours et deux nuits dans une cellule avec les sentiments d'un condamné à mort, en proie à des images de bonheur romain qui le déchiraient, à des élans vers Dieu qui l'humiliaient maintenant ; il se serait dispensé aussi de payer son avocat commis d'office, avec des livres sur l'histoire de l'île, introuvables en librairie depuis une éternité et mis à l'abri, avant sa tentative de fuite, chez son cousin le chanoine. Dans ces bouquins, il était souvent question de la famille maternelle de la Princesse, de ces Giuliani qui conduisaient périodiquement des révoltes contre la République de Gênes, et qui, dès le Moyen Age, par tactique, avaient, grâce à des mariages, noué des alliances avec la noblesse des États pontificaux. Savais-je que l'un d'eux était le fondateur de la garde personnelle du pape, composée de compatriotes plus unis et braves que les Suisses, leurs successeurs ? Elle avait été dissoute sur l'injonction de Louis XIV pour avoir renversé le carrosse de l'ambassadeur de France. Savais-je que les responsables n'avaient pas été chassés, selon les promesses, mais reversés en douce dans le corps de la gendarmerie qui n'allait plus cesser ensuite de recruter des insulaires ? Ils s'agglutinaient dans le quartier de Trastevere, San Crisogono était l'église de notre émigration. Si j'y allais un jour — j'irais —, je verrais à mi-hauteur du second pilier, sur la droite, une plaque où était gravé le nom de plusieurs officiers et je découvrirais dans la liste celui d'un homonyme de M. Tiberi — jusqu'au prénom qu'ils avaient en commun. « Je suis déjà mort à Rome », m'avait-il dit avec satisfaction, mais à Rome nous y étions tous avant d'être nés, n'est-ce pas ?

Savais-je que, par délicatesse, le pape avait envoyé un escadron de ces mêmes gendarmes, devenus dans l'intervalle des sujets français, pour accueillir à la frontière les sœurs de Louis XV qui fuyaient la Révolution ? Je ne savais rien ; je ne demandais qu'à apprendre, pourvu que ce ne fût pas le latin ou les mathématiques. Je saurais donc pour toujours des tas de choses qui me serviraient encore moins que la chiromancie. Par exemple, que, presque à chaud, pour émouvoir l'Europe, un cardinal de curie avait écrit, sous un pseudonyme, un pamphlet sur l'affaire de la garde, qui était désormais sans prix. Mon précepteur avait eu la chance d'en dénicher un exemplaire à l'étalage d'un bouquiniste de la place Borghese, en sortant du Cercle de la Chasse, dont les adhérents, indifférents aux richesses de leurs bibliothèques familiales, n'éprouvaient aucun intérêt pour les curiosités de la bibliophilie ni pour les ouvrages de l'esprit en général.

On devinait que M. Tiberi aurait aimé offrir celui-là au moins à Elena Santarcangeli, et que son soupir trahissait le regret d'une pauvreté qui l'empêchait d'honorer une interlocutrice avec laquelle il lui était possible encore, une fois l'an, de parler du marquis Doria Ostriconi et de quelques autres d'un moindre prestige mondain. Coïncidence, pure coïncidence, s'il inclinait la tête au moment où l'angélus sonnait au couvent des Dominicaines derrière la Villa des Palmiers, et si, sa lourde mâchoire en mouvement comme pour mastiquer du chewing-gum, il ouvrait et refermait sa main avec lenteur; la fortune n'y était pas inscrite. Du moins était-elle épargnée de ce signe qui chez Taïeb devait me sauter aux yeux, quelques années plus tard, dès que je lui aurais saisi le poignet. Il y avait eu dans mon attitude un flottement vite perçu par le Kabyle, dont les nerfs d'animal ensauvagé hier par la vue et les cris d'un massacre, et maintenus aujourd'hui dans cet état par les demandes de sévices et de coups que lui adressaient certains de ses partenaires — surtout les couples —, étaient toujours à vif. Il avait pris très au sérieux ma consultation de chiromancien, improvisée à une table du Café de l'Horloge en attendant l'heure où il piloterait le serveur qui entamait sa carrière de gigolo à l'Amiral, et à qui il communiquait des recettes. Il conseillait par exemple, afin de surmonter le dégoût ou de prévenir une défaillance, de se badigeonner le sexe de vernis à ongles, le durcissement progressif du produit entraînant l'autre, comme sous l'effet d'une caresse constante, mais en réalité on avait surtout l'impression de s'être abandonné à une bouche glacée qui ne lâcherait jamais sa proie. Pour rassurer mon ami et parce que moi-même j'essayais de m'en persuader par affection, j'avais reculé dans le passé l'épreuve dont je croyais honnête de souligner l'importance sans en préciser la nature. Il avait cru comprendre que je devinais le massacre de sa famille, alors que celui-ci n'était un secret pour personne et qu'il me l'avait peut-être raconté lui-même au cours d'une de ces visites qu'il faisait chez moi à l'improviste, et où je sentais que, si je ne l'autorisais pas à coucher sur un canapé, il aurait dormi sur le paillasson du palier, roulé en boule comme dans les buissons de l'Aurès.

C'était aussi à partir de l'observation de ses mains, dans l'accomplissement d'un geste dont elle ne se doutait pas qu'il se déroulait sous ma surveillance, que je m'étais enfin interrogé sur ce que dissimulaient le sourire et la douceur de Marthe Dieudonné. Même quand elle n'était encore qu'une étudiante boulotte laissant espérer au physique cet épanouissement de la trentaine qu'elle empêcherait de se produire par tous les moyens, chirurgie comprise, ses mains arachnéennes, faites pour les approches, les prises lentes, et pour lesquelles semblait être inventée l'expression « un plan de longue main », m'avaient frappé par leur aspect sans que j'en déduise rien. Au bout de quelques années, quand la bande du Café de l'Horloge avait commencé à se défaire, sans cesser cependant d'aimer la femme de Frédéric et de lui conserver ma confiance, et la plaignant même, puisqu'elle était aux prises avec les difficultés professionnelles des débutants, d'avoir sur les bras, outre un enfant, un artiste dont les chefs-d'œuvre devraient par nécessité sortir de crises d'ivrognerie, j'avais étendu devant elle, à mes affaires et à ce qui me tenait lieu de vie sentimentale, la discrétion observée dès le départ au sujet de ma famille et de mon passé, même si je n'acceptais pas de laisser passer un jour sans lui téléphoner.

Marthe Dieudonné, qui n'avait pas encore recueilli l'héritage de son grand-père et le croyait d'ailleurs limité à sa boutique de province, à son entrepôt près de la gare de Lyon, à leur contenu et à un matériel de faussaire, était gênée de recevoir dans le logement que l'antiquaire lui avait acheté rue de Fleurus à l'occasion de son mariage. Les personnes harponnées au restaurant de l'Amiral, où elle aimait beaucoup que je l'invite sans Frédéric, et où rien qu'à sa ressemblance avec le beau caissier de la boucherie du Boulevard j'identifierais en Sabine Deloffre la nièce de Mme Catta, méritaient d'être reçues ailleurs que dans un deux-pièces-cuisine sur cour, encombré de chevalets, où régnaient des odeurs mêlées d'essence de térébenthine et de couches-culottes en train de sécher sur des radiateurs. Alors je prêtais mon appartement, et sans doute, pour quelques-uns qui étaient au courant des liaisons que Marthe Dieudonné me cachait, apparaissions-nous avec Frédéric comme un ménage à trois ouvert à tous les accommodements. Ce soir-là, selon l'habitude, une chambre avait été transformée en vestiaire pour les invités. J'y étais retourné pour y chercher, en désespoir de cause, un de ces objets — un shaker — qu'un jeune célibataire sans ordre, soudain débordé comme un maître d'hôtel de palace transféré dans une cantine scolaire, sait qu'il a toutes chances de le retrouver dans le lieu le moins approprié. Le brouhaha était tel que Marthe Dieudonné n'avait pas perçu le bruit de mes pas. Elle me tournait le dos, et je m'étais retenu d'avancer. Je l'avais vue se pencher au-dessus du lit où les étoffes s'amoncelaient comme à l'étalage d'un souk, et tirer à elle un manteau de fourrure qui n'était pas le sien — elle devait encore se contenter de drap ou d'« imitations ». Toute la lumière de la lampe de chevet, aussi dure que si elle eût éclairé une table d'opération, se concentrait sur ses mains, sur ses doigts élégants et charnus, à la racine fuselée ; et à leur remuement d'antennes effleurant le corps d'une proie, cherchant à déceler la faille par où la trompe du prédateur puisera ensuite avec le plus de facilité la substance dont il est friand, il m'était apparu dans une illumination qu'ils appartenaient à la catégorie contre laquelle M. Tiberi m'avait mis en garde avec tant d'insistance que son enseignement, sur ce point, ne devait plus s'effacer. J'entendais soudain sa voix à l'accent presque impossible à définir : elle était d'un Italien habitué à parler sa langue avec la pointe d'accent français propre aux élégants de la péninsule, et revenait au français avec un décalage tel, dans la bouche de l'ancien étudiant d'Aix-en-Provence, qu'elle échappait à toute mélodie sociale. Il énumérait avec le même haussement de sourcils qui condamnait mes fautes de syntaxe, et rapprochait en les approfondissant les rides qui quadrillaient son front, droites et régulières comme s'il s'était endormi appuyé à un grillage : amour extrême de soi, indifférence à la douleur du prochain, soif de luxe, absence de scrupules. A ce moment-là, qui connaissais-je autour de moi, qui fût susceptible de répondre à un pareil signalement ? Sans aucun doute, au-delà de cette mer que, assis côte à côte sur le banc du jardin, nous regardions se fondre au loin dans une brume de chaleur, les exemples de l'iniquité humaine abondaient-ils. Mais ici, on était médiocre même dans les défauts — du moins, le croyais-je. M. Tiberi, à qui je l'avais objecté, avait fait avec les lèvres un bruit de chat qui souffle avant de rétorquer que je n'en savais pas aussi long que lui sur les habitants du pays ; on voyait bien que je n'avais pas dépouillé pendant la guerre les lettres anonymes où la moitié de la ville étendue à nos pieds dénonçait l'autre aux autorités italiennes d'occupation. Et par là, sans le vouloir, il révélait que son activité durant cette période n'avait pas été seulement celle du directeur d'une revue irrédentiste imprimée à Livourne. Mais, je ne m'en étais pas rendu compte, je ne l'écoutais plus qu'à moitié. La suite était trop prévisible : réapparaîtrait l'amertume du fuyard dont on avait indiqué la cachette aux gendarmes contre une récompense et qui prenait prétexte de la noirceur des gens pour se dispenser d'un examen de conscience. Je m'abandonnais à ma rêverie qui m'entraînait à Rome ou ailleurs, ou peut-être, car le soleil déclinait, ravivant le bleu de la mer et changeant d'orientation l'ombre des cyprès sur les collines, pensais-je seulement à ce qu'il y avait dans le réfrigérateur pour notre dîner. Terminé son service qui commençait le matin avec le petit déjeuner qu'elle me servait au lit — que j'aille ou non en classe —, la femme de ménage nous rôtissait souvent un poulet avant de quitter la Villa, à la fin de l'après-midi. Nous nous accordions mutuellement la permission de nous passer de fourchettes et de couteaux pour le déchiqueter, M. Tiberi avec ses battoirs, et moi avec mes mains qui n'étaient que *nécessaires.*

Marthe Dieudonné, après avoir jeté un coup d'œil derrière elle, m'obligeant à me plaquer contre le mur du corridor, était venue se planter, le manteau de fourrure sur ses épaules, devant la glace de l'armoire que Rose avait tenu que j'emporte dans mon déménagement, ne soupçonnant pas que quatre pièces à Paris, surtout au cœur de ce quartier bourgeois que j'avais choisi d'instinct à mon arrivée, ne se comparaient pas pour les dimensions aux pièces de la Villa des Palmiers. Marthe Dieudonné se contemplait toujours dans la glace lorsque je m'étais éloigné à reculons, mais je ne connaissais plus cette personne qui avait de si curieux frémissements de la bouche, qui maintenait d'une main la fourrure sur sa poitrine et, de l'autre, se frottait doucement la hanche comme pour l'amincir. De la salle de séjour parvenaient les exclamations de son mari qui, au troisième scotch de la soirée, trouvait une diction à peu près claire. Cependant, je doutais déjà que pour un artiste l'éthylisme, ou n'importe quel excès, fût la condition du génie ou même du simple talent. Ensuite, il n'y aurait plus de dîners chez moi, malgré les relances, plus d'occasions de vérifier, à la faveur d'un geste de tendresse, si Marthe possédait également cette ligne de cœur longue et à peine creusée, signifiant la débauche froide, selon M. Tiberi. Par parenthèse, je ne me rappelais pas ce qu'il avait déduit de la forme des mains de la Princesse, de ces mains qui étaient de couleur ivoire, pas du tout rouillées de son, malgré l'âge, mais qui paraissaient avoir trop de peau. Elle plissait comme celle d'un gant qu'on aurait négligé de boutonner au poignet. Que pensait-il également d'un tic qui consistait à replier le pouce sous les autres doigts, comme font les agonisants ou les enfants à leur naissance ? Mais M. Tiberi, comme chaque fois que ce que nous retenons de quelqu'un va si fort dans le sens d'un intérêt ou d'un désir que nous nous aveuglons sur le reste, n'envisageait sans doute même pas de savoir qui était humainement Elena Santarcangeli, dont il monopolisait la conversation, et qu'il s'était gagnée tout de suite en avançant quelques noms de la société romaine. Il était pourtant le seul, à la Villa, qui fût en mesure de définir la personnalité de cette femme ponctuelle au rendez-vous des morts, mais on est aveugle, on ne juge pas qui se présente à vous avec le charme du passé et vous aide à le ressusciter.

Par-delà le procès, les nuits du condamné à mort qui avait prié un Dieu ressuscité par la peur, les années de prison, l'assignation à résidence et la pauvreté présentes, la Princesse lui ramenait quelques bouffées des bonheurs qui avaient été les siens avant la guerre. Il me les décrivait sans me convaincre toujours de leur véracité, lorsque nous nous promenions dans le jardin, ou que, sur le balcon de la chambre de mes parents — la « chambre du balcon » —, nous étudiions le théâtre des possibilités pour le lendemain, d'après les nuances du ciel au-dessus de la mer — une barre métallique au lointain, sans la lumière du soleil. Le vent, jamais en repos sur ces hauteurs, ébouriffait avec à-propos les cheveux blancs du proscrit méditant face à l'immensité, et qui sortirait de sa rêverie pour m'enseigner des proverbes de marin toscan. Quand les nuages rougeoyaient à l'horizon, il murmurait : « *Rosso di sera, vento si spera* », avant d'enchaîner, s'il croyait avoir distingué la ligne du continent à l'horizon, sur les parties de canotage le long du Tibre, les chasses au renard dans la campagne romaine, l'atelier qu'il louait au Palais Altieri, place du Jésus, dont l'aile concédée aux pauvres et aux domestiques en retraite était baptisée « Shanghai » en raison de sa vétusté. Il y avait aussi le couplet sur les bordels de la rue Sistina et de la rue Gregoriana, la direction de sa revue irrédentiste et les voyages à l'étranger — des « missions », disait-il d'un air avantageux. Tout cela qui, bien sûr, ne m'était pas livré pêle-mêle, mais distillé au fil des jours sous forme d'anecdotes, fourni par des allusions qui, comme autant de coups de pouce, finissaient à la longue par modeler des figures dans ma mémoire, avait été rendu possible grâce aux fonds secrets du gouvernement fasciste. M. Tiberi ne se vantait pas d'en avoir touché ; il affirmait seulement que c'était par son entremise qu'ils étaient parfois distribués aux publicistes et aux journalistes parisiens qu'il rencontrait à l'hôtel Lutetia où il descendait. Et l'on aurait dit que, pour lui, cet hôtel existait indépendamment de Paris dont il ne voulait pas me parler. Il avait retrouvé quelques-uns de ces anciens clients au pénitencier, à commencer par Valdès, le plus célèbre, qui avait pris du galon pendant la guerre en servant d'intermédiaire entre les Allemands, Vichy et l'état-major des hauts fonctionnaires réunis autour d'une banque confisquée à ses propriétaires : je serais appelé à rencontrer son fils à l'Amiral, dans le sillage du protecteur en titre de Taïeb, qui patronnait les débuts de journaliste de ce jeune professeur dans la trentaine, orgueilleux de sa beauté comme une femme ne l'aurait pas été, mais comme l'étaient le plus souvent ses pareils avantagés par la nature. Si, au lieu d'accorder à M. Tiberi ni plus ni moins d'attention qu'aux auteurs de romans policiers dont les personnages sont oubliés aussi vite qu'ils ont passionné, je lui avais posé des questions, je me serais ménagé d'autres profits, à Paris, que celui de mystifier par des sous-entendus un voisin de table qui, dans une boîte à garçons, hésitait encore à se reconnaître pour ce qu'il était, regagnait le domicile conjugal à l'heure de Cendrillon, et qui, pour venir, s'abritait derrière une invitation de ses amis. Avec M. Tiberi, j'avais eu sous la main un témoin de la première importance, l'ethnologue involontaire d'une tribu en voie de disparition aux confins de plusieurs époques. Pendant ses huit années de détention, si l'on pouvait parler d'emprisonnement dans un domaine couvrant plusieurs centaines d'hectares, au bord de la mer, il avait bénéficié de confidences qui ensuite ne seraient plus jamais faites à personne, et concernant des points d'histoire que peut-être les spécialistes peinaient maintenant à éclaircir au milieu de montagnes d'archives. Quand je réclamais des éclaircissements à M. Tiberi, c'était plus volontiers au sujet de la rue Sistina et de la rue Gregoriana, ou de la chasse au renard. Se pratiquait-elle comme cela était montré dans la série de gravures accrochées au mur de l'escalier qui conduisait du hall au premier étage de la

Villa, des cavaliers jetant à l'avant-dernière étape des chiens de manchon — des sortes de carlins — du haut de leur monture, une fois parvenus à la hauteur de la bête qu'ils poursuivaient ? La Winchester de Rose était-elle une arme appropriée ?

La politique m'ennuyait, elle m'assommerait toujours, car je ne croyais qu'aux caractères et aux destins, et je voyais que, si l'on exceptait de Gaulle, il ne s'en trouvait aucun parmi les hommes politiques français du moment. Tout de même, à force de répétitions, je retiendrais que M. Tiberi ne voulait à aucun prix être confondu avec les individus dont il avait partagé le sort au pénitencier agricole ; il désapprouvait, par exemple, leur antisémitisme, qu'il assimilait à une imprudence : Dieu et le peuple juif avaient partie liée depuis le commencement du monde, on y perdait toujours à se mêler de leurs scènes de ménage. M. Tiberi, qui invoquait Dieu alors que la veille encore il s'était reproché d'y avoir cru, les fers aux pieds dans une prison, à la Libération, n'estimait pas qu'il avait collaboré avec l'occupant. Il se considérait comme un Italien jugé par les tribunaux d'un pays qui avait été en guerre contre sa patrie dont il détenait une province depuis près de deux siècles du fait de l'un de ces mêmes caprices historiques qui avaient transformé les habitants allemands des Sudètes en citoyens tchécoslovaques. Toutes les armées en débâcle laissaient derrière elles des éclopés, des traînards, que l'ennemi rattrapait. Pour être allé fleurir la tombe de sa mère, qu'il n'espérait plus revoir, M. Tiberi avait raté, à cause d'un bombardement américain qui avait détruit des ponts sur la route, l'embarquement à bord d'un sous-marin où l'attendaient les principaux collaborateurs de sa revue : un professeur de dessin, un chirurgien et un religieux. Le premier avait depuis acquis de la notoriété en tant que peintre, le second était devenu propriétaire d'une clinique à Rome, le troisième secrétaire privé d'un cardinal — pas n'importe lequel. M. Tiberi avait baissé la voix, qui, en plein air et dans le feu de la discussion, atteignait vite le ton de la plaidoirie, et, assis sur le banc du jardin, s'était tourné de trois quarts vers la fenêtre du rez-de-chaussée dans notre dos, son regard quittant le rosier qui avait paru soudain l'intéresser, pour plonger à l'intérieur du salon à la recherche de la femme de ménage. « Du cardinal Bianchi, avait-il chuchoté enfin. Le Saint-Office, tu comprends. » Mais les bûchers de l'Inquisition ne flambaient plus. Ce que je comprenais surtout, c'est que parfois on jouait sa peau en quelques minutes et que, jusqu'à la fin, on pensait à sa mère, et puis l'ensemble du récit, avec l'idée de revanche et de réparation qu'il m'avait suggérée, était descendu en plongée comme le sous-marin qui n'avait pas attendu l'homme compromis. Il ne devait remonter à la surface de mon esprit que par hasard, à la faveur d'une conversation avec Rose, qui allait réagir très vite. Sauf quand mon plaisir était immédiatement en cause, je manquais de spontanéité, et même si je devinais quel geste s'imposait pour être utile, agréable ou secourable à mon prochain, je négligeais de l'accomplir sur-le-champ, de sorte que mes générosités, que la mauvaise conscience décuplait ensuite, semblaient souvent obéir à des calculs qui m'alignaient sur Marthe Dieudonné ou à des capitulations dictées par le remords. En quoi j'étais à l'opposé de Rose, qui méritait depuis un quart de siècle de recevoir la broche

« oiseau de paradis » de ma mère et ne l'obtiendrait qu'après-demain, c'est-à-dire à l'approche de la vieillesse. Pourquoi ne la lui avais-je pas donnée en quittant la Villa ? Je manquais de talent dans la vie quotidienne aussi, et cependant je n'avais rien entrepris sans réussir. Un soir où, selon son habitude, Rose me téléphonait vers minuit afin de vérifier que la journée s'était déroulée sans problème à la Villa, et que j'avais eu soin de glisser sous mon traversin le carré d'étoffe rouge destiné à chasser les cauchemars, je lui avais rapporté les confidences encore inédites de mon répétiteur, pour prolonger la communication qui était toujours établie par la même postière ; il nous arrivait de bavarder à trois sur la ligne. Ma cousine n'avait pas fait de commentaires.

Le lendemain, M. Tiberi, venu me donner sa leçon, qui avait salué le Boiteux dont le taxi stationnait devant la grille, avait cru que ma cousine utilisait les services de mon chauffeur parce que sa propre voiture était en panne. Mais, en l'accueillant sur le perron, son sac en bandoulière, un imperméable plié sur l'avant-bras, Rose ne lui avait pas laissé le temps d'ouvrir la bouche : « On part en balade. » Il avait voulu déposer son cartable dans le vestibule ; elle avait refusé. Il avait obéi ; avec Rose on ne s'étonnait de rien ; elle était capable, si elle disposait d'une rentrée d'argent inespérée, d'emmener tout le monde dans un restaurant à des dizaines de kilomètres de la ville. M. Tiberi s'était installé sur le siège arrière, à côté d'elle, tandis que je m'asseyais près du chauffeur qui s'engageait dans le raidillon contournant la Villa et, plus haut, le couvent des Dominicaines. La piste se perdait au milieu de la rocaille d'un plateau barré par un écran de figuiers de Barbarie, et l'on se croyait dans un cul-de-sac, quand on n'était plus qu'à une cinquantaine de mètres de la Nationale. Cachée par un tournant, elle évitait la ville et filait vers l'intérieur des terres. Lassé d'entretenir la conversation qui retombait malgré ses efforts, M. Tiberi observait le paysage. La route abandonnait les étendues de fougères, devenait sinueuse, s'enfonçait dans l'ombre verdâtre d'une châtaigneraie, traversait des hameaux aux maisons couvertes de lauzes où l'on avait des échappées panoramiques vers des vallées en friche ou des sommets enneigés. Des troupeaux de cochons sauvages mi-blancs mi-noirs s'égaillaient parfois sur les bas-côtés ; le Boiteux, qui ne pipait mot depuis le départ, la mine renfrognée, klaxonnait sans cesse pour demander le passage ou peut-être se consoler de la vitesse imposée par la prudence car il aimait conduire le pied au plancher, et moi-même je trouvais qu'il ne roulait jamais assez vite. Au bout de deux heures, nous n'avions rencontré, pour le dépasser, qu'un autobus couleur rouille, haut sur pattes, fabriqué sans doute à partir d'un camion, dont l'impériale était à ce point couverte de cageots et de feuillages qu'il évoquait l'engin motorisé d'une troupe de partisans en déroute, à l'armement rudimentaire et fuyant le mitraillage de l'aviation ennemie. Rose, qui chantonnait par moments, avait étalé l'imperméable sur ses jambes et, comme une élève indisciplinée, flanquait des coups de coude à son voisin, qui y voyait une invite à nommer les arbustes, les herbes et, au loin, les pointes de couleur qui annonçaient la floraison. Le jour baissait. C'est à la sortie d'un tunnel creusé dans le roc, lorsque nous avions entendu le bruit d'une cascade et lu certaine inscription sur un panneau plus troué de balles encore que celui qui était en face de la Maison du Torrent, qu'il avait hurlé à l'oreille de ma cousine : « Non, Rose, non », et l'écho de sa protestation avait roulé à travers la montagne, coïncidé avec un envol d'oiseaux dont je n'étais pas parvenu à identifier l'espèce — il l'avait peut-être provoqué. Par la suite, M. Tiberi devait prétendre que ce qui l'avait d'abord tourmenté dès qu'il avait deviné le but de la randonnée, c'était, comme pour beaucoup de gens convoqués chez le juge d'instruction et dont l'angoisse augmente en chemin, la pensée qu'il n'avait pas emporté du linge de rechange, à tout hasard, et que ses dessous, en cas de fouille au corps, allaient révéler leur usure.

Sans se départir de son calme, Rose avait répondu qu'il ferait presque nuit lorsque nous serions arrivés, et que si des gendarmes arrêtaient le taxi, ce qui serait extraordinaire car, d'après tous les renseignements, aucun meurtre n'avait été commis dans la région depuis des mois, ils se borneraient à vérifier les papiers du conducteur. « Vous êtes vieux, Tiberi, avait-elle poursuivi sur un ton de dureté qu'elle réservait, en général, à M. Solinas. Vous avez changé. Il n'y aurait plus que votre mère pour vous reconnaître, et encore... Si vous tenez à mettre ça par précaution — elle avait tiré de son sac une paire de lunettes noires —, je vous préviens : vous risquez de vous casser la figure au milieu des tombes. »

Penchée en avant, la main sur l'épaule du Boiteux qui avait l'air absent, comme pour lui commander déjà de faire demi-tour, elle avait dit ensuite avec l'ironie de qui soupçonne un enfant de mensonge : « De quoi avez-vous peur — vraiment peur — Tiberi ? » Il avait pris une respiration très profonde avant de répliquer d'une voix qui rétablissait entre eux cette complicité des adultes sans illusions les uns sur les autres et dont l'amitié repose sur l'habitude des absolutions réciproques : « Vous le savez bien, Rose, on ne peut avoir vraiment peur que de soi-même. » L'incident était clos, le sursaut de refus apaisé, et pendant que ma cousine précisait que nous emportions un bouquet de fleurs — presque une gerbe —, une boîte de bougies ainsi que deux Thermos remplies de café chaud, cette phrase se gravait pour toujours dans mon esprit. A cause de tant de projets que je renoncerais à exécuter à la dernière seconde, parce qu'ils étaient devenus inutiles à l'accomplissement de mes desseins, cent fois je saurais qu'elle correspondait à la vérité, que j'étais moi-même susceptible du pire et restais honnête par chance. Depuis sa libération du pénitencier, M. Tiberi était interdit de séjour dans l'arrondissement du Sud que nous abordions après avoir franchi un col et où se trouvait le village de sa famille, masse sombre qui s'étalait le long d'une crête, commençait à se couvrir de points lumineux et vers laquelle le taxi, tous phares éteints, glissait avec autant de lenteur que le long de la pente séparant le tombeau des Guiliani de la Maison du Torrent, quand la Princesse était à bord. Il y avait cependant une maison dont les fenêtres ne s'éclaireraient plus jamais et que l'obscurité la plus profonde n'aurait pu dissimuler à notre passager : l'imaginer était sans doute pire que de la voir. Le cimetière était à une extrémité, en surplomb de la bourgade, derrière l'église elle-même située sur une terrasse, flanquée d'un capamile dont l'ocre paraissait retenir l'ultime flamboiement du crépuscule en train de disparaître. Je me sentais presque en mesure de décrire l'ensemble par le détail — le clocher, la façade, les pilastres et les colonnes supportant un fronton tout en arrondis — parce que, avec le Boiteux, je m'étais abîmé dans sa contemplation, pendant que Rose allait ouvrir le coffre arrière. On devinait au froissement d'un papier cristal, qu'elle tendait le bouquet à M. Tiberi, qui, après une minute de prostration, s'était levé de la banquette avec un soupir, pour la rejoindre. Le couple devait s'éloigner en direction d'un enclos dont le muret s'était écroulé par endroits, des buissons de ronces bouchant les ouvertures qui semblaient résulter d'une cannonade. Et Rose, qui était revenue presque aussitôt, avait déclaré, pour nous inciter à la patience, qu'il était impossible à un homme de pleurer pendant une heure d'affilée. Sans doute avait-elle oublié que mon précepteur était parvenu à l'âge où pour tous il n'y a plus que cela qui ait un sens et procure du plaisir, car nous avions ensuite, les vitres baissées, fumé cigarette sur cigarette, vidé chacun deux gobelets de café en écoutant refluer les bruits de la campagne autour de la voiture, et bientôt il n'y eut plus de perceptible qu'un cri de hibou au loin, régulier et lent comme le pouls d'un dormeur. L'air avait cette fraîcheur particulière à la proximité d'une forêt de hêtres et qui nous imprègne très vite de mélancolie ; on en avait un peu l'équivalent dans la chapelle des Giuliani et, en ville, sous les voûtes de la halle aux fleurs, où l'humidité était entretenue par des aspersions continuelles. Enfin, au bruit de pas irréguliers qui se rapprochaient, avant que leur martèlement sur des dalles eût indiqué un détour par le parvis, Rose, ramenant sur elle les pans de son imperméable, avait rejeté la tête en arrière et fermé les yeux. Elle avait la faculté de s'endormir à volonté n'importe où et à n'importe quel moment. La possédait-elle encore à la soixantaine ? Le moteur ronronnait quand M. Tiberi était arrivé à la hauteur de la portière, qu'il allait ouvrir et refermer avec des précautions de voleur. Les phares promenèrent deux pinceaux roses sur le bas du campanile que je croirais retrouver un jour à la frontière de l'enclave portugaise de Macao, au pied d'une église dont ne subsistait que la façade : on poussait la porte et, à la place de Dieu, on avait devant soi la Chine à perte de vue. Un léger ronflement l'indiquait, Rose dormait bel et bien, tandis que nous nous engagions dans la montée du col, et M. Tiberi demeurait tourné vers la lunette arrière. Peut-être distinguait-il encore la flamme de bougies qui se consumaient quelque part à flanc de montagne. Mais très vite il n'entra plus que de la nuit dans son regard. Il était bien deux heures du matin lorsque nous l'avions déposé en bas de l'immeuble où il louait une chambre, ce qu'il avait sauvé de sa bibliothèque étant caché chez une femme qui avait dû être sa maîtresse déjà avant la guerre et chez qui il déjeunait chaque dimanche. Il avait d'une main effleuré mon épaule avant d'embrasser Rose qui se réveillait en bâillant, et puis s'était engouffré sous le porche sans prononcer une parole. Aucun d'entre nous n'avait bronché lorsque le cri de : « *Viva il Duce* », qui tournait au sanglot, nous était parvenu du fond du corridor. Le Boiteux avait aussitôt démarré. A la Maison du Torrent, M. Solinas avait dressé le couvert pour une sorte de collation. Puisque nous avons mangé des fèves fraîches, c'était bien le printemps ; ma cousine avait mis sur l'électrophone les disques de Piaf qu'elle aimait, leurs refrains étaient repris en chœur. A l'aube, pour combattre le sommeil, on avait servi du café très fort, accompagné de toasts. M. Solinas se substituant au Boiteux, bien plus ivre d'eau-de-vie que de fatigue, m'avait conduit au lycée, où, sur ma pâleur, je m'étais fait admettre sans peine à l'infirmerie pour y dormir jusqu'à midi.

Les jours suivants, M. Tiberi s'était abstenu de paraître à la Villa, où, pourtant, l'attendait un de ces plis en provenance de l'étranger, dont la lecture, en général, le mettait de bonne humeur. Convaincu d'être encore l'objet d'une surveillance de la part de la police, soupçonnant sa logeuse de mouchardage, il avait sollicité la permission de recevoir chez moi certaines lettres dont l'envoi serait libellé à mon nom. Moitié pour me plonger dans une atmosphère de conspiration, moitié pour lui être agréable, j'avais accepté, gardant le secret même vis-à-vis de Rose. De loin en loin, je lui remettais du courrier, que, après l'avoir palpé pour estimer, semblait-il, l'intérêt du message à l'épaisseur du papier, il empochait en s'écriant : « Ah ! c'est Rome... », à moins qu'il n'y eût le cachet de la poste du Vatican sur l'enveloppe, auquel cas, comme si je n'étais pas assez curieux au naturel, il en faisait la remarque à voix haute et détachait le timbre — toujours joli, commémoratif de quelque canonisation ou année sainte — afin que je l'offre à un lycéen philatéliste. Pouvait-il ignorer que je n'avais ni camarades ni amis de ma génération, leur préférant la compagnie des paysans, chasseurs ou voisins des environs de la gare, qui avaient conservé, du temps de l'auberge de Bianca et des valses du piano mécanique, l'habitude de venir l'après-midi boire une tasse de café ou un verre d'eau-de-vie chez Rose — sauf le dimanche : ma cousine, M. Solinas et moi nous réservions ce jour. Les visiteurs avaient conservé aussi la manie de cracher par terre, surtout ceux qui chiquaient, les plus vieux. Ils m'accueillaient le jeudi, à la fin de mes stations dans la chapelle des Giuliani, qui, en apparence, ne les étonnaient pas, et peut-être leur donnaient une excellente opinion de moi-même puisque, si jeune, je me préoccupais déjà des morts. Tout ce monde raisonnait, tranchait, polissait des maximes avec des voix lentes. L'ancêtre, qui portait des bandes molletières et une veste de velours brun, tenant très droit son mètre cinquante-cinq, revenait sur le lieu d'un triomphe ; il avait tué un homme à la suite de circonstances que l'on ne disait pas, s'était constitué prisonnier le matin même où s'ouvrait son procès. A minuit, il avait quitté la cour d'assises pour présider le banquet prévu pour son acquittement. Sa passion était de démonter et de graisser la Winchester ; muni d'une sorte de pince, de la salive couleur jus de tabac perlant aux commissures de ses lèvres et qu'il rattrapait par de rapides coups de langue, il avait des gestes de bijoutier pour chasser la goupille d'assemblage de la culasse et enlever la détente. On lui permettait parfois de tirer quelques cartouches ; il descendait sur le rivage, juste en face de l'église des Siciliens ; je n'avais jamais oublié le cri des mouettes, quand l'une d'elle tombait à pic dans la mer, suscitant par sa chute dix, vingt, cent autres mouettes surgies des rochers, des vagues et du fond du ciel. Où était donc passé le revolver de mon père — je me serais exercé. C'était le petit vieux qui m'avait posé la devinette : « Qui le fabrique s'en débarrasse/Qui l'achète ne s'en sert pas/Qui l'utilise ne le voit pas. » Les adultes s'étaient donné la consigne de ne pas m'aider ; j'avais séché jusqu'à ce que je me tourne vers M. Tiberi qui avait réponse à tout, et savait quel usage on faisait des poires à injection, que Bruna la Sarde avait abandonnées au fond d'un placard.

La Princesse fournissait, sans le vouloir, la preuve que M. Tiberi ne mentait pas dans les récits qu'il faisait de sa vie romaine — enfin pas trop. Dès le deuxième dîner, Rose l'avait appelé en renfort, alors qu'il remplissait depuis la mi-octobre seulement, auprès de moi, son office de répétiteur, qui n'allait pas tarder à se transformer en rôle de monsieur de compagnie, car il prenait, à la Villa, le relais de la femme de ménage jusqu'au repas du soir, cinq jours par semaine. Il était instruit, il s'exprimait en italien avec autant d'élégance qu'en français, il avait voyagé à travers l'Europe, et ses manières à table constituaient des leçons si édifiantes que quelques-uns en ville n'hésitaient pas à les payer à leurs enfants. A son école, je désapprendrais à claquer la langue sur le palais quand la nourriture me plaisait, puisque ni ma mère ni Rose n'avaient réussi à me guérir de ce tic. Au cours du premier dîner avec Elena Santarcangeli, ma cousine avait calqué ses gestes sur ceux de M. Tiberi, à en loucher quand il fallait découper la viande ou choisir entre les verres de différente taille placés devant l'assiette. Cet homme qui, du coup, lui imposait de manger à un rythme incompatible avec son appétit décuplé par les heures de travail, le souci de la toilette de deux hommes, outre la sienne, le va-et-vient entre la Villa et la Maison du Torrent au volant de son Aronde, cadeau de M. Solinas, ne pouvait commettre d'impairs. Il citait les préceptes d'un marquis qui était l'oracle des bienséances, à Rome, et, au premier coup d'œil, sans hésitation, il avait indiqué l'usage de chacun des éléments du service à hors-d'œuvre, dont, pour sa part, ma cousine ignorait même qu'on les plaçait dans les raviers. A l'auberge de Bianca, on ne connaissait pas les couteaux à beurre et à sardines, ni la cuiller à olives qui a des trous pour que l'huile s'écoule. Quant à la serpette à glace et à la pince à asperges, les clients les auraient sans doute prises pour des instruments de chirurgie. Rose, incapable également de distinguer le couteau à fromage de celui qui sert à peler les oranges, s'émerveillait d'un raffinement vis-à-vis duquel M. Tiberi, aussi solennel devant les écrins ouverts, l'étalage de l'argenterie, qu'un chirurgien au moment de choisir ses instruments, était à l'aise et comme revigoré. Que je partage sa perplexité avait beaucoup étonné ma cousine. « Alors, tu ne te rappelles pas... », m'avait-elle demandé en soumettant à mon examen un objet en métal terni; il avait échappé à l'astiquage à l'aide du produit qu'elle utilisait pour le calice et la patène de la chapelle des Giuliani, tant elle désespérait d'en déterminer jamais l'emploi : il se révélerait être un couteau-fourchette à melon qui n'était d'aucune utilité en novembre. Que me serais-je rappelé ?

Mes parents ne recevaient personne et vivaient

repliés sur eux-mêmes, peut-être parce que l'on sait quelquefois, ou que l'on agit comme si l'on savait, quand le bonheur ne va pas durer. Malgré la science de M. Tiberi, certaine cuiller dont l'extrémité était en forme de large spatule ovale, légèrement concave et ajourée, garderait son mystère, et je ne l'avais pas encore élucidé, malgré vingt ans de dîners en ville. Dans le complet croisé qu'on lui prêtait pour la circonstance, mon répétiteur, mon précepteur — comment le baptiser au juste : « le vieux salaud », comme disait souvent Rose, qui nuançait d'ailleurs son expression d'indulgence —, ressemblait à ce qu'il eût souhaité devenir et dont il n'avait été que la caricature au pénitencier où il était chargé de classer des livres sans intérêt que des cœurs pitoyables envoyaient à des détenus d'une culture bien supérieure, dans l'ensemble, à celle de leurs bienfaiteurs. Il me l'avait avoué, il s'était imaginé terminant ses jours dans la peau d'un conservateur de bibliothèque — les conservateurs et les papes ne mouraient-ils pas en fonction ? —, propriétaire, par surcroît, d'une maison assez vaste pour accueillir ses parents et les amis de passage — aurait-il épousé la femme qui le nourrissait le dimanche ? Parfois, quand, le souffle court, il s'arrêtait devant la grille et qu'il ne se doutait pas d'être surveillé d'une fenêtre — ou qu'il s'en fichait —, au long regard qu'il jetait à la façade, à l'escalier central à six marches, au portique à quatre colonnes soutenant le balcon et flanqué de chaque côté de rosiers qui ne poussaient pas très haut et formaient une rangée rouge feu, je déduisais que, si les siens avaient gagné la guerre, son premier soin eût été de réquisitionner la Villa. Il s'y faisait domicilier pour les nécessités de sa correspondance, et je regrettais soudain de lui avoir donné mon accord ; n'était-ce pas le signe qu'il continuait en pensée de se l'approprier ? Mais les maisons rapetissaient au fil du temps comme les corps se tassaient sur eux-mêmes. Aujourd'hui, la mienne ne devait plus être aussi grande que lorsque, la nuit, je parcourais ses deux étages et demi, sa douzaine de pièces à la recherche des douceurs semées par ma mère sur les meubles, mais enfin il y avait de la place pour faire du patin à roulettes dans le vestibule, pourvu également de deux colonnes en stuc qui soutenaient la comparaison avec les ornements d'architecture de la chapelle des Giuliani. A qui appartenait-elle aujourd'hui ? Qui découvrait à ma place, mais sans l'aide de M. Tiberi, qui avait été aussi le jardinier du directeur au pénitencier, que, le terrain étant caillouteux, les rosiers avaient besoin d'apports de tourbe et de terre de bruyère, à l'automne, et peut-être de mon époque subsistait-il encore le rosier aux fleurs blanches, au feuillage intact en toute saison, qui prospérait comme le chiendent et dont M. Tiberi, qui avait obtenu une remise de peine grâce à la réussite d'une greffe, affirmait que Pline décrivait l'espèce sous la forme d'une devinette. Ma cousine, qui, après mon départ et la vente, avait passé là sept ou huit ans avant de regagner la Maison du Torrent à la mort de M. Solinas, avait toujours gardé le silence à ce sujet dans ses lettres qui étaient rares, et dans ses téléphonages encore moins fréquents. Il lui en coûtait peut-être de dire que la famille du marchand de chaussures avait hérité de la Villa. Je m'étais abstenu de l'interroger, je ne tenais pas à savoir, mais il avait suffi qu'elle m'annonce son arrivée à Paris pour que, la nuit suivante, je retourne en rêve chez Fabio et Madeleine et entende le bruit de mes propres pas sur le pavement en marbre dans le hall. Dans l'un de ces rêves où autrefois c'était maintenant avec tant de force que l'on ne savait plus au réveil si l'on était angoissé ou heureux, ou encore bouleversé d'avoir entrevu l'éternité, avaient surgi sur le perron des femmes en robes longues taillées dans le même tissu d'un bleu se rapprochant du mauve de la lavande qui envahissait l'un des champs en contrebas de la Villa où les amoureux se donnaient rendez-vous. Elles portaient des lunettes papillon, et presque aussitôt avaient reculé devant la lumière du soleil qui s'était levé au-dessus de la mer avec une rapidité de théâtre ; mêlées à elles, des Dominicaines du couvent voisin se contentaient de se protéger les yeux du revers de la main, et l'on distinguait, à l'arrière-plan, sœur Priscilla qui, lorsqu'elle se résignait à se raser, récupérait son beau visage d'Étrusque aux yeux allongés, mais tailladé, du coup, comme si elle avait plongé la tête en avant dans un massif de rosiers. A cinquante mètres de la maison, Tango, l'airedale de M. Solinas que j'avais fini par adopter, qui mourrait dans des convulsions pour avoir avalé une guêpe et que je veillerais toute une nuit comme un humain, se retournait vers la troupe ; déçu de n'être pas suivi, il aboyait. Au moment où M. Tiberi, qui s'était recomposé un masque de dignité et avait rassemblé des notions de grammaire pour la leçon du jour, se décidait à saisir la chaîne de la cloche dont je croirais plus tard réentendre le tintement à la porte du Cimetière des Anglais, à Rome, où était enterrée la Princesse, tandis que, son cartable sous le bras, il avançait dans l'allée à petits pas, la tête baissée, comme s'il redoutait de piétiner les plantes ayant poussé entre les dalles, ou qu'il eût envie de respirer au passage des odeurs de thym et de menthe, il m'apparaissait soudain suspect de convoitise, et je le haïssais. Délaissant le fauteuil crevé qu'on lui réservait dans le vestibule, où il connaîtrait son agonie et qui n'était retiré de cet endroit que pour la visite de la Princesse, Tango avait filé à sa rencontre et le fêtait. Le renégat, le traître que, quinze ans après la Libération, beaucoup d'humains s'abstenaient toujours de saluer dans la rue, avait une bonne odeur pour les chiens. Cependant l'idée d'humilier M. Tiberi, avec les procédés utilisés contre ce professeur de mathématiques qui capitulait devant des honoraires et une bouteille de whisky, ne m'aurait même pas traversé l'esprit. Dans quelques minutes, quand il serait affalé sur le banc du jardin au préalable épousseté avec son mouchoir à carreaux et qu'il aurait crié : « Où es-tu ? Est-ce que j'ai du courrier ? » — son cartable à ses pieds, rempli de côtelettes, s'il s'était arrêté en chemin chez Mme Catta —, nous redeviendrions d'ailleurs les meilleurs amis du monde. Bâclées nos corvées latines, je me plairais à son bavardage dont le pédantisme était instructif pour un adolescent et sur lequel Rose comptait pour éviter que des silences ne s'installent au cours du dîner avec la Princesse.

M. Solinas, qui demeurait toujours une heure de plus que ses employés dans sa boutique de la place d'Armes, lorsque des clients de dernière minute s'inquiétaient des prix, préférait monter à l'échelle pour saisir les cartons à chaussures, sur la dernière étagère, et montrer leur étiquette plutôt que de répondre. On pouvait exiger de lui qu'il se commande un smoking pour un dîner et passe une nuit à chasser dans le maquis, mais non qu'il ouvre la bouche plus souvent qu'à son habitude. Rose ne s'apercevait pas que le mutisme lui allait bien ; il s'harmonisait à l'aspect massif de son corps. Le coiffeur, qui lui avait rendu visite dans la réserve située au-dessus du magasin où il faisait sa sieste dans des odeurs de box-calf et de semelles de crêpe, lui avait rafraîchi la coupe et, sans la diminuer de beaucoup d'épaisseur, avait retiré à sa tignasse grisonnante et crêpelée presque assez de boucles pour rembourrer le fauteuil de Tango. M. Solinas s'en trouvait tout rajeuni, et, le front et le pourtour du crâne étant dégagés de ce qui, lorsqu'il était en nage, imitait les festons d'une couronne de lauriers, on voyait mieux ses oreilles épilées à la cire par Rose elle-même, son regard noyé de mélancolie, le sourire qu'il affichait pour éviter de s'engager dans une réponse, et qui découvrait des dents dont j'enviais la blancheur — la régularité surtout, puisque j'étais contraint de porter un appareil pour redresser les miennes. Si sa peau brune comme une étoffe qui aurait brûlé sur lui avait été d'un degré à peine plus sombre, il eût été le sosie du colosse illustrant, sur fond de paillotes et de cannes à sucre, la couverture de mon exemplaire de *La Case de l'Oncle Tom.* Et celui-ci, à son tour, était associé à une chanson que mon père, le matin en se rasant, entonnait volontiers avec un accent d'imploration qui me faisait souffrir dans l'amour que j'avais pour cet homme dont la force m'attirait — il exigeait en tout la réussite. J'effectuais le rapprochement à cause d'une phrase du refrain, qui m'était restée : « Au pauvre Noir donne un peu de repos. »

Puisque mon père, en tant que mousse, était descendu à plusieurs reprises sur les quais de New York, peut-être un jour, à l'occasion d'une bordée, avait-il poussé jusqu'en Virginie et constaté une misère qui inspirait livres et musiques. En tout cas, à travers cette superposition d'images, qui me persuadait qu'avec sa carrure il aurait su tirer de sa poitrine une voix aussi puissante que celle de Paul Robeson, M. Solinas parvenait quelquefois à m'attendrir et je ne partageais jamais tout à fait le mépris de ma cousine à son égard. Si le marchand de chaussures n'intervenait que par des oui et des non dans la conversation à table, du moins veillait-il à ce que le verre de chacun fût plein en permanence, sauf le mien parce que, jusqu'à ce qu'il eût débouché les deux bouteilles de champagne brut pour le dessert, après m'avoir d'un mouvement du menton désigné comme le maître de maison dont il fallait pallier l'inexpérience, je n'avais droit qu'à de l'eau minérale. Pas n'importe laquelle, d'ailleurs — de l'eau des sources d'Oria, conseillée pour les bronches et la formation des os, insistait ma cousine, que Bianca avait élevée dans la terreur de la tuberculose et prédisposée dès l'adolescence à l'embonpoint par son gavage. M. Tiberi, malgré sa moue, son geste de refus montrant sa paume où il n'y avait plus rien à déchiffrer, car tout pour lui, à la mort près, était accompli, appréciait autant que l'on resserve du vin et que l'on repasse les plats. Huit ans de calme et de plein air entre les études et les fleurs, au pénitencier, avaient réparé dans son organisme les désordres de la noce romaine ; ensuite, une existence où il était assuré seulement de cinq repas par semaine, sur un coin de table, avec un gosse — outre le déjeuner du dimanche avec la vieille maîtresse qu'il n'épousait pas pour qu'elle puisse conserver sa pension de veuve de sous-officier —, avait achevé de lui redonner le foie et l'estomac de sa jeunesse. M. Solinas pouvait se lever pour déboucher une autre bouteille, mon précepteur était d'attaque.

Je ne relevais pas l'étrange d'une situation qui plaçait, l'un en face de l'autre, l'ancien admirateur de Mussolini et l'homme qui, pour s'évader d'un camp où étaient internés des antifascistes, à l'île d'Elbe, avait tué deux Chemises noires. De ses mains *utiles* — je me rappelais également cette catégorie aux doigts noueux et à la paume moyenne, la plus commune de toutes —, il avait étranglé ses gardiens avant de sauter sur une barque, de gagner Monte-Cristo à force de rames, d'y manger, à peine dépecés et vidés de leurs entrailles, deux de ces lapins qui accourent par curiosité vers l'homme dès qu'il pose le pied sur le rivage, comme dans un film de Walt Disney. Il avait aimé leur sang tiède. Il était reparti aussitôt et, après une semaine de dérive où faim et soif lui communiquaient des hallucinations, lui faisant découvrir la nuit des étoiles inconnues, il avait cru aborder en Afrique. Avant qu'il s'évanouisse et manque se fracasser le crâne sur un rocher, le tintement des clochettes d'un troupeau de chèvres l'avait détrompé, et, ranimé et soigné par le berger qui passait par là, il était rentré chez lui où sa femme ne cachait plus déjà sa liaison avec un jeune homme. Pour se débarrasser de son mari, elle l'avait dénoncé aux services de la police politique, l'O.V.R.A., provoquant une perquisition dans le sous-sol du magasin de chaussures où étaient dissimulés des paquets de tracts.

Rose me l'avait raconté un jeudi après-midi où je l'assistais dans le nettoyage du tombeau des Giuliani, aide qu'elle tolérait parfois en raison de la noblesse des lieux ; l'idée qu'elle avait des hommes, de ceux qui, du moins, méritaient son estime, excluait l'accomplissement des tâches domestiques en contrepartie d'attitudes très précises dans les circonstances où l'honneur était engagé. J'avais deviné depuis longtemps déjà ce qu'elle pensait au fond de M. Solinas mais je m'expliquais les rudoiements qu'elle lui infligeait par l'humiliation d'être contrainte de satisfaire les appétits de son amant, que l'âge ne parvenait pas à calmer — il lui avait échappé quelques plaintes à ce sujet —, mais il y avait plus grave : avoir montré tant de courage physique, affronté les risques d'une telle équipée en mer, et cependant n'avoir pas su réparer l'offense sur-le-champ, de la façon qui convenait, et à propos de laquelle il n'aurait pas eu à rendre de comptes à une époque où la vie ne valait rien — Rose en concevait au bas mot de la pitié.

« Il a mis sa femme à la porte, et ensuite il m'a amené ses chiens ! », avait-elle conclu en faisant claquer la porte du tabernacle, le regard sur le vitrail au-dessus de l'autel, où la Vierge écoutait avec un demi-sourire l'Ange aux pieds coupés. Était-ce par un déplacement des souvenirs que je l'entendais fredonner ensuite son air favori : « Chagrin d'amour en toute saison », qui avait un rythme de biguine, et que j'aimais au point de réclamer toujours un bis ?

Souvent j'avais l'impression que ma vie — toute vie — était conduite par l'envie de satisfaire la curiosité éprouvée au cours de l'adolescence à l'égard de certains dont le destin ou l'image avaient frappé l'imagination, que le hasard était exclu de la plupart des rencontres de l'adulte et que, par exemple, pour l'avoir tant de fois évoquée et célébrée en ma présence, Mme Catta, la bouchère du Boulevard, m'avait condamné à découvrir sa nièce, Sabine Deloffre, parmi les millions d'habitants d'une capitale et la cohue d'une boîte à la mode. N'avais-je pas côtoyé à l'Amiral, où différents milieux déléguaient leurs spécimens les plus singuliers, et ensuite dans l'exercice d'un métier qui consentait beaucoup de loisirs quand on était dépourvu d'ambition ou que l'on se fiait comme moi à son étoile, des individus qui — tel le fils de Valdès — avaient de près ou de loin des liens avec les codétenus de M. Tiberi, dont les tribulations, mécomptes, erreurs ou crimes, nourrirent les témoignages sur l'Occupation à Paris, recueillis par mon précepteur ? Des témoignages si précis que, sa verve de conteur aidant, on aurait cru que ma Shéhérazade fasciste — dont le verbe s'accélérait avec la montée du crépuscule dans le jardin où les trois palmiers suggéraient Bagdad — avait pour ainsi dire assisté ses anciens compagnons dans l'action, et qu'elle tissait potins, anecdotes et analyses de caractère avec des détails qu'elle avait contrôlés de ses propres yeux.

Restait à comprendre comment, sous le nom catalan qu'elle devait à son second mari, et sous les ruines combinées de l'âge et de l'alcool, j'avais identifié en Nina Salisachs, la Russe, une aventurière dont M. Tiberi ne m'avait pas parlé plus souvent que d'une autre et qu'il n'avait, bien sûr, jamais approchée. Il est vrai que quatre pensionnaires du pénitencier se plaignaient d'avoir été condamnés à leur procès sur la déposition de celle-là, en particulier le détenu qui se passionnait pour la chiromancie, et la haine était sans aucun doute le sentiment qui, en général, aidait avec le plus d'efficacité un narrateur dans ses descriptions. Elle communiquait à ses tableaux le tremblement même de la vérité, qui n'est discernable que si l'on déteste à fond. Nina Salisachs était cette comédienne russe qui, à une époque où les frontières de son pays étaient particulièrement étanches, avait obtenu l'autorisation de partir pour épouser un homme d'affaires français rencontré, un soir de gala, au foyer du Bolchoï, et qui était à la tête d'une mission commerciale de son pays. Grâce à son mari qui, après l'Armistice, avait poursuivi son négoce à grande échelle avec les occupants, elle avait reçu chez elle une compagnie très mêlée — politiciens qui jugeaient Vichy trop mou dans sa politique de collaboration, journalistes, comédiens, peintres, mouchards et parasites. Ses dîners, sa beauté qui, lorsqu'elle entrait quelque part, suscitait chez les femmes présentes plus d'incrédulité encore que d'envie, et sa conversation où elle excellait à retourner les lieux communs en paradoxes, étaient même mentionnés, à différentes reprises, dans le journal intime d'un écrivain allemand qui avait vécu une partie de ces années-là à Paris. Mais ce dernier détail, M. Tiberi ne pouvait que l'ignorer ; moi-même je ne l'apprendrais que sur place. En revanche, mon précepteur savait que Nina Salisachs avait dirigé sans se cacher un théâtre volé à son propriétaire juif ; il énumérait toutes les pièces qu'elle y avait fait jouer. Cependant, à la

Libération, tandis que son mari rejoignait à Fresnes ses amis de la banque, dont je n'avais pas retenu les noms, la Russe produisait la preuve que, à ses risques et périls, elle avait pratiqué le double jeu au service des Alliés. Pour les compagnons de M. Tiberi qui se mordaient les doigts de l'avoir traitée comme une originale devant laquelle aucune gêne ni crainte n'étaient de mise quand on voulait s'épancher, elle avait toujours été et demeurait une espionne soviétique dont la tactique consistait à singer la femme du monde, à cultiver l'extravagance de sa tenue et de son langage pour se rendre le plus apparente possible afin de ne pas être vue. On ne saurait jamais la part de vérité contenue dans ces racontars, et sans doute n'y avait-il plus personne aujourd'hui pour s'interroger sur le passé de Nina Salisachs. La même méthode de camouflage — exagérer pour mieux cacher —, M. Jean, le propriétaire de l'Amiral, l'utilisait également dans son métier où, quand il se taisait, il faisait autant de bruit qu'une danseuse de castagnettes. Très peu de gens soupçonnaient qu'il était marié ; on admettait, en général, qu'il vivait avec son chauffeur et renseignait la police, pour avoir la paix, comme tous les patrons de boîte. M. Tiberi l'aurait certainement comparé à Merello, propriétaire d'un établissement de bains qui se trouvait, avant la guerre, juste sous le Château Saint-Ange et était ce bordel à garçons dont la description lui était nécessaire lorsque, cédant à son anticléricalisme, il plaisantait les mœurs des prêtres à partir de celles de son cousin le chanoine. Merello, géant piémontais qui coiffait un canotier de viveur 1900 et finirait par être l'auxiliaire de la Gestapo dans l'officine de Trinité des Monts, s'était jeté avec une telle régularité, en toute saison, dans les eaux du Tibre pour secourir les désespérés en train de se noyer qu'à la fin on l'avait décoré. La connaissance de son nom, qui indiquait bien plus que toute autre, et au moins autant que la distinction entre le Rotary et le Lions Club locaux — le Cercle des Échecs et le Cercle de la Chasse —, une profonde familiarité de la vie romaine, n'était jamais sortie de nos conversations sur le banc. Jamais il n'avait été prononcé devant la Princesse. De mon côté, je n'aurais pas avoué à M. Tiberi que je fréquentais l'homme qui, à l'Amiral, vers onze heures du soir, se plantait en haut de l'escalier reliant le bar du rez-de-chaussée au restaurant, sur le palier que sa présence transformait en poste de vigie et où s'ouvraient deux guichets, celui du vestiaire et celui des cuisines. Un sifflet, souvenir de son passé de quartier-maître, pendait sur sa poitrine, au bout d'une chaîne en or. Il le portait à sa bouche, pour saluer l'arrivée de clients qui avaient retenu une table pour dîner après le théâtre. « L'équipage à la bande ! » criait-il, mais déjà, à son apparition, nous étions quelques-uns — les favoris — à nous être rangés le long des marches de l'escalier. La durée des trilles modulés selon les règles, que l'on entendait jusqu'au carrefour du Cherche-Midi, où quelques timorés et provinciaux rebroussaient chemin de peur d'une rafle, était, comme à bord des navires de guerre, proportionnée à l'importance du visiteur gravissant l'échelle de coupée. Le menton dressé pour tendre les fanons, rasé de près à en paraître imberbe, poudré, avec une expression d'étonnement qui repoussait encore plus haut sur le front ses sourcils réduits à une ligne, il dominait l'étuve plongée dans la pénombre, d'où, après les coups de sifflet, en même temps qu'un chahut, s'élevaient, pour se concentrer sur son visage de grosse dame surprise devant sa coiffeuse avant la pose des rehauts de fard aux pommettes, les faisceaux lumineux des lampes de poche dont les employés se servaient pour rendre la monnaie et traquer le resquilleur qui espérait que la cohue lui éviterait la dépense d'un coca-cola — la moins chère des boissons. Seuls Taïeb, Marthe Dieudonné et moi, étions dispensés de boire si nous n'en avions pas envie ; en dehors de ses employés, menés à la dure, seuls le Kabyle et moi avions la preuve que M. Jean, en commère de cabaret qui lançait des quolibets à la clientèle, d'une voix de vieille lesbienne fumeuse de cigares, en capitaine de cargo qui, de la passerelle, incitait les soutiers du plaisir à redoubler d'ardeur au fond de la cale, brillait en fait dans un rôle de composition qui l'accablait. J'oubliais que le tenancier du Café de l'Horloge, sa femme et son neveu Feuille Morte étaient eux aussi au courant par la force des choses ; M. Jean louait dans leur appartement, situé au-dessus du bistrot, une chambre palière dont la double fenêtre, qui étouffait les bruits de la circulation, contenait la façade de l'église Saint-Sulpice et la fontaine au milieu de la place. C'était sa loge de comédien, le bureau où il recevait, outre son comptable et ses fournisseurs, quelques privilégiés et des étrangers admis sur recommandation, qui soit honte, soit prudence, ou encore manque de temps, ne s'aventuraient jamais à l'Amiral. Ils payaient pour consulter un album fabriqué à partir de la reliure d'un livre d'art, de la même façon que mon propre album de famille — le détail m'amusait — l'avait été aux dépens d'une édition ancienne et sans doute de prix. A l'intérieur étaient rangées, dans un ordre qui, pour un œil averti, respectait le crescendo de l'âge, des photos de jeunes gens entre vingt et trente ans, revêtus de leur tenue de travail ou de leur uniforme : ouvriers du bâtiment porteurs d'un casque, boulangers, cuisiniers, militaires, agents de police, sommeliers et barmans avec leurs habits sombres, leurs nœuds papillon ou leurs vestes si proches du blazer, tranchant dans cet étalage prolétarien qui, selon M. Jean, excitait plus l'imagination que les nudités dont on était saturé de nos jours, offrait aux craintifs la garantie de sérieux des métiers stables et remuait peut-être aussi chez eux des nostalgies remontant à l'enfance. Quelquefois, sur la table de ferme achetée au grand-père de Marthe Dieudonné, constituant l'ameublement de la pièce avec les deux chaises et le lit à une place où il dormait jusqu'au moment de monter sur la scène, tintaient les pièces de monnaie du Yi king, dont l'hexagramme, guetté dans un état d'acceptation religieuse qui préludait à son sommeil, lui montrerait la voie à suivre pour résoudre ses problèmes, le secret pour se forger une féminité comme les femmes n'en avaient plus. Vers la fin de l'après-midi, s'il le croisait dans l'escalier, un étranger à l'immeuble devait, en avisant sa mallette de cuir tout avachie, constater l'inutilité de la pancarte qui, à l'entrée, informait de l'interdiction du colportage à domicile. Elle n'avait pas réussi à décourager ce sexagénaire au regard fuyant et au manteau gris, qui traînait la jambe, soufflait, cédait la rampe avec l'empressement de qui se sent un intrus et gravissait les marches, la tête baissée : il espérait ainsi dissimuler l'épilation de ses sourcils qui, avec la pâleur de son teint, trahissait ses activités nocturnes et était ce qui l'humiliait le plus dans son métier. Il venait de quitter, une demi-heure plus tôt, l'espèce de gentilhommière à tourelles qu'il avait acquise dans le parc de la Malmaison et où j'allais être quelquefois invité à déjeuner le dimanche quand le suicide de Taïeb aurait resserré nos liens. Tandis qu'il montait dans sa voiture, sa femme, une grande brune toujours souriante, aux yeux pervenche, à l'accent puéril et aux tuniques de cantatrice dissimulant son embonpoint, avait retenu sur le seuil le chauffeur, qui était aussi l'un des videurs de l'Amiral, pour lui chuchoter des conseils, lui confier quelque écharpe ou les deux ampoules d'insuline nécessaires aux deux piqûres quotidiennes — M. Jean était diabétique et frileux. Ensuite, elle partait de son côté jouer au bridge, sa principale occupation, semblait-il, depuis que le couple était riche : elle s'était même fait opérer l'épaule droite parce qu'elle estimait qu'elle n'avait pas le geste assez élégant pour distribuer les cartes. Mais la jeunesse de sa voix n'était pas factice, ni sa gaieté, et encore moins sa distinction ; elles lui retranchaient une vingtaine d'années, de sorte qu'il lui incombait, quand un client l'exigeait, de téléphoner à leur domicile aux garçons de l'album qui habitaient les beaux quartiers et vivaient avec leur famille. Mais je savais qu'elle n'y consentait qu'avec répugnance ; son mari se plaignait sans cesse de ne pas être secondé. Je n'avais jamais rencontré, à la Malmaison, leur fils cadet, qui était interne dans le lycée de province que son père avait été obligé de quitter en classe de seconde pour s'engager dans la Marine. L'aîné, un casse-cou qui, après le bac, par goût du sport, avait rejoint un régiment de parachutistes, les fellagha l'avaient tué quelques années auparavant au cours d'une embuscade dans les Aurès. Comme en mémoire de l'officier qui avait, au péril de sa vie, ramené son fils mourir à l'infirmerie du poste le plus proche, et qui était originaire de mon pays, il me témoignait de la sympathie, ne cherchant pas à comprendre le motif de mon assiduité dans son établissement, M. Jean s'était pris d'affection pour Taïeb, en souvenir du mort dont la photo qu'il m'avait souvent montrée, et qui n'aurait pas déparé l'album, ne quittait pas son portefeuille. Sa famille n'avait-elle pas été massacrée par le même ennemi ? Les remous qui emportaient le Kabyle valaient ceux du Tibre ; M. Jean, qui n'avait au naturel ni la générosité ni le courage de Merello, et que son métier avait encore endurci, plongeait quand même pour le secourir. Il s'efforçait de détacher Taïeb de son protecteur en titre, l'auteur dramatique à succès, qui enchaînait comédie sur comédie au Boulevard, parce que, selon son expérience, l'artiste en général était, de tous les hommes, le plus changeant, le plus égoïste, le plus impitoyable, celui sur lequel il fallait compter le moins, en amitié comme en amour. Aussi, après l'avoir retiré de l'album — quel métier lui avait-il prêté ? — travaillait-il encore, une semaine avant son suicide, à caser le Kabyle, dont le délabrement nerveux l'inquiétait, auprès d'un commerçant du Midi marié à une femme complaisante ou adepte de l'amour à trois — je ne savais plus. Le couple l'aurait peut-être adopté s'il avait consenti à suivre des cours de diction pour se rendre présentable à une famille de province, et français sans retour. Taïeb signifiait « bonté » en arabe ; qui me l'avait appris ? Sans vouloir me mesurer à lui dans l'art de filer l'anecdote et d'ailleurs conscient que je n'aurais jamais son talent dans cet exercice, au terme de deux années de vie parisienne j'étais en mesure, déjà, de raconter bien des choses à M. Tiberi ; il n'aurait tenu qu'à lui de les entendre quand elles étaient encore fraîches, mais à l'offre d'un séjour à Paris, d'une chambre au Lutetia, où il descendait avant la guerre, il avait répondu qu'il était désormais trop vieux pour se rendre à l'étranger. Par l'intermédiaire de ma cousine qui opposait le même refus à la même invitation, je lui servais une petite pension, afin qu'il continue de s'occuper des rosiers de la Villa — ma mère les avait plantés. Ceux de l'espèce décrite par Pline couraient le long de la partie droite du rez-de-chaussée ; les autres formaient les deux buissons qui inclinaient même à l'automne, sur les marches du perron, leurs fleurs rouges qui résistaient en général jusqu'à la visite de la Princesse, à moins que ne se produise l'orage que les paysans espéraient pour la Toussaint. Le mot « corymbe » leur était associé dans ma mémoire, tiré sans doute des commentaires de M. Tiberi, toujours précis dans l'emploi du langage et qui saisissait chaque sphère éclatante comme on repousse un sein de femme vers le haut de la poitrine par une caresse en dessous. J'en avais oublié le sens depuis des années, si je l'avais jamais connu avec exactitude ; je me garderais de le rechercher aujourd'hui dans le dictionnaire pour ne pas détruire tout ce que j'y plaçais d'enchanteur et l'illusion que ce mot était ma propriété exclusive. Il était facile de vider une maison de ses meubles, objets, tableaux, livres, mais arracher des rosiers ? Beaucoup plus que moi-même, à coup sûr, ils aimaient la terre et la lumière où ils avaient poussé, l'hiver qui ne parvenait pas à dépouiller les branches, l'automne presque sans feuilles mortes, le printemps presque sans bourgeons, tout comme à Rome. Et qui sait ? A dormir sous cette terre d'une vie si continue, il fallait peut-être espérer, ou craindre, de n'être jamais tout à fait mort. Mon précepteur aurait triomphé de la même façon que lorsque la Princesse répondait à ses questions au sujet des gens qu'il avait connus autrefois à Rome — telle aristocrate d'origine égyptienne par exemple — s'il avait su que j'étais tombé à Paris sur Nina Salisachs. J'avais été conduit chez elle par l'un de ces garçons qui s'attachaient à moi, semblait-il, en raison de l'indifférence que je leur manifestais sans qu'elle m'entraîne à rompre les relations, ni à ralentir à leur égard les générosités dont profitaient mes camarades du Café de l'Horloge. Ma gentillesse, qui promettait beaucoup et ne débouchait jamais sur rien qui eût une tournure sensuelle ou sentimentale, les désorientait. Comment auraient-ils deviné que c'était d'être serré de près par des hommes qui me rendait vaillant auprès des femmes, m'évitait des défaillances la nuit suivante, et parfois plus tôt, car, dès que je les quittais enveloppé de leur désir, comme on se précipite à un rendez-vous tant que subsiste à vif sur la peau le parfum dont on s'est aspergé après la douche, je courais vers un hôtel de la rue de Tournon renouveler avec une inconnue ce que, à partir de quinze ans, pour l'hygiène, le Boiteux m'avait ménagé chaque semaine avec une coiffeuse. Mon chauffeur m'avait ainsi délivré du recours à ces palliatifs qui gâtent chez l'adulte les souvenirs d'adolescence avant de disculper le vieillard qui y revient. Il avait bien envisagé de rendre le même service à son fils, mais, dans l'incapacité où il était de le lui assurer ensuite de manière continue, estimant que la privation du plaisir, si on l'avait connu une fois, était pire que son ignorance, il avait renoncé. La coiffeuse en question était blonde, dans la trentaine, presque dépourvue de poitrine, et je connaissais plus souvent ses mains et sa bouche que l'intimité de son corps lors de nos rendez-vous qui avaient lieu dans son appartement, au premier étage d'une des H.L.M. en train de se bâtir au nord de la ville, et où la présence d'un professeur de piano, par surcroît organiste de la cathédrale, justifiait les allées et venues d'adolescents dans l'escalier. Maryvonne ou Marie-Thérèse ? Marie il y avait, en tout cas. Le bain qu'elle faisait couler si fort qu'il l'empêchait parfois d'entendre le premier coup de sonnette n'avait pas le temps de refroidir, le plaisir survenait toujours lorsque s'achevait *La Marche turque* sur laquelle des élèves s'échinaient du matin au soir quelque part dans l'immeuble, de sorte qu'il coïncidait avec le sentiment de sécurité et d'accomplissement que provoque pour notre soulagement, dans la musique classique, le retour à la tonalité du début dans un accord parfait. Marie-quelque-chose me consentait alors une minute d'abandon dans ses bras dont le duvet, comme celui de ses jambes, prouvait qu'elle se décolorait les cheveux. Sans doute estimait-elle racheter sa hâte qui ne me gênait d'ailleurs pas, tant j'étais moi-même pressé, en me jetant sur le dos une serviette à nids-d'abeilles imprégnée d'odeur de sachets de lavande dont elle devait truffer les piles de linge dans son armoire, et pour me frotter — ce qui semblait l'amuser — elle avait des gestes aussi doux que ceux de ma mère. Était-ce pour cette raison que, la première fois, de retour à la Villa où j'étais rentré à pied, le Boiteux ne m'ayant pas attendu par délicatesse ou discrétion à l'égard du voisinage, j'avais tout à coup pleuré dans ma chambre ? Tango — qui, à mon arrivée dans le hall, avait sauté de son fauteuil, espérant sans doute que je lui propose une de ces courses-poursuites qui remplissaient soudain la maison de cris, d'aboiements, de bruits de galopades, et me redonnaient mon âge — avait gratté au pied de la porte et gémi jusqu'à ce que j'ouvre. Lui savait pourquoi il avait de la peine — moi je l'ignorais. Mais ensuite, déçu, trompé, humilié ou perdant, de ma vie plus jamais je ne verserais une larme. Il y avait peut-être des tributs que l'on payait longtemps à l'avance, et d'un bloc. Un samedi, Marie, qui avait fini de me frictionner, s'était mise à me caresser lentement les jambes, et, réunissant ses mains en coupe sous mon bas-ventre, tandis que je restais debout dans la baignoire, attentif à son manège, avec l'espoir de recommencer, elle avait murmuré : « C'est vieux chez les jeunes. C'est jeune chez les vieux », l'air d'une femme qui, à l'épicerie, lorsque l'aiguille s'est immobilisée sur l'écran de la balance, déchiffre avec lassitude le poids de l'invariable marchandise dont elle doit se contenter jour après jour.

Où était la grande rouquine dont la chevelure tombait sur les épaules comme en défi à la mode des années quarante, et que, au cours des travaux qu'ils effectuaient tous dans les champs, les prisonniers politiques décrivaient à M. Tiberi, associé à certaines de leurs corvées malgré son statut de jardinier-bibliothécaire, avec un mélange de haine et d'admiration qui accélérait soudain le rythme des coups de pioche ? Quand je lui avais été présenté, Nina Salisachs, qu'on surnommait « Moï Miyli » parce qu'elle entamait à peu près chaque phrase par ces deux mots signifiant en russe « mon chéri », était une sexagénaire qui n'avait de remarquable qu'un menton pointu, la pâleur même de la dame du vestiaire à l'Amiral minée par les veilles, et des yeux verts enfoncés dans les orbites sans expression si ce n'est dans la colère, et où les paillettes jaunes suggéraient une permanence de l'animalité. Sans doute, sous la lumière d'une torche, dans l'obscurité, auraient-ils présenté les mêmes reflets que ceux de la bécasse. Nina Salisachs ne se curait pas souvent les ongles, ses cheveux étaient coupés au bol, bien qu'elle fût coiffée à domicile par l'employé d'un grand coiffeur qu'on allait chercher en voiture. Sur son chemisier à plis religieuse et un pantalon noir en jersey de laine, tendu par un élastique noué sous le pied, elle jetait une blouse qui était en shantoung mais que l'on pouvait prendre pour la blouse d'une ménagère sortant de sa cuisine, tant l'on discernait de taches çà et là, d'éclaboussures de sabayon au porto et de grains de riz coagulés — la base de sa nourriture, qui avait au moins préservé la minceur de sa silhouette, et cette saleté était la forme de son insolence qui passait le plus inaperçue. Lorsqu'elle n'était pas au chevet de son mari à Barcelone, ou qu'elle ne voyageait pas pour ses affaires, de cinq heures de l'après-midi jusqu'à l'apparition muette, sur le seuil du salon, de son maître d'hôtel, signifiant que son dîner de Chinoise était servi dans sa chambre, Nina Salisachs, devant un échiquier d'ivoire sur lequel coulait sans cesse son regard à la recherche de la feinte pour parvenir au mat le lendemain, recevait n'importe quel jeune homme s'il était beau ou laissait espérer un talent quelconque. Elle l'admettait également, et peut-être avec plus d'empressement encore pour toutes les possibilités de manœuvre qu'il permettait, s'il était l'amant de quelqu'un doté de l'une de ces deux qualités en apparence fondues dans la personne de celui qui m'avait parrainé chez elle, un interne de médecine qui songeait à écrire — il me l'avait avoué. Tout de suite, il s'était efforcé par des confidences d'anticiper sur l'intimité qu'il espérait établir entre nous et qui ne se produirait jamais. J'aurais pu avoir plus mauvais goût cependant ; il n'avait qu'à pousser la porte de l'Amiral, même dans l'espèce d'alcôve garnie d'un guéridon et prolongeant le comptoir où les couples formés à la faveur des remous négociaient leur accord pour une nuit ou un moment, on se haussait sur la pointe des pieds afin de l'examiner ou d'espérer, un soir encore, que ce garçon assez grand, le teint pâle et le cheveu noir, se décide à choisir pour le plaisir ou contre de l'argent.

M. Jean, à qui rien n'échappait du haut du petit rouf où il venait détailler les membres de son équipage, comme des bêtes curieuses, aux clients du restaurant, intrigué par son assiduité et la froideur avec laquelle il accueillait toutes les avances mais persuadé, quant à lui, qu'il commettrait une erreur en le rangeant dans la catégorie des originaux ou des voyeurs de mon genre, avait espéré un moment le voir figurer sous l'uniforme des stewards réservé dans son album aux fils de famille. Il s'en présentait quelquefois à l'embauche, qui ne savaient comment l'aborder, se faire comprendre sans être explicites, et qui, pour la plupart, peut-être avec sincérité, assuraient aimer seulement les femmes et ne chercher à l'Amiral qu'un moyen d'augmenter leur argent de poche. Quand M. Jean les avait décelés dans la foule, pris à part pour leur demander de le suivre le lendemain après-midi dès qu'ils le verraient passer devant le Café de l'Horloge, ils ne remettaient plus les pieds dans l'établissement de la rue du Cherche-Midi. Prévenus par téléphone, ils se rendaient directement aux rendez-vous de la clientèle étrangère ou provinciale qui descendait dans les palaces, et comme M. Jean, d'après ce que j'avais compris, ne faisait payer pour son compte que la consultation de son fichier, il leur était possible de ne plus jamais le rencontrer de leur vie et de décider le retrait de leur photographie dans l'album par un simple coup de fil.

A mon tour, j'avais traîné Frédéric Dieudonné chez la Russe, qui vivait dans un hôtel particulier du Marais qu'on venait de restaurer, à l'exception de l'aile droite où une cartonnerie, témoignant de l'occupation du quartier par des artisans après sa première période de splendeur, entretenait dans la cour un va-et-vient d'ouvriers gueulards, malgré les procès intentés par les Salisachs propriétaires du pâté de maisons, qui tâchaient de faire résilier le bail commercial. Frédéric m'avait suivi, attiré par le whisky et non pas guidé par le souci de sa carrière, il fallait lui rendre cette justice, et la Russe, qui entamait toute relation par une avalanche de cadeaux, lui avait acheté un tableau sans même le voir, ne s'étant inquiétée que de la conformité de ses dimensions avec l'espace dont elle disposait pour l'accrocher au mur du couloir qui conduisait à sa chambre. Elle avait été sa première cliente ; l'interne — Pierre-Yves, son prénom me revenait — lui avait dans le même temps commandé des gouaches pour m'être agréable. Fils de commerçants qui possédaient plusieurs magasins et propriétés en province, il avait toujours sur lui presque autant d'argent que Taïeb ou moi-même et me renseignait par des allusions sur la variété et la valeur des biens de sa famille comme si j'étais une fiancée qu'il importait de rassurer sur son avenir. Mais on était plus sûr de me plaire si l'on se faisait adopter par les Dieudonné, à quoi Pierre-Yves ne parvenait pas, malgré ses efforts. Il aurait été instructif de comparer les mains de la Russe à celles de Marthe, qui s'était faufilée dans la place à la suite de son mari et avait même appris à jouer aux échecs pour s'y maintenir. Selon une rumeur, les deux femmes, qui s'étaient sans doute devinées mutuellement au premier coup d'œil, n'avaient jamais cessé de se fréquenter depuis cette époque. Puisque l'une et l'autre étaient coutumières des ruptures sans préavis et des jets brusques d'épluchures après la dégustation du fruit, puisque pas plus l'une que l'autre n'aimait les femmes à aucun point de vue, c'était donc que chacune avait intérêt à la durée de l'alliance, et il n'y avait pas à en être surpris : une espèce de banquière et une avocate pouvaient aller longtemps ensemble. Je plaignais ceux qui s'étaient heurtés à leur complicité. Mais Nina Salisachs, qui, selon mes calculs, dépassait maintenant les quatre-vingts ans, devait continuer à s'entourer de préférence d'hommes sans femmes, malgré le mépris qu'elle professait pour eux en public, quand, par extraordinaire, son auditoire n'en comptait pas, et même ! Avec qui se gênait-elle ? Volontiers entremetteuse, elle aimait arranger des rencontres pour, très vite, dissocier le couple qu'elle avait formé, en vertu de sa théorie selon laquelle les individus qui avaient des penchants de ce genre, où elle voyait l'un des signes de la décadence de l'Europe, s'ils ne se contentaient pas entre eux de passades, étaient condamnés à laisser leur peau dans un attachement trop profond. « *Moï milyi*, me disait-elle avec satisfaction, si tu savais, certains en crèvent. » Pour elle, aucun roman qui traitait de cet amour-là n'était parvenu jusqu'à présent à explorer l'étendue des malheurs qu'il représentait, et si l'on voulait en avoir une idée, à condition de transposer, il fallait lire un récit écrit par l'un de ses compatriotes au XIXe siècle. On y découvrait ce à quoi est susceptible de conduire la folie de croire que le monde se réduit à une seule personne. Souvent je m'étais promis de retrouver ce livre dont Nina Salisachs avait un exemplaire d'une vieille traduction française dans l'un des tiroirs de son bureau à cylindre — on se demandait toujours comment elle parvenait à les refermer sans aide, ses tiroirs, avec toutes les paperasses et l'argent qu'ils contenaient. Il y avait « lady Macbeth » dans le titre, j'en étais sûr ; il ne serait sans doute pas nécessaire d'insister beaucoup auprès des gens cultivés pour le retrouver et le livre se rouvrirait automatiquement à la page où l'héroïne, femme d'un riche marchand de province, meurtrière de son mari à l'instigation de son amant, tricote à bord du convoi emmenant en Sibérie le couple condamné aux travaux forcés. Elle tricotait, l'imbécile, tandis qu'il la trompait avec une autre déportée. Certes, mon jugement était sans grande valeur littéraire parce que j'avais le goût formé surtout à la lecture des biographies, mais enfin rien, nulle part, d'aucune façon, ne m'avait donné et ne me fournirait par la suite une peinture aussi saisissante des horreurs de l'amour, et cette impression que l'on était par contagion menacé soi-même, même si ce n'était qu'une histoire. Rien ne me communiquerait une envie aussi forte de me mêler à l'action pour en arrêter le cours comme dans les cinémas de quartier où les gosses, au parterre, explosaient en cris quand l'un des protagonistes du film courait à sa perte sans en être conscient. Un homme qui imaginait m'avait mieux persuadé de la réalité de la prison que mon précepteur témoignant d'une expérience personnelle et qui, s'il retroussait les manches de sa chemise pour soigner les rosiers de la façade, découvrait à l'un de ses poignets la cicatrice infligée par le broiement d'une paire de menottes, le jour où on l'avait traîné le long d'un corridor, après un passage à tabac, car l'irrédentiste, avant d'être condamné à mort par ses juges, l'avait été d'abord par ses gardiens. Devant ma réaction de malaise, Nina Salisachs avait eu la même attitude que la maîtresse d'un chat quand elle compte bien que, pour s'être brûlé une patte au contact d'une plaque chauffante, l'animal sera à jamais guéri de s'intéresser au contenu des casseroles, dont la force des bouillonnements a soulevé le couvercle. Mais elle avait beau dire, ricaner ou gémir, elle était incapable — j'aurais bien voulu savoir pourquoi — de se priver de certaines compagnies masculines. Ce qui serait également la caractéristique des quatre ou cinq femmes du même genre, quoique moins intelligentes, que je rencontrerais bien après, juments bréhaignes caparaçonnées d'or, attirant par leurs hennissements des poulains en mal de sevrage, qui ne buvaient en réalité que du lait d'amertume à leurs mamelles souvent remodelées par la chirurgie.

Les garçons et aussi certains adultes qu'elle attirait chez elle, l'après-midi, fournissaient à Nina Salisachs, par leurs susceptibilités, sa provision de querelles à arbitrer, du mouvement par leur instabilité et leurs galops, de l'excitation par leur vie sentimentale, course d'obstacles qu'ils lui offraient en spectacle dans l'espoir d'être soutenus, conseillés ou consolés, sans soupçonner qu'elle se trouvait souvent à l'origine de leurs chutes dont elle s'émouvait, en me les racontant, jusqu'à verser des larmes qui ne parvenaient cependant pas à humaniser son regard. Je les croyais pourtant sincères ; elle pleurait sur elle-même, son dernier plaisir sans doute, avec le sabayon et ce cocktail qu'elle était assez avare pour éviter de servir quand il y avait trop de monde. Le goût de la mixture m'avait plu, je continuais de l'apprécier, et c'était tout ce qui me restait de l'époque et d'un intermède d'alcoolisme à l'école de Frédéric Dieudonné : un tiers de champagne, un tiers de jus d'orange, un tiers de gin. Cela me valait la considération du barman de l'Amiral que de diriger les serveurs armés de torches ne consolait pas d'avoir été précipité de la salle de restaurant fréquentée par les connaisseurs et les riches, au rez-de-chaussée, où à peine deux ou trois messieurs d'âge mûr, qui s'étaient jetés dans la foule pour prendre un bain de jeunesse et se frotter à des corps au sexe en batterie sous l'étoffe, parvenaient, avant la fermeture, à atteindre son comptoir — sa digue — et à commander un verre de champagne qui, ensuite, tremblerait dans leur main sur un air des Beatles ou un accès de cafard, au gré des bousculades.

Les paupières de Nina Salisachs se plissaient, elle posait un doigt sur ses lèvres comme pour réclamer le secret, quand elle pouvait accueillir le visiteur qui s'asseyait dans l'un des fauteuils accordés au canapé à dossier droit et à fond bleu où elle se tenait très droite, par un trait de méchanceté visant celui-là même que le nouvel arrivant venait de croiser dans le vestibule tout plein encore des recommandations de la maîtresse de maison, semblables aux cris d'une mère qu'un M. Jean aurait contrefaits au premier étage : « Mon petit, n'oublie pas, on déjeune dimanche » ; ou plus rarement — mais, tout de même, par deux fois — je lui avais entendu lancer cette phrase à un innocent qui allait vite connaître sa douleur : « *Moï milyi*, va tout de suite chercher ton billet d'avion. J'ai téléphoné. » Car elle était susceptible, face à une détresse aussi bien morale que financière, d'élans qui la poussaient à offrir des vacances à son interlocuteur, ne l'aurait-elle connu que depuis la veille, ou à lui proposer des liasses de billets qu'elle s'en allait puiser à pleines mains dans l'un des tiroirs du bureau à cylindre luisant de tout son placage en bois de citronnier, près de la cheminée. Il était superbe, ce bureau ; Marthe Dieudonné aimait passer la main dessus quand Nina Salisachs se rendait dans la pièce à côté pour répondre au téléphone, et c'était le moment où la tentation de parler de la Villa des Palmiers à ma meilleure amie était la plus forte. En petite-fille d'antiquaire, elle avait estimé à son prix ce salon qui présentait la disparate d'une vitrine où l'on a rassemblé toutes les pièces de valeur qui étaient à l'intérieur de la boutique. La ménagère en blouse de shantoung n'avait que trop bien accompli sa besogne ; sauf sur sa personne, pas de traces de saleté, pas un atome de poussière, les livres en cours de lecture rangés avec soin sur une console d'angle ; nous étions tous là, comme autant d'objets qui avaient une étiquette avec le prix marqué dessus et devaient se présenter à la lumière sous leur meilleur angle. Il était imprudent de ne pas se rendre à l'agence de voyages dans l'heure qui suivait, selon la recommandation de Nina Salisachs, ou d'esquisser le moindre des mouvements de refus dictés par la pudeur devant la poignée de billets qu'elle avait tendue. Elle risquait de se raviser, d'annuler par un second téléphonage ce que le premier avait ordonné ou, sous prétexte que l'hésitation l'avait offensée, de jeter en l'air les coupures qu'elle regardait ensuite tomber sur le parquet avec un émerveillement de paysanne qui a trop longtemps espéré la pluie pour ne pas joindre les mains en signe de gratitude. Un mendiant n'aurait pas osé se baisser, mais Frédéric Dieudonné n'avait pas eu ces scrupules et s'était mis à quatre pattes. Il était soûl quand il l'avait fait, et encore plus ivre lorsqu'il me l'avait avoué. Il était plus souvent au café que dans l'atelier que je lui avais procuré, grâce à l'intervention de mon cousin qui était dans la politique. On n'aidait jamais personne ; ou les gens se sauvaient eux-mêmes, ou l'on se noyait avec eux. Cela aussi je le découvrirais.

Nina Salisachs n'était qu'un personnage parmi les innombrables dont M. Tiberi, utilisant les souvenirs d'autrui, tel un peintre qui se sert des photos à la place de modèles en chair et en os, m'avait brossé le portrait à la fois pour m'amuser, s'épargner à lui-même l'ennui d'une leçon de grammaire et augmenter son passé du poids de celui des autres, parce qu'il était à bout d'anecdotes sur le sien. Le récit de son entrevue avec Mussolini, je le connaissais aussi bien que ce passage d'une lettre de Voltaire commentant la conquête de l'île, d'où il tirait la preuve de la cruauté française en général, et que, pour me forcer à l'apprendre, il m'avait donné à traduire en latin. J'en avais retenu certaines phrases à proportion des efforts qu'elles avaient coûtés au nul en thème que j'étais resté malgré les leçons particulières, à longueur de semaine : « La division est déjà parmi ces insulaires qui préfèrent leur pauvreté et leur anarchie à un gouvernement juste et modéré qui les enrichirait. Mon avis est qu'ils seront bientôt soumis. J'aimerais mieux qu'on y réussît en les persuadant qu'en les tuant, car après tout, si on les égorge tous tant qu'ils sont, qui diable voudra habiter l'île ? On pourra peut-être hâter le cours des choses en envoyant pour les soumettre, vingt millions, vingt mille hommes et vingt bourreaux. »

M. Tiberi ne m'avait donné à lire que *Candide*, et uniquement parce que, au chapitre du dîner avec les rois, à Venise, l'un des invités se trouve avoir régné sur notre pays, aussi éloigné de l'Europe, à l'époque, que Thulé, Cuba ou l'Atlantide. Quelquefois je m'étais dit qu'à deux siècles de distance ma famille avait effectué le même choix que celle de Taïeb le Kabyle, mais avec plus de bonheur, comme le prouvaient dans la bibliothèque de mon grand-père, l'avoué, quelques tomes de la correspondance du même Voltaire. Sans relâche, M. Tiberi refaisait l'histoire d'une petite communauté bâtarde, aux confins de deux pays ; je m'accommodais de ses travers. Sur le banc du jardin, le temps était long, surtout en juin quand nous attendions que le rougeoiement du soleil eût quitté les vitres de la salle à manger, au premier étage, pour nous mettre à table. C'est là que j'avais perfectionné ma méthode pour ne retenir que la musique des paroles d'un interlocuteur en refusant leur sens ; elle me servirait beaucoup, par la suite, et contribuerait à ma réputation de patience et de douceur, en même temps qu'elle me permettrait de glisser dans la marge de tous les groupes : il n'y avait pas de meilleure situation pour observer, comprendre et agir, l'action se résumant en général à une fuite pour me préserver soit des attachements, soit des haines. Je ne supportais plus — et je n'avais jamais toléré — d'inspirer des sentiments trop profonds ; au poste de l'observateur, ils brouillaient la vue. C'était en raison de la minceur des lèvres de Nina Salisachs, comparables à celles de Gala Dali, que j'avais deviné, l'après-midi où l'un des pages de la cour du moment, faisant l'éloge d'un absent, assura qu'il avait du cœur, et où, de cette voix obscène à force d'enfantillage qu'on prête volontiers au loup de la fable déguisé en Mère-Grand, la Russe avait rétorqué : « S'il a bon cœur, il faudra le lui manger » ; un auteur de bandes dessinées aurait pu placer au-dessus de ma tête sa bulle remplie d'ampoules électriques. La ritournelle que l'on entendait toujours à propos de toute personne inconnue d'elle que l'on évoquait en sa présence — « Est-ce qu'elle appartient à la race élue ? » — renforçait encore ma certitude d'avoir identifié en Nina Salisachs l'extravagante qui, pendant la guerre, portait ce patronyme français que j'avais oublié, comme tant de détails des discours et monologues de mon précepteur, ainsi que la signification de « corymbe ». Il s'agissait bien de la même femme. Et j'étais si sûr de ne pas me tromper que je n'avais interrogé que par acquit de conscience l'un de ses intimes, bien plus raffiné qu'elle-même dans ses manières et sa toilette, et plus âgé aussi. Elle le surnommait « la Signature » parce que, d'après ce que j'avais compris, il travaillait en association avec un marchand d'autographes du boulevard Haussmann, et quand elle était bien lunée à son égard ou décidée à le mettre en valeur, au terme de chaque récit un peu curieux ou pittoresque qu'on lui faisait, elle lui lançait : « Edmond, c'est pour vos romans. » Il hochait la tête, déglutissait, et son nœud papillon bougeait en même temps que sa pomme d'Adam. Mince, rose, bavard avec charme, paraissant debout même lorsqu'il était assis, un visage chiffonné comme du papier tordu en tout sens, il me traitait avec beaucoup de cordialité, s'il n'y avait pas là, pour le reprendre presque à chaque phrase, comme Nina Salisachs dans ses mauvais jours, un minuscule garçon à la voix aigre, aussi bouclé que Frédéric Dieudonné, et qui écrivait des articles sur les pièces de théâtre, en concurrence avec Valdès : c'était un dé à coudre de venin. Il racontait lui-même qu'Edmond accourait chez la Russe dès qu'elle avait besoin d'un partenaire aux échecs et aurait encaissé toutes les avanies pour avoir à sa disposition, chaque été, le luxe et la domesticité de la villa en Catalogne où végétait un M. Salisachs frappé d'hémiplégie, dont il n'était jamais question à son domicile parisien et que je ne verrais jamais. J'avais invité Edmond dans un bon restaurant où, de n'être pas obligé de régler l'addition quand il déjeunait avec un jeune homme l'avait troublé si fort que, passant de la lucidité à l'illusion, sous l'effet d'un retour du balancier, il avait ébauché sur moi une sorte de pelotage verbal, à peine le maître d'hôtel lui avait-il remis la carte où le prix des plats n'est pas mentionné. Ne sachant pas encore pourquoi je le recherchais, sans doute espérait-il être tombé sur un spécimen de l'espèce des gérontophiles puisque l'on rencontrait de tout autour de Nina Salisachs, qui elle-même, au début, ne savait pas encore dans quelle catégorie me ranger à ce chapitre. Stupéfait de la transformation en quelques minutes d'un homme que je croyais assez vieux pour être revenu de tout — et d'abord de ça — en une minaudière qui bat des cils et qui frémit ; happé par ces regards où d'anciens bonheurs et enthousiasmes resurgissaient au milieu des rides en les accentuant, je m'étais promis de ne jamais oublier, à partir de la quarantaine et même avant, que toute personne qui aurait la moitié de mon âge ne chercherait à me plaire que par intérêt. Et mon intérêt, en la circonstance, était d'ordre historique ; il augmentait avec la variété des révélations que je recueillais, m'avait poussé à surmonter ma gêne, à suivre mon invité, qui insistait pour que j'aille boire un verre chez lui, où il me promettait de me lire certaines pages du journal intime d'un romancier allemand qui avait passé la guerre à Paris. Elles n'étaient pas encore traduites en français, on y rencontrait la Russe sous l'anagramme du nom de son premier mari, je verrais, et je verrais aussi la photo de l'hôtel particulier que Nina Salisachs possédait à l'époque rue Vaneau. Edmond produisait à lui tout seul le bruit d'une conversation générale chez Nina Salisachs, et qui était le bruit d'un champ rempli de grillons au crépuscule ou semé de ces lupins dont le vent agite les fragiles colonnettes. Il m'avait donné à feuilleter un dictionnaire des rues de Paris et offert un exemplaire de l'un de ses romans en me disant : « Il n'a eu aucun succès », avec un rire où se manifestaient, en parts égales, l'orgueil des incompris et l'envie d'amuser coûte que coûte ; il en était secoué chaque fois que, s'étant versé du whisky, ayant bu une nouvelle gorgée, il semblait retenir par-devers lui des propos qui l'amusaient lui-même beaucoup, mais dont la compréhension eût été au-dessus de mon entendement, ce qui était probablement vrai. Son nœud papillon n'arrêtait pas de remuer. J'avais eu toutes les peines du monde à retraverser les pièces en enfilade de son appartement mansardé, mais très vaste, qui était proche du métro Villiers, et où, presque sur chaque meuble, il y avait une photo du petit chroniqueur de théâtre. Il eût été plus facile de remonter à contre-courant le torrent qui coulait près de la maison de ma cousine, quand, grossi par les pluies du printemps, il noyait les plantations de tomates et de fèves le long des berges entre le pont de la route nationale et la gare de marchandises. A six heures de l'après-midi, je me retrouvais enfin sur le palier. J'en savais assez pour constater que M. Tiberi avait puisé ses renseignements à bonne source ; je me croyais délivré, même si Edmond pérorait toujours, penché par-dessus la rampe, quand une voix métamorphosée, pareille à celles qui, la nuit, parvenaient à travers la paroi me séparant de la chambre laissée aux couples de passage, à mon hôtel de la rue Monsieur-le-Prince, avait dit dans un chuchotement passionné : « Quand même, jeune homme, je vous sucerais bien un peu... » Et la phrase avait produit sur moi l'effet d'un fauchage de jambes qui propulse le judoka en avant sur le tatami ; j'avais lâché le livre dans l'escalier et, aussitôt retrouvé mon sens de l'équilibre — mais il m'avait fallu quand même quelques secondes —, je m'étais enfui. La rue du Rocher, dans l'autre sens, aboutissait à la gare Saint-Lazare ; je l'avais découvert ce jour-là, lorsque, au bout de ma course, j'avais levé la tête et aperçu la grosse horloge sur la façade. Edmond avait oublié de me lire les pages de l'écrivain allemand dont il m'avait parlé et pour lesquelles j'étais venu.

Elle avait cessé de m'étonner, j'étais persuadé de connaître ses principaux secrets, je n'avais plus qu'à m'éloigner de Nina Salisachs ; la plupart des gens rompaient avec elle trop tard, quand ils se découvraient victimes de ces manèges de désœuvrée qui n'avait plus que le spectacle de la douleur d'autrui pour se divertir. Le charme et la drôlerie de sa conversation, en tout point conformes à ce que l'on m'en avait dit, tant de traits de son comportement, tendresses, duretés, volte-face, caprices, et sa culture aussi avaient dû, depuis ce temps-là — je l'aurais parié —, aider à composer un personnage de roman l'un des jeunes gens aux yeux mélancoliques et toqués de littérature comme mon Pierre-Yves, qu'elle aimantait, et je leur souhaitais bien du talent pour rapporter certaines de ses obscénités sans donner l'idée de ce qu'elle n'était pas, malgré tout, une femme vulgaire. De quelques-uns, on affirmait qu'ils étaient très doués, ce qui ne se disait nulle part d'aucun de mes amis du Café de l'Horloge. Ceux-là sauraient décrire ses yeux aussi transparents que des cristaux d'ordinateur, et la manière qu'elle avait de faire passer la cigarette consumée jusqu'au filtre d'un coin de la bouche à l'autre, avant de l'éteindre, comme pour prolonger le plaisir de quelques secondes encore. Ils la montreraient debout près de la cheminée, les mains dans le dos, appuyées au secrétaire à cylindre, la tête levée pour mieux tenir l'assistance sous son regard et vérifier que la plus extrême attention se lisait sur chaque visage. Avec ceux-là on avait des chances d'entendre sa voix, qui, lorsque la méchanceté la mettait en verve, baissait de plusieurs tons au lieu de monter, m'évoquait un saxophone jouant au lointain et seulement pour le musicien replié sur lui-même, de sorte que, développées dans une sorte de ronronnement neutre, les hypothèses les plus sujettes à caution, sur tel ou tel, attrapaient un son de vérité. Ceux-là raconteraient aussi, par la même occasion, comment nous avions eu vingt ans, et peut-être l'un d'eux se souviendrait-il de moi. Mais Nina Salisachs n'était-elle pas trop singulière pour être coulée dans un seul personnage ? Ne valait-il pas mieux répartir entre plusieurs la Russe, la femme d'affaires, la collectionneuse de tableaux et la mondaine, si c'était un monde le pêle-mêle social où nous vivions et dont j'avais pris le goût rue du Cherche-Midi ? Quant à la propriétaire de l'hôtel particulier de la rue Vaneau pendant la guerre, elle était hors de portée des investigations, pour ne rien dire de l'enfant de la campagne de Kiev et de la jeune fille de Moscou qui avait levé un mari occidental à un entracte, au Bolchoï, en pleine période de stalinisme. Elle semblait échapper à tous ses auditeurs, son insistance à relever les origines et la religion de certaines gens dont on était en train de commenter les faits, gestes ou œuvres — toujours les mêmes gens, une religion qui excluait la messe —, et, ces détails établis, Nina Salisachs, avec la satisfaction du joueur d'échecs qui voit le Roi enfin encerclé, enchaînait sans autre commentaire, dans l'indifférence générale. Mais quelqu'un de mon genre, qui n'était pas agrégé au groupe et se contentait de l'observer, à la longue ne se défendait pas d'un certain malaise et flairait la descendante des moujiks qui organisaient des pogroms pour se venger de leur propre misère sur de plus malheureux qu'eux-mêmes. Si j'avais eu à établir une comparaison pour être mieux compris, je me serais servi de certaines rues des quartiers anciens d'où partait chaque matin la femme de ménage qui allait prendre son service à la Villa des Palmiers. Elles se terminaient quelquefois en cul-de-sac. M. Tiberi avait d'ailleurs sa chambre à proximité de la ruelle du Figuier fermée par le mur de la Citadelle qui, l'après-midi, la protégeait du soleil. On y pénétrait attiré par la fraîcheur, les éclats de rire, des bribes de chansons, la vigne vierge au fond de l'impasse, les géraniums aux fenêtres, les plantes sur les terrasses qui interrompaient çà et là la ligne des toits couverts de tuiles, et toutes les vibrations d'une vie au parfum de sauce tomate, qui préparait sans relâche, en secret, ces plaisirs familiaux dont je me faisais certains jours tout un monde parce que j'en étais privé. Puis, à force de renifler, on comprenait la raison du désert autour de soi, l'atténuation des bruits, l'abandon des jeux de marelle dessinés à la craie sur les dalles, et de la table derrière laquelle d'habitude une femme corpulente et encore jeune, assise dans une chaise à bascule, qui avait le tic d'avancer la tête à la manière d'une tortue, dissimulait des cigarettes américaines de contrebande, vendues à l'unité, sous des sachets de cacahuètes, ou de jujubes, à l'automne. Voilà pourquoi aussi les paniers d'osier qu'on laissait glisser le long des façades, attachés à une ficelle, et à l'intérieur desquels les gamins déposaient leurs commissions pour s'épargner de remonter chez eux, pendaient, vides, au ras du sol. Et quand un chat, habitué à respirer d'autres miasmes aux alentours des poubelles, sautait dedans, il n'en était pas chassé et inventait la balançoire à son usage. L'une des canalisations en terre cuite qui rampaient comme des chenilles sur des façades, formant par une jonction un Y à la hauteur de chaque étage, s'était fissurée et suintait. Elle diffusait cette odeur d'égout qui se faufilait parmi les autres — exquises —, augmentait, diminuait jusqu'à disparaître par instants, au gré de la brise qui révélait la mer derrière les hautes maisons — les anciens *palazzi* dont les salons étaient divisés maintenant en appartements. Les porches s'ornaient d'armoiries, quand ils n'étaient pas surmontés d'une niche abritant une statuette de saint, et la Princesse, qui se serait imaginée, ici, à Trastevere, aurait sans doute déchiffré, sous la crasse, les cousinages mêmes dont M. Tiberi, passionné d'histoire locale, l'entretenait, si elle avait pu résister aux effluves qui se dégageaient par à-coups et frappaient à l'estomac, comme les questions de Nina Salisachs sur les présumées origines juives de tel ou tel, qui surgissaient au milieu de son étalage de culture.

Ma curiosité satisfaite par les confidences de « la Signature », j'étais retourné chez Nina Salisachs sans savoir que je ne la reverrais plus, et j'avais eu un mouvement de surprise, presque de dépit, en apercevant la crinière soignée de Valdès par l'entrebâillement de la porte du salon. Le jeune professeur, qui me paraissait un homme mûr parce qu'il avait dix ans de plus que la moyenne des garçons de la bande, était le fils de l'un de ceux qui, sous l'Occupation, avaient été en cheville avec le premier mari de la Russe et tous les hauts fonctionnaires gravitant autour de la banque confisquée à ses propriétaires juifs, en vue de reconstruire l'économie française sous l'égide de l'Allemagne. Nina Salisachs, qui avait joué le double jeu pendant la guerre, avait accablé de telle sorte le journaliste collaborateur, au cours de son procès, qu'il s'était retrouvé dans un pénitencier en compagnie de M. Tiberi. Mais si Valdès junior le savait, ce qui n'était pas certain, il avait aussi intérêt à l'oublier : la maison de la Russe était une halte inévitable sur la route des ambitieux qui avançaient dans la même voie que lui. Depuis quelques mois, on le voyait plus souvent que par le passé à l'Amiral, et il traînait, un verre à la main, dans la salle du rez-de-chaussée jusqu'à l'heure où, comme au marché, ne restaient plus à l'étalage que les produits de luxe et les fruits tavelés. Il était libre de son temps et n'avait plus à rendre compte de ses sorties : le succès de quelques articles et aussi de l'adaptation d'une pièce étrangère, que lui avait cédée le protecteur de Taïeb surchargé de commandes de dialogues pour la télévision et le cinéma, lui avait sans doute donné l'espérance d'une carrière et, d'ores et déjà, la force de plaquer femme et enfants pour vivre en accord avec ses goûts, en attendant de démissionner de l'enseignement. Il allongeait vers le buffet de la notoriété sa tête de lévrier afghan sorti du toilettage, mais plus que jamais on percevait dans ses petits rires ce quelque chose de douloureux et de sarcastique à la fois dont je gardais le souvenir et par quoi se traduisaient peut-être les malaises et les impatiences de son ambition. Il devait être bien décidé à éviter le sort du vieil Edmond, que, du reste, je n'avais plus jamais revu depuis qu'il m'avait invité chez lui pour me donner des preuves que mon précepteur ne colportait pas des absurdités au sujet de la personnalité de Nina Salisachs, sinon de son rôle, à Paris, sous l'Occupation. En réalité, le meilleur éclairage sur le passé de la Russe me serait fourni, bien plus tard, dans l'exercice même de mon métier — mon métier, comment allais-je le définir pour Rose ? — quand je découvrirais qu'à Barcelone « Moï milyi », toujours sur la brèche, servait d'intermédiaire, pour certains marchés, entre son pays d'origine et l'Espagne de Franco qui n'entretenaient pas de relations diplomatiques. Mais alors cela ne m'intéressait pas plus que d'apprendre, au détour d'une conversation, que le grand-père de Marthe Dieudonné, chirurgien-dentiste avant de devenir antiquaire, rayé de l'Ordre pour escroquerie, avait donc transféré son agilité manuelle d'une profession où l'indélicatesse était assez courante à une autre où elle était presque toujours de règle.

Dans l'intervalle, j'avais approché, mesuré et quelquefois affronté quantité de personnages qui, en fait de pittoresque, rassasiaient n'importe quel provincial, et j'aurais été incapable désormais de tromper un correspondant au téléphone comme j'avais pu le faire, en imitant l'accent de Nina Salisachs dont la voix qui incitait à chercher le ventriloque derrière la marionnette parcourait, à moduler « *moï milyi* », toutes les nuances allant de la tendresse de la grand-mère à l'émotion proche du sanglot de l'enfant. Les autres, dépourvus de ce don que j'aurais peut-être dû cultiver et qui était, avec la chiromancie, à l'origine de mes rares succès en société, prononçaient à la française, du bout des lèvres, les deux termes qui se fondaient dans leur bouche pour composer un sobriquet : le premier comme le nom d'une tribu des hauts plateaux de l'Annam ; le second comme Milly, le village où avait habité l'écrivain qui avait signé les dessins accrochés un peu partout aux murs — les seuls qui, avec les croûtes de débutants, tel Frédéric Dieudonné, et un Miró dont la toile par des trous laissait voir le mur aux endroits où l'artiste l'avait lui-même brûlée, n'étaient pas les copies des originaux déposés dans des coffres à la banque. Lorsque le valet de chambre s'était effacé devant moi sur le seuil du salon, à sa façon de s'extirper de son fauteuil, qui était proprement celle d'un chien de luxe dérangé dans sa sieste, à son regard qui se faisait aussi vide que celui de la maîtresse de maison, j'avais compris que Valdès interdisait tout signe de connivence entre nous, prévenant ainsi des allusions à sa fréquentation de l'Amiral et, par conséquent, au suicide du Kabyle, survenu quelques semaines plus tôt. La nouvelle, apportée au milieu de l'après-midi par l'un des sapeurs-pompiers de la caserne du Vieux-Colombier qui venait de participer à la tentative de réanimation, nous avait tous bouleversés au Café de l'Horloge, et, avec le produit de la quête effectuée par le neveu du patron, nous avions acheté deux gerbes de fleurs pour les obsèques. M. Jean, tiré de sa sieste dans la chambre du dessus, s'était proposé tout de suite pour en acquitter les frais et pousser le luxe jusqu'à la première classe. Il avait justifié l'absoute que donnait un prêtre au cimetière de

Thiais où nous avait rejoints la marchande de journaux de la place Saint-Sulpice, autrefois propriétaire d'un restaurant à Constantine, par le fait qu'il avait lui-même baptisé Taïeb dans le vestiaire de l'Amiral, un soir où, malade d'un mélange d'alcool et d'antidépresseurs, il présentait une apparence de coma, allongé sur les manteaux de vison que l'on avait décrochés des cintres pour l'étendre dessus.

Je me souvenais : on était allé me prévenir au rez-de-chaussée ; le barman, qui était un ancien boxeur, m'avait frayé un chemin dans la cohue d'un samedi soir, jouant des coudes avec brutalité et recevant les excuses qu'il aurait dû lui-même présenter à ses victimes. Je me souvenais : le disc-jockey n'arrêtait pas de nous infliger la rengaine de la saison, *Eso es el amor*. J'avais remarqué comme des gouttes de pluie qui coulaient sur les fourrures, mais M. Jean ne me dit rien du geste qu'il venait d'accomplir, dont la signification avait sans doute échappé et à la dame du vestiaire et aux curieux qui se penchaient par-dessus le comptoir. Pendant que le cercueil glissait dans la fosse, il avait murmuré à mon oreille : « Comme ça, tu vois, le Kabyle restera tout de même avec nous. » Un verre d'eau et l'invocation du Père, du Fils et du Saint-Esprit suffisaient, le baptême étant l'unique sacrement qu'un laïque, même s'il n'était pas croyant, eût le pouvoir d'administrer quand une vie semblait en danger. J'avais été élevé dans la religion catholique et je ne le savais donc pas ? M. Jean s'en étonnait encore quand je l'avais raccompagné jusqu'à sa voiture après la cérémonie ; assis à l'arrière, il s'était tourné pour agiter un index dans ma direction d'un air désapprobateur. Il avait les mains en spatule, qui sont dites « mains de métier » et appartiennent aux natures laborieuses et lentes qui entassent les biens matériels mais sont néanmoins susceptibles de fidélités et d'affections. Comment nier que le patron de l'Amiral entrait dans cette catégorie ? A tout hasard, un jour, en l'absence de sa mère, j'avais procédé au baptême d'Hélène Dieudonné, et l'enfant, qui craignait que je ne lui lave la tête sous le robinet, s'était mise à pleurer. Elle me devait déjà son prénom, je me sentais le devoir d'aller jusqu'au bout : « Moï milyi » aurait sans doute pris ma religion encore moins au sérieux que la chiromancie. Penchée au-dessus de son échiquier, où presque toujours son Roi se trouvait sans défense, une main au menton comme pour en dissimuler la pointe, dans un geste qui transformait son visage figé en un masque qu'elle se serait appliqué en le soutenant par le bas, elle avait continué d'observer en silence ma confrontation avec Valdès, qui s'éternisait. Imaginait-elle d'assister à quelque coup de foudre réciproque et de vérifier le bien-fondé de l'un de ces proverbes de son pays qu'elle aimait citer pour prouver son origine paysanne : « Ni la toux, ni l'incendie, ni l'amour ne peuvent se cacher » ? Tout en sachant qu'on se la gagnait surtout par des anecdotes, Valdès n'avait cependant aucune envie, ce jour-là et à cette place, d'être amené à admettre la responsabilité, dans ce drame, du célèbre fabricant de comédies qui l'aidait à placer des piges dans les journaux et qui, après avoir retiré Taïeb du trottoir, lui révélant le luxe et la sécurité, de but en blanc avait renvoyé aux incertitudes de la rue et aux braconniers de loups de slip, un animal juste assez apprivoisé pour que ses défenses en fussent amoindries. Le grimpeur des lettres avait trop besoin du premier de cordée pour s'élever ; la moindre des réserves, ou une absence de chaleur dans la défense s'il était amené à se prononcer sur son attitude, on l'aurait déformée, amplifiée. On pouvait, pour ce sport, compter sur la Russe, qui n'aimait rien tant que brouiller des gens entre eux, et ne pardonnait d'ailleurs à personne de bénéficier d'une protection supérieure à la sienne. Un instant, j'avais songé à me servir d'elle comme d'un instrument de vengeance, mais, outre qu'il paraissait assez vain d'essayer de nuire par la révélation d'une canaillerie dans un monde où n'importe quelle horreur de l'existence était vite réduite à un potin, cela aurait équivalu à prolonger ma présence lorsque je serais parti, et je ne demandais plus qu'à me faire oublier. « Salut, bonsoir », comme disait Taïeb, qui, lorsqu'il découvrait une tournure d'argot, la répétait à tout bout de champ. La décision de rompre avec la camarilla de Nina Salisachs était née à la seconde où j'avais échangé une poignée de main avec Valdès, soudain tout sourire parce que mon comportement répondait à son attente, que je feignais simplement la gêne d'avoir interrompu une conversation avec la maîtresse de maison : le professeur avait la paume sèche et étroite des dissimulés et des cupides, si l'on s'en rapportait au tableau de M. Tiberi. Rose me l'avait assez répété que l'on ne devait jamais, au grand jamais, fournir d'explications quand on était déterminé à prendre le large, ni exposer ses griefs ; cela vous affaiblissait.

« *Moï milyi*, qu'est-ce que tu veux ? », avait psalmodié la Russe, toujours en alerte, qui se décidait à faire les présentations avec sans doute l'impression qu'elle n'avait pas su distinguer un événement en filigrane de la scène. On la sentait irritée ; déjà, je m'étais aperçu que le silence était la chose au monde que les cyniques supportaient le plus mal. Depuis quelques semaines, Nina Salisachs avait renoncé à me vanter les avantages d'une liaison avec Pierre-Yves, pour se moquer des accès de tristesse qui trahissaient chez l'interne cette sentimentalité qu'elle avait en horreur, ridiculiser sa timidité qu'elle décelait sous les apparences de la morgue caractéristique des garçons de son espèce, quand ils étaient assurés de leur beauté, et dont Valdès offrait d'ailleurs un exemple plus achevé. Pourquoi « garce » ne se disait-il pas au masculin ? Je m'en étonnais toujours. Mais je savais mieux que quiconque ce que l'interne, sous ces dehors, dissimulait de délicatesse, de générosité et de romantisme ; il en était même attendrissant, et de cette tendresse, on glissait vite, si l'on ne résistait pas, à l'envie de l'humilier, de le faire souffrir. Ce qu'il déclenchait de mauvais dans mon esprit me gênait encore plus que les sentiments qu'il me portait. On ne pouvait avoir vraiment peur que de soi-même ; au moins là-dessus, mon vieux fasciste avait raison. Pierre-Yves avait été bien inspiré, en tout cas, de cacher à la petite bande son ambition littéraire, dont l'aveu devant moi lui avait coûté presque autant que l'autre, qui me concernait et m'avait beaucoup embarrassé. Il l'avait exprimé d'une traite, comme une leçon que l'on s'est déjà récitée à soi-même, l'œil sur l'essuie-glace en mouvement, alors qu'il me ramenait à la maison, dans sa voiture, après avoir voulu d'abord récupérer des affaires personnelles à l'internat de l'hôpital Saint-Louis, qui, dans la lumière des phares, était apparu sur la droite du bâtiment central, du côté avenue Parmentier. Nous longions le canal Saint-Martin ; le plan d'eau était recouvert de feuilles mortes. Il bruinait. A l'Amiral, nous avions dîné à la table voisine de celle où la nièce de Mme Catta avait, une fois de plus, capté mes regards avec un mélange d'agacement et de satisfaction puérils, l'air même des célébrités quand, sous les yeux des personnes qui, les ayant identifiées, se chuchotent leur nom à l'oreille, elles semblent se comporter comme des enfants qui se sentent voluptueusement à l'abri, autorisés à toutes les audaces, parce qu'ils sont forts de la présence de leurs parents. Sabine ne pouvait imaginer que je reconnaissais en elle, dont la frivolité des répliques destinées à m'épater me faisait douter qu'elle eût jamais traversé l'enfer des camps d'extermination, le fils de la bouchère du Boulevard déguisé en femme, non pas vieilli mais épanoui. Car cette beauté qui était depuis toujours l'apanage de la famille augmentait encore de passer d'un sexe à l'autre, de glisser de la jeunesse à la maturité désormais presque sans limites dans le temps, que maintenaient les soins esthétiques et les séjours dans les cliniques suisses.

A l'heure où Pierre-Yves m'avouait ses sentiments, le videur qui, au début de l'après-midi, escortait M. Jean jusqu'à Saint-Sulpice devait être en train de reconduire à la Malmaison l'amuseur épuisé par son numéro et qui allait exiger une halte à la Porte de Saint-Cloud pour s'administrer la seconde piqûre contre le diabète, dont il avait besoin toutes les vingt-quatre heures. Déjà somnolent, à demi allongé sur la banquette arrière de la limousine, son sifflet en sautoir, intégrant peut-être à ses rêves les dernières réponses du Yi king, mais les mains serrées sur la serviette que gonflaient la recette de la soirée et aussi des restes de cuisine promis aux chiens-loups en patrouille la nuit dans son jardin ; ils ne le sauveraient pas du tueur qui l'abattrait de plusieurs balles de revolver, quelques années plus tard, sans doute en raison d'une histoire de racket ; le chauffeur survivrait. Si, pour une excitation dont le souvenir m'était nécessaire auprès des filles, si, pour ma vanité également, des garçons presque chaque soir, et souvent des messieurs qui, à l'Amiral, me prenaient pour un gigolo, m'avaient signifié leur désir, aucun d'eux ne m'avait jamais adressé une déclaration d'amour. Celle de Pierre-Yves promettait un avenir de parties de tennis — il m'apprendrait —, de voyages, de week-ends à la campagne, une coulée de jours où je n'aurais eu à m'occuper d'aucun problème — il se chargeait de tout. Rose aurait peut-être de la peine à le croire : il me fallait bien admettre, aujourd'hui, que par la suite, de déclarations d'amour, je n'en avais plus reçu de personne, ni d'homme ni de femme, et pourtant, dans l'intervalle, j'en avais longé des canaux, des rivières et des fleuves, sans oublier que ma liberté avait commencé au bord d'un torrent.

« A quoi tu penses ? », insistait Pierre-Yves, qui avait aussi affirmé qu'il n'était pas comme les autres — les clients de l'Amiral ; cette manie qui les tenait tous de se proclamer uniques en leur genre, de se séparer du reste du troupeau, ne me surprenait plus. Tout en surveillant les mouvements de l'essuie-glace, je pensais aux malheurs d'une lady Macbeth de village russe, au concours de proverbes auquel je me livrais avec Nina Salisachs puisqu'il était dans nos conventions de jouer les paysans immigrés au cours de nos tête-à-tête. J'avais marqué un point en citant : « Un tueur de chèvres trouve toujours des chèvres à tuer. » L'interne tendait le cou ; il ne soupçonnait pas de quoi j'étais capable ; il ne savait pas à quoi il échappait. Depuis, il n'avait dû probablement se sauver de rien. Il était de la race qui tricote des chaussettes pour le bourreau sur les chemins de la Sibérie, et personne ne saurait à quel point je pouvais être cruel ou mufle parce que je ne laisserais personne s'attacher à moi. De l'autre côté du canal, la dernière lumière venait de s'éteindre sur la façade étroite de l'Hôtel du Nord, qui s'inscrivait de telle sorte dans notre champ de vision que la passerelle paraissait avoir été construite pour amener les clients à sa porte. L'essuie-glace s'était coincé, il fallait sortir de ce silence. Les éléments de chiromancie que je possédais m'avaient permis de rétorquer à la blague que le tracé de ma ligne de cœur s'arrêtait à un âge que j'avais déjà dépassé — il n'y avait qu'à jeter un coup d'œil à la paume de ma main gauche. C'était évident même dans l'éclairage à l'intérieur d'une voiture, et cela devenait vrai. Comme les refus, les humiliations, les rebuffades, les blessures d'orgueil s'effacent, si nous ne nous tuons pas tout de suite, en proportion même de la douleur qu'ils ont infligée sur le moment, sans doute m'étais-je évanoui des souvenirs de Pierre-Yves à une vitesse égale à la passion qu'il me vouait ce soir-là et qui, pendant tout un hiver, avait été exaspérée par mes louvoiements et mes politesses. « Celui-là, il te donnera sa chemise, si tu veux », me répétait M. Jean, témoin de ses manèges et aussi des folies commises par quelques-uns pour lui enlever des garçons de l'album et s'assurer l'exclusivité de leurs services, quand ils en tombaient amoureux. A l'inverse, c'était mon indifférence même qui avait retenu le crissement de l'une des branches de l'essuie-glace, privée de son caoutchouc, et l'image d'une nuit qui s'écoulait près d'une rivière de théâtre dont l'eau semblait avoir conservé par endroits le miroitement des étoiles disparues au-dessus de nous, dans la brume. Et alors Pierre-Yves — pour changer de sujet, en apparence, mais utilisant une ruse de médecin afin de me toucher physiquement — avait soutenu que le froid m'infligeait un début de couperose aux pommettes ; il ne savait pas que ce visage immobilisé entre ses mains — et qui rougissait —, il l'examinait avec avidité pour l'oublier à jamais. Pas davantage il ne soupçonnait que je lui avais ménagé une revanche par avance ; que, par réaction aux ricanements et aux plaisanteries dont il était l'objet, j'avais laissé entendre qu'il était parvenu à ses fins avec moi — et « Moï milyi », sans que se modifie pour autant l'expression de son regard, en avait eu presque un haut-le-corps. Je sentais bien que je l'intriguais, Nina, et en étais assez fier dans ma naïveté puisque, si dénué d'intérêt que je fusse, je réussissais à déconcerter une aventurière de son envergure. Au fond, j'expérimentais auprès d'elle une situation qui toute ma vie ferait mes délices : connaître le maximum de détails sur ce que mon interlocuteur souhaitait cacher, jouir de ses contradictions ou dérobades quand on l'interrogeait, déceler ses mensonges, enregistrer ses omissions, le pousser sans y paraître vers les zones d'ombre de sa biographie, mesurer l'habileté avec laquelle il les contournait ou au contraire en tirait ce qui était encore à son avantage — bref, son art d'accommoder les restes. Mais Nina n'avait pas bronché à l'annonce que j'envisageais déjà de revendre mon appartement soi-disant pour en acquérir un autre plus grand dans l'immeuble construit quelques années plus tôt au croisement de la rue Vaneau et de la rue Oudinot, sur l'emplacement d'un hôtel particulier qui, selon « la Signature », était une merveille de l'architecture du XVIIIe siècle et donnait sur un jardin. Le dictionnaire des rues de Paris, qui était dans la bibliothèque d'Edmond, le décrivait encore pour déplorer sa disparition, reproduisant un cliché d'archives assez net. L'hôtel avait appartenu au premier mari de Nina Salisachs, et l'ancien modèle de Maillol qui devait l'acheter à la suite de la liquidation des biens du collaborateur, par l'administration des Domaines, avait en vain essayé de l'offrir à l'État en échange de sa transformation en musée des œuvres du sculpteur. C'était là que la Russe avait choyé les personnalités des années quarante, parmi lesquelles se trouvaient quelques-uns des futurs codétenus de mon précepteur, le père de Valdès en tête. Même si l'on retranchait les ajouts et les surcharges résultant du ressassement et d'une haine recuite au soleil de la plaine de l'île qui, selon M. Tiberi, avait été jadis le grenier à blé de Rome, leurs récits rendaient incroyable la métamorphose de la superbe rousse en cette ménagère qui avait une frange presque blanche sur le front et se tenait assise devant un échiquier, les joues zébrées de rides, une cigarette à la hauteur du visage dans sa main aux doigts raidis, comme pour montrer les ongles en deuil. Le diamant « jonquille » tranchant à peine dans l'or de sa chevalière, à la main gauche, représentait sans doute la valeur des salaires que percevrait dans sa vie la coiffeuse que le chauffeur amenait chez elle, une fois par mois, pour lui couper les cheveux au bol comme à une couventine. Il s'agissait pourtant de la même personne qui, une saison, avait disputé une collection entière du couturier Paquin à Goering ; de passage à Paris, ayant assisté au défilé des modèles, ce dernier la réclamait pour sa femme, à condition que l'on raccourcît les robes de quelques centimètres, parce que la Maréchale entendait subir le même rationnement que ses compatriotes qui commençaient à manquer de tissu. Cette anecdote — et le reste — n'avait pu être imaginée de toutes pièces par « la Signature », qui, d'après son livre que j'avais ramassé dans l'escalier avant de m'enfuir de son immeuble, ne manifestait de goût, quand il inventait, ni pour les scènes ni pour les péripéties — encore moins pour les dialogues. C'était un de ces romans qui se déroulent à une époque indéfinie, où l'on dirait que l'humanité ne va pas plus aux cabinets qu'elle ne transpire, mange ou travaille, et dont les personnages semblent être au courant de l'existence de l'auteur et appréhender à chaque seconde son jugement. Deux hommes et une femme passaient un week-end dans un château sur les bords du Rhin et, pour le principal, développaient des considérations au sujet des œuvres d'un compositeur dont l'arrivée était reportée de jour en jour — il ne rejoindrait jamais ses amis, il mourrait en chemin dans un accident de voiture. Le style m'avait permis de mesurer la pauvreté de mon vocabulaire en général et mon ignorance de la musique en particulier ; il m'avait dérouté et charmé tour à tour, et j'avais mis du temps à comprendre certaines périphrases, le dictionnaire ne m'étant d'aucun secours pour deviner que l'expression : « boire à votre fontaine » évitait l'emploi du verbe « sucer ». Mais mon étonnement provenait d'autre chose : il n'y avait rien dans ces pages de la force et de la drôlerie avec lesquelles, tout maigre qu'il était, l'auteur, chez lui, pour les besoins d'une pantomime, parvenant à enfler comme un acteur japonais jouant le dieu de la colère, était devenu sous mes yeux le gros Goering aux gestes de prestidigitateur dans le maniement d'un porte-cigarettes endiamanté, et qui allait se montrer d'une urbanité exquise à l'égard du styliste de Paquin, des mannequins, des clientes. Je l'avais vu pratiquer le baisemain, s'excuser auprès de Nina, qui n'était pas encore Salisachs, de contrarier ses souhaits, parce qu'il était lui-même pressé et tenait à faire cette surprise à sa femme pour son anniversaire.

Bien sûr, à vingt ans, il était excitant de se persuader que les Alliés avaient appris que les dirigeants du Reich reconnaissaient leurs difficultés, sur le rapport d'une excentrique à la silhouette ajustée, directrice de théâtre par caprice, par vol ou sur ordre, pour les besoins d'une couverture. Même sans la verve d'Edmond, cela aidait beaucoup à se représenter l'élégante qui, dans ces salons, au milieu des officiers d'un état-major, semblait surtout préoccupée d'exaspérer le maître de maison — s'il y avait un maître supérieur à Goering, en la circonstance — en arborant un manteau de pluie à base de fibranne. Ce vêtement était de l'invention d'un autre couturier, d'un rival au savoir-faire décuplé par la pénurie dont l'Allemand admettait qu'elle existait maintenant jusque dans son pays. Edmond avait accouché de ce roman qui ne lui ressemblait pas, un peu comme la superbe rousse avait donné naissance à la femme aux cheveux gris qui, un quart de siècle après le badinage avec Goering, penchée au-dessus d'un échiquier, pendant que je m'inquiétais des agréments de son ancien quartier avec ce qui pouvait passer pour l'insistance d'un provincial à la recherche d'un logement, posait sur moi un regard qui me niait — il avait trompé de bien plus malins. Nina avait répondu des banalités avant de couper court à mes questions — Nina, car il fallait l'appeler par son prénom et la tutoyer aussitôt qu'on lui avait été présenté, et je découvrais ainsi que la familiarité d'un chaton sur les genoux est un moyen d'enjôler les vieillards que ni la fortune, ni la célébrité, ni le pouvoir — parfois les trois ensemble — n'ont consolé d'avoir perdu la jeunesse qui bouscule et chahute pour exprimer l'affection ou l'amour. L'enseignement ne serait pas oublié, j'aurais quelquefois l'occasion de l'appliquer avec profit, mais il me faudrait dix ans encore pour apprendre à être jeune comme on l'était à Paris, et comme je ne l'avais jamais été.

Un garçon aux désordres bien réglés et plutôt ordinaires, un étudiant qui ne caressait aucun projet d'avenir, n'avait de dispositions pour rien, était aussi catégorique dans ses refus que flottant dans ses désirs, consacrait son énergie à se défendre des affections, n'ouvrait la bouche que pour questionner et jamais pour briller, payait les femmes quand il n'aurait pas eu trop de peine à les séduire, organisait des dîners de bourgeois, cherchait un agent de change pour des placements dont on ignorait la source, et sortait de l'Amiral à l'aube, sans partenaire, avait sans doute de quoi étonner les amis de Pierre-Yves réunis autour de la Russe, et si différents de mes copains de Saint-Sulpice. Ce n'était pas par hasard s'ils avaient vite adopté Marthe Dieudonné; elle était de leur race, d'une certaine manière, et se trouvait à l'aise dans un milieu où l'on jouait en permanence des coudes pour avancer, où même les gaspillages de temps relevaient de calculs, et où l'on exorcisait par l'ambition la menace du malheur intime que chacun portait en soi. Tous ces jeunes gens que Valdès regardait du haut de son succès d'une saison, et d'autant plus raffinés dans leur langage que leur origine sociale était modeste — du moins à ce qu'il m'avait semblé —, ne s'entretenaient jamais que de livres, de films, de pièces de théâtre ou de politique; leur bagout m'étourdissait. Gênés par les embarras financiers qu'ils affrontaient, ils n'avaient cependant jamais un mot pour la réussite matérielle. Parmi eux, tous plus intelligents les uns que les autres, et de grands nerveux tendus de toutes leurs forces vers un but, je détonnais par ma nonchalance, et surtout le naturel et le sérieux avec lesquels je parlais de l'argent, dès que j'ouvrais la bouche parce que je n'avais que ces problèmes-là. Ils étaient choqués que j'en convienne. Mais, en revanche, ce qui apparaissait en toute ingénuité de mon esprit terre à terre plaisait à Nina que, n'ayant pas cherché à séduire, je retenais — c'était fatal, et prophétique quant à la suite puisque je ne serais jamais aimé que par des personnes qui ne m'intéresseraient ni physiquement ni moralement.

Aujourd'hui encore, je tirais bénéfice des conseils que la Russe m'avait prodigués pour faire fructifier ce qui m'était resté de la vente de la Villa, après l'achat d'un appartement à Paris. « *Moï milyi*, disait-elle, si tu m'écoutes, tu dois tout miser sur les valeurs américaines. C'est l'avenir. » Elle prédisait la persistance du marasme à la Bourse de Paris, la montée de l'électronique à New York, et elle avait eu raison. Quand elle m'apprenait à distinguer les dix sortes d'achat, chaque définition, pour que je comprenne plus vite, s'accompagnait d'une anecdote tirée de son expérience personnelle. Et l' « ordre soignant » — expression qui plaçait la Médecine au chevet de la Fortune dans l'ordre inverse des choses de la vie — devenait le prétexte d'un cours de stratégie qui me touchait plus que les controverses au sujet du dernier film à la mode : Comment acquérir une action peu demandée sur le marché, sans attirer l'attention, ni faire monter soi-même la valeur de ce que l'on voulait acheter — il n'y avait qu'à écouter Nina Salisachs, qui s'était transformée depuis le début de ses explications. Poses, chichis et coq-à-l'âne avaient disparu ; jusqu'à son accent qui s'estompait au point que je la soupçonnais de l'avoir perdu et de le recomposer pour les besoins de la comédie qu'elle donnait chez elle. Une technicienne parlant de son métier avec gravité et simplicité afin d'être entendue d'un profane, et si quelquefois la fébrilité revenait, elle était comparable à celle d'un ingénieur des chemins de fer qui se divertit avec le train miniature offert à son fils. Mes quelques millions de centimes étaient des jouets pour Nina Salisachs ; à travers moi, elle s'amusait à recommencer. Mais quelque chose dans mon comportement n'avait pas tardé à l'irriter ou à la décevoir, et sans doute avais-je prévenu une exclusion dans les règles en m'éclipsant du jour ou lendemain. Elle rejetait vite les personnes qui ne parvenaient pas à entretenir son intérêt par leurs projets ou leurs malheurs, comme Marthe Dieudonné ses amis quand elle ne voyait plus rien à leur soutirer. Mais lorsque l'amie encore aussi importante pour moi qu'une sœur rompait les liens en silence et opposait aux questions des curieux — des rescapés — un mutisme laissant imaginer des affronts ou des avances qu'elle refusait d'évoquer par dignité ou mansuétude, ou pour ne pas aviver son chagrin, Nina Salisachs choisissait de consommer la rupture en public afin de jouir de la lâcheté avec laquelle se comportaient les témoins à l'égard de la victime de ses éclats. En dehors d'un physique dont la Russe me faisait volontiers compliment, et sans trop exagérer parce que, sous l'effet de l'accélération de ma nouvelle vie, j'avais subi un coup de beauté comme on essuie un coup de vent, je n'étais pas assez remarquable ou prometteur pour qu'elle perde son temps à élucider le mystère de ma présence au sein d'un groupe où je n'avais ni amis ni amants — tout juste un soupirant dont l'attitude de chien battu l'écœurait. Le cœur lui était plus incompréhensible que des pratiques auxquelles elle admettait d'avoir recouru, autrefois à Moscou, pour éviter les grossesses, ne cachant pas d'en avoir retiré une certaine jouissance quand le partenaire ne se montrait pas trop brutal dans la pénétration.

Comment aurait-elle deviné que, d'un certain point de vue, nos passés se recoupaient, que je cherchais seulement auprès d'elle la vérification que l'on ne m'avait pas menti dans des bavardages de province, sur un banc de jardin, sur ce balcon d'où l'on apercevait dans toute son étendue un champ de lavande, rendez-vous des couples illégitimes, et aussi parfois, qui passait devant la grille, sœur Priscilla, la tête baissée pour un motif en somme identique à celui de M. Jean quand il s'engouffrait l'après-midi dans l'escalier de son refuge à Saint-Sulpice : parce que, s'étant rasée de trop près, la religieuse s'était trouvé un visage de femme. Il manquait à Nina Salisachs — il manquait à tous — de savoir ce qu'avait été mon existence à partir du soir où j'avais vu, sans m'en inquiéter, mes parents monter dans la Traction avant du Boiteux, et si loin que je fusse allé, que j'irais par la suite dans les confidences, au cours de ces minutes d'émerveillement mutuel et de faiblesse commune où l'on se persuadait volontiers d'être tombés sur une affection ou une amitié qui ne finiraient jamais, personne ne m'entendrait parler de la Villa des Palmiers.

Rose pouvait débarquer après-demain à Paris ; je soutiendrais son regard sans faiblir ; je n'avais pas galvaudé nos secrets. Ils allaient de l'utilisation de l'alambic clandestin, souvenir de l'auberge de Bianca, qu'elle tirait en décembre de la cave pour distiller de l'eau-de-vie, aux deux séjours que, sans invoquer de maladie, elle avait effectués à la clinique dirigée, sauf erreur, par un médecin qui présidait aussi la Conférence de Saint-Vincent de Paul ; elle ne voulait pas avoir d'enfants de M. Solinas, ni de quiconque, et, à la mélancolie accrue du marchand de chaussures, je devinais qu'elle agissait contre la volonté de son vieil amant. « Tu me suffis », m'avait-elle dit chaque fois en guise d'explication, quand elle bouclait sa valise. Dès le lendemain, de son lit à la clinique, elle me téléphonait à la Villa vers minuit, comme d'habitude, pour s'assurer que j'avais bien glissé sous mon traversin le morceau d'étoffe rouge qui prévient les cauchemars. Quel besoin poussait certains à raconter leurs premières années, leur adolescence, à laisser le tout-venant poser dessus ses pattes qui croyaient toucher, et ses yeux qui croyaient voir ? Ce que soi-même on pensait distinguer ou revivre encore dans ces jeux de miroirs n'était communicable à autrui que par le plus insignifiant ou le plus saugrenu, comme pour moi cette image de Tango en train de pisser contre l'un des pneus arrière de l'Aronde, dans le sentier de la gare, et Rose qui, menaçant de le frapper avec sa laisse, n'esquissait que le geste, était seule maintenant capable de comprendre. Si je n'avais pas rompu tout de suite avec Nina Salisachs, si je m'étais exposé à subir une des scènes dont elle avait le secret pour se débarrasser de quelqu'un qui avait cessé de lui plaire, c'était parce que j'avais l'impression de retrouver une atmosphère familière dans le hall de son hôtel particulier au Marais.

Le pavement de marbre, comme celui de la Villa des Palmiers, avait en son milieu une rosace jouant sur l'opposition des bruns et des bleus, hérissée à l'intérieur de triangles qui partaient du deuxième cercle et suggéraient les rayons d'un coucher de soleil stylisé. Pour me toucher le cœur, il y avait aussi une corniche identique à celle de là-bas, et le fait que, pour compléter l'illusion, dans l'embrasure de la porte-fenêtre, on pouvait imaginer que les gravures de l'escalier, le long de la première volée de marches, représentaient elles aussi des scènes de chasse au renard. L'ameublement de la salle était, comme là-bas, réduit à une commode, sur la gauche, et à un fauteuil que Tango aurait vite réquisitionné à son profit. Je m'y installais en espérant que se fasse attendre le plus longtemps possible, après la disparition de la bonne, qui débarrassait le visiteur de son manteau, l'arrivée de ce domestique, tour à tour valet de chambre et maître d'hôtel, au sujet duquel Pierre-Yves en qui le médecin ne dormait jamais que d'un œil — c'était même son seul travers — avançait toujours le même diagnostic. Le nez en pied de marmite, effondré en son milieu, était, à l'entendre, non d'un ancien boxeur comme le barman de l'Amiral mais d'un syphilitique au dernier stade, et, en toute hypothèse, le domestique était d'un âge à avoir contracté la maladie bien avant l'invention des antibiotiques qui la guérissaient. S'il était exact qu'il servait Nina depuis trente ans ou presque, il avait dû dire aussi à des officiers de la Wehrmacht et au père de Valdès qui harcelait l'occupant pour être nommé ambassadeur ou ministre de Vichy : « Madame vous attend. Voulez-vous me suivre ? », avec la même voix lente et détachant les syllabes qui s'élevait des disques avec lesquels notre professeur d'allemand, au lycée, tâchait de perfectionner notre accent. Pourtant prévenu tout de suite de mon arrivée par la femme de chambre qui m'avait accueilli sur le perron, immédiatement sifflée par les ouvriers de la cartonnerie qui traversaient la cour, et dont le regard — parce que, sans doute, dans cette maison, j'étais porté à l'exagération en tout et pour tous — me semblait être d'une personne bâillonnée qui n'a plus que ses yeux pour s'exprimer, le vieux domestique s'abstenait de venir me chercher tant que quatre heures n'avaient pas sonné aux innombrables pendules, cartels et horloges qui produisaient une rumeur de fête dans les étages. J'avais vite pris l'habitude de me présenter chez Nina une demi-heure avant la fin de la partie d'échecs entamée à l'issue du déjeuner avec l'un de ses invités que tout différenciait des jeunes gens dont je faisais partie et auxquels était réservée la fin de l'après-midi. Si, par hasard, ils étaient encore jeunes, ils ressemblaient à des employés ; vieux, leurs habits rappelaient que nous étions à quelques blocs de la rue des Rosiers. Nina y recrutait des partenaires au jeu, qui, en outre, avaient pour elle l'avantage de parler russe, et ainsi, un jour d'hiver, avais-je vu, qui descendait l'escalier du hall à pas lents, un homme à l'air rêveur coiffé d'un melon, d'une corpulence contenue par la redingote à quatre boutons sur le devant qui le serrait à la taille, et dont la barbe de prophète étalait toutes les nuances de gris, des pommettes où elle frisottait, à l'estomac où elle s'ouvrait en éventail. En m'apercevant dans le rond de lumière que faisait la lampe posée sur la commode, il avait soulevé son feutre avec un demi-sourire pour s'excuser de sa distraction, et, saisi par la noblesse de son allure, je m'étais levé afin de lui rendre son salut, non sans un mouvement de recul, comme si, malgré la distance qui nous séparait, je risquais de gêner sa marche commencée du fond des âges et qui finirait sans doute par une danse devant l'Arche. Avait-il au moins battu au jeu cette ennemie qu'il ne se soupçonnait sûrement pas, et qui avait dû le charmer par l'évocation des ciels de Kiev, ou des images du dégel lorsque les bouvreuils s'assemblent et s'ébrouent dans la neige — la neige est leur élément presque autant que l'air. La tache qu'ils ont sur la poitrine et qui parsème de gouttes de sang vives comme des gouttes de mercure la blancheur environnante a la même couleur que le fruit du sorbier dont ils raffolent mais qui pourrit à l'approche du printemps. Leurs pépiements préludent au départ : on croirait qu'ils protestent contre l'hiver qui se retire et qu'ils s'apprêtent à rejoindre dans les forêts de l'Oural, tandis que les freux tournoient au-dessus des buissons dont les pointes sont encore hérissées de givre ; eux resteront.

« *Moï milyi* », me disait Nina d'une voix où il y avait presque du sentiment, sa main râpeuse de cuisinière effleurant ma joue, son diamant « jonquille » glissant sur mon menton — elle aimait bien caresser mon visage —, « *moï milyi*, si tu savais, le printemps chez moi... Le merisier a des fleurs avant les feuilles ». Puisque Nina m'avait presque ému et fait aimer le froid, comment un vieillard né là-bas aurait-il résisté ? On se faisait toujours rouler au nom du passé ; c'était pour cette raison que je n'avais jamais laissé des étrangers pénétrer dans le mien — ils y auraient puisé des armes contre moi, à tout le moins des raisons de me ridiculiser. J'en étais conscient déjà, de même que je mesurais toute l'impossibilité de partager les souvenirs avec d'autres personnes que les témoins mêmes de notre vie.

Je venais de repousser le fauteuil contre le mur entre la commode et la porte par où la femme de chambre s'était retirée à reculons, de manière à embrasser du regard la pièce entière, et me remémorer, si proches encore de moi, mes parties de patin à roulettes, les aboiements de Tango, le bruit de ses pattes contre la vitre de la porte-fenêtre devant laquelle il se dressait au moindre bruit dans le sentier, les cris et les appels de la femme de ménage et de ses aides — mère, sœurs, belle-sœur, cousines — qui toutes les trois semaines effectuaient le ménage à fond dans la Villa. Y avait-il un pays où, dès qu'elles cessaient de chanter, les femmes recouraient aussi volontiers au ton de la colère pour exprimer des riens ? Éclats de voix, refrains, cris et ronflements d'aspirateur m'indiquaient le cheminement de celles-là à travers les pièces, tandis que, si dehors la pluie, le vent ou la brièveté des jours nous interdisaient d'occuper le banc du jardin, M. Tiberi, plus rouge que jamais, agacé de se voir interdire l'entrée de la bibliothèque tant que la procession n'y serait pas passée, marchait de long en large dans le hall, des paroles de latin à la bouche, comme des jurons, et sans doute en était-ce. Il avait l'habitude de truffer les versions qu'il me donnait à traduire — dactylographiées par ses soins et sans indication du nom de l'auteur pour décourager une éventuelle recherche, dans la bibliothèque — de phrases prétendument relevées sur les murs de Pompéi et de nature à me faciliter et à égayer l'étude par leur obscénité. Cependant, il sautait leur traduction qui m'avait rendu impatient d'entendre les accents de *La Marche turque* au-dessus du cosy de Marie la coiffeuse, quand il commentait mes copies où il semblait quelquefois, en raison de ces ajouts, que César n'avait envahi la Gaule que pour aller à l'Amiral. « *Quid miseros frustra culos decessis ?* », et ce passage d'une lettre où Voltaire réclamait pour l'île vingt millions, vingt mille hommes et vingt bourreaux, étaient à peu près tout ce qui me restait de mes humanités en plein vent.

Pour ma mère, chaque pièce de la Villa avait un nom qui, en général, était en rapport avec la superficie, la couleur des murs, l'ameublement, voire un objet, mais n'était-ce pas plutôt mon père qui avait imposé « Transat » pour la salle à manger du rez-de-chaussée, avec son plafond à caissons, sa vasque cachant un projecteur au-dessus de la porte dont les vantaux extérieurs comportaient des médaillons à motifs de coquillages et de flots ? Fabio avait servi à bord d'un paquebot qui effectuait la traversée de l'Atlantique avant la guerre, et sans doute Rose conservait-elle encore quelque part les six verres en cristal taillé, au pied raccourci, de forme compacte, et frappés au monogramme de la Compagnie Générale Transatlantique, à quoi probablement se résumait ce que le jeune homme avait apporté à la Villa, si l'on négligeait son amour, sa sensualité, sa force physique et la broche « oiseau de paradis » gagnée au poker. Lorsque, après un coup d'œil à mes mains et à mes genoux, ma mère m'ordonnait : « Va chez le Nègre ! », je devais courir à la salle de bains qui m'était réservée au premier étage, et où l'on avait placé dans un angle ce garçonnet en bois colorié aussi grand que moi, plus marron que noir en fait, lippu comme M. Solinas, au turban souvent augmenté d'une serviette-éponge dont un pan cachait son expression goguenarde et son demi-sourire qui m'auraient empêché de me déshabiller complètement. Après la mort de mes parents, mon premier geste de maître serait de le reléguer dans le placard où la chatte du couvent des Dominicaines était venue une fois mettre bas, et à cela se borneraient mes modifications du décor en huit années d'indépendance et de propriété. Il y avait la « petite salle », qui n'était petite que par comparaison avec la salle à manger du rez-de-chaussée. On la réduisait sans doute par dédain des copies de mobilier Empire dues à un ébéniste local et associées, dans la chronique familiale, à des histoires de contestations de factures qui s'étaient conclues par un procès ; les craquements du bois neuf remplissaient la pièce de présences, les nuits de tramontane ; on n'y pénétrait presque jamais. Il y avait le « salon rouge », qui devait sa dénomination à un tapis beaucoup plus qu'au damas dont la couleur délavée vieillissait la Villa tout entière ; celle-ci n'ayant été construite qu'à la naissance de ma mère, un tissu pouvait-il être à ce point usé s'il ne provenait pas d'une entreprise de récupération ? Il y avait la chambre d'Évangéline, aménagée en priorité, afin que la gouvernante de l'avoué — sa maîtresse bien avant son mariage, là-dessus Rose était catégorique — puisse harceler les maçons et les peintres quand ils se relâchaient dans leur travail. Que fallait-il comprendre ? Comment avait vécu ce ménage à trois ? En même temps qu'il formait des vœux de chrétien pour avoir un enfant de son épouse légitime, mon grand-père, de qui j'avais peut-être la facilité à gagner de l'argent, sinon à le conserver, entretenait une liaison avec une domestique, et ensuite offrait des vitraux neufs à l'église des Siciliens qui bornait l'horizon de Bianca à la fin de sa vie, parce que le Ciel l'avait exaucé pour le compréhensible et pour l'inavoué : il lui accordait une fille et le rendait veuf du même coup. Au fond, je ne savais guère de choses sur mon grand-père, encore moins sur sa femme, et sur ma mère pas beaucoup plus. Le souvenir de l'employée qui avait élevé Madeleine persistait dans un cadre ovale en bois doré face à un lit bateau aussi peu en harmonie que possible avec le guéridon à dessus de marbre, où elle avait sans doute affermi son pouvoir sur les sens d'un vieil homme de loi, un peu vigneron, un peu chimiste, qui, à ses heures perdues, avait inventé et commercialisé la recette d'un vin cuit au quinquina. Jeune encore, les mains posées sur ses genoux, Évangéline n'avait pas plus d'expression que les personnages des médaillons de porcelaine qui constellaient les parois de marbre, à l'intérieur du mausolée des Giuliani, mais qui en revanche n'abondaient pas au Père-Lachaise où j'étais souvent retourné après avoir vu ce que j'y avais vu quand je cherchais à localiser la tombe de l'oncle de Rose en prévision de la visite de sa nièce à Paris. Était-ce un hasard s'il n'existait aucun portrait de mes grands-parents dans la Villa ?

Pour les mêmes raisons qui incitaient toujours la Princesse à marquer le pas en serrant le pommeau de sa canne devant la série des portraits de caractère, la bibliothèque de l'avoué était dite le « musée ». La nuance d'ironie qui enveloppait l'expression m'était encore perceptible. Mais peut-être l'inventais-je pour que ma mère m'apparût intelligente jusque dans les moindres détails — et qu'avais-je de plus que des détails ? Peut-être inventais-je aussi les inflexions de sa voix, tandis que j'avais dans l'oreille, outre son rire, et qui ne pouvait se discuter, le piquetis de ses chaussures à talons effilés, quand elle descendait l'escalier du hall, la main à la rampe — si fine la main, sur une rampe si large —, dans une attitude de nonchalance démentie par l'inclinaison en avant du buste, qui indiquait la hâte : je l'appelais du jardin où je devais être en train de jouer près des rosiers de Pline — là et pas ailleurs, pour le simple motif que la densité du gravillon le long de la façade me permettait d'édifier à longueur d'après-midi des enceintes de châteaux pour concours de plage. Regardais-je quelquefois les rosiers ? M. Tiberi ne m'avait pas encore révélé les secrets du fumage avec de la fiente de poule ou du crottin de cheval, mais celui-ci enveloppé au préalable de paille, parce que son acidité risque de détruire les racines. En tout cas, à cet instant précis, j'étais certainement plus attentif au bruit des pas qui se rapprochait et augmentait d'intensité sur le carrelage en marbre du hall, et ce bruit, il m'arrivait aujourd'hui encore de l'isoler dans le piétinement d'une troupe de secrétaires en marche vers la sortie, et qui n'avaient pas eu la patience d'attendre l'ascenseur à l'étage.

Voilà au moins qui était sûr au sujet de ma mère, comme le fait qu'elle avait assez aimé l'amour pour rompre avec son milieu. Sûr comme son parfum qui m'avait assailli un jour dans le sillage d'une inconnue. Sûr comme la sensation de bien-être éprouvée à m'endormir contre son corps, et la sveltesse de la silhouette qui se découpait dans le miroitement des vitres du rez-de-chaussée, à la lueur du couchant. De loin en loin, à Paris, je croyais la voir resurgir une seconde, lorsqu'une jeune femme d'un certain type physique — mince, assez grande, sans manteau, le cheveu flou, les pommettes saillantes — s'engageait avec élan dans les reflets d'une porte à tambour où soudain elle perdait son visage. Prise entre les lumières de la salle qu'elle venait de quitter et celles de la rue où elle hésitait un moment à avancer, elle clignait les yeux, mais ce n'était ni pour me reconnaître, ni pour m'ouvrir les bras.

Une onomatopée d'avant le langage — « magnin » — me permettait encore de parler de cette morte que je ne parvenais pas toujours à identifier au premier coup d'œil dans les photos de l'album de famille, et où figuraient, entre autres inconnus, mes cousins d'au-delà des mers, les ennemis de Rose, qui pourtant avait eu beaucoup moins à s'en plaindre que de ses propres cousins — le frère et la sœur de mon père — quand il s'était agi de me donner un tuteur, au moins pour la forme. Télégrammes et lettres de condoléances mis à part, ces bourgeois ne s'étaient plus manifestés auprès d'elle qui, en tournant les pages, nommait chacun d'eux avec précision sans l'avoir jamais approché, définissait son caractère, répertoriait ses défauts et énumérait les alliances qu'il avait contractées par son mariage. Mais l'orgueilleux, l'avare, le jaloux, le luxurieux, l'alcoolique ou le maniaque, qui conservait ses urines dans des bocaux de pharmacien jusqu'à ce qu'il en eût une assez grande quantité pour remplir une baignoire, avait en général tourné vers l'objectif son visage de la jeunesse, pleine pâte d'où le vice majeur qui allait dévorer la personnalité, s'il ne la constituait pas tout simplement, ne se dégageait pas encore. Tant que je n'aurais pas atteint ma majorité, Rose ne réussirait pas à chasser de son esprit la crainte qu'ils ne débarquent à l'improviste pour exiger des comptes, ou que, à tout le moins, en été, à la faveur des vacances, ils ne se présentent en délégation à la Villa pour constater la disparition de certains meubles, avec le renfort d'un huissier. J'avais beau répéter que ces ventes qui augmentaient la sonorité des pièces en les dégarnissant, j'étais le premier à les suggérer, en cas de besoin, que, du reste, elles allaient cesser depuis le renouvellement de plusieurs baux commerciaux en ville et l'expulsion de fermiers négociés par M. Solinas, Rose n'était pas rassurée. Tout à coup incertaine de la valeur de telle commode à montants décorés de têtes d'Égyptiennes et retirée de la « petite salle » aussi inépuisable qu'un cadre de déménagement, elle dressait pour nous deux, sur la couverture de l'un de mes cahiers, un plan d'économie en sept points — pourquoi sept ? Au mieux, il était respecté pendant une semaine. Quels étaient ces points qui localisaient les fuites de l'argent ? Je l'avais oublié. En fait, je me bornais à emprunter l'autobus — cinq tickets pour le « Tombeau Giuliani » — et à servir du vin ordinaire à M. Tiberi pour le dîner après les leçons. Un soir, M. Tiberi boudait son verre ; le lendemain, je sautais de la plate-forme arrière de l'autobus qui touchait presque l'asphalte sous le poids des passagers, et je rebroussais chemin pour aller prendre le taxi du Boiteux à la station proche du lycée.

Si je m'étonnais de ne pas trouver la photo de mariage de mes parents, je n'obtenais qu'un haussement d'épaules de la part de ma cousine, qui avait été le témoin de Fabio à la mairie ; je me doutais que la cérémonie n'avait pas été suivie d'une fête puisque ma mère avait été rejetée par sa famille à cause de sa mésalliance. J'ignorais encore qu'il n'y a pas d'autre fête que celle qu'un couple se donne à lui-même ; lorsque *La Marche turque* était devenue ma musique du samedi, je me rappelais, sans y attacher encore d'importance, la rapidité avec laquelle Madeleine et Fabio sortant de table, l'été, alors que la nuit n'était pas tombée, regagnaient la « chambre du balcon » où ils avaient déjà passé une partie de la journée, et m'abandonnaient à la recherche des caramels, berlingots, chewing-gums semés à mon intention dans les tiroirs, les cache-pot, les cendriers. A chaque bouche ses plaisirs.

Sans doute, à Paris, Rose me demanderait-elle de rouvrir cet album autrefois rangé derrière une vitrine dans la bibliothèque de l'avoué, et qui avait été fabriqué à partir de la reliure d'une édition de *La Gerusalemme liberata*, dont subsistait, outre un frontispice avec le portrait du Tasse, l'indication : *In Parigi, apresso Delalais, Durand et Molins, 1771.* L'ouvrage s'était enrichi, dans l'intervalle, d'illustrations de ce qu'avait été notre temps à la Villa, et de l'usage que ma cousine faisait du Kodak à soufflet que je lui avais offert, une fois, pour son anniversaire : elle décapitait le sujet quand elle ne l'amputait pas d'un bras ou des deux jambes, ou d'une patte s'il s'agissait de Tango, qui m'était ainsi conservé en plusieurs morceaux. J'avais été obligé de me fâcher pour que Rose ne demande pas à Elena Santarcangeli de poser à son tour, et à présent je regrettais d'avoir pensé qu'une princesse aurait eu moins de patience qu'un chien devant l'objectif. J'aurais pu revoir ainsi la visiteuse de novembre au moment où elle s'apprêtait à remonter dans la Traction avant du Boiteux, après son heure de prière dans la chapelle du mausolée, et que, c'était curieux, les trois dernières années, elle avait l'habitude de m'embrasser alors qu'elle s'abstenait de le faire lorsque j'étais plus jeune, et que, dans les autres circonstances, du début jusqu'à la fin, elle devait me traiter en adulte, presque en homme qui aurait eu son âge. Embrassait-elle un visage du passé, l'avenir ou la jeunesse ? A Tango, qui se montrait pourtant docile si on l'installait près de son écuelle au pied de l'escalier, deux rouleaux de pellicule avaient été sacrifiés avant que Rose puisse le saisir aux trois quarts — l'arrière-train et la queue étaient restés hors du champ. Le résultat de la séance ne donnait aucune idée des dimensions du hall, mais me gardait, en contrepartie, la moitié de la grosse commode et la porte de l'office — à droite comme chez Nina Salisachs. Qui avait collé cette photo juste à côté de celle d'une fillette au front dissimulé par une frange, à l'expression butée, et dont le col de pensionnaire, trop amidonné, frôlait le menton ? N'étaient les dissemblances dans le grain du papier, différenciant les époques, elle aurait pu passer pour la sœur du petit garçon que j'étais moi-même sur le document placé en regard, afin de souligner sans doute cette ressemblance qui s'estompait déjà à la page suivante chez l'adolescente adossée à un tronc de palmier, et qui se réduisait à rien, pour son plus grand avantage, chez la jeune femme assise sur les marches du perron en compagnie de camarades beaucoup moins âgées qu'elle ; la première allongeait une jambe, la deuxième renversait la tête en arrière prenant appui sur ses coudes, la troisième tirait sur une cigarette avec autant de cérémonie que sur un narghilé. On devinait à sa grimace qu'elle essayait d'exhaler un rond de fumée, pendant que la quatrième, enfin, faisait les cornes au photographe tout de même plus habile que Rose.

D'après les vêtements, la mode, cette année-là, cintrait la taille comme si les couturiers avaient voulu couper la femme en deux à la façon des illusionnistes du music-hall. Ma mère se tenait sans comédie, légèrement en retrait du groupe, du côté des rosiers, l'air grave, voire mélancolique, mais je concluais peut-être trop vite : on était sans doute enclin à prêter aux êtres condamnés à plus ou moins brève échéance le pressentiment de leur fin. Ma mère n'était peut-être qu'ennuyée de vivre seule à la Villa depuis la mort de l'avoué, et peut-être ne soupçonnait-elle pas l'impression qu'elle avait produite, au cours d'un bal à l'auberge de Bianca, sur l'esprit d'un adolescent parti ensuite gagner sa vie comme mousse à bord d'un cargo. Fréquentait-elle des cadettes parce que ses contemporaines s'étaient déjà mariées pour la plupart ? Elles deviendraient ces femmes alourdies par les pâtisseries, l'oisiveté — leur maquillage également —, qui me dévisageaient avec insistance chez Mme Catta, et quelquefois m'embrassaient d'autorité. La boucherie du Boulevard, quand j'allais effectuer le règlement mensuel de nos achats, étalant sur le comptoir les billets que je tirais en vrac de ma poche, était l'unique endroit où je m'exposais à les rencontrer, malgré le soin que je mettais à n'y entrer qu'en dehors des heures d'affluence. Après avoir essuyé à son tablier ses mains ensanglantées, pour se rendre plus digne de la solennité du moment, la patronne tenait à me désigner entre haut et bas comme étant le fils de Madeleine et de Fabio. Le premier prénom était repris dans un murmure par la cliente qui hochait la tête, avant de se diriger vers moi avec un petit sourire. Un parfum m'enveloppait, toujours le même, comme s'il unifiait une génération, tandis que je me raidissais pour décourager les embrassades, et qu'un hachoir, plus rapide encore que celui du commis, tranchait dans les souvenirs les beaux morceaux qui font saliver d'envie. Je croisais le regard du caissier, qui, si la patronne — sa mère — avait le dos tourné, montrait un poing fermé, dépliait le majeur et l'agitait pour figurer une pénétration par secousses — la bêtise illuminant son splendide visage d'Anglo-Saxon, dont une cliente de l'Amiral devait plus tard me restituer les traits jusqu'au vertige. Nous étions dans l'escalier conduisant au restaurant, elle descendait, je montais, les remous de la foule nous avaient immobilisés pendant quelques secondes et plaqués l'un contre l'autre. J'avais eu le nez sur sa poitrine, au contact d'un mélange de chaînettes en or et de fausses pierres, là où, à dix-huit ans, elle avait porté en sautoir la cuiller que les prisonniers des camps de concentration gardaient toujours sur eux, de crainte d'un vol, et qui était leur bien le plus précieux. Mais le caissier se souciait-il beaucoup d'une cousine qu'il ne voyait jamais, et qui d'ailleurs n'entretenait plus de relations avec sa famille depuis que son père, le frère aîné de Mme Catta — un employé de perception —, l'avait emmenée dans la région parisienne où il avait été nommé, un peu avant la guerre ? Quelquefois la bouchère se plaignait de son silence, n'hésitant pas à contredire l'éloge qu'elle avait fait, la veille, de la femme de ce grand avocat dont elle conservait dans son portefeuille la photo publiée par un journal à l'occasion d'un procès ;

il m'avait paru bien plus âgé que sa tante par alliance. Par le mariage, en somme, Sabine avait effectué le chemin inverse de celui de ma mère, qui s'était acquis une manière de célébrité pour avoir, à de beaux jours de riche, ajouté des nuits d'amants qui ne l'étaient pas moins, mais au prix d'un déclassement. En découpant certaines photos de gens qui ne m'importaient guère, mais où elle apparaissait, en assemblant ensuite leurs fragments comme dans un puzzle, peut-être parviendrais-je à reconstituer intégralement la façade de la Villa avec son portique à colonnes, surmonté par le balcon de la chambre de mes parents. Et qui sait, à l'aide d'une loupe, peut-être distinguerais-je aussi, à travers les vitres des étroites fenêtres du rez-de-chaussée, l'ombre qui se profilait parfois, à Paris, dans l'illusion tournoyante d'une porte de tambour ?

Pour la propreté, il aurait suffi d'effectuer une fois par trimestre, et non pas toutes les trois semaines, ce que ma cousine baptisait le « grand ménage » — nous avions perdu une occasion d'économiser sans diminuer nos plaisirs, car, parmi les douze pièces composant la Villa, il n'y en avait que trois où s'épanouissait cette tendance au désordre et à l'entassement que je n'allais jamais guérir et qui était mon seul sujet de dispute avec Rose, principalement à l'approche de la visite de la Princesse, qui la rendait nerveuse. C'étaient ma chambre, la bibliothèque et le hall — le hall surtout. Je n'entrais dans la chambre de mes parents que pour escorter M. Tiberi quand il lui prenait la fantaisie de vouloir se poster sur le balcon afin de mieux scruter le ciel et la mer, prédire le temps ou apercevoir la ligne de la côte toscane qui bornait également à ses yeux un horizon plus intime — ce qu'il n'avouait pas. Il me suivait comme on traverse la salle commune d'un hôpital à la remorque d'un infirmier, sans jeter de regard à droite et à gauche. On ne passait pas une dizaine d'années en prison, même une prison dans les vignes, sans apprendre à observer par en dessous ; mon précepteur avait dû remarquer le pot de crème sur la coiffeuse, près du flacon en forme de guitare dont je me chargeais quelquefois d'astiquer le bouchon doré avec le même liquide utilisé pour les objets du culte et les dorures du tombeau des Giuliani. La femme de ménage et ses aides avaient ordre de ne toucher à rien, de limiter leur travail à l'encaustiquage du parquet. Justement, pourquoi du parquet ici, alors que, partout, il n'y avait que du carrelage ? Ce pot en verre opale teinté, je ne l'avais vidé que lorsque son contenu virait, pour l'aspect, au beurre rance, et que l'empreinte de l'index de ma mère s'était effacée sous l'effet de la chaleur ou d'une décomposition chimique à l'image de l'autre. Puis, avant de le replacer dans le rond qu'il avait créé sur la tablette couverte de poussière, j'avais vissé à fond le couvercle métallisé pour conserver le parfum ; le jour du déménagement subsistaient encore ces fragrances de rose, de jasmin et de seringa, qui étaient l'odeur même de la peau de la jeune femme qui descendait l'escalier la main à la rampe, quand je l'appelais du jardin. Mais, comme Tango à qui je disputais l'unique fauteuil, c'était dans le hall que je me tenais le plus souvent, même l'hiver quand les vitres de la porte-fenêtre ne se révélaient pas d'une grande protection contre le vent dont M. Tiberi affirmait qu'il naissait dans les plaines de l'Europe centrale. Le hall me plaisait par ses dimensions, sa luminosité et son vide ; le silence y était d'une qualité, d'un moelleux — est-ce que je me serais fait comprendre ? — qu'on ne trouvait même pas dans la chapelle des Giuliani quand les poules consentaient à se taire. Le baby-foot que j'avais installé contre le mur de soutien de l'escalier n'allait pas le troubler longtemps : faute de partenaire, M. Tiberi refusant de jouer — et faute aussi de goût véritable pour les divertissements de mon âge —, je devais l'offrir au Boiteux pour qu'il le donne à son fils, sans lui dire cependant comment il se l'était procuré. N'aimer qu'un lieu de passage préfigurait sans doute ce qui m'attendait dans la vie. Je traînerais toujours là où, d'habitude, on se borne à passer, afin de jouir du va-et-vient, du renouvellement des figures, afin d'assouvir cette curiosité qui, si je dressais un bilan, se révélait ma passion la plus constante sans que je parvienne à établir ce que mes découvertes en tout genre assouvissaient en moi, ni à définir la raison pour laquelle je continuais d'amasser, au sujet des uns et des autres, des traits, des anecdotes et des renseignements dont je ne faisais aucun usage. Je ne les communiquais à personne, je ne me servais même pas de certains détails pour rendre ma conversation intéressante, différent par là de mon précepteur qui, de sa vie romaine, de son office de traducteur des lettres de dénonciation pendant la guerre, et de son séjour au pénitencier, avait extrait pour moi la matière de plusieurs romans, me révélant que je croisais dans la rue ou chez Mme Catta des hommes et des femmes qui avaient tenté de se débarrasser de leurs proches comme l'avait fait Mme Solinas à l'égard de son mari. Il me les nommait, me décrivait leur physique, je les identifiais ; et tout ce que je trouvais à me dire, c'était que ni le crime ni la haine ne laissent de stigmates.

Bien sûr, avec le temps, je croyais en partie comprendre pourquoi j'avais été assidu à l'Amiral : j'y étais aimé de soir en soir sans avoir à subir les inconvénients de l'amour que l'on doit partager et du désir que l'on est bien obligé de satisfaire ; je me plaisais autant qu'une putain à me voir beau dans le regard des hommes ; je riais beaucoup, je me sentais libre parmi des prisonniers auxquels l'avenir ne réservait qu'une aggravation de leur peine ; je rencontrais les individus les plus divers et les plus curieux en comparaison desquels j'étais une demi-brute et un illettré — je ne les aurais pas connus ailleurs avec la même facilité ; j'avais assisté également, de loin, à l'ascension de quelques-uns qui ne seraient pas très contents maintenant d'apprendre qu'un anonyme se souvenait de leurs débuts.

M. Jean, dont j'étais devenu l'intime, en raison de notre commune affection pour Taïeb, m'avait livré des noms ; aucun, bien sûr, ne figurait au verso des photos de son album, où il y avait seulement les deux chiffres des mensurations les plus intimes — s'assurait-il lui-même de leur exactitude ? Les femmes qui descendaient boire un verre au rez-de-chaussée, je n'avais pas besoin de les payer, et je les avais encore plus vite si je leur laissais entendre que je faisais une entorse à mes goûts en leur honneur ; enfin j'avais rendez-vous avec la nièce d'un personnage de mon enfance, dont j'avais trop entendu parler pour ne pas la rechercher, même à son insu. Tout cela était à peu près clair. Mais la ténacité avec laquelle je venais de mener une sorte d'enquête sur le cimetière du Père-Lachaise et ses environs, à la suite d'une démarche administrative accomplie à la requête de Rose et qui n'engageait à rien de si spécial, me déconcertait à la réflexion — elle était contraire à une nature dont le sort avait entretenu la paresse, et qui, tout bien pesé, ne répugnait à accomplir le mal que parce qu'il exigeait souvent trop d'efforts. Il me fallait bien constater cependant que j'étais appelé à retourner au bras de ma cousine dans ce cimetière où, au cours de mes explorations, j'avais croisé Valdès à la tête d'un cortège de jeunes gens : la scène, si je le souhaitais, pourrait se reproduire le jour où l'on enterrerait la fille de Marthe Dieudonné, morte sans savoir qu'elle avait reçu son prénom en souvenir d'Elena Santarcangeli, dont elle ignorait l'existence autant que la mienne. Telle que je la connaissais, Marthe n'avait jamais dû risquer une allusion à celui qui l'aidait souvent à changer des couches sur la banquette d'un café à Saint-Sulpice, et qui, maintenant, en savait bien plus sur son compte que s'il avait continué de la fréquenter, de se débattre dans le nuage d'encre de seiche où elle se dissimulait à ses familiers. L'enchaînement des hasards et des coïncidences, dans ma vie, me frappait. S'il ne s'était pas renouvelé deux mois auparavant, je ne serais jamais entré dans cet institut de beauté, doublé d'un sauna mixte, qui était, en réalité, une maison de rendez-vous, mais l'expression pouvait-elle encore convenir dans un tel cas ? Les hommes payaient, bien sûr ; ils payaient des services qu'ils ne réclamaient presque jamais — coupe de cheveux, manucure, nettoyage de la peau, bain de boue ou de vapeur, enveloppement d'algues —, mais les femmes n'y venaient que pour chercher le plaisir avec des inconnus et non pour gagner de l'argent. C'était là que, en écartant un rideau de lattes, à la recherche d'un coin tranquille pour faire une sieste, j'avais retrouvé Marthe Dieudonné, qui ne devait pas plus soupçonner ma présence que le soir où je l'avais surprise en train de palper sur mon lit le manteau de fourrure d'une invitée, avec une expression qui m'avait édifié et presque terrifié. Ce que l'on m'avait dit à son sujet était exact : maintenant elle était plus jeune d'aspect et, surtout, plus belle qu'à l'époque où je lui donnais un avant-goût du luxe avec l'argent de la Villa des Palmiers et le bénéfice des placements effectués sur les conseils de Nina Salisachs. On avait taillé un Tanagra dans l'étudiante boulotte et souriante que j'avais aimée — aimée à en avoir mal quelquefois, sans que pour autant elle m'eût inspiré du désir ; elle était allongée sur une table de massage, figée dans l'attitude d'une nageuse qui fait la planche, livrée à l'examen de trois hommes vêtus de peignoirs blancs qui me tournaient le dos et avaient, dans leurs gestes, la lenteur même, après l'anesthésie et avant le premier coup de scalpel, des chirurgiens responsables de cette métamorphose. Le cadet avait, sous le bras, une boîte de couleur rouge et de la dimension d'un carton à chaussures. Le plus âgé, à en juger par les bourrelets de la nuque, passait le dos de sa main le long des hanches d'une adolescente, caressait ensuite le ventre, sans s'apercevoir sans doute qu'il était dépourvu de nombril. Au fond de la cabine, le miroir recouvrant la paroi au-dessus d'un lavabo me renvoyait l'image d'une tête à la renverse qui ne me permettait pas de douter, malgré la médiocrité d'un éclairage d'aquarium qui ne s'accrochait qu'au rebord de certains carreaux de faïence. En reculant dans le corridor le long duquel les rideaux de lattes alternaient avec des portes dotées de hublot, d'un bleu reprenant pour l'assombrir la couleur du carrelage comme dans les thermes marins que je fréquentais l'été, j'avais éprouvé une douleur analogue à celle provoquée par l'arrachement d'un sparadrap sur une plaie en voie de cicatrisation. Une douleur dont l'intensité s'exagère dans le rappel en désordre des circonstances où l'on a été blessé, et que suit aussitôt le soulagement de se savoir au moment d'être définitivement guéri. Ainsi Marie, la coiffeuse, aussi maternelle à mon égard dans sa salle de bains qu'elle se montrait expéditive dans sa chambre, me séchant elle-même avec ses serviettes nids-d'abeilles, qui déployaient autour de moi le parfum des champs de lavande sous la Villa, découvrait-elle parfois à une épaule, à un mollet, à une fesse, un pansement sur quelque hématome ou blessure que je m'étais infligé en jouant au football, dans la cour du lycée où chacun rendait coup pour coup et où, comme dans la vie, il n'y avait jamais d'arbitre. J'avais oublié l'incident dès que j'étais sorti de l'infirmerie. Marie arrachait le lambeau de tissu sans prévenir, et puis déposait à la place un baiser qui m'électrisait, mais elle ne voulait jamais recommencer, Marie, même si je proposais de l'argent pour la récidive, même si je ne demandais que ses doigts toujours aussi frais que lorsqu'ils avaient manié les glaçons du réfrigérateur destinés au verre d'orangeade qu'elle m'offrait avant mon départ. Et mon départ s'effectuait presque toujours entre deux galopades des élèves pianistes dans l'escalier de l'immeuble. Frais l'étaient-ils aussi les doigts de Marthe Dieudonné, que l'homme à la nuque épaisse avait saisis avec brutalité pour les guider sur sa poitrine ? Et sur le corps tiré de son alanguissement, contraint de se redresser un peu, les seins avaient eu ce mouvement de vague étale où ils reprennent leur forme de tout leur poids. Je m'étais éloigné sans réussir à quitter des yeux ce manège et soudain j'avais eu l'impression de marcher sur un rocher avec les sandales que m'avait données l'employé du vestiaire, au bout du corridor. C'était le plâtre enveloppant le pied d'un garçon dans la trentaine, court de taille, rouge de poil, rose de peau, l'air candide d'un goret, qui allait m'agripper par le revers du peignoir pour me chuchoter, hors d'haleine : « Est-ce qu'elle s'en va déjà ? Mardi dernier, il paraît qu'on l'a eue tout l'après-midi. » A travers l'étoffe, je sentais une bosse contre mon genou. « Saloperie de moto », avait-il ajouté avec toute la passion que mettent certains à expliquer au premier venu des malheurs visibles qui n'intéressent personne. A chaque pas son plâtre produisait un bruit de pilon dans ce corridor où des odeurs d'iode me rappelaient que j'étais entré pour solliciter un enveloppement d'algues parce que celui-ci prépare très bien le sommeil de la nuit suivante. Après avoir dénoué l'élastique qui servait d'embrasse pour retenir les lattes du rideau, le garçon s'était retourné ; son peignoir entrouvert laissait voir un sexe qui ressemblait à un bras de bébé émergeant de la blancheur des draps et, puisque je négligeais son clin d'œil d'invite, il avait projeté son buste en avant, se présentant au quatuor qui était à l'intérieur de la cabine dans la posture du nageur à l'extrémité du plongeoir. Bien qu'à peine audible, la voix qui protestait : « Non, non, pas tout de suite avec ça », m'interdisait de croire à un rêve, prononçant avec le même accent, les mêmes mots qui au Café de l'Horloge éloignaient pour quelques instants le neveu du patron, toujours prompt à remplir le verre de Frédéric Dieudonné dès qu'il était vide. Je réglais toutes les additions.

Le motocycliste infirme avançait par bonds ; trois coups avaient encore retenti sur le carrelage ; mais on pouvait bien commencer sans moi. Des hommes sortaient en procession des autres cabines comme en réponse au signal, la tête couverte d'un bonnet de bain qui leur faisait le crâne du squelette de la classe d'anatomie. Lorsque j'avais pénétré dans l'établissement, qui, à première vue, suggérait quelque lieu médical ou sportif — dispensaire, club, piscine, annexe de thermes marins — avec ses lumières vertes, ses stores empêchant de regarder à l'intérieur, ses fenêtres au rez-de-chaussée et à l'étage, ma gêne était celle du mâle qui lutte contre le sentiment du ridicule avant de soumettre son visage à des soins de beauté et trouve dans l'aspect quasi officiel de l'endroit où on les lui propose un apaisement à ses scrupules ; tout à coup, il s'est souvenu qu'il a fait plus de la moitié de son temps. En outre, j'étais, pour mon compte, appelé à affronter, le lendemain matin, un auditoire qui ne m'était pas acquis d'avance. Sans doute avais-je toujours été persuadé que, passé vingt ans, pour un homme, il n'y a plus d'âge, rien que des infirmités, je devenais coquet, enclin à aider ma chance au moins sur ce plan-là. On m'employait non seulement parce que j'inspirais confiance et ne parlais jamais à mes interlocuteurs que pour les entretenir d'eux-mêmes, mais aussi parce que je présentais bien. Sans presque desserrer les lèvres, et sans me regarder, la manucure m'avait suggéré de profiter des cabines de repos à la fin de la séance, accentuant la pression de ses doigts sur les miens, désignant d'un mouvement du menton l'escalier au fond de la pièce vers lequel se dirigeaient des hommes qui rendaient toute leur indifférence aux employés et ne prêtaient aucune attention aux clients du rez-de-chaussée, aussi étroitement emmaillotés que je l'étais moi-même dans l'un des quatre fauteuils de coiffeur. Tous portaient la serviette de cuir ou l'attaché-case du banlieusard qui regagne son foyer après une journée de travail ; les plus jeunes traînaient un sac de sport avec le nom du fabricant imprimé dessus — toujours le même — et l'un d'eux, au teint basané, vêtu d'un blouson de cuir et de jeans, et qui eût abandonné bien plus de boucles que moi aux ciseaux du blondinet occupé à me frictionner la tête, la caissière allait l'arrêter d'une phrase : « C'est complet », qui avait l'accent d'un premier triomphe dans la solution des mots croisés qui l'occupaient depuis mon arrivée. A peine l'exclu avait-il tourné les talons, qu'un homme d'une quarantaine d'années se glissait sans encombre devant elle dont le regard s'était mis à voyager au plafond où s'amoncelaient les nuages d'une aurore au-dessus de la mer : le style aurait dû me rappeler les amis de Frédéric Dieudonné qui, à présent, étaient sans doute étalagistes, peintres d'intérieur et, les plus habiles, spécialistes du faux marbre, en mettant les choses au mieux. Nous étions dans le quartier de la gare de Lyon que je connaissais mal.

Depuis que, le printemps aidant, j'avais pris goût à des promenades au Père-Lachaise, comme je congédiais mon chauffeur à l'aller, je regagnais à pied mon domicile ou le bureau par des itinéraires différents, après une halte au bar-hôtel de la rue du Repos qui longe le cimetière sur le flanc est, et où il y a toujours une figure curieuse à observer. Même la rencontre avec Valdès, qui était trop absorbé par son rôle de guide pour remarquer ma présence, et pour qui, de toute manière, l'humanité s'arrêtait à vingt-cinq ans, n'avait pas ramené Marthe Dieudonné à la surface des souvenirs. Le professeur, qui avait conservé la sveltesse, les pattes grêles du lévrier afghan, et traversé ces années comme un jeune homme ayant ramené de l'exploration d'une cave des toiles d'araignée à ses boucles, s'était détaché seul de la fresque de ma jeunesse peinte par-dessus l'autre, encore plus modeste, mais qui me touchait davantage en ce moment — celle de la Villa des Palmiers. J'avais pensé surtout à Rose, me demandant si elle n'allait pas repousser, une fois de plus, la date de son arrivée, et si, à l'occasion de son pèlerinage, elle ne serait pas amusée de voir comment pour certains la vie continuait jusqu'au bord des tombes, dans le plus vaste des cimetières parisiens. Les tombes n'attristaient que les gens d'ici. Il nous était arrivé de rire ensemble dans la chapelle des Giuliani, quand ma cousine avait vidé un flacon entier de ce produit blanc-bleu comme du lait de chèvre, pour astiquer l'encensoir ou la patène, et que je la poussais à la chansonnette parce que j'aimais beaucoup sa voix et que celle-ci trouvait sous la coupole la meilleure des acoustiques. Rose chantait avec beaucoup de sentiment « Parlami d'amore, Mariù », « Chagrin d'amour en toute saison », et son air préféré du répertoire d'Édith Piaf : « Je ne regrette rien. » Mais peut-être avait-elle changé et ne rassemblait-elle plus sa gaieté que pour me téléphoner. Qui changeait, cependant, sinon pour s'aggraver ? Valdès et Marthe Dieudonné, resurgis à quelques semaines d'intervalle, m'avaient rattrapé pour le prouver. Quelquefois, il me semblait que ma vie se fondait sur un système d'échos et de correspondances, et je croyais deviner à la base de certaines de mes actions et attitudes accomplies ou adoptées d'instinct, et aussi de certains faits dont j'avais été le témoin accidentel, un nœud complexe de motifs et de causes, mais je n'étais pas assez intelligent pour le défaire moi-même, ni assez fort pour le trancher. Il ne me restait que le parti de ne m'étonner de rien. Je l'avais sans doute déjà adopté chez Nina Salisachs, où, de trois heures et demie à quatre, une fois par semaine, en attendant la suspension d'une partie d'échecs, je m'abîmais dans la contemplation de la rosace au milieu du carrelage, après avoir déchiré le coin du paquet de cigarettes que je finirais vers l'aube à l'Amiral ou au Pim's. Il n'y avait plus d'autre raison pour moi de supporter les variations médisantes de la Russe sur le double thème du divorce et du succès de Valdès, jusqu'à l'instant où le maître d'hôtel, dont le nez cassé avait amené Pierre-Yves à diagnostiquer une syphilis, apportait le plateau du thé chargé de plusieurs tasses. Deux ou trois visiteurs n'allaient plus tarder à me relayer auprès de Nina Salisachs, qui devenait un bloc de silence et de réprobation pour m'inciter à partir, quand elle ne s'endormait pas la tête sur la poitrine, les mains croisées sur les accoudoirs de son fauteuil. Elle s'arrangeait pour n'être jamais seule dans la journée, mais ne mélangeait pas les genres et veillait à ce que les personnes qui n'avaient en commun que d'être connues d'elle-même ou de l'intéresser sous un aspect ou un autre, ne fraternisent pas si elles appartenaient à des milieux différents. Encore une preuve, ce thé que je n'étais pas autorisé à boire. Il provenait de Géorgie et n'était pas vendu dans le commerce en France ; on ne pouvait donc se le procurer que par la valise diplomatique. J'avais de ces idées. En tout cas, au bout de quelques minutes à partir de cette analogie de figures dans le marbre, entre l'hôtel particulier de Moï Miyli et la Villa des Palmiers, je retrouvais la sensation d'espace et la joie du silence que j'aimais savourer naguère, assis dans le fauteuil crevé que Tango réservait à ses siestes, qu'il avait imprégné de son odeur et où je l'avais vu mourir. Mes genoux touchaient presque mon menton lorsque je m'abandonnais contre le dossier où des perroquets étaient imprimés dans le tissu. Derrière moi, la porte de l'office, devant celle de la bibliothèque. Il en était ainsi également chez Nina Salisachs. J'épuisais un sentiment de puissance à penser que tout ce qui m'entourait était ma propriété, que la maison constituait une île dans l'île comme le superbe tombeau des Giuliani, sans mitoyenneté, comme moi-même j'étais sans amis au lycée. Je regardais tantôt l'escalier, tantôt la mer au-delà des trois palmiers, du mur de clôture aux pierres apparentes, du champ de lavande, où s'amassait tout l'amour de la ville qui y laissait des préservatifs à la tombée du jour. Sans doute, du balcon de la chambre de mes parents, M. Tiberi, avec ses jumelles de théâtre, sous prétexte de prévoir le temps du lendemain, détaillait-il aussi les couples qui se réfugiaient là quand ils avaient garé leur voiture au bas de la côte, et croisé peut-être cette jeune femme qui, vers la fin de l'après-midi, entre la Villa et le couvent des Dominicaines, promenait un garçonnet mongolien, à l'abri de la curiosité du public, les bras chargés de jouets que l'enfant ne se lassait de jeter par terre dès qu'on les lui avait mis entre les mains. M. Tiberi ne dissimulait pas le plaisir qu'il avait eu au spectacle des parties carrées qui se déroulaient rue Gregoriana. Pour les désigner en général, il avait forgé une expression latine qui revenait souvent dans les textes qu'il arrangeait avant de me les faire traduire. Elle m'amusait rien qu'à l'entendre, mais je ne parvenais plus à la reconstituer, malgré tous mes efforts.

Le chien à mes pieds, gagné peu à peu par mon immobilité, s'endormait le museau entre les pattes. Il ne me quittait que s'il percevait le bourdonnement d'une guêpe entrée par l'entrebâillement de la porte-fenêtre qu'on ne fermait jamais, sauf les jours de tramontane. Une guêpe ou une abeille du rucher des religieuses, dont sœur Priscilla avait la charge, et qu'attiraient les roses de Pline courant sur des treillis le long de la façade, du côté où ma mère penchait la tête sur la photo où elle figurait avec quatre de ses amies ? Même si elle l'avait piqué au fond de la gorge, une abeille serait-elle parvenue à tuer Tango, qui sautait également de son fauteuil quand il entendait le grincement de la grille ? Ou encore si, traversant moi-même le vestibule de gauche à droite, ayant rompu par caprice l'espèce de charme auquel nous avions succombé ensemble, et qui demeurait l'un de mes plus beaux souvenirs de la Villa, j'allais chercher sur l'un des rayonnages de la bibliothèque — le quatrième, à main droite, juste sous la *Correspondance* incomplète de Voltaire et le portrait du Vieillard — l'un des volumes des *Leçons et modèles d'éloquence judiciaire*.

Par la suite, je les mentionnerais quelquefois devant Marthe Dieudonné — qui terminait ses études de droit —, mais sans jamais préciser comment j'en avais pris connaissance. Peut-être avaient-ils consolé mon grand-père, l'avoué, contraint par son métier à se taire devant les tribunaux et à déposer seulement des conclusions écrites. Peut-être l'imitais-je en lisant à voix haute ces extraits de plaidoiries et réquisitoires prononcés au début du siècle dernier dans des affaires de sang, et qui étaient suivies de la biographie de leurs auteurs, en quelques lignes qui promettaient la reconnaissance de la postérité. Une fois dominé l'amusement sans cesse renouvelé que communiquait la grandiloquence du style, je me prenais au jeu, devenant tour à tour l'avocat qui défend, la partie civile qui geint, le substitut du procureur général qui accuse, et des versions contradictoires des mêmes faits je retirais la conviction que la vérité a au moins deux aspects et que l'on connaît seulement sa propre passion. L'arrêt de la cour, qui était rapporté dans une note en bas de page comme une péripétie qui ne devait pas troubler le jugement littéraire, ne me satisfaisait pas toujours. Par principe, ma sympathie allait au prévenu, et pourtant j'avais plus de plaisir à dénoncer qu'à innocenter. En donnant de la voix, je mesurais mieux la sonorité de la pièce, et il me semblait, lorsque j'interrompais la comédie pour reprendre souffle ou déglutir, que régnait autour de moi le silence même des prétoires à l'heure où la parole change le cours des destins. La mienne subjuguait douze jurés et une foule, enchantait l'ombre de la jeune femme qui descendait l'escalier, la main à la rampe, mais faisait détaler un airedale.

Ces moments-là, et d'autres, je les revivais avec intensité dans le vestibule de Nina Salisachs, les yeux fixés au dallage. Au vrai, je n'en revenais pas encore de la rapidité avec laquelle s'étaient déroulés les événements à partir du jour où ma cousine m'avait convaincu que nous aurions raté une affaire en ne vendant pas la Villa à M. Solinas, qu'elle amenait à verser le double du prix. En vertu de quel argument ? Presque sans me voir, ma cousine avait répondu : « Non, rien de rien, non, je ne regrette rien », sur le ton de quelqu'un qui tâche de racheter la banalité d'une citation par une nuance d'ironie. Le refrain de la chanson de Piaf lui servait en toute circonstance à couper court aux demandes d'explication. Chiffres à l'appui, elle me démontrait que les loyers, qu'elle se chargerait d'encaisser en mon absence, ne seraient pas suffisants pour assurer à la fois mon indépendance et l'entretien d'une maison. J'ignorais trop ce que représentait la pauvreté, et à quoi elle exposait. J'aurais besoin d'une masse d'argent liquide pour commencer dans la vie, acheter un appartement dans la ville où je choisirais de poursuivre mes études — de m'établir aussi peut-être, si je ne comptais pas faire toute ma vie la conversation avec un vieux fasciste dans un jardin. Je m'y serais peut-être attardé, en tout cas, si Tango n'était pas mort.

Le premier taxi qui, à mon service, ne fût pas celui du Boiteux m'avait déposé un soir d'octobre au carrefour de l'Odéon, à proximité des fourneaux et des fumées d'un marchand de crêpes. L'air sentait l'amande grillée, le miel et le beurre frit et, sur le trottoir près de la station de métro, gagnait en suavité de passer au tamis d'une bouche d'aération dont les plaques métalliques tintaient sous la semelle des chaussures qu'un marin du *Città di Bari*, à qui j'achetais aussi des cigarettes américaines de contrebande, m'avait rapportées de Rome. Je le connaissais de longue date ; le commandant du bateau le mettait à la disposition d'Elena Santarcangeli durant la traversée, en même temps que l'unique femme de chambre qui se trouvait à bord.

Un virement de banque à banque m'avait précédé à Paris. Le lendemain, je m'étais réveillé millionnaire dans la plus belle chambre d'un hôtel de la rue Monsieur-le-Prince tenu par la veuve d'un officier de carrière qui avait été lié à M. Solinas dans son enfance. Nous étions un samedi, le rendez-vous avec la coiffeuse m'avait soudain manqué. On ne brisait pas de but en blanc avec une habitude vieille de quatre ans déjà, et qui devait me forger ce goût que j'aurais pour les liaisons stables, uniquement physiques, ponctuées de verres d'orangeade et de douches après lesquelles on se quitte bons amis. La dernière fois, Marie avait consenti à tout, y compris à son propre plaisir dont la manifestation m'avait alarmé pendant quelques secondes comme le symptôme d'une crise d'asthme. J'avais cru me gaver en prévision d'une diète, et que la nature me laisserait bien un mois de tranquillité. A trois ou quatre reprises, l'apaisement coïncidant avec les dernières notes de *La Marche turque* s'était prolongé par un accès de sommeil ; à la fin, j'avais dormi pour de bon sur le cosy dont, par exception, les draps étaient ouverts avant que j'arrive. Quand sur ma nuque une caresse des doigts qui restaient frais sans le secours des glaçons du réfrigérateur m'avait réveillé, le piano ne jouait plus quelque part dans l'immeuble, les leçons étaient terminées. Ce jour-là, je m'étais lavé et essuyé sans aide avec les serviettes aux odeurs de lavande, tandis que Marie, renonçant à presser des oranges, préparait un double espresso assez fort pour nous réveiller définitivement. Je revoyais son visage à l'envers comme celui d'une noyée, penché par-dessus la rampe de l'escalier, et sa main agitant l'enveloppe plus épaisse qu'à l'ordinaire, que j'avais glissée dans l'un des compartiments de la boîte à pharmacie. Marie avait introduit un pouce dans sa bouche, imitant le soldat qui sonne du clairon, mais j'étais pressé. Quatre années à raison d'un rendez-vous hebdomadaire, le calcul était vite fait : quelle autre femme que celle-là, dont le nom de famille maintenant m'échappait, avais-je rencontrée plus de deux cents fois ? Avec quelle autre avais-je été assuré de finir aussi bien que je commençais ? A l'hôtel de la rue Monsieur-le-Prince, malgré l'urgence j'avais refusé par fierté de me secourir moi-même. Quelques jours après, chassé par la pluie de la file d'attente devant un cinéma, j'irais me réfugier au Café de l'Horloge. Y serais-je resté plus longtemps que dans n'importe quel autre abri de hasard si le sourire de Marthe et la douceur de Frédéric Dieudonné — celui-ci, des boucles plein les yeux, roulait ses cigarettes lui-même — ne m'avaient pas retenu ? Au milieu du charivari des garçons et des filles et des claquements du flipper, le couple habitait une bulle de silence et de quiétude ; il semblait m'attendre. Mais n'était-ce pas ce que l'on se disait toujours quand on avait envie d'aimer ? Dans la salle, y avait-il aussi Taïeb qui avait l'habitude de prendre son petit déjeuner au début de l'après-midi, en compagnie de la marchande de journaux, à qui il payait un café arrosé de calva ? Il s'accoudait ensuite au comptoir, près de la caisse, le menton dans sa paume pour montrer sa gourmette en or au poignet, le regard tourné vers la rue où il verrait passer M. Jean, engoncé dans son manteau gris, balançant sa mallette au bout du bras, tête baissée, honteux de l'épilation de ses sourcils, en route vers les tracasseries de la comptabilité, les perplexités du Yi king et les délices d'une longue sieste dans la chambre du premier étage.

Je n'avais pas dû tarder à informer Rose que je m'étais fait des amis pour la vie ; elle me téléphonait presque chaque soir, chargeait la patronne de l'hôtel de recommandations qui avaient pour effet d'augmenter pendant quelques jours le beurre, la confiture et le café du petit déjeuner ainsi que la fréquence du renouvellement des draps. Elle m'interrogeait sur mes découvertes et le résultat de mes visites aux agences immobilières pour l'achat d'un appartement ; elle y tenait par-dessus tout. D'où sortait-elle, d'ailleurs, les noms et les adresses qu'elle me procurait ? Je ne m'étais pas encore découragé de l'inviter à me rejoindre pour un mois ou deux, à Paris. Cependant, je n'avais pas déjà pu lui raconter comment, dans l'escalier de l'Amiral, j'avais reconnu la nièce de Mme Catta à son extraordinaire ressemblance avec le caissier dilettante de la boucherie du Boulevard, son cousin, ni comment m'avaient été révélés l'héroïsme de sa conduite pendant la guerre et sa déportation par les Allemands. L'automatique n'étant pas encore installé, nous avions quelquefois en ligne la postière de garde, qui, dans un passé tout récent, intervenait dans nos conversations de minuit pour les relancer avec les dernières nouvelles de la ville : une sortie du camion des sapeurs-pompiers, un accident de la route, une bagarre, un meurtre aussi parfois, pour lequel elle avançait des raisons que l'on ne trouverait jamais dans le journal. M. Tiberi, qui en philo m'avait aidé à rédiger les copies les plus originales de la classe, et obtenu la meilleure note pour le commentaire de la phrase : « L'espace, marque de ma puissance ; le temps, marque de mon impuissance » — de qui était-ce, au fait ? — continuait de soigner les rosiers et ramassait à ma place dans le poulailler de Rose, sous le tombeau des Giuliani, la fiente qui fournissait l'engrais. Il s'assurait toujours ses trois ou quatre repas gratuits par semaine, sa vieille maîtresse continuait de l'inviter le dimanche, mais où se faisait-il adresser à présent son courrier de Rome s'il n'avait pas consenti à partager le secret avec le nouveau propriétaire ? Me persuadais-je que la Villa m'appartenait encore un peu, à travers M. Solinas, lorsque, chez Nina Salisachs, je contemplais la rosace qui me l'évoquait dans le carrelage ?

Le maître d'hôtel surgissait quelquefois avant même que le partenaire de « Moï milyi » aux échecs, qui réussissait toujours à préserver sa Reine, ne me tire de ma rêverie par le bruit de ses pas dans l'escalier qui était aussi sonore que l'autre, là-bas. Un après-midi, levant la tête parce qu'une sorte de plainte provenait du premier étage, accompagnant la question — « Est-ce que le petit Sandrik est là ? » —, je m'étais rendu compte que le présumé syphilitique debout devant moi, en spencer noir et rouge, m'observait depuis pas mal de temps sans bouger. J'avais sursauté, d'autant plus agacé que je ne supportais pas d'être appelé par le diminutif de mon prénom, à la russe. Ce prénom de conquérant que je tenais de mon grand-oncle paternel — le soldat enterré au Père-Lachaise — ne m'avait jamais plu, il ne s'accordait pas à mon tempérament, mais je le préférais encore en entier et à la française, n'étant jamais parvenu à imposer le deuxième que l'on m'avait donné à l'état civil — Vincent.

Par un battement de paupières, le domestique indiquait qu'il avait capté les ondes d'antipathie, et qu'il les renvoyait avec force à l'expéditeur, en dépit de l'atonie de son regard, comparable pour la transparence à celui de sa patronne. C'était comme s'il avait profité de mon attitude d'abandon pour s'introduire en fraude dans la scène que je venais de me remémorer, et où le hall de la Villa apparaissait plus vaste qu'il ne l'était en réalité et plus illuminé qu'il ne le serait jamais : l'électricien était venu dans l'après-midi, avec sa grande échelle, pour garnir le lustre à pendeloques d'ampoules supérieures en puissance aux habituelles. Une robe juste assez courte pour que l'on aperçoive un éclair violet à chaque pas déplaçait un cercle d'ombre sur le carrelage rendu luisant par la ponceuse, le matin même. J'avais quinze ans et je recevais un évêque.

Rose se rappellerait certainement mieux que moi les détails de cette journée, la plus belle, pour sa satisfaction de gardienne, que le tombeau des Giuliani, prometteur, en ce faubourg, de palais qui n'existaient pas en ville, eût connue de notre temps. Une messe célébrée par un évêque dépassait en faste les cérémonies pour lesquelles le gouverneur militaire louait le parvis quand on rapatriait les dépouilles de soldats tombés à l'étranger dans des guerres diverses, et que les deuxième classe s'échelonnaient au garde à vous de chaque côté des trente et une marches de l'escalier — trente et une ou trente-deux ? Enveloppé de feuillage, le garçon qui était placé au pied du figuier, qu'on ne se décidait jamais à élaguer, se raidissait de toutes ses forces pour se maintenir en équilibre et recevait une branche sur le front quand jaillissait l'ordre de présenter les armes ; il vacillait sous le choc. Parfois, lorsque les quatre gradés du piquet d'honneur soulevaient le cercueil installé sur des tréteaux, un coq poussait son cri auquel répondaient les autres coqs dans les collines. Le ramassage de la quantité de fiente que M. Tiberi exigeait pour fumer la terre des rosiers justifiait seul l'entretien d'un poulailler, compte tenu de l'argent que nous avions, outre celui de M. Solinas dont le commerce prospérait. Il avait ouvert une annexe dans les quartiers neufs, pas très loin de l'immeuble où habitait Marie la coiffeuse ; le plus jeune de ses commis — le rouquin qui apportait les cahiers de comptabilité à la Maison du Torrent pendant le week-end — courait maintenant les villages au volant d'un camion de livraison et réalisait un chiffre d'affaires aussi élevé que celui de la boutique.

Les jours suivants, encore sous l'emprise de l'apparat militaire, ma cousine remettait sur le tapis son projet d'obtenir le même transfert pour son oncle tué en 1914, le fils aîné de Bianca, qu'elle n'avait pas connu, et dont je venais, à sa demande, de localiser la sépulture au Père-Lachaise. D'avoir, presque coup sur coup, lu mon patronyme et mon prénom dans le marbre, et surpris Marthe Dieudonné dans une maison de rendez-vous, m'avait donné le mélancolique soupçon que ce que je croyais savoir de ma vie n'était que le fragment d'une histoire destinée à se poursuivre sans moi.

Le télégramme signé Elena Santarcangeli di Valmarana, qui priait le Boiteux de se présenter comme d'habitude à l'arrivée du *Città di Bari*, et que doublait un autre adressé à l'archiprêtre de la cathédrale — détail que nous ignorions encore —, n'indiquait pas que la Princesse avait, cette année-là, un compagnon de voyage. Sur ce point, aucun doute n'était possible : je revoyais parfaitement les mimiques du Boiteux, quand il avait glissé de son siège avec cette agilité qui détournait les regards de sa semelle orthopédique. En ouvrant la portière amenée juste à la hauteur de la grille, sur le terre-plein désherbé la veille par ma cousine, il m'avait touché du coude pour que je comprenne qu'il se passait quelque chose. A l'arrière de la voiture, le papier cristal qui enveloppait un bouquet de fleurs avait les mêmes reflets que la chevelure de la passagère déjà tournée de trois quarts sur son siège, sa main en l'air à la recherche de la mienne, et à ce contact j'imaginerais les serres du faucon sur le poing du chasseur. Du taxi, Elena Santarcangeli sortait aussi droite et aussi digne qu'un amiral surgissant de la tourelle d'un sous-marin au terme d'une inspection. A peine avait-elle foulé le sol, je lui tendais sa canne qui avait glissé sur le plancher de la voiture. Depuis une demi-heure au moins, je trompais mon attente en lançant des cailloux vers le torrent, et désormais — une femme blonde était capable d'en témoigner au dixième rendez-vous — j'avais assez de force pour qu'ils survolent, avant de tomber dans l'eau, la bande de terre plantée de tomates qui zigzaguait le long de la rive en contrebas.

La question qui nous avait agités depuis l'instant où nous avions appris que M. Solinas rapportait de la chasse assez de gibier pour contenter le cuisinier prêté par l'Hôtel de l'Europe était d'ordre vestimentaire. L'orage de la Toussaint menaçait de crever ; selon les prédictions de mon précepteur, il pleuvrait avant le début de la soirée, on ne sauverait peut-être pas les dernières roses qui persistaient des deux côtés du perron. Fallait-il, pour accueillir la Princesse, que j'enfile mon imperméable ? C'eût été plus habillé certes, mais risquait de paraître cérémonieux à l'excès, et surtout pusillanime de la part d'un homme qui se trouverait à moins de cent mètres d'une maison où il retournerait, de toute façon, en voiture. Ne convenait-il pas mieux que je reste « en taille », comme disait ma cousine, avec un costume qui n'était pas, bien sûr, celui que l'on m'avait choisi pour le dîner et qui était entre les mains du teinturier ? La cravate, sans être de couleur vive, ne devait pas être trop sombre quand même, pour que je n'aie pas l'air de m'associer d'autorité à un deuil qui n'était pas le mien.

Même si des mots se formaient sur les lèvres du chauffeur, qui éclatait d'importance, ils ne les franchissaient pas pour se mêler à l'échange de politesses et au silence qui avait suivi, à peine troublé par le bruit des pas s'éloignant vers le haut de l'escalier des Giuliani. Je n'avais été informé de la nature de l'événement que lorsque la Princesse avait refermé la porte de la chapelle derrière elle, après avoir marqué un temps d'arrêt devant les cariatides — comme si elles avaient pu modifier leur attitude, depuis l'année précédente — et effectué ce geste consistant à lisser d'une main, sur sa poitrine, la pointe de sa mantille. Sans m'en rendre compte, je mélangeais les événements. La Princesse, contrairement à l'habitude, n'avait pas dîné à la Villa des Palmiers le jour même de son pèlerinage au tombeau des Giuliani, mais seulement le lendemain après la messe de l'évêque. Rose, à Paris, me dirait sans doute comment le cuisinier de l'Hôtel de l'Europe s'était arrangé pour interrompre sans dommage les préparatifs du repas, entamés dès la réception du télégramme et qui avaient rendu leur usage à toutes les casseroles de cuivre accrochées au mur par ordre décroissant de taille entre la fenêtre et la hotte de la cheminée, dans la cuisine du rez-de-chaussée où je dînais en tête à tête avec M. Tiberi cinq fois par semaine. Bien des enchaînements auraient manqué si j'avais eu à faire au débotté un récit chronologique, et sans doute, même à m'y appliquer, c'eût été peine perdue. L'ombre de la soutane qui s'allongeait sur la rosace du vestibule séparait les deux parties de ce que nous avions considéré comme une fête, et qui l'était, et au moment où je la remarquais, cette ombre, nos deux invités, ma cousine, M. Tiberi et moi-même nous nous disposions à traverser la bibliothèque — le « musée » de ma mère — pour gagner la salle à manger — la « Transat » de mon père — dont la porte à deux battants, avec ses reliefs, avait peut-être semblé à l'ecclésiastique celle d'un oratoire privé. Sûrement il avait examiné, au passage, la tache de pourpre que formait l'habit de ce Prélat dans la galerie des têtes de caractère qui éclairaient les rangées de livres du sol au plafond. L'office s'était déroulé vers la fin de la matinée.

M. Tiberi, qui se reprochait toujours comme une faiblesse d'avoir cru en Dieu dans sa cellule de condamné à mort, avait insisté pour venir et sollicité aussi la permission d'amener avec lui sa vieille maîtresse qui le nourrissait le dimanche. Il n'en parlait que pour se plaindre qu'elle lût trop de revues de vulgarisation médicale. Je ne l'avais jamais encore vue jusque-là ; je ne la reverrais plus, à tous les sens du mot, cette femme aux lunettes fumées, si discrète dans ses habits aux dernières couleurs du deuil, que je me rappelais seulement, à son sujet, l'horreur avec laquelle j'avais refusé d'admettre l'hypothèse de l'amour physique à son âge : à trente ans, Marie la coiffeuse me paraissait déjà vieille. Une fois garée sa 4-CV dans le sentier de la gare, l'archiprêtre de la cathédrale, M. de Andrei, un homme dans la soixantaine, presque aussi sanguin que mon précepteur, avait rejoint, au pas de bersagliere, le groupe que nous formions sur le parvis. Trente et une marches ou trente-deux, sans marquer un temps d'arrêt, c'était beaucoup pour lui : il avait respiré un grand coup pour reprendre son souffle ; ses cheveux blancs qui avaient des mouvements d'ailes sur les tempes, les oreilles, le front, suggéraient dans leur désordre l'écroulement d'un chignon au réveil. Nous ayant à peine salués, il s'était engouffré dans la chapelle pour inspecter l'intérieur du tabernacle, d'où Rose avait retiré son cendrier en pâte de verre et les produits d'entretien, et ensuite revêtir un surplis et se mettre une étole autour du cou... « Dites-moi s'ils arrivent », criait-il du fond, comme pour essayer la sonorité des voûtes qui avaient amplifié l'avant-veille le refrain d'une biguine et les rengaines d'Édith Piaf. (D'où sortaient-ils, ces habits ? Était-il arrivé une mallette ou une sacoche sous le bras ?) Après nous avoir, d'un mouvement du menton, signifié de ne pas bouger du parvis, M. de Andrei avait descendu lentement l'escalier qu'il venait de grimper si vite, à la rencontre d'Elena Santarcangeli et de son compagnon, qui grandissait et semblait rajeunir à chaque marche qu'il gravissait : sa ceinture violette autour de la taille soulignait sa sveltesse. A demi tourné vers la vieille dame qui s'essoufflait un peu à le suivre, il avait écarté d'une main, comme on soulève une draperie, la branche de figuier qui gênait le passage, et sans doute M. Tiberi avait-il jeté le coup d'œil de l'expert à cette main qu'il allait tendre ensuite à chacun d'entre nous sans prononcer un mot, un sourire aux lèvres, pour que nous baisions l'anneau épiscopal. Par-dessus la chevelure crêpelée, la boule en paille de fer de M. Solinas qui venait de s'incliner le premier, le regard de l'évêque, bleu comme une goutte d'encre en train de se délayer, s'était aussitôt attaché à moi. Je le croiserais si souvent au cours du dîner que, de peur de persister dans quelque faute contre l'étiquette dont je n'aurais pas eu conscience, jusqu'à ce que le bagout de mon précepteur et deux coupes de champagne ne me remettent en selle, j'en perdrais la parole alors que, ce qui ne s'était jamais vu et ne se reproduirait pas, M. Solinas recouvrait à peu près normalement l'usage de la sienne. Était-ce l'existence d'adulte que je paraissais mener, à quinze ans, avec le consentement de mon entourage, qui intriguait notre invité ? A son tour, il m'étonnait par sa tournure de jeunesse, son enjouement et le porte-cigarettes en argent qu'il avait posé près de son assiette au dessert. Probablement devais-je au silence observé pendant une partie du repas d'avoir conservé certains propos, et à mon absence de familiarité avec les rites d'avoir retenu assez de choses du déroulement de la messe, dont la fin avait coïncidé avec l'éloignement définitif de l'orage et l'envahissement du vitrail par cette lumière d'automne relevée d'une pointe d'ocre qui n'existe peut-être que là-bas. En revanche, il ne m'était rien resté de l'espèce de compliment que l'archiprêtre, avec l'air de s'adresser à une foule et de s'exprimer au nom de tout le diocèse, avait débité, en prologue, à l'envoyé de Rome, avant de l'aider à revêtir des ornements de couleur noire. (D'où sortaient-ils, ces ornements, et la nappe recouvrant l'autel, plus blanche que l'habituelle qui avait jauni malgré les précautions de Rose : elle lavait cette pièce elle-même en même temps que sa lingerie intime et mes chemises de soie que la brosse de la femme de ménage aurait déchirées.) M. de Andrei avait effectué des figures de ballet autour du célébrant qui le dominait d'une tête au moins, tournant les pages à sa place, lui présentant les burettes, lui passant une calotte rouge qu'il retirait presque aussitôt — et alors l'améthyste de sa bague brillait dans ses cheveux, sa main glissait sur sa nuque, sur ses épaules, comme après un long coup de peigne. J'imitais avec quelques secondes de retard les signes de croix et les agenouillements de mes voisins ; les prie-Dieu de paille grinçaient ; la vieille maîtresse, qui s'était contentée d'une chaise à l'écart, ne cessait de se moucher. En français, d'une voix que l'accent italien colorait juste assez pour ajouter du charme à la gravité, et dont peut-être il s'enchantait lui-même, l'évêque avait lu un passage de l'Évangile sans me quitter des yeux, mais chacun de ses auditeurs n'en était-il pas également persuadé ?

(L'Évangile, M. Tiberi le classait parmi les textes littéraires ; il disait qu'avec ses figuiers, ses oliviers, ses vignes, ses palmes, ses pierres de moulin et l'aire où l'on bat le blé, il le replongeait dans l'atmosphère de son enfance au village.) Privé de carreau, le compartiment du vitrail qui avait contenu les pieds de l'Ange et découpait un morceau de mer bleu depuis la dispersion des dernières brumes de la matinée, ne pouvait arrêter un courant d'air qui aggravait la fraîcheur du lieu, ébouriffant les mèches de M. de Andrei. J'avais eu un frisson. Les deux prêtres qui tantôt chantaient, tantôt psalmodiaient, donnaient l'impression de se faire comprendre par les morts, dont nous finissions par oublier la présence sous cette coupole qui abritait parfois mes rêveries et mes lectures, où entraient à longueur de journée des cris de coq et des pépiements d'oiseaux, et où se répandaient les chansons de ma cousine quand elle promenait la serpillière sur les dalles après avoir astiqué les cuivres. Le regret m'était venu, une fois de plus, que mes parents ne reposent pas ici, où ils eussent entendu cette langue puissante et douce qui contredisait le sort et abolissait les frontières. Quel sort ? Quelles frontières ? Je n'aurais pas su le dire — je ne saurais jamais —, mais je savais que ce que je pensais était juste.

Dès qu'elle baissait les paupières, la Princesse attrapait un air de ressemblance avec la tête momifiée de l'ambassadeur Giuliani, derrière son hublot dans la paroi à droite. Sa canne, appuyée contre son prie-Dieu, je l'avais saisie au vol avant qu'elle ne tombe à terre, quand elle s'était dirigée vers l'autel, car elle avait communié ; Rose aussi qui pourtant n'allait jamais à l'église, et je m'étais demandé comment elle avait trouvé le temps de se confesser au préalable, vivant depuis deux jours dans la fièvre des essayages de robes, de la composition du menu et des va-et-vient entre deux maisons, le pied au plancher de son Aronde. Au revers de son tailleur bleu marine brillait déjà, anticipant sur l'éclat de la soirée, la broche « oiseau de paradis » provenant de la boîte à bijoux de ma mère, que l'on changeait de cachette chaque fois que l'on embauchait une domestique pour la Villa. Une femme aussi en chair, heureuse, d'ailleurs, de l'être, satisfaite de bien manger, quand elle portait un tailleur, ne s'agenouillait pas devant une balustrade sans que l'étoffe remonte assez haut sur la cuisse pour attirer l'attention du Boiteux qui avait le goût des grosses. Depuis que nous avions des conversations d'homme à homme sur certains sujets que sa propre obligeance avait mis à ma portée, il ne me cachait plus son attirance pour ma cousine, ni son étonnement que la coiffeuse, qui était si maigre, eût tant de succès auprès des hommes les plus riches de la ville : à la différence de moi, ils voyageaient et pouvaient donc prétendre à mieux qu'à une poitrine presque aussi plate que celle d'un garçon. Le regard du Boiteux errait en tout sens depuis le début de la cérémonie et revenait sans cesse sur le hublot de l'ambassadeur. La chapelle, où il n'était jamais entré jusqu'à ce jour, passait pour contenir des pièces de musée. La nuit où Rose avait dû décrocher sa carabine Winchester du râtelier et tirer de sa fenêtre des coups de semonce contre les cambrioleurs, l'alerte avait été donnée par les caquètements des poules qui assuraient en ce moment un aigre contrepoint à la liturgie, et qu'on laissait désormais mourir de vieillesse pour la fourniture de la fiente, la beauté des fleurs et la protection des tombeaux.

La messe terminée, Elena Santarcangeli n'avait pas fait halte à la Maison du Torrent ; à la faveur du reflux des assistants vers le parvis pendant que les deux prêtres quittaient leurs ornements, Rose s'était quand même retrouvée une enveloppe entre les mains : elle contenait ses appointements de gardienne. En la glissant dans la poche de son tailleur, ma cousine, pour faire diversion, m'avait soufflé : « L'échelle, ça la foutait vraiment mal... » A trop se hâter, on avait oublié d'enlever l'échelle de maçon qui permettait d'atteindre les bustes dans leur niche. La vieille maîtresse me tirait par la manche et chuchotait de son côté : « Surtout, qu'il ne mange pas trop. Il a de la tension ! » Le teint de M. Tiberi à jeun avait presque la même teinte de violet que la ceinture de l'évêque ; il survivrait toutefois huit ans à ce dîner et à quelques autres. Le taxi avait démarré le premier, suivi de la 4-CV de M. de Andrei qui hébergeait son confrère, sinon son égal, dans le presbytère de la cathédrale, et que nous étions tous si sûrs de revoir à la Villa que Rose n'avait pas cru bon de l'inviter dans les formes. Ce bond qu'elle avait effectué en direction de la cuisine pour ordonner que l'on retire un couvert, pendant que je dévalais les marches du perron afin d'accueillir nos invités ! J'espérais produire de l'effet grâce au nœud papillon que je m'étais procuré la veille, et j'étais excité parce que j'avais bu un apéritif en compagnie de M. Solinas et de M. Tiberi, qui s'étaient installés dans la bibliothèque, dès six heures de l'après-midi, un verre à la main. A propos d'apéritif, on s'était posé la question : convenait-il ou non de placer en évidence sur une table roulante, chargée de bouteilles de liqueurs, de whisky et de pastis, une bouteille de ce vin cuit qui avait sur l'étiquette le nom de mon grand-père maternel ? Mais puisque ce n'était pas celui que je portais, on y avait renoncé. Elena Santarcangeli devant qui le Boiteux ouvrait la grille d'autorité, avec un hochement de tête pour enregistrer une recommandation murmurée en italien — « A minuit et demi, n'est-ce pas ? » — paraissait encore plus maigre que le matin avec cette robe qui lui serrait le buste dans une cuirasse soyeuse, et dont la jupe, juste sous le genou devant, s'arrondissait derrière jusqu'à frôler les chevilles. Dans ma vie, je côtoierais beaucoup de femmes pour lesquelles la toilette était le principal souci, et même je les préférerais aux autres, parce qu'elles avaient le sens des bonheurs immédiats. Aucune cependant ne me laisserait un souvenir d'élégance aussi fort que celle-là qui était vieille, pas fardée, marchait à pas précautionneux dans l'allée pour éviter les touffes d'herbes entre les dalles, où s'enfonçait la pointe de sa canne, et dont la coiffure en vagues — le plus pesant d'elle-même — avait encore blanchi dans la zone de lumière de la façade où quelques roses s'attardaient sur l'un des treillis, résistant à l'automne. J'étais content pour notre prestige que ma cousine eût sur elle la plupart des bijoux de ma mère.

A la messe, il était au moins possible de baisser les yeux de façon naturelle. Au cours du dîner, comment éviter le regard de l'évêque puisqu'il était assis en face de moi ? Sa soutane était d'une étoffe qui luisait presque autant que la table de laque noire sous laquelle il allongeait ses longues jambes jusqu'à me frôler par inadvertance. Pourquoi me le représentais-je soudain avec le nez de mon professeur de gymnastique qui était le plus sympathique de tous les enseignants du lycée, et dont on n'expliquait pas les motifs du brusque départ au commencement du premier trimestre ? Pourquoi, tant d'années après, évoquais-je immédiatement celui qui, par son affabilité et son port de tête, méritait mieux que M. de Andrei d'être appelé Monseigneur, lorsque, à chacune de mes visites au cimetière du Père-Lachaise ou au bar-hôtel de la rue du Repos, je rencontrais cet homme aux traits fins, aux cheveux grisonnants, que l'on sentait à la fois différent et complice de la faune du quartier, toutes catégories confondues ? Tantôt il me semblait mon cadet de beaucoup, et tantôt mon aîné presque dans la même proportion ; toujours, même de loin, il m'adressait un demi-sourire mais sans qu'il y eût rien d'équivoque. Je m'étais assez aimé dans les yeux des hommes lorsque j'étais jeune et beau, pour savoir à quoi m'en tenir tout de suite. Parfois j'avais la certitude de le connaître de vue ; je connaissais tant de gens persuadés d'avoir laissé un souvenir impérissable parce qu'on leur avait serré la main, un soir chez des amis communs, ou que l'on avait partagé, une nuit, leur intimité. La difficulté d'évaluer l'âge avec précision dans les deux cas, l'allure ecclésiastique conférée au promeneur par sa veste de velours noir, le fait que, dans l'attente de l'arrivée de Rose à Paris, mes pensées s'orientaient vers le passé, n'avaient-ils pas provoqué, sur un caprice de la mémoire, la superposition de ces figures éloignées dans le temps ? J'en dirais peut-être un mot à ma cousine puisque, à coup sûr, nous en viendrions à ce dîner où Elena Santarcangeli était à ma droite. Ainsi en avait décidé M. Tiberi, qui avait appris les usages auprès du marquis Doria Ostriconi et qui, en même temps qu'il m'assignait la place du maître de maison, m'en retirait les prérogatives et les contraintes ; tant mieux, rien ne me détournait d'observer et d'écouter. J'admirais un art de relancer la conversation, d'inciter chacun à y participer, de régler la cadence du service quand la domestique recrutée pour la circonstance avec d'autant plus de facilité qu'elle était aussi la femme du cuisinier de l'Hôtel de l'Europe, passait la tête par l'entrebâillement de la porte, l'air interrogateur, et la lumière qui tombait de la vasque au-dessus du linteau, en se concentrant sur sa chevelure clairsemée, la faisait d'un coup paraître chauve. Par exception, M. Tiberi, qui n'avait jamais tout à fait guéri sa fringale contractée au pénitencier, ne s'empiffrait pas — il picorait. J'avais cru que c'était pour respecter les conseils de sa maîtresse. Il était tout à la joie d'avoir des interlocuteurs qui le ramenaient à la grande époque de sa carrière d'agitateur et de publiciste. Loin d'être choqués par l'annonce du récit de son audience chez Mussolini, ils interrompaient ses préliminaires de causeur ménageant ses effets, pour en isoler un détail à partir duquel ils ouvraient une parenthèse, développaient une digression, s'enfermaient dans un dialogue — presque un aparté — d'où nous étions soudain tous exclus. Mon précepteur en profitait pour se tamponner les lèvres avec un coin de sa serviette avant de vider son verre, que M. Solinas remplissait aussitôt dans un geste signifiant peut-être l'absolution donnée par l'ancien résistant, puisque personne ne franchissait les limites de l'anecdote et ne s'aventurait sur le terrain de la politique. Dès que l'attention générale convergeait de nouveau vers lui, le conférencier, par une phrase qui se voulait amusante, reprenait sa marche du 13 octobre 1932, dans les rues de Rome, avec en poche un télégramme signé du secrétaire particulier du Duce, qui avait valeur de laissez-passer pour le destinataire encore logé dans la partie du Palais Altieri baptisée « Shanghai » : les hôtels de luxe, les missions à l'étranger, ce serait pour bientôt, après cette entrevue qui s'achèverait par la remise d'une photo dédicacée. D'interruptions en pauses, M. Tiberi n'était pas vite arrivé à cette minute où, au premier étage du Palais de Venise, Mussolini, glissant son bras sous le sien, le conduisait sur le balcon du haut duquel, six ans plus tard, il allait déclarer la guerre à l'Angleterre et à la France, pour désigner du doigt, à un angle de la place, la maison de Madame Mère en exil à Rome — si Rome pouvait être un exil. Quelqu'un avait-il précisé ce soir-là qu'elle appartenait maintenant à une compagnie d'assurances ? N'était-ce pas ma propre découverte, effectuée, du reste, le jour même où, de retour du Cimetière des Anglais qui abritait la tombe d'Elena Santarcangeli, j'étais entré dans le vestibule plein de monde, persuadé de pénétrer dans une banque, suivant les indications d'un passant ? Ce qui était sûr, c'est que mon précepteur avait ce ton particulier aux personnes qui ont approché et fréquenté des célébrités, et se défendent du soupçon de snobisme par une certaine désinvolture dans l'évocation de leurs amitiés. Il avait raconté le moment culminant de la scène, sans rien du lyrisme qui l'agitait sur le banc du jardin au souvenir du jour où lui avait été promis le poste de gouverneur de l'île dans l'Empire qui allait être reconstitué. Il n'avait pas mentionné la raison pour laquelle on l'avait reçu au Palais de Venise, ni la teneur de l'entretien qu'il avait eu avec Mussolini, et mes invités ne lui avaient rien demandé. Il s'était borné à la description des lieux et des personnages, de la Garde qui sous la voûte recevait, avec un salut romain, des huissiers en livrée bleu sombre et or, des deux pièces qui avaient les boiseries et les odeurs d'encaustique d'une sacristie, des hauts fonctionnaires qui tournaient en rond, indifférents aux tableaux primitifs, à la vitrine qui contenait des faïences. Ils discutaient entre eux à mi-voix, consultant leur montre à chaque instant, ou se penchant pour examiner celle de leur voisin avec l'expression d'anxiété qui caractérise les enfants quand ils confrontent la valeur de leurs cadeaux. Tout à coup, un introducteur en habit, une chaîne dorée autour du cou, lançait un nom qui entraînait une disparition immédiate et faisait repartir de zéro le chronométrage de l'audience ; celle qui n'avait duré que deux minutes, un vieillard à barbichette habillé comme un curiste de station thermale — pantalon blanc, veste noire — devait la commenter par un cri qui traduisait autant de jubilation que de crainte : « Ce soir, il couche en prison ! »

Le détail était inédit pour moi que M. Tiberi, malgré tant de rabâchages, n'avait jamais conduit dans cette antichambre, n'avait jamais fait traverser l'enfilade de salons dont les grandes tables servaient pour les réunions du Grand Conseil fasciste. Je passais sans transition du soleil de la place de Venise à la pénombre d'une pièce si grande que les angles n'en étaient pas visibles. Je distinguais au fond, à gauche, un bureau posé en pan coupé, flanqué de deux petits sièges, et derrière, un homme debout m'apparaissait de profil, lisant un journal qu'il allait abaisser pour se retourner et poser sur son visiteur le regard de ses yeux noirs — « Petit, s'exaltait alors M. Tiberi, à mesure que j'avançais, je croyais reculer. » Mais il ne l'avait pas répété ce soir-là, précisant, en revanche, que souvent, dans son monologue, Mussolini tenait son poing gauche à la hauteur de sa bouche comme s'il réunissait ses arguments en faisceau. Quand il avait ajouté qu'à la sortie il s'était aperçu que la photo que le dictateur venait de lui remettre portait la date du 14, pour la première et la dernière fois j'avais entendu rire la Princesse qui, en rejetant la tête en arrière, faisait s'épanouir le col de sa robe, un col qui imitait un foulard et était en tissu transparent. Ses doigts pianotaient près de son rond de serviette ; on n'en distinguait plus que l'extrémité ; ses poignets en forme de volants recouvraient sa main jusqu'aux phalanges — cette main qui avait désormais trop de peau. Tango, que l'on avait enfermé dans la cuisine, s'était mis à aboyer. Nous paraissions tous très gais et un peu pompettes, unis par des liens de longue date — du moins à la distance où cette scène resurgissait. De nouveau, M. Solinas s'arrachait quelques banalités, sous l'emprise du charme de l'évêque qui, grâce aux deux coupes de champagne, avait cessé de m'intimider, et dont la teinte des yeux semblait s'être encore éclaircie depuis le début du dîner. Le marchand de chaussures gagnait à se taire ; sa voix était aussi fruste que son écriture dans les marges du livre de comptabilité qu'il me faisait contrôler à l'insu de son employé. Monseigneur m'avait tendu son porte-cigarettes. En se refermant l'étui guilloché produisait le même claquement que le réticule d'où ma voisine avait tiré une petite boîte ronde qui brillait entre ses doigts. Avait-elle avalé des pilules ? Impossible de l'affirmer, aujourd'hui. « Le temps, marque de mon impuissance » — il fallait que je retrouve l'auteur de cette phrase. En tout cas, le maniement du porte-cigarettes le prouvait : nous terminions le dessert quand M. Tiberi, qui avait été nourri d'ombres romaines pour le principal, achevait son morceau de bravoure dans une version plus copieuse et plus fade que celle qu'il me réservait, vibrante d'amertume. Il m'était arrivé de soupçonner beaucoup de vantardise dans les descriptions du passé avec lesquelles il me bassinait à la fin. Les parenthèses de nos deux hôtes — ces remarques qu'ils échangeaient tout à coup et qui filaient par-dessus nos têtes — m'avaient persuadé, en raison de leur seule tonalité, que le vieil irrédentiste ne m'avait jamais menti. De quoi me souvenais-je encore ? Il avait été question — on n'aurait pu y couper — de personnes de la société romaine qui ne devaient plus être de première jeunesse si elles vivaient encore ; M. Tiberi ne manquait jamais d'amener la conversation sur ce sujet, avec la Princesse. Mais je ne distinguais plus qui avait lancé ce nom que j'entendais pour la première fois — celui de Bichette Radziwill — s'il m'était facile de comprendre pourquoi un tel nom m'était resté mieux que les autres : Bichette était un mot pourvu de franges comme les napperons que ma cousine multipliait sur tous les meubles, chez elle ; Radziwill était un son de violon désincarné, moins beau toutefois que « corymbe » dans la liste des vocables dont je ne chercherais jamais l'histoire dans le dictionnaire, de peur d'être déçu. Il n'était pas habituel, en outre, qu'à la Villa quelqu'un parle d'une descendante des tsars — du moins, c'est ce que j'avais cru comprendre — aussi simplement que d'une amie quittée la veille, même si des personnages de l'histoire contemporaine ou d'un certain monde revenaient souvent dans les monologues de M. Tiberi, une de mes copies à la main, en guise d'éventail. Je n'aurais pas été étonné qu'il les cite également aux rosiers, lorsque, en ce mois de novembre, il coupait au sécateur les bois morts, les feuilles et les pousses abîmées ou trop faibles, et qu'à sa manière — c'est-à-dire avec la pointe d'une pioche — il bêchait le long de la façade pour éliminer les débris et le chiendent ; au dîner, il aurait droit à une bouteille de vin cacheté, mon grand-père l'avoué n'ayant pu faire moins que de me laisser une bonne cave. Mais, excepté Mussolini dont il ne prétendait d'ailleurs pas avoir été le familier ou le confident, la plupart des célébrités dont il m'entretenait, et qui appartenaient à une période antérieure à celle de ma naissance, étaient françaises. Et M. Tiberi, qui, par imprégnation plus que par écoute, m'avait rendu de la sorte incollable sur la vie politique d'un pays qu'il détestait, ne cachait pas de répéter seulement les bavardages de ses codétenus qu'il n'était pas toujours parvenu à fuir à travers les centaines d'hectares du pénitencier agricole.

Bichette Radziwill, mon précepteur l'avait néanmoins approchée puisque je le revoyais en train d'ouvrir les bras pour signifier à quel point elle était obèse, pareille à ces monstres du secondaire aux sensations si lentes qu'ils étaient déjà moribonds quand l'ordre de balayer l'ennemi, envoyé par le cerveau, parvenait à l'extrémité des membres qui auraient pu le faire d'un simple mouvement. Une nuit, tirée de son sommeil par un cauchemar — sans doute ne glissait-elle pas de chiffon rouge sous son oreiller —, elle avait cru en touchant une peau, en y enfonçant le doigt, qu'un étranger s'était glissé dans son lit. Non sans une longue hésitation, elle avait allumé pour s'apercevoir qu'elle tâtait seulement son ventre sur lequel, depuis longtemps, ses mains n'essayaient plus de se joindre. C'était donc les bras posés sur les accoudoirs de son fauteuil — presque un trône —, sous les fesses un sac à main contenant ses bijoux, qu'elle avait attendu l'arrivée des Bolcheviks dont les coups de feu se rapprochaient du château, dispersaient la famille, la cour, la troupe des domestiques et excitaient les aboiements des carlins à ses pieds ; Bichette Radziwill allait être chassée de Pologne, réduite à la misère et à l'exil ; Mussolini, qu'elle faisait rire, l'aimait beaucoup, il payait sa pension à l'hôtel Flora. Ensuite, elle avait occupé une villa, mais dans quel quartier ? Le citron que j'étais en train de presser refusait d'exprimer cette dernière goutte d'une conversation qui avait dû se prolonger bien au-delà de l'heure fixée par Elena Santarcangeli pour son retour à l'hôtel ; sans cela aurais-je revu le Boiteux sortant de l'office avec l'attitude propre à qui veut éviter qu'un animal ne profite de l'ouverture d'une porte pour s'enfuir ? Le chauffeur traversait le hall, s'immobilisait un pied en avant, juste au milieu de la rosace, à demi tourné en direction de la bibliothèque, comme pour quêter un ordre. Il avait dû patienter en compagnie du cuisinier et d'un extra de l'Hôtel de l'Europe, trinquer avec eux en vidant les fonds de bouteilles et assister peut-être à la confection du « panier du chien » destiné à M. Tiberi. Rose se rappellerait sans doute d'autres détails de cette soirée dont ne resurgissait que l'extrême fin après la cassure de la pellicule sur l'image d'un aristocratique monstre de foire, qui n'appartenait pas au même film. La Princesse et l'évêque montaient dans la Traction avant chacun par une portière, avec des gestes à l'unisson pour ramasser leur robe. M. Tiberi leur tenait encore la jambe. Il s'était avancé très loin dans le sentier, les bras ballants, pour écouter le bruit de la voiture qui cessait brusquement au bas de la côte où commençait l'asphalte, et où, en sens inverse, sœur Priscilla embrayait pour faire bondir sa Jeep. Dès le lendemain, il avait entrepris de tailler les rosiers, et coupé les dernières fleurs que l'orage avait mises à mal au cours de la nuit. Quelques jours plus tard, le cuisinier de l'Hôtel de l'Europe, qui était monté à la Villa pour se faire payer, avait rapporté un exemplaire d'une revue à la couverture grise, au format d'un cahier d'écolier, dont je ne chercherais même pas à me rappeler le titre. On l'avait trouvé dans la chambre d'Elena Santarcangeli ; il en était tombé une feuille de papier à lettres, un brouillon qui commençait par ces mots : « Ma chère Margaret » ; par une discrétion que je n'aurais plus eue à présent, je n'avais pas continué, et puis, avec l'intention de le rendre à sa propriétaire, l'année suivante, j'avais placé le tout dans la cachette où étaient provisoirement dissimulés les bijoux de ma mère. Nous avions accompagné la Princesse jusqu'au port d'embarquement ; le *Città di Bari* levait l'ancre vers six heures de l'après-midi, et, en novembre, le hall de la douane était déjà éclairé. La voiture de Rose suivait celle du Boiteux, dont la passagère était attendue par le commandant qui lui ouvrait la portière, la saluait et puis s'effaçait devant elle au pied de l'échelle de coupée. Sur la dernière marche, Elena Santarcangeli se retournait et levait le pommeau de sa canne à la hauteur de son visage, très vite, en signe d'adieu. On apercevait le bonnet blanc que coiffait la femme de chambre qui était affectée à son service. Dès que le bateau s'écartait du quai, de l'eau tombait en cascade de plusieurs hublots et nous éclaboussait sur le quai où nous restions avec les porteurs, à contempler sa manœuvre jusqu'au moment où il virait de bord au milieu de la rade. La sirène mugissait par deux fois, il faisait nuit, j'en avais le cœur serré. J'étais pourtant heureux, mais je croyais sans doute qu'on pouvait l'être davantage à suivre les feux du navire qui persistaient encore à l'horizon quand nous étions rentrés à la Villa, et que je regardais la nuit du côté de la mer, pendant que Rose improvisait un repas avec les reliefs du dîner de la veille. Elle ajoutait toujours trop d'oignon dans la viande froide en salade.

A l'aéroport, nous n'avons su d'abord que nous répéter mutuellement, quoique à distance : « Tu n'as pas changé », un peu étourdis de nous revoir, que ce soit si facile et que nous ayons laissé passer tant d'années malgré cela. Les regards scrutateurs de la tête aux pieds et retour, que nous avions échangés du plus loin que nous nous étions aperçus, ne nous persuadèrent pas tout de suite de la réalité de l'événement. Je n'y avais cru qu'en découvrant le clip doré, de forme géométrique, que Rose avait agrafé au revers de son manteau à gros carreaux. N'avait-il pas appartenu à ma mère ? Ne le lui avais-je pas offert avant de partir ? Ensuite, nous nous sommes, d'un même élan, rapprochés l'un de l'autre pour nous tenir par les avant-bras comme des acrobates qui se balancent dans le vide. Enfin, je serrai Rose contre moi pour l'embrasser sur les deux joues ; sous mes lèvres et entre mes doigts qui pétrissaient ses épaules, la chair me sembla moins ferme qu'à l'époque où, avec nos tangos du dimanche après-midi qui incitaient M. Solinas à refermer ses livres de comptabilité et à sortir faire un tour du côté de la gare, le centre de la salle à manger de la Maison du Torrent redevenait ce qu'il avait été au temps de l'auberge de Bianca — une piste de danse. Dans mes bras, Rose était plus petite que dans mon souvenir ; les haut-parleurs diffusaient le nom de toutes les capitales que nous n'aurions peut-être plus le temps de visiter ensemble, mais nous pourrions quand même aller à Rome. Ma cousine se dégagea la première de notre étreinte pour saluer deux couples de passagers qui s'éloignaient vers le bar, et qui, d'après leur taille et leur pas, n'étaient pas des gens de là-bas ; j'aurais juré qu'elle ne les connaissait pas avant le décollage. Au quartier Giuliani, lorsque des automobilistes, l'ayant aperçue sur le pas de sa porte, ralentissaient pour lui demander un renseignement quelconque, il arrivait que la conversation se prolonge et se poursuive à l'intérieur devant les tasses et les bols ornés de l'*Angélus* de Millet, ou de la tête de l'impératrice Joséphine ; dans le buffet, il y avait toujours une part de tarte pour les femmes ou les gosses qui s'agglutinaient aussitôt autour du piano mécanique devenu l'ornement de la pièce. Dès qu'elle était de mauvaise humeur contre M. Solinas, Rose envisageait de rouvrir l'auberge ; ne possédait-elle pas déjà un alambic ?

Les passagers ayant disparu dans la foule, elle m'embrassa de nouveau, et puis se recula comme dans l'attente d'un avis. Même si les fossettes ne réapparaissaient plus quand elle souriait et si le visage avait l'air d'avoir rétréci à l'intérieur du calque, les traits n'accusaient guère que la fatigue analogue à celle d'une nuit passée dans le couloir d'un train — une nuit ou peut-être deux. En dépit de sa légère ampleur, son manteau, où dominaient les teintes de mauve et de vert, marquait les hanches, ce qui était rassurant quant à son appétit. Peut-être fallait-il reconnaître les vertus de la crème à base de poudre de magnésium que confectionnait le pharmacien dont l'officine située à l'extrémité des arcades faisait l'angle avec la rue Ambassadeur-Carlo-Giuliani, dite rue Ambassadeur par abréviation. Si elle avait eu recours à la chirurgie comme Marthe Dieudonné, Rose serait restée une assez belle femme. Ce ne fut que devant le tapis charriant les bagages, après de longues minutes de silence que nous vécûmes serrés l'un contre l'autre, avec un comportement d'animaux qui s'accoutument à de nouvelles odeurs, que je retrouvai vraiment ma cousine. Les lois du magnétisme se rétablirent entre nous à l'instant où, mon aide découragée par une tape sur le poignet, elle s'empara d'une valise à soufflets dont on devinait, à l'aspect du cuir, qu'elle n'avait pas voyagé beaucoup plus que son utilisatrice. Resurgit alors la Rose des actes d'autorité insoucieux des conséquences, la Rose des assiettes remplies à ras bord malgré les protestations, la Rose du bon plaisir, des coups de volant donnés à la dernière seconde pour m'impressionner, dans les tournants de la montagne, la Rose des lessives étendues sur la terrasse dans l'axe où la façade de l'église des Siciliens bouchait la vue des premières maisons de la banlieue et de la côte nord du littoral. Le vent de la mer agitait les étoffes, faisait claquer les serviettes périodiques comme des drapeaux. Son linge personnel, mes chemises et mes pulls, Rose tenait à les laver elle-même ; elle n'avait qu'à traverser la chaussée. L'été elle emportait la plus ordinaire des chaises de la maison, dont, la corvée terminée, elle enfonçait les pieds dans le lit du torrent, à un mètre de la berge, presque sous l'arche du pont, à l'abri du soleil. Elle s'asseyait, le dos tourné à la gare, aux collines, regardait l'eau qui coulait entre ses fortes jambes et qui semblait les amincir par un effet d'optique, du moins aux yeux de quelqu'un qui, comme moi, observait la scène accoudé au parapet. Quelquefois la chaise s'enfonçait brusquement dans la glaise, ma cousine se retrouvait mouillée jusqu'à la ceinture, et se contentait d'en rire quand elle n'imitait pas ensuite une baigneuse sur un pédalo ; si elle ne bougeait pas ou à peine, c'est qu'elle s'était endormie, toute à la volupté de la fraîcheur. Je m'attendais à ce qu'elle fît la planche et s'abandonnât au fil du courant jusqu'à la mer ; elle aurait pu, elle nageait très bien. Dans la voiture, Rose plaqua son genou contre le mien. Nous roulions sur l'autoroute, incapables encore d'aligner plusieurs phrases de suite sur le même sujet, quand elle mit soudain sa main sous mon menton avec un geste de peintre corrigeant la pose de son modèle pour essayer de ranimer sur ses traits la lumière qu'un mouvement a fait disparaître. Dans une autre voiture, au bord du canal Saint-Martin, quelqu'un avait immobilisé mon visage avec la même douceur. Les yeux noirs de Rose, comparables pour la forme à ceux de sœur Priscilla, et où j'avais l'habitude de déchiffrer toutes les choses qu'il était délicat d'exprimer en public — opinions au sujet d'un tiers, réponses, ordres —, plongèrent dans les miens tandis que ses doigts remontaient vers mes tempes pour repousser une mèche. Cette moue était-elle provoquée par la découverte des fils gris ? Tout en maintenant sa caresse, d'un signe de tête elle désigna le chauffeur et dit d'une voix qui exigeait encore les ruelles en pente autour de la Citadelle, où les femmes s'interpellent d'une fenêtre à l'autre, et qui ne descendrait pas avant le lendemain jusqu'au registre de mon quartier parisien : « Le Boiteux est mort il y a six mois, il était complètement alcoolique. Il n'a pas souffert. Il dormait et le cœur a lâché — la vraie chance. Il ne valait sans doute pas cher, ce vieux salaud, mais avec nous autres, il a toujours été parfait. Il s'occupait de toi mieux que de son fils. » D'un mouvement du menton, Rose désignait le chauffeur qui n'entendait rien à notre sabir, et son regard sollicitait un jugement sur le successeur de l'homme qui dans mon adolescence m'avait conduit avec la même ponctualité au lycée et au bordel, comme s'il allait de soi que, depuis la vente de la Villa des Palmiers, je n'avais pas cessé d'avoir un garde du corps et des gens à mon service. « Oh ! il est très bien », dis-je, et, n'y tenant plus, je sortis d'une poche de mon imperméable une boîte de forme rectangulaire qui avait contenu un bracelet-montre. Rose avait-elle deviné ? Avant de le prendre et de l'ouvrir, elle redressa le buste et quitta avec lenteur le gant de daim vert qu'elle conservait à la main gauche refermée sur l'autre. Dans quelle catégorie ranger ses mains potelées au pouce très fort et très écarté de l'index, qui ne connaissaient sans doute plus les lessives dans le torrent, entre lesquelles brillait maintenant l' « oiseau de paradis » ? La broche tenait sur toute la largeur de la paume élevée à la hauteur des yeux ; sa queue souple, pavée de saphirs et d'émeraudes, touchait aux jointures du poignet les lignes qu'on appelait les bracelets de la chance. Chacune d'elles, d'après M. Tiberi, représentait vingt-cinq ans de vie, mais à condition qu'il y eût concordance avec d'autres signes à la base du pouce que je n'avais pas gardés en mémoire, faute d'exercice. La manie de rechercher les succès en société par ce moyen m'avait quitté assez vite au Café de l'Horloge où j'avais réussi trop tôt avec Taïeb, trop tard avec Marthe Dieudonné, n'empêchant rien dans les deux cas. Rose, qui continuait de se taire, replaça la broche dans le papier de soie, avec autant de précautions qu'elle avait eues pour l'en dégager. J'eus le temps de penser que, si l'on possédait un don de voyance, il devait diminuer à proportion que l'on se rapprochait, par les sentiments, de la personne qui aurait dû en bénéficier. « Alors, demanda enfin Rose, un sourcil levé, toutes les femmes à qui tu l'as déjà donnée te l'ont rendue ? » Et, tandis qu'elle se tournait pour saisir son sac à main contre la vitre arrière et y enfouir la boîte, elle ajouta : « Mais avec moi tu n'as aucune chance de la récupérer. Je garde tout. J'ai l'habitude — tu as oublié ? J'ai toujours été une femme entretenue. » Cette dernière phrase ayant été prononcée en français, nous nous sommes mis à rire comme autrefois, pour ne plus dire un mot ensuite jusqu'à l'arrivée à la maison, où ce n'étaient pas les meubles qui pouvaient dépayser Rose car ils provenaient presque tous de la Villa des Palmiers. Selon la politesse de là-bas, sur le palier je lui tendis mon trousseau de clés puisque c'était la première fois qu'elle allait pénétrer dans cet appartement. Elle n'avait accordé aucune attention aux paysages de banlieue et aux quartiers que nous traversions, et hoché seulement la tête à cet endroit de la route où, si l'on regagne la ville par la Porte d'Orléans et que les nuages se dissipent, dans la traversée de L'Haÿ-les-Roses, on aperçoit au fond de la cuvette le dôme du Panthéon et la Tour Montparnasse — la brume d'une fin d'après-midi d'avril en estompait la masse. A la même saison, cinq ans plus tôt, j'avais visité le Cimetière des Anglais, à Rome. Rose posa son sac à main sur la console qui ne laisse pas de place à beaucoup de personnes dans le vestibule, sort d'un bric-à-brac de la Villa, et au-dessus de laquelle est accroché l'un des portraits de caractère — ce Vieillard qui, dans le « musée » de ma mère, avait à sa gauche la dizaine de tomes de l'histoire du déclin et de la chute de l'Empire romain, jamais ouverts, je crois, ni par l'avoué, mon grand-père, ni par moi-même, malgré les encouragements de mon précepteur. Mais n'était-il pas le premier à convenir qu'il fallait les loisirs et l'ennui de la prison pour se résigner à certaines lectures ?

Avant même de retirer son manteau, bien qu'elle eût déclaré : « On crève de chaleur dans ta baraque », ma cousine exigea de visiter tout de suite les six pièces que je venais de lui décrire avec une ferveur d'agent immobilier, pour rompre le silence dans l'ascenseur, et, souriant à la vue de prétentieuses orchidées vert pâle dans la chambre attenante à la mienne, me demanda si son projet de rester une semaine n'écartait pas trop longtemps une maîtresse. Sa voix et son air soudain de s'absenter d'elle-même m'étaient familiers ; ils signifiaient que sa décision était arrêtée quant à la date de son retour, et qu'elle s'y tiendrait quoi que je pusse lui objecter.

Dans la cuisine, après avoir passé en revue les appareils électriques qui ne sont presque jamais utilisés, comme dans toutes les cuisines où un célibataire se contente de chauffer son café du matin, elle ouvrit la porte du congélateur rempli la veille à ras bord par la femme de ménage, et dit : « Que veux-tu pour ce soir ? », en plongeant une main gantée à l'intérieur du bac à légumes. Quand elle se retourna, je devinai, à un frémissement de la bouche, sa déception d'apprendre que la concierge était en train de confectionner des spécialités andalouses pour notre dîner et que son mari monterait servir à table.

« Bon, dit-elle. J'ai apporté des œufs ramassés ce matin et des champignons pour te faire une omelette comme tu les aimais. Il y a aussi des fèves dans ma valise — les premières fèves du jardin. On mangera tout ça demain. » Conservait-elle toujours un poulailler près du tombeau des Giuliani ? Il était cerné par les asphodèles qui se pressaient jusqu'à mi-hauteur du grillage de clôture ; les asphodèles aiment les parages des tombeaux. Il y avait peut-être une explication au phénomène, je ne la connaissais pas.

Si elle se livrait mentalement à une comparaison de mon appartement avec la Villa, quant à la superficie, ma cousine n'en montra rien au cours de son inspection où, par chaque geste, elle semblait prendre possession des objets, accentuant la caresse sur ceux qu'elle identifiait ; encore n'avait-elle jamais soupçonné l'exiguïté du premier appartement que j'avais acheté avec le souci de conserver un maximum de liquidités pour effectuer les placements en bourse conseillés par Nina Salisachs. Il n'était vaste que pour mes camarades de la place Saint-Sulpice, et n'était beau que pour Taïeb, stupéfait de constater qu'à mon âge — j'avais cinq ou six ans de moins que lui — je possédais un logement et de l'argent sans le secours d'un micheton ou la contrepartie d'une famille qui eût exigé des comptes. Au fond, je continuais de souffrir de n'avoir pas retrouvé l'équivalent de l'espace auquel j'avais été habitué jusqu'à la vente de la maison de mes parents, et sans doute, si je n'avais jamais vécu avec personne, si, par système, je faisais l'amour soit à l'hôtel, soit au domicile de l'autre, était-ce d'abord pour m'éviter le partage d'un territoire où, la nuit, j'avais besoin d'être seul, à l'écoute. Même Tango, je ne l'aurais plus supporté.

Pendant que Rose vidait sa valise, que se multipliaient les tintements de cintres sur la barre métallique d'une armoire, j'avais commencé à préparer le cocktail qui perpétuait le souvenir de Nina Salisachs, et quand ma cousine surgit dans le salon, encore rapetissée pour avoir troqué ses chaussures à talons contre une paire de ballerines, aussitôt elle me pria d'augmenter la proportion de champagne dans son verre : du jus d'orange, pas autant que ça, et presque pas de gin. Elle avait piqué la broche « oiseau de paradis » sur son chemisier qui reprenait le vert de son manteau ou, plus exactement, celui des orchidées. Le fauteuil, où elle se jeta avec un soupir de soulagement, avait eu sa place près du lit bateau d'Évangéline, la gouvernante de l'avoué, dans une pièce où, moins qu'ailleurs, ce n'était pas l'unité de style qui caractérisait l'ameublement. Ma première question, qui arriva plus vite que ma pensée, concernait la mule de Bianca, un animal que je n'avais jamais vu si j'avais pu toutefois contempler les dernières carrioles, identiques à celle qu'elle traîna jusqu'à la fin de la guerre ; elles empruntaient le sentier de la gare pour s'enfoncer à travers les collines. On me l'avait décrite à tant de reprises, cette mule, en insistant sur son intelligence. Mon père l'attachait-il à la grille du tombeau des Giuliani, quand il était gamin et que la grand-mère rentrait d'une tournée dans les environs où elle achetait pour l'auberge des légumes et des produits de la chasse aux paysans qui souvent cultivaient sans autorisation des parcelles de terrains appartenant à la Princesse ?

Le regard voilé de perplexité, Rose éloigna la main de son verre qui était posé sur la table basse, et je remarquai alors dans le visage d'autrefois, à la hauteur d'une oreille, ces rides, ces traits verticaux s'achevant en delta, signes avant-coureurs de la vieillesse, qui font croire qu'on a plié le lobe comme on corne la page d'un livre et que le pli est resté. Ce visage n'avait-il pas été très beau dans sa jeunesse ? La réponse que je recueillis et qui concernait la mule sembla un commentaire des réflexions que je gardais pour moi : « Après tout, c'est possible. » J'enchaînai pour raconter qu'à l'époque où j'étais encore persuadé qu'une pellicule de papier cellophane sur la figure des acteurs empêchait le contact de deux épidermes dans les scènes de baiser, mon père m'avait emmené avec

Bianca dans ce cinéma situé au bas d'une ruelle en pente et aménagé sans doute à l'intérieur d'un ancien édifice religieux, puisque le fronton ressemblait à celui de l'église des Siciliens. Rien qu'à prononcer le nom de la petite église pisane au bord de la mer, sa façade me réapparut sous le soleil, avec dessus les ombres mouvantes des mouettes fuyant les balles d'un vieux petit assassin à bandes molletières, qui trottinait le long du rivage, une carabine au poing. Les oiseaux montaient ensuite très haut dans le ciel, qui vibrait tout entier de leurs battements d'ailes, avant de s'abattre en formation d'escadrille sur la coupole du tombeau des Giuliani, et leurs cris semaient la panique dans le poulailler en contrebas où je ramassais les crottes avec une pelle à tarte en argent, pour assurer la beauté des roses. J'entamais la série des coq-à-l'âne qui devaient émailler notre conversation jusqu'au moment où — vers deux ou trois heures du matin —, recensés les vivants et les morts, nous viderions chacun une bouteille d'eau minérale en prévision d'une gueule de bois. Je voulus savoir si les vitraux offerts à la naissance de ma mère, pour obéir à un vœu, étaient toujours intacts ; j'avais eu peu d'occasions de les examiner, la chapelle n'étant ouverte au culte que pour la neuvaine préparatoire à la fête annuelle. « Une minute », coupa Rose qui, ayant vidé son verre d'un trait, clappait la langue, ce qu'elle s'était tuée à m'interdire jadis, au nom des usages. « Ressers-moi, s'il te plaît. Juste une goutte de jus d'orange, et pas de gin — merci. Le cinéma, maintenant, c'est un garage. Dans la chapelle, ne t'inquiète pas, on n'a touché à rien. D'ailleurs, personne n'y va plus. » Avant la guerre, Bianca dressait une cinquantaine de couverts à chaque repas, le jour du pèlerinage annuel ; sa petite-fille n'avait que le droit de servir les desserts ; si elle les avait renversés, c'eût été moins grave que pour les plats dont on entamait la préparation dès l'aube, mais en fait, aussi inexpérimentée qu'elle fût, il ne s'était jamais produit d'accidents. Bianca, que j'avais connue trop tard, avait été inlassable au travail, à la fois par nécessité et par goût. Sans aucun doute, avec nous était-elle allée au cinéma pour la première fois de son existence.

« Et tu te souviens encore du film ? » continua Rose après avoir avalé une gorgée et passé la pointe de la langue sur ses lèvres pour se féliciter de la suppression du gin. Je me souvenais : on projetait *La Symphonie pastorale,* ce que j'avais établi par la suite à partir des immenses yeux clairs de l'héroïne dont le visage avait rempli l'écran à différentes reprises ; lorsque, plus tard, à l'entracte d'une générale où j'étais l'un des invités du décorateur de la pièce, un client de Taïeb, un amateur de cravache, je croiserais l'actrice qui joue ce rôle, j'aurais de la peine à croire qu'il s'agissait de la même personne. De cette séance subsistait surtout l'image du trio que nous formions et que la foule des spectateurs poussait vers la sortie dans une odeur de crésyl, de sueur humaine et de parfum à bon marché. Mon père attaquait la pente de la ruelle, sa veste jetée sur l'épaule ; on le sentait impatienté de ne pouvoir allonger le pas ; il se serait mis à courir, à effectuer des bonds, comme cela lui arrivait quand il était resté des heures immobile à nous surveiller, ma mère et moi sur la plage, je n'en aurais pas été surpris. Ce taciturne semblait toujours suppléer par des gestes, des mouvements, des mimiques, les paroles qu'il évitait de prononcer avec presque autant de soin que M. Solinas, les hommes de là-bas m'ayant, en définitive, surtout appris à me taire. Mais il lui fallait, en la circonstance, respecter la lenteur de Bianca dont la jupe à l'ancienne balayait le sol, qui s'arrêtait presque à chaque mètre et qui, sauf erreur, larmoyait encore sous l'emprise du film. Mon père se retournait sans cesse pour l'apaiser par un sourire, l'inciter à reprendre sa marche par une phrase exceptionnellement longue dans sa bouche et au bout de laquelle éclatait mon prénom. C'est que je traînais les pieds pour me tenir le plus possible à distance de Bianca, désignée par son accoutrement et son attitude à l'ironie des passants, qui profitaient eux-mêmes de l'intermède pour s'arracher à l'atmosphère du film. Bianca était d'un monde trop différent de celui qui évoluait à la Villa, où les femmes, quand il en venait, étaient toutes bien habillées, jeunes, discrètes, et descendaient l'escalier avec grâce, la main à la rampe. J'avais toute l'horreur de l'enfance pour l'inattendu, sa passion pour le conformisme. Je n'avouai pas à Rose qui étendait devant elle ses jambes toujours aussi fortes, comme si le torrent allait se mettre à couler sous le fauteuil, que j'avais eu honte de sa grand-mère. Respectueuse de mon silence, elle tira ensuite sur sa jupe couleur feuille-morte dont l'étoffe et la coupe prouvaient que c'en était fini des vêtements taillés sur les patrons offerts en prime, quand on souscrivait un abonnement à certains magazines de mode : M. Solinas, devenu son mari, avait dû lui léguer pas mal d'argent. Un homme qui avait acheté la Villa au double de son prix ne pouvait être que riche, surtout s'il l'avait revendue par la suite. Je n'avouai pas davantage que lorsque l'infirme, qui avait sombré dans la forme la plus obscène de l'innocence, était installée pour la journée dans une chaise à bascule, près d'une fenêtre, côté mer, je m'amusais à froisser du papier de bonbon à ses oreilles ; ce bruit évocateur de gourmandises était le seul qui atteignait encore sa conscience à l'époque où j'avais dû vivre sous son toit après le départ de mes parents pour un voyage de six mois à la rencontre du regard de la bécasse. Bianca leur avait survécu ; rien n'était plus injuste. Sa mort m'avait semblé une réparation.

« A quoi penses-tu ? » dit enfin Rose, qui déposait son verre à moitié vide sur la table basse, et qui ajouta avec une expression de tristesse, plissant le front, ce qui creusait le sillon entre les sourcils : « Bien sûr, elle a trimé. Elle se levait à cinq heures du matin. » Pour une veuve qui avait perdu coup sur coup, ou presque, son fils et sa fille encore jeunes, plus sa belle-fille, s'occuper d'un restaurant, ce n'était pas simple. « Avec ça, quatre gosses sur le dos, ajouta Rose. Moi, ton père, son salaud de frère et sa garce de sœur. Mais tu sais, elle n'était quand même pas à plaindre. »

Il y avait le piano mécanique et bientôt la radio, les allées et venues des clients, le bal qui suivait les repas de mariage et dont certains, parfois, finissaient de payer la note à la naissance de leur premier enfant, en offrant les dragées du baptême. Bianca prétendait qu'on n'y perdait cependant pas à faire crédit parce qu'une noce préparait la suivante. Elle repérait les couples qui s'isolaient dans les coins et, tôt ou tard, invoquaient le même motif pour descendre à la plage ; ils voulaient visiter l'église des Siciliens, dont Bianca avait déjà la clé avant de recevoir en dépôt celle du tombeau des Giuliani. Avait-elle remarqué Fabio et

Madeleine, son petit-fils, un adolescent, et la fille de l'avoué, qui avait neuf ans de plus que lui, et beaucoup d'autres choses aussi, qui comptent autant que l'âge ou la beauté ? Parfois, elles persuadent d'aimer.

N'était-ce pas le moment de raconter qu'à New York, mon hôtel de la Cinquième Avenue, qui était surmonté de la reproduction d'une chapelle de Versailles et contenait dans son enseigne le prénom de mon père, à la française, j'avais prié un taxi de me conduire sur les quais, vers le bas de Brooklyn, pour obéir aux coïncidences, ce qui avait toujours été une règle de ma vie ? Je n'avais jamais entendu parler de cet établissement avant mon arrivée ; la chambre avait été retenue par une agence de voyages. Je ne m'étais pas attendu au risque, pour une voiture, de heurter des calèches conduites par des cochers coiffant des chapeaux hauts de forme, et que traînaient, avec leur cargaison de touristes, des mules ressemblant à toutes les mules de la création, mais moins bien soignées en apparence que n'avait dû l'être celle de Bianca. Après avoir enjambé les eaux boueuses de l'East River, roulé encore sur deux ou trois ponts, sous d'imposantes voûtes gothiques aux poutrelles de fer nouées comme des brins d'osier, après avoir subi par instants autant de cahots que dans le sentier de la gare, à cause des nids-de-poule, au bas de cette rue en pente où frappe soudain l'air du large et où les immeubles ont l'air de tenir encore debout grâce aux agrafes métalliques des escaliers de secours sur la façade, m'étaient apparus enfin les docks commerciaux, les longs entrepôts qui ont un toit en tôle ondulée, et le chauffeur faisait remarquer avec satisfaction que leur accès était interdit par des grillages. Je tentais de me figurer l'état d'esprit du mousse d'un cargo qui, avant la guerre, avait ici mis le pied pour la première fois sur le sol de l'Amérique, qui avait aperçu sans doute, lui aussi, les bateaux pansus à l'amarre, dont les cheminées et les tourelles se confondaient dans une lumière de couchant avec la Skyline grise de Manhattan, de l'autre côté du fleuve. Avait-il éprouvé de la même manière et peut-être plus fort, puisqu'il n'avait jamais voyagé jusque-là, ce sentiment d'immensité qui fait tour à tour craindre et espérer une perte de mémoire, l'attrait de l'espérance étant aussi inquiétant que la crainte elle-même ? Le même trouble qui allait abréger mon propre séjour — la peur et l'envie d'oublier qui j'étais — l'avait-il empêché de devenir un émigrant, d'imiter le cousin qui avait assuré son embarquement et qui ne devait pas remonter à bord à la fin de la traversée suivante ? Sachant ce que je savais du caractère de mon père, de son tempérament de joueur, de son goût pour la bagarre et les armes à feu, de ses accès d'impatience, je n'avais plus douté que c'était à cause du visage d'une femme rencontrée dans un bal de banlieue et à cause de la Villa des Palmiers qu'il n'était pas resté. L'Amérique, elle était derrière lui ; j'avais été tout de même aussi heureux que d'une victoire de respirer l'air le plus extrême qu'il eût respiré. Mais je ne me décidais pas à parler de mon passage dans cette ville qu'il avait un peu connue et où, peut-être comme moi, il ne s'était vraiment senti à l'aise que dans le quartier italien. Rose promenait sa main gauche sur son chemisier, afin de s'assurer que la broche gagnée par son cousin au poker était bien agrafée et mise en valeur comme lors de nos dîners avec la Princesse. Non loin d'une église presbytérienne d'une couleur de sous-vêtements féminins avant le nettoyage, l'éclat du néon et la hauteur des lettres forçaient à lire au-dessus d'une vitrine : « Harry Winston, les bijoux les plus beaux du monde. » Peut-être l' « oiseau de paradis » qui brillait sur la poitrine de Rose, et dont je connaissais le prix pour avoir été, à deux reprises, obligé de le mettre en gage, provenait-il d'une boutique du même genre, et mon père avait-il plumé aux cartes un passager des premières classes du *Normandie* en pensant à une fille du bal. Une année, il avait été steward à bord de ce paquebot ; une demi-douzaine de verres au chiffre de la compagnie maritime en témoignaient sur les rayons d'un placard ainsi que l'habitude d'appeler « Transat » une pièce du rez-de-chaussée, dans une nomenclature dont les acquéreurs de la Villa n'avaient pu me déposséder. Mais je me taisais depuis trop longtemps, j'intriguais Rose. Mieux valait redescendre avec elle le sentier de la gare, au pas de la mule de Bianca, regagner la Maison du Torrent, pénétrer dans la salle du piano mécanique où les voisins s'assemblaient l'après-midi pour boire du café et de l'eau-de-vie clandestine et repoussaient leurs chaises au fur et à mesure des arrivées. Beaucoup de ceux que j'avais côtoyés là étaient morts certes, mais ils avaient été remplacés. Si la circulation était moins dense sur la route nationale parce que l'on avait percé deux autres voies dans les collines pour accéder à la ville, si de la ligne des autobus ne subsistait plus que la plaque « Tombeau Giuliani — Arrêt facultatif », toute trouée de chevrotines, une sorte de collège préparant les élèves aux métiers de l'agriculture s'élevait maintenant en bordure de la voie ferrée. Rose s'était créé de nouvelles amitiés.

« Les jeunes se sentent en confiance avec moi, dit ma cousine qui me tendit de nouveau son verre pour que je le remplisse. Normal, si tu penses à tout ce que leurs parents ont dû raconter à mon sujet. » Elle releva la tête après avoir avalé une gorgée et ajouta d'un ton paisible : « Nous avons toujours fait ce que nous avons voulu, n'est-ce pas ? » Le minuscule vieillard qui aimait démonter la Winchester, pour le plaisir, avait enterré la majorité des habitués que je rejoignais le dimanche après-midi quand je sortais de la chapelle des Giuliani, il avait même pu assister à l'ordination du benjamin de ses petits-fils, entré dans les ordres à la fin de ses études d'avocat. Son diminutif, qui le rapetissait encore, me revint tout à coup : Beppo.

« Pour Solinas, tu es au courant », laissa tomber Rose, qui était parvenue au bout de sa liste, et, de fait, elle m'avait envoyé un faire-part de décès qui m'apprenait du même coup son mariage avec le marchand de chaussures dont les deux magasins avaient été donnés en gérance. Rose se frottait le pouce contre l'index, comme pour palper des billets de banque, et le clin d'œil qu'elle me décocha ensuite, outre une expression qui signifiait une offre pour le cas où j'aurais eu besoin d'argent, la restaurèrent définitivement dans son esprit.

Je prononçai avec une nuance de parodie la phrase que Beppo lançait sur le seuil quand il se présentait à la Maison du Torrent, à peine avait-on essuyé la vaisselle du déjeuner ; il se taisait d'ailleurs jusqu'à son départ, sauf si la nature des événements, faits et actions que l'on décrivait devant lui imposait le rappel d'un proverbe soulignant l'inéluctabilité du destin et la répétition des erreurs humaines. « Bienheureux ceux qui te voient », proclamait-il. Afin de prolonger le sourire de Rose, et en vue de ménager une transition avec Elena Santarcangeli, j'affirmai que j'allais à mon tour renoncer au gin et proposai de dîner au champagne. J'avais bu ma première coupe à l'âge de onze ans, le soir où j'avais porté une chemise de soie rajustée à ma taille avec des épingles à nourrice, à la fin d'un repas en comparaison duquel celui de ce soir allait être bien modeste. Jusqu'au dessert je n'avais eu droit qu'à cette eau minérale qui passait pour fortifier les os et les bronches et prévenir quantité de maladies, et qui laissait dans la bouche un goût d'amande amère, et dans le nez une odeur d'œuf. Cependant, il avait bien fallu que l'on m'autorisât à trinquer avec la vieille dame puisque j'étais le maître de maison. J'enchaînai aussitôt pour communiquer la découverte que j'avais faite à Rome, au Cimetière des Anglais, où la date inscrite sur une tombe permettait de déduire que la visiteuse dont la venue retardait de quelques jours l'élagage des rosiers de la façade et prolongeait mes vacances de la Toussaint était morte entre le 6 novembre et le 31 décembre de ma dix-huitième année — l'année où nous l'avions reçue pour la dernière fois. Peut-être avait-elle succombé à une crise cardiaque ; elle gravissait avec beaucoup trop de lenteur les trente et une marches qui conduisaient à la chapelle.

« Trente-deux, dit Rose. Souviens-toi, nous n'étions jamais d'accord. Pour moi, la première marche qui est au niveau du sentier... »

Si l'on n'avait pas ramené son corps dans le tombeau où à chaque visite elle nous désignait de la pointe de sa canne le casier réservé à son cercueil — l'avant-dernier de la seconde rangée à droite, à l'aplomb de la niche abritant le buste du personnage à perruque —, c'est qu'Elena Santarcangeli n'avait pas pu avertir de ses intentions, ou qu'elle n'avait pas eu le temps de les consigner par écrit. Il n'était pas à exclure non plus que sa famille eût songé d'abord à sa propre commodité en l'enterrant à Rome. Nous n'en saurions jamais rien ; nous ne connaîtrions jamais le nom de l'évêque aux yeux bleus qui l'accompagna, qui nous avait réservé une si belle cérémonie, et qui, lui, selon toute probabilité, vivait toujours. L'âge qu'il avait, à l'époque, et la longévité des ecclésiastiques en général plaidaient en ce sens.

« Son nom, je l'ai su », dit Rose, qui, son verre à la hauteur du front avec l'air de compter les bulles à la surface, parut mimer le geste du célébrant au moment de l'Offertoire. Ce nom, M. de Andrei le lui avait communiqué, et sans doute me l'aurait-il répété lui-même si, dans la maison de retraite où il terminait ses jours, il n'avait pas perdu la mémoire, et peut-être aussi la raison : un matin, récemment, il s'était précipité tout nu sur la route en criant après les voitures pour qu'on le conduise à la cathédrale. Mais il conservait toujours sa chevelure qui étonnait, et Rose assortit ce détail du conseil de soigner la mienne et de la promesse de me faire dès le lendemain, quitte à sacrifier l'omelette promise, un shampooing à base de jaunes d'œufs, d'huile de paraffine et de rhum. Le mélange accomplissait des miracles si l'application était renouvelée chaque semaine pendant deux mois ; le printemps était la saison la mieux indiquée pour ce traitement qui revitalisait ; je ne devrais pas l'oublier en son absence.

En ce qui concernait le dîner auquel avait assisté l'évêque, nos souvenirs divergeaient sur différents points, si nous nous rejoignions dans la description de la tenue adoptée par chacun d'entre nous et celle de la Princesse : M. Tiberi avait étrenné un costume, sans doute le premier qu'il eût commandé à un tailleur depuis sa libération du pénitencier. Rose avait remarqué la boîte à pilules d'Elena Santarcangeli, ainsi que le porte-cigarettes que le prélat tendait à la ronde et qui avait des « rayures dessus », précisait-elle même, faute de posséder le mot « guilloché ». Elle n'avait rien retenu de ce qui s'était dit au sujet de quelques-unes des relations que M. Tiberi prétendait avoir nouées à Rome, avant la guerre ; même le nom de Bichette Radziwill, qui m'avait enchanté, était passé à la trappe en dépit de la monstruosité physique de la femme qui le portait. En revanche, elle n'avait pas oublié la minutie avec laquelle l'évêque, quand nous parlions de Mussolini, avait décrit certain vitrail, au-dessus du porche d'une église, où le Duce figurait torse nu, au volant d'un tracteur, serrant une gerbe de blé contre sa poitrine, et cette église se trouvait dans une ville édifiée au temps où l'on asséchait les Marais pontins — si je retournais à Rome, muni de tels renseignements, il me serait assez facile de le vérifier.

La sonnette de l'entrée interrompit l'évocation des soirs où, toutes les pièces et la façade étant éclairées, la Villa pouvait servir de point de repère aux chalutiers en mer. La concierge apportait le dîner, flanquée de son mari, et je vis de l'étonnement dans son regard, sans doute parce que mon invitée, avec ses ballerines aux pieds, sa beauté fatiguée et sa broche qui, sur le chemisier, paraissait du clinquant, ne correspondait pas à ce qu'elle avait imaginé de la première femme reçue dans l'intimité depuis que j'habitais l'immeuble, et en l'honneur de laquelle j'avais commandé de garnir les bougeoirs. Les politesses d'usage et les compliments adressés au couple, qui avait pour nous rallumé les fourneaux après une journée de travail, chassèrent Elena Santarcangeli de la conversation, et je laissai courir. J'avais aussi une vie à raconter et à présenter, dans la mesure où elles étaient présentables, quelques-unes des personnes qui l'ont traversée, qui en changèrent parfois le cours, comme si rien de ce que j'avais connu, éprouvé, acquis, n'était le fruit de ma volonté, que tout fût écrit à l'avance, et qu'il m'eût suffi de m'en remettre au hasard, pour le meilleur et pour le pire. (L'ensemble n'était pas assez brillant pour invoquer une étoile.) Je mentis d'autant moins que Rose ne montrait aucune curiosité pour la nature de mon métier, et si je mentionnai Marthe Dieudonné, ce fut seulement pour suggérer de fixer le pèlerinage à la tombe de l'oncle Alexandre, au Père-Lachaise, l'après-midi même où devaient avoir lieu les obsèques de la fille de mon ancienne amie que j'avais retrouvée dans la maison de rendez-vous proche de la gare de Lyon et proche aussi de l'atelier de faussaire où elle avait passé son enfance. Je ne m'en étais pas encore avisé. Mais cela et bien d'autres choses, Rose, qui très vite avait congédié le mari de la concierge en glissant deux billets de cent francs dans une poche de la veste blanche qu'il avait cru bon d'endosser, n'avait pas besoin de le savoir. Elle mangeait avec appétit, vint à bout de la paella sans mon aide et m'expliqua que, si elle semblait imiter M. Tiberi, perpétuel meurt-de-faim qui, de sa vie, n'avait jamais boudé le contenu de son assiette que pour monopoliser l'attention d'un évêque, c'est qu'elle se doutait de ce qui l'attendait. Les prescriptions du spécialiste qu'on l'avait persuadée de consulter à Paris, qui ne les aurait devinées ? Les résultats des analyses qu'elle allait soumettre au Professeur, le surlendemain, avaient beau être tous négatifs, au bout de la chaîne des examens, une sommité ne pouvait faire moins que de lui ordonner un régime alimentaire afin de justifier à la fois sa perte de temps, le tarif de ses honoraires et le sérieux du généraliste qui avait vanté sa science et lui servait probablement de rabatteur en province. N'y avait-il pas un équivalent du mot « maffia » en français ? Ce médecin avait d'ailleurs chargé Rose de me transmettre ses amitiés car nous nous étions connus au lycée. Il n'était pas inimaginable qu'un praticien combinard fût sorti d'une classe de terminale où, malgré ma paresse, je parvenais quelquefois à être classé parmi les premiers en concurrence avec le fils du Boiteux qui, lui, travaillait d'arrache-pied. J'avais souvent recours aux leçons particulières, en dépit de la jalousie de M. Tiberi, et je les payais très cher. « Tu sais l'âge que je vais avoir le mois prochain ? demanda Rose sur un ton qui ne promettait pas plus de réponse qu'il ne laissait transparaître l'envie d'en obtenir une de ma part. Je n'ai jamais été malade, je n'ai jamais pris un cachet d'aspirine, et je déteste me priver. »

Dans la lumière d'un dîner aux chandelles, l'éclat de son visage animé par l'alcool et toutes les expressions qui reflètent la gourmandise à tous égards, la justifiait de ne pas bouder son plaisir et, par avance, d'agir à sa guise. Nous parlâmes des restaurants que nous partions découvrir à l'intérieur des terres, suivis de mon précepteur qu'il eût été impensable de priver d'un repas et qui, soit à l'aller, soit au retour, me faisait réciter mes leçons du lendemain, à l'arrière de l'Aronde ; nous n'embarquions M. Solinas dans la voiture que lorsque les fonds étaient en baisse. De la cuisine à la boucherie, le chemin était court, seulement Mme Catta n'était plus là pour réserver l' « araignée » aux clients qui, comme nous, avaient sa sympathie mais qui n'étaient pas toujours, comme nous, les plus riches parmi sa pratique. A l'hospice des vieillards, je ne reconnaîtrais plus la femme qui était capable de charger des quartiers de bœuf sur l'épaule ; son fils s'était débarrassé d'elle en profitant de sa maladie. Je suggérai d'alerter sa nièce puisque, sans être liée d'amitié avec celle-ci, il m'était donné quelquefois de l'approcher. « Pas possible, s'écria Rose. Alors tu pourrais ?... » L'enchaînement avec Sabine Deloffre s'effectuait de manière naturelle. En fait, la nièce qui avait été l'orgueil de la bouchère, dont le rire semblait rebondir de pilier en pilier sous les arcades du Boulevard, la nièce qui consolait peut-être de la médiocrité d'un fils mais qui consolait de loin, par sa réussite sociale, aurait pu nous occuper à elle seule jusqu'à l'aube, si nous avions eu besoin d'alimenter la conversation. Je disposais de beaucoup de détails sur sa déportation par les Allemands, son mariage avec un avocat qui n'était pas venu saluer sa tante par alliance quand, une fois, il avait plaidé devant la cour d'assises locale, et sur son sort actuel de nurse d'un grand couturier dont, selon la rumeur, elle dosait au plus juste les biberons à la drogue qui lui était nécessaire pour travailler. Sans indiquer toutefois les circonstances et le lieu de notre première rencontre, je commençai par raconter comment, peu après mon arrivée à Paris, m'étant heurté à elle dans un escalier, je l'avais identifiée sans hésitation en raison de sa ressemblance avec son cousin germain. Rose m'arrêta aussitôt pour m'annoncer que, liquidée la boucherie, le fonds et les murs — elle les avait elle-même achetés pour pas très cher, les murs —, le joueur de poker professionnel avait fini par se marier ; je ne devinerais jamais qui il avait épousé. Elle resta un moment à me regarder comme si elle essayait de distinguer les asperges parmi les herbes d'un champ, avant de déclarer, consciente du charme de son sourire, mais peut-être pas du nombre de rides supplémentaires qu'elle s'infligeait du même coup : « Il a marié la coiffeuse — tu vois très bien qui je veux dire : Marie. » Elle ajouta qu'il s'était, en somme, borné à régulariser un collage puisqu'elle avait toujours travaillé à son profit, dans son salon autant que dans sa chambre. Des deux professions qu'elle exerçait en même temps, elle avait conservé celle pour laquelle l'âge importe peu, et ne se teignait plus en blonde. M'était-il encore permis de rougir ? Rose, qui, de la sorte, levait les doutes que j'avais depuis quelques années sur le prénom de ma partenaire des samedis après-midi aux accents de *La Marche turque*, allongea la main par-dessus la table pour la poser sur la mienne et l'immobiliser. « J'avais tout arrangé avec le Boiteux, dit-elle. Je t'en prie, ne fais pas cette tête-là. »

Par certains côtés, j'avais été un garçon très déroutant ; on ne savait jamais ce que je ruminais, mes silences étaient différents de ceux d'un Solinas ou d'un

Beppo, qui se taisaient, eux, parce qu'ils n'avaient jamais rien à dire et rien à penser. Aussi avait-elle estimé qu'il était de mon intérêt de connaître la femme le plus tôt possible, et elle répéta ces derniers mots en agitant vigoureusement la tête comme pour chasser une hypothèse déplaisante, et en évitant de me regarder. A quinze ans, on était un homme ; du moins mon père l'avait-il été à cet âge ; Rose était mieux que quiconque en mesure de le certifier.

« Tu me comprends, n'est-ce pas ? », continua-t-elle tandis que s'accentuait la pression de ses doigts, qui n'avaient pas la fraîcheur des doigts de Marie, et que ses yeux semblaient chercher dans la pièce, à la lumière des bougies qui nous rajeunissait tous les deux, les objets qu'avait pu toucher à la villa l'homme dont elle assurait qu'il était délicat malgré sa force et sa brusquerie, le seul homme qui ne l'eût jamais dégoûtée « après ». Elle avait trois ans de plus que lui ; à l'époque, on ne rencontrait personne, l'été, dans les parages de la gare, dès que l'on s'écartait du sentier des charrettes, à la hauteur de la cannaie. Ils n'échangeaient pas un mot, même s'ils demeuraient ensuite allongés pendant une heure dans l'herbe, Fabio son chapeau sur le front — il aimait beaucoup les chapeaux. Quelques mois plus tard, grâce à leur parent, le bosco, il était parti à bord d'un cargo pour voir du pays autant que pour gagner sa vie, en attendant de faire son service militaire. A son retour, par un accord tacite, il n'avait plus été question de recommencer. Fabio ne songeait plus qu'à Madeleine, qui, de son côté, avait eu du mérite à se marier avec un garçon d'un milieu inférieur au sien, même si, fille unique et orpheline, elle était libre d'agir comme elle l'entendait.

Rose n'avait jamais été jalouse de ma mère, sinon de sa minceur et du galbe de ses jambes, d'une allure générale qui la faisait paraître beaucoup plus jeune que son âge. Mais elle n'oublierait jamais le bruit des wagons chargés de billots de bois et de chêne-liège, qui glissaient au-dessus de leur tête à Fabio et à elle, ni le geste du machiniste qui les avait salués un après-midi — peut-être la dernière fois où elle était allée avec mon père dans les champs. Pourquoi les coquelicots poussaient-ils toujours le long de la voie ferrée et les asphodèles autour des tombeaux ?

Rose retira sa main pour soulever la bouteille de champagne qui était dans le seau à glace, la troisième que nous avions vidée depuis le début de la soirée, et plaisanta sur notre capacité de boire. Elle exagérait la mienne. Si je n'avais pas eu la précaution de me mettre en congé tout en gardant le chauffeur à mon service pour que ma cousine eût sans cesse un guide à sa disposition, j'aurais eu toutes les peines du monde à me rendre au bureau, le lendemain matin. Je dormis d'ailleurs jusqu'à midi.

Nous étions enfin sortis de table, nous nous dirigions vers la chambre aux orchidées, et je citais l'exemple de Nina Salisachs à l'appui de ma thèse au sujet des personnes que l'on est fatalement condamné à rencontrer sur son chemin, lorsque, appuyée au chambranle de la porte pour mieux se déchausser, pointe contre talon, Rose observa que les femmes âgées avaient, somme toute, joué un certain rôle dans ma vie. « La Santarcangeli, reprit-elle, courbée en deux pour ramasser les ballerines sur la moquette, la Santarcangeli, il faut que je te dise... »

Comme je pouvais le supposer, Rose n'avait pas cessé de veiller à la propreté du tombeau des Giuliani, remplaçant le carreau qui manquait au vitrail derrière l'autel et où avaient figuré les pieds de l'Ange, effectuant la réparation de la coupole qui s'était effondrée en partie à la suite d'un orage, et ces travaux, elle les avait payés de sa poche parce que les héritiers, installés à Rome, ne s'étaient plus manifestés pendant des années et des années. Enfin, l'un d'eux avait été obligé de se rendre sur place pour régler les formalités de la vente du terrain où l'on allait construire ce collège dont elle venait de me dire qu'il lui apportait de nouvelles fréquentations et amitiés. Après s'être renseigné auprès des propriétaires des villas qui cernaient maintenant la chapelle, le Romain, un type très élégant, entre deux âges, avec une tête comme une boule de margarine sculptée à la pointe d'un canif — rien qu'un trait à la place des lèvres —, devait garer sa voiture de sport devant la Maison du Torrent, à la minute même où ma cousine vidait le coffre arrière de la sienne des commissions effectuées en ville pour une voisine malade. Ils avaient gravi ensemble les trente-deux marches — trente-deux, maintenait Rose — et, à sa sortie de la chapelle, le visiteur l'avait remerciée avec effusion, parce que les lieux étaient aussi bien entretenus que se plaisait à le répéter la secrétaire ou la gouvernante de sa tante, pour qui c'était un plaisir et des vacances que de venir dans l'île. A la mort de sa patronne, Elena Santarcangeli, qui, les jambes paralysées à la suite d'un accident de voiture, ne bougeait plus de son appartement, cette femme était retournée vivre au pays, du côté de Turin. On avait beaucoup regretté son départ dans une famille qu'elle servait depuis un demi-siècle environ et où jamais on ne l'avait traitée comme une domestique. Elle se chargeait des relations avec les fermiers, s'était dévouée non seulement au chevet de la vraie Princesse mais à celui de tous les malades de la parentèle et avait appris l'alphabet aux enfants de deux générations — un travail dont elle s'acquittait avec d'autant plus de facilité qu'elle avait entamé dans sa jeunesse des études pour être maîtresse d'école. Elle en avait conservé un goût prononcé pour la lecture ; à la fin, elle parlait couramment le français et se débrouillait très bien en anglais ; très pieuse, elle fréquentait beaucoup de prêtres même si elle ne les choisissait pas toujours parmi les meilleurs.

Le visiteur, que Rose avait invité à goûter son eau-de-vie, dit également qu'il eût aimé vendre aussi le tombeau, mais que le terrain autour n'était pas assez vaste pour intéresser un promoteur immobilier ; on aurait déjà mangé le bénéfice de la construction d'une villa dans la démolition d'un édifice dont l'escalier, par exemple, était taillé à même le roc. Puisque, pour se défaire du lot, on était prêt à consentir des facilités de paiement, aussitôt Rose avait décidé d'acheter ; elle s'apprêtait à régler la dernière traite.

En même temps qu'elle ajoutait : « Voilà, comme ça j'ai pu garder le poulailler », Rose lança les chaussures en direction du fauteuil près de son lit, avec le geste du joueur de fléchettes qui vise le cœur de la cible ; les ballerines volèrent cependant au ras du bouquet de fleurs et manquèrent le renverser, une branche ayant même remué. Et quand elle se retourna pour me repousser dans le corridor, Rose, qui avait mangé son rouge à lèvres tant nous avions parlé, bu et mangé, murmura : « Qu'est-ce que ça change ? Princesse ou pas, c'était quand même une femme très distinguée, et qui avait de la conversation. Tu vois, elle aurait même pu devenir institutrice. L'essentiel, c'est qu'on ait eu de belles soirées. J'étais jeune, tu étais heureux — qu'aurais-tu voulu de plus ? » La mine soucieuse, elle passa ensuite une main dans mes cheveux, en arracha par surprise quelques-uns à la tempe et, après les avoir roulés en boule entre le pouce et l'index, déclara qu'elle veillerait à renouveler, avant son départ, le shampooing aux œufs dont elle avait vérifié l'efficacité à maintes reprises sur des hommes qui se trouvaient dans mon cas, c'est-à-dire pas assez vieux encore pour se résigner à la défaite, dans n'importe quel domaine. Quand elle referma la porte, doucement, et avec un sourire qui s'adressait à quelqu'un au fond du couloir, je remarquai pour la seconde fois que, plus il y avait de lumière, plus l' « oiseau de paradis » paraissait faux.

A mon réveil, mes appels n'obtinrent pas de réponse. J'allai dans la chambre de ma cousine où, sur le bord du lit qui était refait, il y avait un carré d'étoffe orange, qui n'était pas la tunique d'un bonze mais un déshabillé soigneusement plié en deux. Sur la table de la salle à manger, plus d'assiettes ni de nappe ; à leur place habituelle, les chandeliers dont les bobèches avaient été nettoyées de toute trace de cire. La moquette était propre ; je n'avais même pas entendu le ronflement de l'aspirateur. Dans la cuisine, sur un plateau d'argent dont j'avais depuis longtemps oublié l'existence et que l'on s'était même donné la peine d'astiquer, entre la cafetière électrique au filtre à moitié rempli de poudre et deux coquetiers contenant un œuf dur, un bol proposait les premières fèves du jardin. Elles exigeaient bien pour accompagnement ces tranches de pain grillé et ce saucisson à moitié dégagé de son tortillon de papier. Mais je ne pris mon petit déjeuner qu'après avoir dénombré sur les tablettes de verre de la salle de bains réservée aux invités et où, par conséquent, personne n'était jamais entré jusqu'à l'arrivée de ma cousine, peignes, brosses, flacons de vernis à ongles, démêloirs, fonds de teint et pots de crème dont l'étiquette mentionnait le nom du pharmacien du Boulevard, précisant qu'il s'agissait d'un « fils et successeur » de celui que j'avais connu. Dans le miroir au-dessus du lavabo, il était écrit avec un bâton de rouge à lèvres, au centre d'un cœur qui avait plutôt la forme d'une poire : « A cet après-midi. » Mon chauffeur qui téléphonait du bureau, en quête d'instructions pour la journée, ne raccrocha pas assez vite pour me priver du commentaire de mon assistante : « C'est ça, qu'il reste chez lui, on sera plus tranquilles. » Je recueillis également la question : « C'est une femme de quel genre ? » Le rapprochement avec le nom de la bénéficiaire de mon capital décès s'était sans doute assez vite effectué dans l'esprit d'une femme que j'avais dressée moi-même à espionner pour notre sauvegarde professionnelle.

Rose resurgit vers cinq heures de l'après-midi ; je ne l'entendis même pas rentrer. Elle avait déniché un double de mes clés dans un tiroir. Elle brandissait une boîte de gâteaux et un carton contenant une bouteille qui présentait sur l'une de ses faces la figure d'une

Antillaise à madras comme on en rencontrait à proximité des tombes de spirites, et d'une gaieté comparable à la sienne. Son mouvement de mannequin pour retirer le manteau qu'elle portait déjà la veille et qu'elle n'échangerait contre un imperméable de soie noire que lorsque nous irions au Père-Lachaise, était une invite à la complimenter sur sa robe en jersey. A dire vrai, je n'étais pas fou du col roulé pour une personne de cette corpulence, mais la couleur beige s'harmonisait avec le teint mat, les yeux noirs et les reflets auburn à la pointe des mèches dont le désordre était figé par des vaporisations de laque. Ma remarque sur le mariage des couleurs plut à Rose, qui se dirigea aussitôt vers la cuisine. Elle avait noué un tablier et enfilé des gants en caoutchouc, un produit à laver libérant des bulles dans le bac de l'évier, quand elle s'exclama : « Tout va bien, je me suis débarrassée du Professeur avec vingt-quatre heures d'avance », et le tintement des tasses et des soucoupes suscitait des images de nourriture en accord avec la suite de ce qu'elle allait dire : Rose n'avait pas caché au médecin, qui, par parenthèse, s'était révélé un homme plutôt sympathique, son intention de ne se soumettre à aucun régime alimentaire tant qu'elle serait en vacances. Elle m'invitait au restaurant le soir même et me priait de choisir un établissement où nous pourrions manger de ces huîtres qui ont l'épaisseur d'un steak et qu'il était impossible de se procurer là-bas. Une sieste s'imposait dans l'intervalle parce qu'elle avait marché longtemps dans les rues, après la consultation, avec l'espoir de trouver des idées de cadeaux en regardant les vitrines. Je pouvais même écouter de la musique pendant qu'elle dormirait, le bruit ne la dérangeait pas. Elle était, en cela, pareille à Bianca, qui, ayant noué les rênes de la mule autour de son poignet, réparait les fatigues d'une journée par quelques minutes de somnolence sur le siège de sa charrette qui filait à travers les collines au-dessus de la gare. Et, à propos de gare, Rose s'était retrouvée dans les parages de celle qui était proche de l'hôpital où le spécialiste à qui elle avait téléphoné, profitant de mon sommeil, avait accepté de la recevoir tout de suite, à la faveur d'une annulation de rendez-vous survenue le matin même. La foule l'avait entraînée. Où allaient tous ces gens qui fonçaient droit devant eux, sans regarder ni à droite ni à gauche ? Comment vivre dans une ville où l'on n'apercevait jamais un visage familier, et, d'ailleurs, comment faire de nouvelles connaissances quand on n'avait plus l'âge, puisque l'amitié et le reste se jouaient d'abord sur l'agrément du physique ? Être vieux à Paris, c'était l'être deux fois. Dans la brasserie où elle était entrée pour s'offrir un demi, un client — un assez bel homme encore — lui avait emprunté son journal sous prétexte de consulter l'horaire des cinémas. « Ça marcherait encore pour moi, dit-elle avec un sourire de satisfaction que devait élargir une brusque envie de bâiller. Ça marcherait parce que je ne me suis jamais négligée question soins. » Et, après m'avoir jeté un coup d'œil qui me rendit honteux de ne m'être pas encore lavé et rasé, continuant d'essuyer la vaisselle, elle ajouta qu'en prévision de notre dîner nous allions nous refaire une beauté tous les deux. Dès qu'elle aurait dormi un peu, Rose se chargerait de la mienne, si je ne croyais pas déchoir, et l'on commencerait par la tête. Je traînais toujours dans mon bain, quand elle pénétra en coup de vent dans la pièce, pour déposer, avec un soupir de contentement, un bol et sa trousse de toilette sur une étagère ; d'instinct, je ramenai à la hauteur de mon ventre, pour le dissimuler, les îlots de mousse qui dérivaient à la surface de l'eau, ce qui l'amusa beaucoup. Elle me commanda de redresser le buste, et, plongeant ensuite les deux mains dans le bol, sans prononcer un mot, penchée au-dessus de la baignoire, elle entreprit de m'enduire le crâne d'une pâte jaunâtre dont l'odeur de rhum l'emporta vite sur son propre parfum, et réveilla des souvenirs de gâteaux d'anniversaire, de remerciements de sœur Priscilla et de M. Tiberi, pour les restes qu'on leur réservait quand ils n'avaient pu participer à la fête. Assise maintenant sur un tabouret, Rose poursuivait son badigeonnage, écrasant du revers de la main les gouttes de liquide qui coulaient sur mon front et ma nuque ; elle ne sortit de son silence que pour observer que, mouillés, les poils sur ma poitrine dessinaient une sorte d'arbre, exactement le même que celui qui ornait la poitrine de mon père. Ne me l'avait-elle pas déjà dit, quand je quittais la maison en slip pour aller me baigner près de l'église des Siciliens, ou dans le torrent dont l'eau, pendant la canicule, était plus fraîche que la mer ? La substance que ma cousine continuait d'étendre par petites touches durcissait vite et me donna, à la fin, l'impression de coiffer une casquette serrée aux tempes. Une heure étant nécessaire à son action en profondeur, Rose suggéra d'en profiter pour me nettoyer le visage avec un lait démaquillant et une lotion ; je serais étonné du résultat. A partir de la trentaine, et peut-être avant, un homme devait renoncer à l'usage du savon pour se débarbouiller, parce que le savon ne débouchait pas les pores et glissait sur les comédons au lieu de les extirper ; ainsi la peau se flétrissait, le teint se plombait, le vieillissement s'accusait. Rose se faisait fort de m'enlever plusieurs années en une seule séance.

« Chante », lui dis-je comme si je lui proposais un marché, et je me mis à fredonner ce que je croyais être l'un des refrains qu'elle chantait dans la chapelle des Giuliani en promenant la serpillière sur le carrelage.

« Ça me reviendra, répondit-elle, qui s'était tournée à demi pour saisir sa trousse de cuir. Ne bouge pas, s'il te plaît. Tiens-toi droit. » A quoi ressemblais-je avec mon crâne jaune et le masque de Pierrot que l'on m'appliquait par des tapotements ? Au cours de la seconde phase de l'opération, Rose, qui avait dans les gestes une minutie d'esthéticienne, me montra d'un air entendu chacune des boules de coton hydrophile dont elle se servait pour enlever le lait, avant de la jeter dans la poubelle sous le lavabo ; elles étaient toutes grisâtres. A la fin, s'étant levée du tabouret, elle recula, les poings sur les hanches, pour juger de son travail et de la métamorphose que moi-même je m'étais mis à espérer. Elle arrondit les lèvres pour signifier que je méritais à présent tous les baisers, et puis revint se pencher au-dessus de moi pour rouvrir le robinet d'eau chaude : il ne fallait pas que je risque d'attraper un rhume car le printemps n'était pas encore sûr. Mais je devinai que c'était prolonger son plaisir que de lui laisser le soin de me laver les cheveux. A quel point il était doux de s'abandonner aux mains d'une femme sans crainte d'être jugé dans ses misères, je l'avais oublié depuis les samedis où Marie la coiffeuse me frottait le dos avec des serviettes nids-d'abeilles qui m'enveloppaient d'une odeur de lavande. Une fois renouvelée l'eau de la baignoire qui, en s'écoulant, avait emporté toutes les impuretés et révélé jusqu'aux racines l'arbre sur ma poitrine, Rose me conseilla de me reposer pendant quelques minutes encore et sortit de la pièce aussi vite qu'elle y était entrée. Au passage, elle avait éteint la lumière. Au creux du lit, l'hiver sous une couette, quand la sensation de chaleur et de sécurité succède aux frissons et aux incertitudes du déshabillage, un enfant n'était pas plus en paix avec le monde. Je fermai les yeux, résistai au sommeil pour capter les bruits de pas, les bruits d'une maison qui revivait, et auxquels se mêla un bourdonnement qui parvenait du fond de la cuisine, tout au bout de l'enfilade des pièces nobles. Il me ramenait ces paroles que les morts de ce tombeau au bord de la route nationale avaient entendues plus souvent que les prières d'un évêque, et les nôtres : « L'amour est ma richesse/L'amour est ma raison/Si tu n'as pas de tendresse/Chagrin d'amour en toute saison. »

Le soir, au restaurant, ma cousine devait me confirmer que c'était une biguine ; elle l'avait presque oubliée, n'ayant conservé à son répertoire que les chansons de Piaf parce qu'elles ne cessaient pas de la remuer. Aussi ne manquerions-nous pas de déposer des fleurs sur sa tombe, on n'était jamais assez reconnaissant à l'égard d'une artiste qui comprenait si bien les gens et continuait de leur donner du bonheur même après sa mort. Mais nous n'accomplirions ce pèlerinage qu'à la fin de la semaine de manière à faire coup double avec les obsèques de la fille d'une amie. Rose était d'accord. Qu'était devenu Frédéric Dieudonné que je n'avais plus jamais revu depuis une dizaine d'années au moins ? Resurgirait-il pour la circonstance, les pères ayant toujours une faiblesse pour leur fille même quand ils ne s'étaient pas préoccupés beaucoup de leur éducation ? Marthe, qui, malgré leur divorce, continuait de porter le nom de son mari par commodité professionnelle, ne vivait plus avec lui, déjà, lorsque je l'avais rencontrée pour la dernière fois dans la rue et que, d'un commun accord, nous nous serions ignorés si la femme qui l'accompagnait, et que je connaissais également, ne nous avait forcés, par sa présence, à échanger des politesses de routine, un pied sur le trottoir, l'autre dans le caniveau. Déjà Marthe avait beaucoup minci, en marche vers cette beauté qui serait une conquête comme le reste, et la coupe de ses vêtements autant que la marque de la voiture devant laquelle elle agitait un trousseau de clés, pour mettre un terme à notre conversation, ne laissait pas de doute. Elle n'avait plus à caresser les manteaux de fourrure dans les vestiaires. Elle était en mesure de s'en acheter, ne fût-ce qu'avec l'héritage du vieux faussaire aux cheveux bleutés, dont elle avait découvert que, pendant son enfance, il lui révélait plus volontiers les secrets de l'habillage en vieux des copies soldées par les grands magasins ou dispersées dans les ventes publiques, que le montant de ses bénéfices ou l'étendue et la variété de trafics ; le brocanteur aurait pu être le premier client de l'avocate stagiaire qui avait été si heureuse de nous indiquer son numéro de vestiaire au Palais de Justice. Tout cela et quelques autres détails que je m'étais défendu d'accueillir comme paroles d'évangile, faisant la part du ressentiment de mon informateur, mais que mon incursion dans une maison de rendez-vous authentifiait rétrospectivement, je le tenais, à cette époque, d'un architecte qui se remettait mal de la rupture de leur liaison et conservait encore ses habitudes au Café de l'Horloge, malgré la dispersion de la bande et le changement de propriétaire. Je passais devant, il m'avait interpellé ; j'attirais les confidences.

Sur le mode de l'insinuation qui était l'extrême de l'hostilité qu'elle s'autorisait à exprimer en public, Marthe avait murmuré : Frédéric va bien, n'est-ce pas ?, comme si j'étais au courant des faits et gestes de son ancien mari. « Il est avec une fille qui boit autant que lui », avait-elle ajouté.

Je n'avais pas oublié le demi-sourire qu'elle m'adressa en se penchant pour introduire la clé de contact dans le tableau de bord et m'observer par en dessous à l'insu de sa passagère — un sourire qui semblait rappeler une vérité aussi gênante pour moi que pour elle-même. Sa lèvre s'était relevée imperceptiblement mais elle avait imité mon silence tandis que ses longues mains tournaient le volant avec lenteur ; je ne les avais pas quittées des yeux depuis le début, ses mains ; elle les exhibait, consciente de mon intérêt, sans soupçonner ce que proclamait la forme de ses doigts et que confirmerait tout ce que j'apprendrais à son sujet par la suite. Les êtres que nous avons beaucoup aimés, quand nous les quittons de but en blanc, tôt ou tard ils s'expliquent notre disparition, et peut-être la raison qu'ils discernent est-elle bien plus horrible et justifiée que le motif que nous nous sommes donné pour les fuir.

« Tu ne finis pas tes huîtres ? demanda Rose. Je m'en charge si tu veux. Ressers-moi du vin blanc. Mais qu'est-ce que tu es drôle, parfois. Si tu te voyais... » De cette voix qui devait peu à peu inciter les clients installés aux tables voisines à hausser le ton et à libérer leur gaieté, elle affirma que, au bout de vingt-quatre heures, à force de m'étudier, lui était venue la certitude que mon comportement en société n'avait pas changé, pour l'essentiel, depuis mon adolescence. J'avais toujours de ces brusques minutes d'absence qui déconcertaient quand on n'y était pas habitué, et pendant lesquelles mon regard ne cessait de tourner en tout sens, pareil aux truites dans l'aquarium qui prolongeait le comptoir du restaurant où nous étions. Du coup, je lui jetai un coup d'œil, à l'aquarium ; il en émanait la même lumière verte que dans la cabine de massage où j'avais surpris Marthe Dieudonné entourée d'inconnus qui dénouaient la ceinture de leur peignoir en s'approchant d'elle. Pour m'excuser, je répondis à ma cousine que je réfléchissais au programme de visites et de sorties que j'avais établi pour la semaine qui suivait. Rien d'original, au fond — et surtout pas la soirée dans un cabaret des Champs-Élysées prévue pour le lendemain, mais puisque nous devions y aller, je pouvais aussi lui montrer des aspects du Père-Lachaise et de ses environs, insoupçonnés du public, et que moi-même j'aurais continué d'ignorer si je n'avais dû chercher la sépulture de l'oncle Alexandre. Sur le seuil d'une maisonnette de garde-barrière, près de la porte principale, des hommes en uniforme de policier, mais sans autre arme que le sifflet suspendu au bout d'une chaîne autour du cou, vendaient, avec l'air d'encaisser la dîme au péage de l'autoroute, un plan indiquant l'emplacement des tombes célèbres, et sur lequel caractères d'imprimerie et dessins avaient le violet du papier calque, le violet même des vêtements liturgiques de l'office des Cendres. Il était aussi précis qu'une carte d'état-major, quant à la configuration du terrain, mais ne disait rien de ce qui se passait dessus, et qui échappait aussi bien aux touristes qu'aux gamins absorbés dans leurs jeux de ballon sur la pelouse devant la chapelle qui était une annexe de la paroisse des Batignolles. Indifférents aux convois qui garnissaient soudain l'escalier de l'édifice d'une foule où se déployaient des écharpes et circulaient des bouquets, ils décrivaient des cercles autour des bancs où leurs mères bavardaient avec une clientèle de square, et personne ne remarquait rien. A la longue, peut-être, ceux qui se préoccupaient de nourrir les chats errants — hommes et femmes d'un âge souvent incertain mais d'une pauvreté évidente, en général — distinguaient-ils les cortèges à la remorque d'un guide, des rassemblements que suscitaient les tombes de spirites signalées par des dolmens en réduction, et savaient-ils à quoi s'en tenir au sujet des attroupements où les Blancs n'étaient pas en majorité. Peut-être avaient-ils choisi de fermer les yeux, comme les gardiens, d'oublier que le tintement de leurs gamelles, qui les annonçait de loin, éloignait autant de promeneurs qu'il faisait surgir de chats. Je l'avais constaté moi-même : à leur approche, des silhouettes disparaissaient à l'intérieur des divisions, tandis que des moineaux accouraient se percher à l'extrémité de la branche que l'un des arbres poussait le plus loin au-dessus de l'allée, guettant le moment de picorer les reliefs de ces repas servis à heures fixes dans des assiettes en carton posées sur une dalle de marbre, quand une chapelle à l'abandon ne servait pas de réfectoire. Les oiseaux n'étaient pas assez rapides quelquefois pour éviter d'être un hors-d'œuvre. J'avais dans l'oreille le cri d'un merle pour qui la mort était descendue d'un toit surmonté d'une croix byzantine, avant de filer entre mes jambes en l'emportant dans sa gueule. Une vieille femme au maquillage violent d'une actrice du muet et coiffée d'un turban à la Pisanello, qui avait près d'elle un landau rempli de boîtes en carton ayant dû contenir des bouteilles d'eau minérale, s'était arrêtée de touiller une pâtée dans un bidon comme nous en avions à l'armée pour transporter du café des cuisines à l'infirmerie : « Pompon, tu manges trop », s'était-elle exclamée, et son accent n'était pas du tout celui du quartier de Ménilmontant. Pompon, Didi, Brutus, Moune, Ramsès — tous les chats semblaient avoir reçu un nom de leurs protecteurs et y répondre quand une voix nourricière — n'importe laquelle — le lançait à la cantonade. Ramsès, plus proche du persan que de l'européen avec son pelage long et tricolore, et que j'étais aussi sûr de croiser sur mon chemin que l'homme à la veste de velours noir, s'immobilisait à une dizaine de mètres sur mon appel ; il devait bien peser dans les sept à huit kilos. Je m'approchais, je n'aurais eu qu'à me pencher pour le caresser ; aussitôt, il filait pour rétablir la distance ; il m'avait ménagé ainsi des itinéraires instructifs. Je n'avais néanmoins pas parcouru de bout en bout la quinzaine de kilomètres d'avenues, sentiers, chemins, layons desservant cette cinquantaine d'hectares, ni examiné tous les bas-reliefs qui étaient dignes d'une halte ; des milliers d'inscriptions que j'avais lues, je ne retenais que la phrase écrite comme une dédicace en travers de la photo qui était dans un cadre au pied d'un autel — la photo d'une inconnue qui avait la mèche et le regard de Greta Garbo dans *La Reine Christine*. Était-ce un sursaut de vitalité — un mouvement de défi — qui expliquait l'écriture montante et avait mis sur les « *i* » des points imitant une étoile ? « Je sais que je n'étais pas faite pour la mort », avait-elle écrit. Et Rose qui jusque-là ne m'écoutait qu'à moitié, occupée à savourer les huîtres que j'avais délaissées en exigeant, la bouche pleine, que je transcrive tout de suite cette phrase sur le talon de son chéquier, pour être sûre de ne pas l'oublier, m'encouragea à poursuivre le récit de ces promenades que je n'aurais sans doute pas renouvelées avec autant de régularité si, depuis des mois, j'avais eu matière à m'occuper intelligemment au bureau, l'après-midi.

Je décrivis l'aveugle du métro qui faisait la manche près des guichets, un homme dans la soixantaine, si distingué d'allure avec ses cheveux blancs et son manteau bleu marine jeté sur les épaules, que, malgré ses lunettes noires, sa main tendue et sa petite canne repliable, on le prenait d'abord pour un voyageur hésitant sur la direction à emprunter au croisement des couloirs.

Je racontai pourquoi, aujourd'hui, je ne confondais plus certaines coulées de cire sur les dalles avec les traces d'une piété classique, et m'étendis longuement au sujet des boutiques de fleuristes où la présence d'un employé antillais impliquait la vente parallèle d'ouvrages de spiritisme, de bougies, de bâtonnets d'encens et de flacons de parfum « désenvoûtant » qui n'étaient pas à l'étalage. Mais je n'avouai pas qu'il m'avait suffi d'être l'objet d'un regard de la part de quelques passants, boulevard de Ménilmontant, pour deviner qu'en les suivant de loin je serais conduit là où un ancien pilier de l'Amiral n'éprouvait pas trop de dépaysement, mais où sa curiosité devait être punie par la découverte du déclin de sa propre séduction physique. Désormais, je ne plaisais plus qu'aux femmes, lorsque je plaisais. La zone où j'avais été entraîné recouvrait le sommet de la partie la plus ancienne et la plus accidentée du cimetière. On y accédait par un petit escalier à flanc de colline, à gauche d'un rond-point, juste au commencement d'une avenue qui ne méritait pas sa désignation — où étaient les acacias promis par le panneau barrant en leur milieu les deux réverbères qui se terminaient par deux branches de chandelier, appelant les oriflammes et les girandoles ? Quand on ne s'était pas cassé la figure du fait qu'une marche sur deux manquait ou bougeait sous le pied, on débouchait sur la plate-forme destinée aux prêcheurs chargés d'annoncer la Résurrection, et cette terrasse dallée, où n'auraient pas étonné non plus les cothurnes et les masques du théâtre antique, était à l'aplomb d'un édifice à trois étages ; on n'apercevait le pourtour du premier, hérissé de têtes de loup et de marteaux, qu'à la condition de se coller contre la rampe, et encore fallait-il se dévisser le cou. L'ensemble, avec ses torchères aux quatre coins, qui étaient en marbre blanc et avaient des proportions de vasque, évoquait tour à tour un corbillard napolitain taillé dans la pierre, un lit à baldaquin et le temple d'une religion excluant toute miséricorde sur terre comme ailleurs. Il convenait de le longer, de passer ensuite sous la pourpre frémissante d'un prunus et de parcourir la vingtaine de mètres d'un sentier bordé de caveaux à une place qui proposait tard toute la gamme des placages de marbre comme une succession de petits meubles, coiffeuses, causeuses ou bonheurs-du-jour, pour atteindre le secteur où s'étageaient dans un désordre de crèche provençale, des chapelles de tous les styles, excepté le simple, la porte ouverte quand elles l'avaient conservée. Il s'en échappait quelquefois un murmure, un éclat de rire, une exclamation qui, si vite qu'ils étaient étouffés, remplissaient un silence où l'on se trouvait même surpris par le sifflement des branches de buisson que l'on devait écarter devant soi pour avancer le long du bien nommé « chemin des Chèvres ». Soudain, plus d'oiseaux, ni de chats — même Ramsès, semblait-il, ne s'aventurait pas dans ces fourrés et, en tout cas, il ne m'y avait jamais conduit, mais beaucoup de maréchaux d'Empire étaient enterrés dans ce secteur sans cesse sillonné par des solitaires qui appréciaient sans doute que la densité de la végétation réduisît la vue sur Paris à quelques échappées de ciel. Elle entretenait la pénombre même par un bel après-midi de printemps, comme celui où j'étais venu, retenait des odeurs de marijuana, le bruit des boîtes de bière crevant sous le pied ici et là, et conférait à chacun une pâleur de déterré. Ceux qui, postés sur le rebord d'une murette, donnaient un coup de dent ou d'inlay au couvercle et buvaient la gorgée triangulaire qui se répandait en partie sur leur menton, espéraient-ils se rajeunir par ce geste ? Beaucoup étaient de ma génération, et quelques-uns d'entre eux devaient bien se rappeler l'Amiral et les soirées qu'on y passait. Ni les uns ni les autres ne franchissaient jamais la frontière marquée par le socle entouré de bas-reliefs, à partir duquel réapparaissait toute la lumière du jour et où se dressait, haute de deux mètres au moins, la statue d'un officier des guerres empanachées, à demi renversé en arrière sur son cheval qui se cabrait d'épouvante, les naseaux élargis, alors que son propre visage reflétait le soulagement de sentir un sommeil inespéré monter dans le corps. Il ne semblait pas que le jeune homme à genoux, la main sur le poitrail de l'animal, survivrait longtemps à l'extase née d'une telle rencontre. Le monument, par son étrangeté, justifiait une expédition bien plus que le mausolée d'Oscar Wilde où Valdès conduisait les lecteurs de la revue qui maintenant le faisait vivre et qu'il eût été inimaginable de trouver en vente libre dans les kiosques à l'époque où nous étions tous des sortes de vedettes rue du Cherche-Midi et au Pim's. J'en avais acheté plusieurs numéros à la suite. Des petites annonces, qui crevaient sur la page comme des bulles à la surface d'une mare de purin, entouraient la prose de Valdès, qui écrivait d'ailleurs très bien, mais un peu dans le style du vieil Edmond, et avait peut-être laissé une œuvre dans sa croisade et les sous-bois ; il semblait s'adresser à une population de civils afin de lui remonter le moral à un moment où l'issue de la bataille demeurait incertaine. La couverture s'ornait toujours d'une photo de beaux garçons qui marchaient dans le vent, et beaux l'étaient également, quoique moins dénudés, les jeunes fascistes ou nazis dont son père avait été l'éditorialiste avant et pendant la guerre. On en dénichait parfois des spécimens défraîchis dans les boîtes des bouquinistes, sur les quais ; comment n'avais-je pas songé plus tôt à établir ce parallèle ? Mais s'il présentait quelque intérêt, dans le restaurant où je dînais avec ma cousine, je n'avais pas l'interlocuteur qu'il fallait pour l'apprécier et comprendre que le geste de l'employé de cuisine plongeant en cet instant précis la main dans l'aquarium, près du comptoir, pour saisir une truite, me ramenait encore à l'ancien favori de Nina Salisachs pêchant les bonnes fortunes au Père-Lachaise. De même que ces homards aux pinces liées, pour éviter qu'ils ne s'entre-dévorent, me ramenaient à mes collègues de bureau.

Je préférai parler du Relais des Amis, situé dans la rue du Repos qui part du boulevard de Ménilmontant presque dans l'axe de la rue de la Roquette, d'où surgissent la plupart des convois car la porte principale est en face. On imagine une impasse, comme incite à le croire la grille de la villa que l'on aperçoit au fond à travers le feuillage des marronniers — sans doute le logement de fonctionnaires dont les registres maintiennent encore des millions d'anonymes au-dessus de l'oubli et attestent que mon oncle Alexandre a vécu. Mais si l'on se rapproche assez pour distinguer le chiffre 13 sur une plaque d'émail, on constate que la rue se poursuit pour rejoindre le boulevard de Charonne, longée d'un côté par le mur du cimetière, de l'autre par une rangée de maisons basses, vestiges, à l'ombre d'immeubles récents, d'un quartier où retentirent les derniers coups de feu des Communards réfugiés sur les hauteurs et bientôt exécutés sur place. Je ne m'étais pas borné aux plaisirs du voyeurisme, j'avais appris aussi un peu d'histoire au cours de mes balades. Mais pour que les premières paroles de Rose, lorsque nous y avons pénétré avec des gens rencontrés aux obsèques d'Hélène Dieudonné, aient été : « On se dirait à la campagne », sans doute me suis-je montré imprécis dans la description de cet hôtel-bar que j'avais déniché sans mérite dès ma première visite à la nécropole.

Le long du trottoir, il y avait tant de place que l'élève d'une auto-école serait parvenu à garer devant un camion de dix tonnes qui aurait besoin de réparations dans l'atelier de carrosserie contigu ; en outre, mon chauffeur était entré pour m'attendre pendant que je revenais sur mes pas pour me diriger vers le bâtiment de la Conservation où l'on m'avait, par téléphone, invité à me rendre pour une consultation des registres. A l'intérieur de la salle éclaircie par deux fenêtres avec des rideaux en macramé jusqu'à mi-hauteur, on était ramené trente ou quarante ans en arrière, dans un village traversé par une route départementale. C'eût été me soumettre à une torture que d'énumérer les éléments qui concouraient à une telle impression, éléments d'importance comme le comptoir surmonté d'un bandeau, qui offrait les boiseries d'une estrade de tribunal, la même couleur que les bûches dans la cheminée, et à l'abri duquel les Communards eussent sans doute résisté aux Versaillais quelques jours de plus. Éléments anodins comme les vases de fleurs et les calendriers-réclame où se lisaient les noms de marques d'apéritifs aussi oubliées que celle dont mon grand-père l'avoué avait été l'inventeur et l'exploitant. Les lieux et les individus, je ne les comprenais que par intuition, quand je les comprenais, trouvant une somme juste sous le trait sans savoir quels chiffres je venais d'additionner au cours d'une opération plus rapide que mon esprit, pour aboutir à ce résultat où l'intelligence n'avait aucune part. Je me souviens cependant d'avoir, la première fois, en décelant les lézardes dans la façade, pensé aux meubles que le grand-père de Marthe Dieudonné plaquait contre un appareil de chauffage électrique pour obtenir des craquelures dans le bois et assurer le maximum de chaleur dans la pièce où sa petite-fille, élevée à l'économie, s'interrompait d'écrire ses devoirs pour tirer des pages d'un livre la photo d'un camarade de classe qui rêvait de vivre un jour de sa peinture.

Dans la salle du Relais, on comptait six ou sept tables couvertes de linon vieux rose, les deux qu'éclairaient les fenêtres étant occupées en permanence par des joueurs de cartes. D'après l'âge et le maintien des uns — et surtout une conversation bondissant de clichés en lieux communs en liaison avec les crimes et l'actualité politique de la semaine — on devinait une belote ; pour les autres, qui avaient l'air absent des personnes plongées dans la lecture, les cinq cartes qu'ils tenaient à la main, le nombre des verres et des cendriers, le « sabot » bien rangé au milieu de ce désordre, outre qu'ils étaient eux-mêmes généralement en nombre impair, ne permettaient même pas à un profane de douter qu'ils jouaient au poker. Le dossier des chaises était incliné contre le rebord de la table, séparée seulement du comptoir par le rideau de perles qui remuait devant l'escalier conduisant à l'étage. Cela interdisait de s'y asseoir sans autorisation, mais il était rare de ne pas y trouver l'une au moins des quatre femmes entre trente et quarante ans qui déambulaient dans le secteur du Père-Lachaise, délimité au nord par l'avenue des Acacias, d'où l'on pouvait regagner en quelques minutes l'entrée secondaire presque sous les fenêtres du bâtiment de la Conservation, et donnant sur la rue du Repos. En groupe, elles avaient l'air de bourgeoises qui venaient d'assister à l'un de ces enterrements pour lesquels, les liens avec le défunt n'autorisant pas d'arborer les mêmes signes extérieurs de deuil que la famille, on se contente de rendre sa tenue le plus sobre possible. Pour les avoir vues d'abord ensemble épuiser en apparence, devant un verre, l'ennui des obligations sociales, avant de les remarquer ensuite individuellement à l'intérieur du cimetière où elles se croisaient sans jamais se dévisager, même au coude à coude dans un groupe de touristes — le long du Mur des Fédérés par exemple —, je m'étais assez vite posé des questions.

« Tant de questions que ça ? », dit Rose qui farfouillait dans son sac à la recherche d'un briquet, bien que le serveur eût de nouveau immobilisé son chariot à notre hauteur ; elle fumait beaucoup plus qu'autrefois et je m'étais souvenu à temps qu'elle détestait qu'on lui proposât du feu. Avant son départ, dont j'espérais encore qu'elle le repousserait d'une semaine, je lui offrirais un porte-cigarettes en argent guilloché si j'en trouvais un — l' « oiseau de paradis », dont elle ne se séparait plus, n'étant pas un cadeau mais une restitution. « Questions » : le terme, au demeurant, ne convenait pas. Aucune des femmes du Relais ne m'avait accosté. A leur sujet, j'étais passé, en une seconde, de l'indifférence à la certitude, l'après-midi où l'une d'elles m'avait devancé sur le trottoir pour s'engouffrer dans l'établissement par la porte de l'hôtel, suivie d'un jeune homme qui avait l'obésité précoce de certains Américains et cet air de légume bouilli les caractérisant plus volontiers à l'approche de la maturité. Elle l'avait tout à coup saisi par le bras, comme pour vaincre une hésitation subite ; c'était l'aînée du quatuor, d'une pâleur de teint fréquente chez les rousses sur le retour, dont la peau, à force de soins, attrape l'aspect du lait caillé. Une demi-heure plus tard, dans la salle, le rideau de perles cliquetait à son passage sans susciter de curiosité parmi les clients, et elle rejoignait ses trois amies qui n'avaient même pas levé les yeux malgré ses grommellements et le martèlement de ses chaussures dans l'escalier. La première souriait à ses pensées, serrant ses genoux de ses mains enlacées où brillait une bague de fantaisie en verre, la seconde, qui avait un profil de mouton, s'amusait à entortiller une fine laisse de chien autour de son poignet, la troisième — la plus jeune — s'abandonnait au tic de rejeter en arrière la mèche blonde qui lui barrait le front car elle avait, ce qui accentuait son allure de garçonne, une coiffure du même style que celui de la femme qui avait écrit sur la photo qu'elle n'était pas faite pour la mort. Maintenant assise, et s'étant déchaussée pointe contre talon, la doyenne se frottait les chevilles l'une contre l'autre tandis que la patronne quittait son tabouret derrière le tiroir-caisse pour abaisser la manette de la pompe à bière et débarrasser un demi de son faux col de mousse, à peine celui-ci avait-il gonflé au-dessus du verre. Car tous les gestes de cette sexagénaire aux joues de paysanne nourrie des produits de la ferme et aux cheveux gris coupés en brosse comme ceux du colonel à qui, grâce à l'intervention de M. Jean, j'avais servi de secrétaire, à Fontainebleau, pendant mon service militaire, étaient empreints de la hâte d'une débutante qui craint de rater un essai. Un haussement de sourcils l'indiquait : elle s'émerveillait toujours intérieurement de n'avoir pas renversé le plateau chargé de bols de punch destiné aux joueurs de belote, de couper sans difficulté jusqu'au quignon une baguette de pain pour confectionner un sandwich et de vider d'un seul coup le doseur de café contenant ce marc qui, avec la sciure, le vin, l'encaustique, les cendres des bûches dans la cheminée, composait l'odeur pacifiante d'une auberge à la campagne. Le comptoir dissimulait une trappe qu'elle se baissait pour ouvrir, après avoir cherché à tâtons, sous une étagère, le bouton actionnant le monte-charge. Elle s'installait sur la plate-forme, les bras croisés, et, à la voir s'enfoncer avec tant de lenteur dans le sol, figée sur place, les dents qui crissaient, on pensait au commandant debout à l'extrémité de la passerelle de son navire en train de couler. Mais, le premier jour, c'est au moment où elle resurgissait des profondeurs que je m'étais présenté pour délivrer mon chauffeur de son attente, décidé à ne pas m'attarder, et par-dessus la caisse de canettes de bière serrée contre sa poitrine de nourrice, pendant qu'elle reprenait toute sa taille dans un ronronnement de moteur, elle avait attaché sur moi le même regard que sur un parent dont on scrute le changement physique, après une longue absence, en anticipant sur la pitié des conclusions et du geste de Véronique qui tend le voile où va s'imprimer la Sainte Face. Sans lâcher son casier, la patronne avait enfin dit, d'une voix qui semblait provenir encore de la cave : « Charmant, qu'est-ce que ce sera pour vous ? » J'ignorais qu'elle interpellait toujours ainsi les clients qui n'étaient pas du quartier, et cette épithète ne se justifiait vraiment que pour les deux mécanos de l'atelier d'où parvenaient des bruits de chaudronnerie, et le sifflement railleur d'un outil à air comprimé, comme en écho au heurt du doseur de café contre le bois de la poubelle. Quelquefois identifiables seulement à leur tignasse, tant ils étaient maquillés de cambouis — l'un était d'un roux tirant sur l'acajou, l'autre châtain —, les deux jeunes gens entraient en coup de vent, échangeaient à tue-tête des commentaires sur leur travail en cours, lorgnaient sans se gêner la table des femmes et arrachaient à la patronne, qui ne s'en formalisait pas, le décapsuleur pour les bouteilles de sodas. Ils négligeaient souvent de payer — on ne les rappelait d'ailleurs pas à l'ordre — mais, avant de partir, l'un d'eux ne manquait jamais d'introduire une pièce de monnaie dans le juke-boxe, sa main glissant de la fente qui l'avait reçue au clavier où elle appuyait au hasard sur deux touches qui en restaient graisseuses.

« Pour vous, madame Renée », lançaient-ils en chœur, le bras de l'un glissé autour de la taille de l'autre, une jambe levée tels les comédiens d'une revue qui annoncent le titre du tableau suivant, et leur cri rendait encore plus profond le silence de la rue, à moins qu'une Antillaise qui passait par là n'y répondît par un rire ; leur silhouette se découpait à contre-jour sur le mur du Père-Lachaise, juste à l'endroit où, arrêté par une maisonnette dans une retombée de chèvrefeuille, il faisait penser au jardin clos d'un presbytère.

Réglé pour diffuser sa musique en sourdine, l'appareil, qui devait remonter à l'époque où l'on tâtonnait pour mettre au point ces machines, répandait surtout des airs de valse musette, de paso doble, de tango et de rumba. Il y en avait un, cependant, qui n'appartenait pas au genre de variétés en accord avec ce qu'évoquait à mon esprit le nom de Ménilmontant, et qui, par contraste, semblait relever du jazz. On l'avait entendu une saison entière à l'Amiral, quand mouillaient encore leurs langes les deux garçons qui m'avaient, sans le vouloir, infligé ce choc aux conséquences nerveuses disproportionnées à la qualité de son origine, et qui vivaient allongés sous des voitures d'où leurs jambes dépassaient jusqu'au genou sur le trottoir. Si, tout à coup, quelque clé anglaise ou tournevis tombait à terre, leurs jambes remuaient, se frôlaient, se mélangeaient comme celles d'un couple tiré de son sommeil, à l'instant où chacun trouve matière à raviver son irritation dans un réveil inopiné, avant de recouvrer, avec le sommeil, l'immobilité de la nuit conjugale qui a suspendu les récriminations et les haines de la journée. Moins par envie que par nécessité, à en juger par sa façon de retourner ses cartes sur la table, et aussi de faire remonter la ceinture de son pantalon, les deux mains à plat sur le ventre, dans un geste qui datait encore plus que la rumba, l'un des joueurs venait se planter au milieu de la salle — là où il y avait un carré de linoléum — avant que la pointe du saphir, très lente à se mouvoir, ne se fût posée sur le disque. Mme Renée dénouait son tablier et, à la hauteur du rideau de perles, se tournait à demi pour crier le prénom de son partenaire sur le ton de l'adulte qui, tout à la fois, signale, déplore et pardonne l'incartade ou le caprice d'un enfant. La voix d'un homme que l'on supposait posté en haut des marches, et qui, en tout cas, avait un coffre de basse, renvoyait aussitôt ce prénom suivi, après une hésitation, par la formule « salut », qui couvrait les premières mesures. Et pendant que la cavalière évoluait mais sans jamais sortir du carré de linoléum, les coudes écartés, la tête penchée sur une épaule que son nez effleurait, dans l'attitude, quelle que fût la nature des pas de danse, d'une poule soulevant ses ailes pour se livrer à un épuçage en règle, j'imaginais un infirme — un colosse en raison de son timbre de voix — réduit à la surveillance des chambres de l'hôtel et à la distribution des serviettes aux couples de hasard. Un après-midi, avec l'espoir de distinguer au moins une chaise de paralytique dans la pénombre, aux accents de la *Cumparsita*, j'avais, centimètre après centimètre, poussé mon verre jusqu'à l'extrémité du comptoir pour ne recueillir en définitive que la mauvaise humeur de la blonde descendue de l'étage sur ces entrefaites, et qui m'avait bousculé sans me prêter plus d'attention qu'à un meuble. « Tous les mêmes », marmonnait-elle entre ses dents, affalée sur la chaise que l'une de ses amies avait poussée du pied dans sa direction dès qu'elle était apparue. « Par-dessus le marché, ils essaient de vous faire jouir ! Si on ne se surveillait pas, avec certains, je te jure... »

« J'ai connu ça avec Solinas », commenta Rose qui allait couper d'un mouvement énergique l'une des pointes de la tranche de gigot dans son assiette, pour, l'ayant piquée à une dent de sa fourchette, la considérer pendant quelques secondes avec une mine de dégoût. Elle me suggéra ensuite de monter avec l'une des femmes pour satisfaire ma curiosité à l'égard du taulier ; je n'avais qu'à jeter mon dévolu sur la blonde qui paraissait me plaire — je la décrivais très bien — et à qui je n'aurais pas donné les mêmes sujets de plainte, puisque j'étais trop lucide certainement pour nourrir des prétentions quand je payais une partenaire — si cela m'arrivait déjà. L'ai-je avoué ? J'en avais la tentation, mais je devinais aussi qu'une telle initiative m'eût exclu des deux camps qui divisaient la clientèle du Relais et n'avaient en commun que de retenir par intervalles les mêmes regards de la patronne — des regards en vrille quand ils cessaient d'être rêveurs. Il y avait les riverains, et il y avait les « charmants » que, presque tous, un jour ou l'autre, j'avais aperçus ou apercevrais au cours de mes promenades à travers le Père-Lachaise, sans être en mesure de deviner pour quelle raison ils fréquentaient le cimetière, sauf en ce qui concernait un vieux petit monsieur au visage très en arrière de son menton, surpris à différentes reprises en train d'enfoncer dans la terre la pointe d'un instrument tiré d'une gaine fixée à sa ceinture. Il glissait les plantes entre deux cartons épais percés chacun de quatre fentes au travers desquelles passaient deux courroies munies de boucles. Je ne m'interrogeais pas à propos de trois ou quatre qui devaient emprunter leurs habits à des neveux jeunes et sportifs, et qui plissaient les yeux en m'observant comme pour accommoder leur vision à la pénombre du secteur des Maréchaux. Cependant, ils n'émettaient jamais devant moi, comme en présence des mécanos qu'ils s'abstenaient pourtant de dévisager, ce que je ne tentais même pas de définir, mais que j'avais si souvent capté et provoqué dans ma jeunesse d'allumeur, et se comparait peut-être aux décharges de substance amoureuse, invisibles à l'œil nu, par lesquelles la femelle du papillon informe les mâles des alentours qu'elle aspire à les recevoir. Dans le camp des étrangers au quartier, où, sans doute, à mon tour, je suscitais des perplexités, on ne se saluait pas, malgré la répétition de rencontres dont on pouvait supposer, pour certaines, qu'elles se renouvelaient depuis pas mal de temps. On buvait au comptoir en silence, on séchait sur place des heures durant, et les glaces qui, le long des étagères, montaient juste assez haut pour attraper en entier le botaniste, ses cartons sous le bras, renvoyaient entre les bouteilles des images de corps décapités. Seul l'homme à la veste de velours noir et à l'allure d'adolescent vieilli, bien qu'il n'eût rien d'équivoque, me dédiait un sourire de connivence mondaine lorsque nos regards ne parvenaient pas à s'éviter. Et je croyais y déceler de l'ironie à l'égard de mes efforts pour l'identifier lui-même dont la tête me disait quelque chose, de plus en plus de choses, mais jamais aucune certitude ne parvenait à se dégager. Respectueux des conventions qui excluaient tout échange entre les consommateurs n'habitant pas le boulevard de Charonne ou ses environs, aussi nettement qu'elles nous interdisaient de nous lier aux indigènes et aux quatre tapins, ceux-ci d'ailleurs ne paraissant voir que Mme Renée, je me bornais à répondre au sourire par un geste de la main assez large pour englober tout le monde et se transformer, dans l'esprit de la patronne, en invite à verser la rincette. Mais personne ne me remercierait. Le voyeur que j'étais dans l'âme se sentait, pour la première fois de sa vie, l'objet d'une étude, d'un jugement et, plus désagréable encore, d'un savoir. Ayant retiré ses lunettes noires à l'entrée pour en chausser une autre paire aux verres translucides et si épais que ses yeux, par un effet de tunnel, n'étaient plus que des points durs de malice au fond de ses orbites, l'aveugle du métro lisait un journal de turfiste, un crayon à la main, et cochait des cases sur des feuilles de pari que Mme Renée ramassait sans dire un mot, après lui avoir rendu la monnaie. Je m'attendais toujours à ce que Valdès surgisse d'un moment à l'autre. Sans doute n'avait-il pas encore découvert le Relais des Amis parce qu'en bonne logique il fixait rendez-vous à sa troupe devant l'entrée du cimetière la plus proche du lieu où il donnait sa conférence, et qui, accessible par la station de métro Gambetta, dont elle reprenait le nom, était à l'opposé des portes solennelles du boulevard de Ménilmontant et des grilles de la rue du Repos. Mais une promenade en compagnie d'un auditeur qu'il aurait réussi à retenir auprès de lui après la conférence risquait d'autant plus de le conduire au Relais que, pour un flirt, il était naturel — quand on avait quitté la division où s'élevait le mausolée d'Oscar Wilde — de rester sous le charme des lieux en suivant la pente de l'Avenue circulaire, la plus large du cimetière, la plus ensoleillée et que les différents monuments élevés à la mémoire des victimes de la déportation ne parvenaient pas à endeuiller, malgré l'expressivité des corps torturés qu'ils représentaient pour la plupart. Les maisons qui dominaient le mur d'enceinte, si proches que l'on entendait l'indicatif musical de certaines émissions de radio et de télévision réservées l'après-midi aux enfants, les carrés de fleurs, les bancs de square, les deux fontaines qui suintaient, contribuaient à l'illusion de traverser un parc.

A l'apparition de Valdès, je me serais tout de suite esquivé, si Mme Renée n'agissait pas avec lui comme avec certains, abandonnant son comptoir pour aller à leur devant, les obligeant à reculer jusqu'au trottoir par sa seule détermination, et revenant ensuite dans la salle aussi placidement qu'elle l'avait quittée, sans qu'il fût possible de définir ses critères d'exclusion. Valdès m'aurait-il reconnu ? Peut-être. Et alors ? Nous n'avions jamais rien eu à nous dire. Je n'avais été pour lui qu'un pion vite retiré de l'échiquier de Nina Salisachs, je me serais transformé en rumeur si, avant de partir, je mettais le disque révélé par les mécanos et qui n'incitait personne à inviter Mme Renée. On appuyait sur la lettre A du clavier et le chiffre 19.

La musique remontait à ces années où le mur de la nuit n'existait pas pour les passe-muraille que nous étions, rue du Cherche-Midi, et où de grands orchestres à cordes commençaient à swinguer, ce qui leur convenait d'ailleurs à peu près aussi bien que le blues à la bouche des notaires. Mon anglais, à peine suffisant pour commander une course à un chauffeur de taxi new-yorkais, me permettait seulement de comprendre que l'on chantait un voyage. Resurgissaient alors des figures de garçons, qui n'étaient pas faits pour la vieillesse, ni même pour ce qu'ils étaient, que j'avais traités comme des miroirs de ma vanité et qui prenaient ma curiosité pour une marque d'amitié et peut-être davantage. Ils s'éloignaient bras dessus bras dessous en direction du carrefour de la Croix-Rouge, déserté par la circulation, sonore comme une place italienne, où l'on percevait les trilles que M. Jean tirait de son sifflet de quartier-maître pour saluer l'arrivée des clients de marque. Les couples de l'Amiral croisaient les derniers spectateurs du théâtre du Vieux-Colombier et, au passage, flanquaient des coups de pied aux poubelles sous les porches — était-ce pour soulager par un acte de violence l'insupportable stupeur de s'être enfin trouvés ou conjurer la peur de se perdre ? Ils riaient — peut-être au souvenir des plaisanteries que M. Jean avait décochées à leurs dépens ; jusqu'où étaient-ils allés ? A certains, j'avais dû leur prêter mon verre qui était toujours plein pour la frime, ils trompaient ainsi le contrôle des serveurs qui étaient impitoyables avec ceux qui ne consommaient pas, surtout les soirs de week-end où il y avait parfois du monde sur le trottoir, jusqu'au commencement de la rue. Des chauffeurs de maître s'adossaient au capot de leur limousine, attendant Sabine Deloffre ou quelqu'un de ce milieu-là, pour qui c'était aller au zoo que de dîner chez M. Jean. Je montais dans la voiture de l'interne qui n'avait pas cinq cents mètres à franchir pour me déposer en bas de mon immeuble où il n'entrerait pas, et peut-être allions-nous doubler la 2-CV de Valdès, à la hauteur de l'hôtel Lutetia, où M. Tiberi avait eu l'habitude de descendre avant la guerre. Quand il ne revenait pas sur les faits et gestes de son patron, dont il devait conserver aujourd'hui la photo sur une étagère de son cabinet, comme la plupart de ses confrères, Pierre-Yves me parlait de sa mère. Il arrivait un moment où ils en avaient tous plein la bouche de leur mère ; le monde se révélait peuplé de femmes admirables. Je ne m'en serais guère aperçu en compagnie de celles que j'emmenais à l'hôtel de la rue de Tournon. Ce qui ne s'était pas produit laissait le soupçon du bonheur et sans doute n'y avait-il rien de pire. En fait, il n'y avait de rassurant que les déceptions après l'expérience.

« Qu'est-ce qui ne va pas ? s'inquiéta Rose. A quoi tu penses encore ? » Comment lui parler de l'Amiral et de Valdès, encore que pour celui-ci mon ancien précepteur pût servir de trait de liaison : non seulement M. Tiberi avait partagé la cellule de son père au pénitencier, mais, avant la guerre, au cours des voyages facilités par sa nationalité française, il lui avait versé des subsides du gouvernement fasciste, comme à quelques autres journalistes parisiens. Mais pour apprécier la situation actuelle, il me fallait aussi raconter qui avait été Oscar Wilde à une lectrice de romans-photos, quand moi-même, de cet écrivain, je ne savais pas beaucoup plus que des bribes de la conférence aux accents de sermon que Valdès prononçait le dos tourné à son auditoire où quelques-uns avaient l'âge de ses fils, effectuant le tour du tombeau couvert d'inscriptions à la craie avec des mines d'officiant qui marmotte des prières et asperge d'eau bénite un catafalque. Le sphinx coiffé d'une tiare, qui s'étalait sur toute la largeur de ce monument en bordure d'une allée, et dont le visage, avais-je cru comprendre, évoquait les traits du poète vers la fin, était assez large d'épaules pour abriter jusqu'à la croupe les bouquets de fleurs qui se desséchaient le long d'une marche, un mètre en dessous, parfois placés à la verticale de son sexe, ou plutôt de ce qu'il en subsistait : il avait dû être brisé à coups de marteau. Valdès glissait une main sous le flanc, la frottait aux éclats de marbre et, jetant un regard par-dessus son épaule, secouait la tête avec autant de vivacité que la blonde de l'hôtel-bar pour le plaisir de jouer de ses boucles. Même à la distance où je l'avais observé, on lui trouvait l'expression de l'acquéreur qui prend le public à témoin d'une tromperie sur la marchandise, et qui, dans ce cas, eût découvert un mulet à la place d'un étalon. Mais cette distance, assez grande pour qu'il apparût comme l'aîné de la bande, avec son blue-jean, ses épaules d'adolescent et sa main qui cherchait encore le tableau noir, l'était cependant trop pour que l'on pût suivre du début jusqu'à la fin le développement d'un discours qui, par instants, semblait l'exalter. On attrapait des fragments quand la colère ou l'indignation enflait le ton du professeur qui, selon son état, vivait de ses commentaires sur le martyre de l'artiste et qui d'un cercueil se faisait une estrade. J'avais appris également un peu de littérature anglaise dans les cimetières — Shelley à Rome, Wilde à Paris. En quoi cela aurait-il intéressé Rose, qui ouvrait maintenant son deuxième paquet de cigarettes de la journée, en déchirant le coin, quoique gênée par la longueur de ses ongles — dans mon souvenir ils n'avaient jamais été aussi bien soignés et peints ?

« C'est vrai, parfois il vaut mieux se taire », dit-elle, absorbée dans l'examen du morceau de papier argenté qui se transformait en boulette entre ses doigts aux nœuds très prononcés, ce qui avait une signification en chiromancie. Elle ne semblait pas m'entendre lorsque je répondis que je retenais la solution de monter avec l'une des femmes de l'hôtel-bar, et que je lui laisserais, le cas échéant, le soin de désigner ma partenaire ; il n'était pas prouvé qu'elle me désignerait la blonde.

« Non, décidément, tu n'as pas changé », dit-elle en saisissant son verre qu'elle tint à deux mains, à la manière des enfants, et le vin, sous les lumières, avait la même couleur que les émeraudes de l' « oiseau de paradis » sur son chemisier. « Tu es comme ton père, continua-t-elle. Il disait qu'il n'y a jamais rien à dire, en général, qu'on ne peut pas, que ça ne sert à rien. Mais je ne crois pas. Je te raconterai, moi. C'est un peu difficile, mais on n'est pas pressés, non ? On a encore une semaine. »

Une des rares phrases de mon père que je croyais encore entendre, c'était, en effet : « Que veux-tu que je dise ? » et il la prononçait à la plage, quand il s'était arrêté de lancer des galets sur l'eau pour faire des ricochets, tourné vers ma mère dont la peau avait perdu son parfum habituel au profit de l'ambre solaire — elle le pressait de me raconter des histoires pour me distraire. En ces moments où nous étions heureux tous les trois — du moins l'étais-je —, qu'aurait-il ajouté par des paroles ? L'étui que je me promettais d'offrir à ma cousine serait aussi beau que celui de l'évêque pour la description duquel le mot « guilloché » lui avait manqué, mais à qui les mots ne manquaient-ils pas ? Lorsqu'elle eut éloigné son verre vide de sa bouche et qu'elle conclut, le menton levé : « Je ne suis pas encore partie », son accent d'énergie me plut beaucoup. Je le reconnaissais, bien qu'estompé par l'éraillement de la voix ; Rose ressemblait toujours à Rose, je ne me lassais pas de le constater. L'achat du porte-cigarettes ne pourrait s'effectuer que le lendemain. Mon élan de générosité, qui, sur le moment, se trouvait sans emploi, se déploya alors dans le vocabulaire afin de magnifier l'intérêt des promenades dont j'avais établi le programme pour les jours suivants. Mais je ne pus aller aussi loin que dans la description du Père-Lachaise : « Laisse tomber », dit Rose, qu'impatientait le manège de l'un des serveurs : il retirait le cendrier pour le vider dès qu'il contenait deux mégots. A plusieurs reprises, victime de la routine qui exige que les objets usuels ne soient jamais changés de place, elle avait failli écraser sa cigarette sur la nappe — « Laisse tomber, répéta-t-elle. Tout ça, pour moi, c'est du déjà vu. A part Versailles... »

Craignait-elle d'être déçue parce que tant de films et de photos avaient usé les monuments et les sites que j'avais inscrits sur ma liste sans effort particulier d'originalité ? Il y avait autour de Paris de petits châteaux que l'on visitait peu et qui la surprendraient davantage. Elle ne répondit pas tout de suite, posa un coude sur la table et passa sous le menton le dos de sa main repliée, avec l'air d'utiliser le brillant de la bague qu'elle avait au petit doigt, pour calmer sa démangeaison. « Tu as le droit de me faire une scène », reprit-elle d'une voix réduite encore par l'enrouement qui avait résisté à une gorgée de vin blanc. « Je suis déjà venue à Paris. » Elle éleva trois doigts à la hauteur du front et, le buste dressé, imita la sournoiserie des commères espionnant à travers les fentes d'une persienne ou les interstices d'une palissade, hissées sur la pointe des pieds. Et, quelques secondes plus tard, le brouhaha des conversations, qui avait augmenté dans le restaurant avec l'arrivée de trois ou quatre couples de retardataires, me fit croire que je me trompais, que je n'avais pas entendu, de mes oreilles entendu : « Je suis restée trois semaines. J'étais avec un type. » Mais elle hocha la tête pour confirmer. Les truites de l'aquarium s'étaient alignées perpendiculairement à la vitre. Comment nous voyaient les poissons ? Ils n'avaient pas de paupières, ils étaient condamnés à observer, et ceux qui évoluaient dans les profondeurs ne devaient même pas concevoir la lumière.

Qui était cet homme qui avait accompagné Rose pour me la cacher ? Il venait sans doute de naître lorsque j'avais quitté la Villa des Palmiers, et, persuadée que, à partir de cette précision, je me livrais au calcul de la différence d'âge entre les partenaires, ma cousine ajouta : « Il y a six ou sept ans de ça », avant de se pincer les joues entre le pouce et l'index, pour étirer la peau afin que je me représente un visage bien plus lisse et ferme qu'il ne l'était à présent. Qui saurait lui conseiller d'étendre le fond de teint jusqu'à l'endroit où le masque semblait se détacher — près du lobe de l'oreille ?

« Un type gentil mais sans importance, poursuivit-elle. Il était jeune, un point c'est tout. Et pour moi, c'était la dernière fois. Tu me comprends, n'est-ce pas ? La dernière fois... » Beaucoup de gens avaient tablé sur ma compréhension : on me réservait volontiers un destin de papier-buvard qui doit absorber les taches et les plaintes ; on s'imagine souvent que les taciturnes sont les mieux disposés à écouter. Rose, qui, ayant récupéré soudain sa voix dans toute l'étendue de son registre, en perdit du coup le contrôle, cria sans l'avoir voulu : « Pas possible d'agir autrement avec toi », et elle se mit à rire parce que des clients, aux tables voisines, nous épiaient maintenant avec l'avidité que suscite l'amorce d'une dispute dans un couple en public. Elle affirma ensuite qu'elle avait passé ces trois semaines-là à craindre notre rencontre inopinée au coin d'une rue ou dans un établissement de la même catégorie que celui où je l'avais invitée ce soir, car elle s'était procuré un livre qui contenait les meilleures adresses ; en outre, un commerçant, un voisin de l'hôtel, l'avait renseignée. Toute provinciale qu'elle était, nulle part on n'était parvenu à la rouler, elle avait été à la hauteur dans toutes les situations. On aurait cru qu'elle se félicitait encore, devant M. Tiberi, de son comportement à table le lendemain d'un dîner avec la Princesse. Parce qu'elle se faisait toujours un devoir de m'évoquer dans la conversation par un biais ou un autre — sans quoi, là-bas, plus personne, bientôt, n'aurait su qui j'étais —, son ami, au bout de quelques jours, avait demandé à me connaître ; elle avait inventé que j'étais en déplacement à l'étranger. Il n'avait pas insisté, il était trop occupé à profiter d'une aubaine dont il se doutait bien qu'elle ne se renouvellerait pas ; on aurait cru que Paris lui entrait par tous les pores, il était très gai, il ne cessait de rire. Depuis, le mariage et les travaux manuels avaient abîmé l'assez joli garçon qu'il était à la fin de son service militaire, quand il avait commencé à fréquenter la Maison du Torrent. Ne m'avait-elle pas indiqué que beaucoup de jeunes gens s'y arrêtaient maintenant, ne fût-ce que pour garer leur moto sur le terre-plein ? Les avances de celui-là, Rose les avait considérées tout un hiver comme des sortes de politesses, se croyant trop vieille désormais pour plaire encore, négligeant une vérité qui était que les grosses intéressaient les hommes plus longtemps que les maigres. Son expérience personnelle le lui avait prouvé : c'était toujours à des grosses qu'ils se confiaient lorsqu'ils avaient des soucis ; le nombre de fois où, dans sa vie, chacun d'eux avait besoin d'être soutenu et consolé étonnait beaucoup Rose, encore que sa grand-mère l'eût avertie à ce sujet dès l'adolescence, avec tout son savoir d'aubergiste qui en avait entendu autant qu'un prêtre au confessionnal : les hommes n'étaient pas aussi forts qu'ils le croyaient eux-mêmes. Quels que fussent les motifs pour lesquels on la recherchait — les pas clairs et les obscurs —, ma cousine avait estimé qu'une liaison sur place, obligatoirement morcelée en rendez-vous, hachée d'imprévus, compliquée par les ruses et les manèges de la province, lui aurait, au total, accordé moins d'heures de plaisir qu'un séjour à Paris. Aussi avait-elle proposé le voyage presque immédiatement. Chacun offrait ce qu'il avait : lui, ses vingt ans et des poussières ; elle, tout ce que procure l'argent. Ils seraient quittes. Elle avait ainsi revécu à l'envers la situation qui était autrefois la sienne auprès de M. Solinas, et, soit dit par parenthèse, le marchand de chaussures avait réussi à la dégoûter de ces choses pendant des années. Elle ne mentionnait que pour la forme quelques passades de-ci de-là, avant et après mon départ ; toujours elle avait pris l'initiative de la rupture, dès qu'elle s'apercevait que, ni de près ni de loin, elle n'allait retrouver ce qui se produisait à la faveur de ses rendez-vous avec mon père dans les champs au-dessus de la gare, et qui était de sentir qu'il ne manquait plus rien parce qu'on était deux. Même si cette impression ne durait pas longtemps et se dissipait sous la douche, quoique, pour être exact, sur ce point, il n'y eût pas encore de commodités à la maison ; Rose se contentait de soulever sa jupe et de s'avancer dans le lit du torrent, à l'endroit où elle avait de l'eau jusqu'au ventre et où l'on marchait sur des plaques d'ardoise. « Non, non et non », s'écria-t-elle tout à coup, mais sa protestation visait en réalité le serveur de nouveau prêt à s'emparer du cendrier, et le regard de ses yeux noirs, qui se nuançaient de violet dans un accès de colère, rattrapant la teinte des émeraudes sur la queue de l' « oiseau de paradis », se perdit ensuite du côté de la porte, à la recherche de quelqu'un. Elle le ramena sur moi pour dire d'une traite, en se passant un doigt sur les sourcils : « J'étais sûre que tu me comprendrais », alors que je me taisais depuis qu'elle avait interrompu mon énumération des châteaux d'Ile-de-France.

Je n'avais pas cessé, en revanche, de jouer avec son briquet, me faisant la réflexion qu'il était trop massif d'aspect pour convenir à une femme et ne s'accorderait pas avec le porte-cigarettes que je comptais lui acheter. Elle me le retira des mains ; son geste et son sourire étaient d'un adulte qui veut prévenir un enfant du danger qu'il court à manipuler un objet dangereux. « Acheté pour lui, murmura-t-elle en le laissant tomber à l'intérieur de son sac. Il me l'a balancé à la figure. Il était furieux, au retour. Il ne voulait pas que l'on casse tout de suite. » Elle dit aussi que, contre son tempérament, elle avait supporté, comme si elle l'eût aimé pour de bon, et son attitude et ses injures. Elle s'interrogeait : était-il si amer de perdre du jour au lendemain le confort et le luxe qu'il avait tout juste eu la possibilité de découvrir, et qu'elle-même, faute de goût, d'entrain, se refusait d'habitude, bien qu'elle eût les moyens de se payer à peu près tout ce qu'une femme désire ? On pouvait le croire, mais on risquait, par là même, de trop simplifier peut-être. Car il y avait de ces minutes où — peut-être parce que l'existence en était facilitée — on finissait par éprouver, au moins de manière intermittente, des sentiments que l'on avait, au début, simulés par intérêt. Par exemple, Rose s'était toujours étonnée de céder à l'inquiétude quand M. Solinas tardait à revenir de la chasse, et à la mort de celui-ci, qu'elle souhaitait pourtant depuis leur mariage, elle n'avait pas été obligée de feindre ou de peler un oignon ; les larmes avaient coulé sans difficulté devant le public. Mais comment expliquer la vérité, sans le blesser, si les limites de leur aventure ne lui étaient pas apparues dès qu'elle lui avait annoncé : « Je t'ai acheté une valise. Prends un congé de maladie. On décolle après-demain » ? Partager l'intimité d'un homme plus jeune que soi réclamait des efforts dont je n'avais sans doute aucune idée. On se lassait d'attendre, pour se démaquiller, qu'il se fût endormi : on se fatiguait trop à se lever une ou deux heures avant lui, afin d'être prête quand il se réveillerait. Être sans cesse sur le qui-vive, ne plus voir devant une vitrine que son propre reflet dans la glace, et surtout constater que les artifices, même redoublés, ne repoussaient pas de beaucoup le terme où ils se révéleraient inutiles — comment le supporter plus de trois semaines ?

Il y avait deux tables de nuit dans sa chambre d'hôtel. Chaque soir elle devait se préoccuper d'éteindre l'une des lampes sans que le geste parût délibéré, et ensuite de ne pas bouger de la zone d'ombre ainsi créée sur le bord du lit, de sorte qu'une fois, n'eût été la vigueur de son corps, même diminuée par le plaisir, elle aurait basculé dans la ruelle, sur le tapis. Rose s'esclaffa sans gaieté : ce combat était perdu d'avance. Elle s'était accordé trois semaines, et cependant, bien avant l'échéance, quand il restait encore à visiter la Tour Eiffel et Notre-Dame — nous irions ensemble, j'y tenais beaucoup —, un matin, elle avait eu brusquement envie d'enfiler des savates et son vieux peignoir, de se barbouiller le visage de crème et, après s'être farci les cheveux de bigoudis, de se pencher sur son ami qui dormait encore, afin de lui en mettre plein la vue à son réveil. Une mauvaise violence la submergeait ; elle était avide de frapper à la moindre lueur d'ironie, au moindre mouvement de recul. Mais, si les choses étaient ce qu'elles étaient — c'est-à-dire, en tout état de cause, moins désastreuses que l'année suivante —, était-ce la faute de ce garçon qui avait dans le sommeil les mêmes frémissements de la bouche que les chats assoupis au fond de la corbeille, quand ils rêvent sans doute de nourriture ? Tandis que sa propre colère refluait, elle avait continué d'observer son jeune amant, assise à califourchon sur une chaise ; le sommeil lui donnait une expression enfantine. Excepté M. Solinas, tous les hommes, malgré leurs jambes poilues, avaient une expression analogue quand ils s'endormaient sur la poitrine d'une femme, en sueur de la tête aux pieds, reniflants et béats comme des nourrissons dont on va devoir changer bientôt les couches. Elle était descendue au bar de l'hôtel, où l'employé proposait un cocktail qui avait une saveur prononcée de gin, comme celui que je préparais moi-même — à ceci près qu'elle ignorait encore à ce moment-là qu'il s'agissait de gin. Puis elle avait filé chez le coiffeur — il suffisait de traverser la chaussée. C'était une gentille pédale qui abîmait par ses mimiques sa ressemblance avec Franco Interlenghi — me rappelais-je cet acteur, de qui moi-même j'avais eu un peu le genre ? Mais sans doute était-il inévitable de gesticuler et de battre des paupières, quand on amusait la galerie par des plaisanteries sur une tentative de suicide à la suite d'une rupture avec un père de famille. Rose et le rescapé avaient sympathisé tout de suite, échangeant cartes de visite et numéros de téléphone. Le coiffeur avait fourni quantité de renseignements à ma cousine en vue de ses sorties, et elle se reprochait maintenant de ne pas l'avoir invité à dîner, pour éviter les histoires avec son amant. En revanche, elle lui avait proposé l'hospitalité car il projetait de passer un mois de vacances là-bas, où une protection ne lui aurait pas été inutile. Pour les hommes de ce genre, la jeunesse devait être encore plus courte que pour les femmes, et la vieillesse sûrement plus dangereuse. Était-ce une opportunité pour évoquer l'Amiral ?

Quand le serveur, que les rebuffades ne décourageaient pas, avança la main, Rose le laissa faire ; le cendrier débordait de mégots. Nous restâmes silencieux. On apportait le dessert, un soufflé aux fruits rouges qu'il fallait commander au début du repas. Est-ce avant d'en reprendre une portion, ou bien quand je déposais des billets dans la soucoupe pour régler l'addition, que Rose, en quelques phrases qui seraient plus longues à recopier qu'à dire, raconta comment, moi aussi, elle m'avait regardé dormir ? Saisie de remords parce que j'étais seul à la Villa — mais il n'y avait pas d'autre façon de m'élever pour que je ne devienne pas une mauviette —, quelquefois, elle sautait dans sa voiture, en pleine nuit. Je n'entendais ni le grincement de la grille ni le piquetis des talons sur le marbre du hall et de l'escalier, tressaillant à peine lorsqu'on allumait le plafonnier dans ma chambre, et le chien n'aboyait jamais. Il suivait ma cousine, et se dressant, ses deux pattes posées sur le lit, il semblait rendre compte d'une mission à ses supérieurs ; je dormais, le poignet entouré du foulard rouge qui écarte les cauchemars. Tango était enterré sous le plus petit des palmiers ; on n'avait pas retourné la terre. J'avais creusé très profond à cause des ramifications des racines de cet arbre, qui se nouent en tresses et en boules presque aussi dures que des cailloux. On avait dû me dissuader de planter une croix, et l'on avait peut-être eu tort. Si le Christ était mort pour tout ce qui vit, pourquoi aurait-il oublié les animaux ? Mais la question ne sollicitait aucune réponse.

Dans l'aquarium du restaurant, les truites avaient recommencé de tourner en tout sens, comme excitées par le surcroît de lumière provenant de la porte des cuisines laissée ouverte par le chef qui, vers minuit, roulait son quintal de table en table pour s'arrondir encore de compliments.

Le samedi était arrivé. Malgré une soirée au théâtre la veille, et son prolongement par une tournée dans les Halles, où j'avais perdu ma sobriété, nous nous étions levés de bonne heure. Les bruits d'une maison qui se réveille, le petit déjeuner déjà servi à la cuisine, je les appréciais de plus en plus. J'avais renoncé à l'idée puérile de découper quelques-unes des photos de l'album fabriqué à partir d'une reliure ancienne, afin de reconstituer la façade de la Villa, qui ne figurait en son entier sur aucun document, dans l'espoir de distinguer certaine silhouette derrière les vitres d'une porte-fenêtre. Quoique sans hostilité, et même avec une expression d'intérêt, ma cousine se taisait dès que je risquais une allusion à ma mère. Elle m'abandonnait l'héritière, l'orpheline un peu montée en graine, qui s'asseyait à l'écart de ses cadettes en haut du perron, et dont j'avais cru ressaisir le parfum, vingt-cinq ans après, dans la cabine d'un ascenseur d'hôtel où une cliente, dont le manteau de fourrure avait dû contribuer à l'extinction d'une espèce, s'était engouffrée à ma suite — une femme qui avait l'âge que ma mère aurait eu aujourd'hui. De toute façon, je ne pouvais communiquer à personne le remords d'avoir laissé monter Madeleine dans la voiture du Boiteux sans me retourner, le dernier soir, ni l'éblouissement que me procurait la vue de ses longues jambes, quand les couvertures du lit conjugal s'ouvraient avec le mouvement d'un rideau de scène pour m'envelopper bientôt de la tiédeur des corps qu'elles dissimulaient et que je m'empressais de séparer.

« Et les fleurs ? », cria Rose, à travers la porte, lorsque je passai devant sa chambre. Nous n'allions pas nous charger les bras d'un bouquet, nous l'achèterions sur place. Autour du Père-Lachaise, les fleuristes étaient presque aussi nombreux que les marchands de bimbeloterie funéraire. Celui dont l'enseigne, à l'angle de la rue du Repos et du boulevard de Ménilmontant, illuminait de ses néons les jardinières remplies de géraniums et de myosotis aux fenêtres du premier étage où apparaissaient quelquefois des têtes de négrillons, était un familier du Relais des Amis ; et, sans avoir le commencement d'une preuve, je soupçonnais le caniche nain couleur miel, tout frisotté, au collier clouté d'étoiles de cuivre, qui, à mon passage, frétillait au milieu des arbustes en pot et des jardinières de terre cuite exposés dans sa vitrine, d'appartenir à l'une des femmes auxquelles était réservée la table près de la cheminée. Vêtu par tous les temps d'un blouson d'aviateur et d'un pantalon de treillis, ce commerçant que ne secondait aucun employé — ni blanc ni noir — et qui, à ma connaissance, ne pratiquait pas la vente parallèle, sous le manteau, d'ouvrages de spiritisme, de bâtonnets d'encens et de bougies, avait un air de famille avec la patronne de l'hôtel-bar : même coupe militaire pour ses cheveux également gris, un bleu analogue pour ses yeux à fleur de tête, une taille et une corpulence semblables, un teint identique qui était à l'éloge de la vie à la campagne. Assez souvent, il se présentait sur le seuil, le visage dissimulé par des brassées d'iris, de gerberas, de glaïeuls ou de roses, et, dans un froissement de papier cellophane contre sa poitrine, lançait à la cantonade un nom plus ou moins célèbre, sur le ton d'un receveur d'autobus désignant la station où il vient de s'arrêter, inconscient de répandre en quelques syllabes, désormais presque sans signification dans sa bouche, toute la poésie des réminiscences historiques, littéraires ou mondaines le long d'une rue de banlieue où c'est rarement un général qui descend à « Austerlitz », un savant à « Pasteur » et une actrice à « Sarah Bernhardt ». Je n'avais deviné la vérité que le jour où, pour compenser son mouvement de retraite devant l'aveugle du métro qui sortait d'un pas décidé, bien qu'il eût déjà remis ses lunettes noires et déplié sa canne, il avait hurlé, dans la rue, le double nom patronymique d'une dynastie de la banque, me rappelant le dernier dîner qui m'avait permis de bavarder avec Sabine Deloffre pendant toute une soirée.

La nièce de la bouchère du Boulevard me rencontrait avec trop de régularité, ici et là, me connaissait de vue depuis trop longtemps pour ne pas me traiter avec familiarité dans le doute où elle se trouvait quant à mon identité, et afin d'éviter un impair si nous avions été liés au cours de l'un des épisodes de sa vie. Ce que j'avais découvert, c'est que le fleuriste se chargeait de l'entretien de certaines sépultures et offrait ce qu'il avait prélevé sur une commande passée par des clients à l'occasion d'un anniversaire ou d'une fête religieuse. Jamais assez important pour renouveler la garniture de tous les vases — et des vases, il y en avait autant que de masques en porcelaine représentant les saisons chez le fleuriste —, le butin valait à son auteur, qui, à deux reprises, en ma présence, s'était dévoué pour faire danser Mme Renée, de recevoir un verre de pastis — un doublon qu'il vidait cul sec.

« Il en crèvera, dit Rose qui déplaçait une chaise de l'autre côté de la cloison. Ça porte malheur de voler les morts. Ton chauffeur accepte de travailler le samedi après-midi ? »

Jamais elle ne s'inquiétait de savoir à quel titre j'avais à ma disposition un employé de ce genre, ni en quoi consistait mon travail. Quelle robe allait-elle mettre encore ? Le contenu de sa valise paraissait inépuisable.

« Tu sais M. Tiberi... », commençai-je, mais pas assez fort, à l'instant où des cintres tombaient sur le parquet, et lorsque Rose, qui avait dû se baisser dans l'intervalle pour les ramasser, me pria de répéter, je dis simplement : « Rien, rien. Dépêche-toi, je vais me raser. »

Ça ne serait rien, en effet, que la répétition de ce qui s'était produit pour mon précepteur quand la liste gravée sur un pilier, à Rome, lui avait révélé un homonyme — sans doute un ancêtre dont on ne savait pas plus qu'on n'en saurait jamais au sujet de nous tous, ou de n'importe qui, dans quelques dizaines d'années. C'était l'époque où M. Tiberi, en qui mûrissait le projet de fonder une revue irrédentiste, espérait une audience de Mussolini sans trop y croire ; il flânait, et empêché d'aller au café, faute d'argent, il était entré s'asseoir un moment dans cette église devant laquelle il passait presque tous les jours sans la remarquer et que, selon ses indications, j'allais découvrir en tournant le dos au Tibre, sur la droite d'une place où aboutissaient plusieurs lignes d'autobus, d'après le nombre de panneaux et d'abris. Mais il n'y avait pas de circulation, une foule de kermesse m'emportait. Dans un renfoncement, des manifestants déployaient des banderoles pour protester contre la crise du logement et défendre l'accès de deux immeubles rouge brique et délabrés qui faisaient l'angle. Des jeunes gens en blue-jean levaient le poing ou feignaient la peur de tomber, debout sur le rebord des fenêtres. On riait, des filles distribuaient des journaux. Je sortais du labyrinthe de Trastevere. Je m'étais égaré dans ses détours, circonvolutions et impasses où les odeurs remuées par des bouffées de sirocco qui parvenaient du Janicule, le soleil qui donnait aux murs l'aspect et la couleur de la croûte de pain, les terrasses des toits enclavés sur trois côtés, les boutiques sans porte, les pavés si durs aux mocassins, me persuadaient tantôt que j'avais habité ce quartier au cours d'une précédente existence, tantôt que j'étais au bord de guérir d'une longue amnésie. Dans la pénombre de la nef, j'avais distingué autant de fresques et de statues que dans n'importe quelle autre église et flairé une odeur de moisi qui démentait le printemps dehors — à San Crisogono, Dieu se réaccoutumait aux catacombes. On percevait cependant un murmure devant une chapelle latérale, un prêtre vêtu en clergyman montrait à une vieille femme, à qui les pointes de son fichu enroulées autour des bras faisaient des ailes dans le dos, comment, avec une pièce de monnaie, on allumait les bougies électriques qui garnissaient le porte-cierges au-dessus duquel ils étaient penchés. La lumière durait-elle aussi longtemps que la fonte de la cire ? Avait-elle la même valeur d'offrande ? Les chuchotements se poursuivaient lorsque, en conformité avec les récits que l'on m'avait rabâchés sur le banc d'un jardin, je m'étais arrêté à la hauteur d'un pilier isolé par la clarté d'un vitrail, à peine suffisante pour déchiffrer ces lettres hautes comme des caractères d'affiche. Sur la plaque commémorative d'un événement résumé en deux lignes et dont mes souvenirs du latin ne me permettaient plus de comprendre la nature, le huitième nom en partant du sol était bien celui d'un Marcello Tiberi, officier de la gendarmerie pontificale, fils, frère ou neveu de ces pêcheurs venus de là-bas, du vent d'Afrique dans les voiles de leurs felouques, pour vendre leurs poissons au bord du fleuve où il y avait, en outre, dans sa traversée de la Ville, une île qui s'appelait la Tiberina. Je relisais pour être sûr de ne pas me tromper, lorsque dans la rue, à une rafale de cris et de coups de sifflet qui signifiaient sans doute une bagarre, avaient succédé sans transition les premières paroles de *L'Internationale.* Sourde à ce chant, la paroissienne, dans son coin, étendait avec hésitation la main au-dessus d'un point rougeoyant, à la recherche de la flamme qui n'existait plus.

J'emmènerais ma cousine à Rome. Nous descendrions dans cet hôtel où, si l'on a la chance d'avoir une chambre donnant sur la place, on aperçoit un petit éléphant chargé d'un obélisque dont j'avais vu la couleur virer, en quelques secondes d'averse, du rose lilas au corail. Peut-être, à l'automne, serais-je assez libre de mes mouvements pour que nous puissions prendre une semaine de vacances ensemble. Elle louerait une cabine sur le même bateau à bord duquel celle qu'il fallait bien continuer d'appeler Elena Santarcangeli vivait, au retour de son voyage dans l'île, ses dernières heures annuelles de princesse à la table du commandant et se préparait à redevenir une garde-malade. Je rejoindrais ma cousine à Livourne, par le train.

Le visage dans une serviette, je me retournai pour lui crier mon projet, la croyant encore dans sa chambre, en train de s'habiller, mais elle se tenait sur le seuil de la salle de bains, une espèce de cape de curé sur les épaules. Je me rendis compte que c'était un imperméable dès qu'elle eut appuyé sur l'un des commutateurs en s'écriant : « Tu fais comme moi. Il y a des matins où je n'ai pas envie de me regarder de trop près dans la glace. » D'un mouvement des bras, elle ramena sur sa poitrine deux pans d'étoffe noire, dans la lumière des deux appliques au-dessus du lavabo, que je n'allumais jamais, il est vrai, et pivota à demi pour que j'examine sa tenue : « C'est de la soie cloquée, dit-elle au bout d'un moment, sur un ton où perçait un certain étonnement parce que je n'avais pas encore deviné. Beau, n'est-ce pas ? Et très léger, en plus... »

Peut-être avait-elle exagéré en m'affirmant que, depuis son veuvage, elle ne profitait pas de l'argent dont elle disposait. D'abord, à la Maison du Torrent, quelle que fût l'heure, il y avait toujours de quoi boire et manger pour les gens qui s'y arrêtaient, et une bouteille de champagne dans le réfrigérateur. Ensuite, elle s'achetait tous les vêtements en vitrine qui lui tapaient dans l'œil, sous les arcades du Boulevard, mais comme elle s'en lassait très vite — et faute également de circonstances où elle aurait pu les porter sans ridicule —, elle les donnait au fur et à mesure, presque toujours à des filles qui allaient se marier ou qui étaient dans les débuts, quand on accorde beaucoup d'attention à sa toilette et qu'on a du plaisir à le faire. Rien n'était plus triste qu'une armoire où les choses s'accumulaient sans bénéfice que pour les mites ; à les regarder, on ne s'empêchait pas d'imaginer toutes les fêtes auxquelles on n'avait pas été invité. Manie de femme, ranger, conserver, entretenir en prévision d'éventualités qui ne se produisaient jamais, de caprices de la mode que l'on n'aurait pas le temps de voir de son vivant et qui remettraient en vogue telle coupe, tel tissu ou telle couleur. Quelqu'un disparaissait, on ne savait à qui proposer le contenu de ses placards puisque les gens, même les plus pauvres, répugnaient à utiliser des habits qui avaient appartenu à des défunts, et moins par superstition, du reste, que de peur qu'on les reconnaisse ensuite sur leur propre dos. On ne trouvait preneur que pour les pièces de luxe, comme les manteaux de fourrure, parce qu'il était possible de laisser croire qu'on les avait achetés aux héritiers. A la Villa, ç'avait été toute une affaire que de dégarnir les placards et d'éviter que je ne m'en aperçoive afin de ménager ma susceptibilité. Mais qui aurait pu deviner ce que pensait au juste le gosse que j'avais été ?

Ayant estimé sans doute que l'examen s'était suffisamment prolongé pour que je conclue, Rose lâcha les deux pans de son imperméable et me gratifia d'un long regard plein de sollicitude, les bras croisés sur son chemisier dont les fleurs mauves signifiaient une « sortie de deuil », si j'interprétais encore bien le langage des nuances. J'eus peur de ne pas l'avoir assez complimentée sur ce ton mondain qui, dans ma bouche, demeure une imitation, je récidivai sans qu'elle parût entendre. Soudain, très vite, elle passait les manches, nouait la ceinture, ébouriffait des mèches sur son front et, après avoir dessiné d'un geste un chapeau imaginaire — un chapeau dont la pointe se cassait sur l'œil —, mordant l'intérieur de ses joues pour creuser le visage, elle s'adossa au chambranle et prit la pose d'une fille qui rassemble sa séduction sous une porte cochère. « Touche », ordonna-t-elle, les dents serrées puisque je ne comprenais toujours pas. Je me baissai pour palper le bas du manteau. Ce furent la chaleur de son corps et la fermeté de sa cuisse, sous la main, qui me permirent enfin de comprendre, lorsqu'elle dit que les habits d'une certaine qualité duraient plus longtemps que la vie des personnes. Elle ne s'était pas résignée à se défaire de celui-là, qui traînait dans la « chambre du balcon » à la Villa, et que, pendant des années, elle avait jugé trop luxueux pour le quartier Giuliani et pour son propre genre. J'avais beau enfouir mon nez dans l'étoffe, m'agenouiller afin d'être plus à l'aise, me frotter à ces jambes dont les muscles se raidissaient pour résister à mon enlacement, je ne respirais pas un seul atome du parfum qui, quelques mois auparavant, m'avait assailli par hasard dans la cabine d'un ascenseur, où mon attitude avait pu persuader une inconnue, bien plus âgée que ma cousine, qu'elle troublait encore les hommes.

Rose me caressait doucement la tête, et de sa voix qui perdait beaucoup de son éraillement dans le registre du murmure, elle dit que mes cheveux se révélaient déjà fortifiés par les soins qu'ils avaient reçus. J'avais encore des années agréables en perspective, à condition de prendre chaque jour qui passait comme un cadeau, de me donner chaque jour un plaisir, et d'en accorder un aux autres, ne fût-ce que par des paroles. Mais, dans l'immédiat, nous devions sortir pour ne pas arriver en retard à l'enterrement de la fille de mon amie. Avais-je prévu d'envoyer une gerbe ? Possédais-je la cravate appropriée ? Il me manquait quelqu'un de confiance, dans la vie l'équivalent de l'Évangéline de mon grand-père l'avoué. Connaissais-je certain restaurant en étage, qui avait une vue sur la Seine, et où l'on mangeait du canard à l'orange ? On le lui avait vanté, le petit coiffeur tout le premier. Pour m'obliger à me relever, Rose tira sur la boucle de cheveux qu'elle s'était enroulée autour du doigt tout en parlant.

Lorsque, après lui avoir acheté deux bouquets, nous sommes remontés dans la voiture, l'homme au blouson d'aviateur continuait de nous observer à travers sa vitrine, avec la même expression que le masque de l'Hiver accroché au mur à la verticale de sa tête : il avait délicatement soulevé le caniche dans ses bras lorsque, sous couleur de caresser l'animal, je m'étais penché pour essayer de déchiffrer ce qui était gravé sur la plaque du collier à étoiles. Le chauffeur, reconnaissant la rue, déclara qu'il avait gardé un bon souvenir du bistrot où il s'était réfugié pour m'attendre, la première fois. Il allait avoir aujourd'hui l'occasion d'y retourner pour la même raison ; nos visites et l'enterrement de la fille de Marthe Dieudonné exigeraient bien deux ou trois heures de sa patience.

« Monsieur Michel, vous aurez même le temps de tirer un coup, dit Rose d'une voix tranquille. Il y a de quoi sur place, si j'ai bien compris. » Et je vis dans le rétroviseur la tête d'un homme qui, chaque fois qu'il y penserait par la suite, douterait du sens des paroles prononcées en ma présence, et dans son dos, par une femme qui arrangeait des fleurs sur ses genoux dans un bruissement de papier cristal suggérant la boutique de cadeaux. Il démarra comme pour ne plus se poser de questions. On pénétra dans l'enceinte du Père-Lachaise par la porte principale, qui est au centre d'un demi-cercle en forme d'anse de panier, dont les piliers sont surmontés d'inscriptions en latin prometteuses d'éternité et de retrouvailles avec les êtres chers, et où s'encadre un monument aux morts flanqué d'escaliers de chaque côté et barrant l'horizon tout au fond, sous le panache renouvelé des platanes. Il fallait longer la plate-forme le séparant de l'avenue principale que l'on venait de remonter pour s'engager dans la transversale, à gauche, que j'indiquais du doigt sur le plan acheté au passage à l'un des gardes à qui ses gants blancs faisaient des menottes d'orang-outang ; elles s'étaient vite refermées sur les billets qui, contre le règlement affiché sur la pancarte à mi-hauteur d'un réverbère, dont le dernier article interdisait d'entrer avec des bagages, obtenaient la tolérance d'un véhicule n'appartenant pas à un convoi funèbre et qui ne transportait ni vieillard ni infirme. A cette distance du monument, l'entrée de la crypte et des personnages de bas-relief au profil de voyageurs en marche et à la musculature d'athlètes évoquaient une Égypte septentrionale, rebelle au soleil malgré la lumière de ce début d'après-midi d'avril. Derrière nous, la vieille au turban à la Pisanello gravissait la côte en poussant son landau chargé de boîtes en carton, mais aussi neuf d'aspect que celui des mères de famille qui avaient traversé la chaussée en groupe. Rose s'interrompit de singer le jeu des comédiens qui l'avaient beaucoup amusée la veille au théâtre, pour affirmer qu'elle était maintenant persuadée qu'il y avait ici des chapelles aussi belles que celle des Giuliani. Édith Piaf en avait-elle une au moins ? Non ? Mais peut-être les artistes songeaient-ils encore moins que les autres que tout avait une fin et qu'il fallait y pourvoir de son vivant si l'on voulait être respecté. Ma cousine remarquait deux cerisiers parmi les arbres espacés à l'intérieur d'une division, mais qui n'avaient pas encore tout leur feuillage en dépit de la précocité du printemps, quand la voiture stoppa au débouché d'un sentier à l'endroit où s'élève la statue d'une pleureuse, les yeux au ciel, qui ne paraît pas étouffer sous ses voiles, ni même en avoir la vision diminuée, et le vert-de-gris qui attaque le bronze dans les plis de l'étoffe dessine le long de ses joues comme des larmes phosphorescentes. Nous étions arrivés. Pour atteindre l'Avenue circulaire, M. Michel devrait traverser la zone où l'on avait le plus de chances d'apercevoir un chat à trois couleurs, presque de la taille d'un lynx, et de croiser ses bienfaiteurs armés de gamelles qui, en général, vers cette heure-ci, avaient déjà entamé leur tournée — l'apparition de la vieille au turban le prouvait. La porte Gambetta, dont nous étions maintenant plus proches que de l'autre, serait sur sa gauche ; M. Michel n'aurait qu'à la franchir et à suivre ensuite le mur d'enceinte jusqu'au Relais des Amis, où on lui proposerait peut-être mieux que des sandwichs. Les ronds de serviette posés près de leurs verres ou tasses à café, une bouteille de vin, des miettes sur la nappe de linon vieux rose incitaient à le croire — les quatre femmes déjeunaient là quelquefois avant le tapin, mais j'ignorais si les repas leur étaient réservés au même titre que la table près de la cheminée.

Tous ces renseignements allaient sans doute alimenter des conversations au bureau avec mon assistante et laisseraient deviner pourquoi, pendant des semaines, chaque après-midi ou presque, on m'avait déposé place Léon-Blum, au croisement de la rue de la Roquette. Avant de redémarrer M. Michel enregistra le signalement du seul des « charmants » qui, en m'adressant des sourires, violait la règle de réserve respectée par tous les étrangers au quartier dans la salle du bistrot. Je l'avais invité à engager la conversation avec lui par tous les moyens afin de le retenir jusqu'à notre arrivée. Et je dis à Rose que j'espérais la mettre en présence de l'homme à la veste de velours noir parce qu'elle m'aiderait peut-être à comprendre pour quelle raison j'associais son visage à celui de l'évêque qui avait, une année, escorté Elena Santarcangeli — elle-même devait en conserver un souvenir plus précis que le mien. Quand je lui eus désigné les deux ormes au bas du sentier, elle retira sa main libre de la poche où elle cherchait sans doute l'étui en argent que je lui avais offert, pour tracer, avec le pouce, un signe de croix sur son front avant de me saisir par le bras. Nous descendîmes vers le carré militaire qui, avec sa végétation débordant par-dessus la murette, produisait dans ce paysage de marbre et de granit l'effet d'un hameau au cœur d'une ville. Selon l'employé de la Conservation, qui avait guidé mes recherches, le terrain avait été aménagé au début de la guerre de Quatorze sur l'emplacement de quelques-unes de ces concessions qui n'ont de perpétuité que la promesse, et dont les familles des propriétaires s'étaient éteintes. Très vite, l'enclos où l'on ensevelissait les soldats ayant succombé à leurs blessures dans les hôpitaux parisiens, comme l'oncle Alexandre, avait affiché complet. Ensuite, ce bloc de roche brute sur un socle — ses plaques sur chaque face, ses noms dessus — avait conféré une allure commémorative à l'ensemble. Il était entouré de quatre bornes reliées par une chaîne assez forte pour qu'un cargo tire dessus par jour de tempête et qui avait d'ailleurs une rouille d'ancre marine ; les croix de bois, à nos pieds, portaient des numéros. Il était impossible d'établir à quels noms ils correspondaient, à la suite du déménagement de certaines archives au ministère de la Défense. On ne saurait donc jamais avec exactitude où se trouvaient les restes du fils aîné de Bianca. Je ne l'avouai qu'au dernier moment à sa nièce, qui se contenta de répondre : « Il aura quand même une surprise », et enjamba la chaîne pour déposer ses deux bouquets droit contre la base du socle, et l'un après l'autre, non sans avoir marqué un temps d'hésitation. Elle se redressa pour se tenir immobile pendant quelques minutes ; ses lèvres remuaient-elles ? En se retournant, elle me dit dans un sourire qu'elle était heureuse d'avoir respecté sa parole, et que, à la réflexion, elle abandonnait ici toutes les fleurs parce qu'une chanteuse dont chacun se souvenait ne devait pas cesser d'en recevoir, alors que l'oncle Alexandre n'en avait jamais eu et n'en aurait pas de sitôt. Tandis que nous remontions la pente du sentier, et que, de nouveau, elle se suspendait à mon bras pour ne pas trébucher sur ses talons aiguilles, deux chats sautèrent de tombe en tombe, à droite, sans doute à la recherche des porteurs de gamelle, et qui, en tout état de cause, attirèrent mon attention sur un petit lion de pierre, la patte levée au-dessus d'une page, comme le lion de Venise. A proximité d'un bosquet de frênes, qui profitaient du printemps, on entendit de ces battements d'ailes qui, par leur lourdeur, démentent l'idée même d'un envol, mais il eût été impoli de chercher du regard les oiseaux qui les faisaient, quand Rose récapitulait les quelques détails — physiques et autres — qu'elle connaissait de ce soldat sans importance pour qui la guerre avait duré six semaines. Sa mobilisation, qui obligea à vendre un troupeau de vaches en liberté dans les collines, avait été l'une des causes de l'ouverture de l'auberge du Torrent, son décès inaugurant la série de deuils qui devait laisser Bianca seule à ses fourneaux, avec des petits-enfants à charge. Alexandre avait un épi dans les cheveux, il chantait pour un oui ou un non, ce qui n'était pas vraiment un trait d'originalité, à l'âge de vingt-trois ans, non plus, d'ailleurs, que sa passion pour les armes à feu. Celle-ci, Rose la désapprouvait d'une manière générale parce que dans la vie même les plus pacifiques éprouvaient des envies de meurtre devant des injustices ou des mauvaises actions dont il n'y avait pas à espérer une réparation de la part du sort ou de la société. Je n'avais pas oublié comment elle jugeait M. Solinas, qui, ayant surpris sa femme en flagrant délit d'adultère, n'avait pas agi en conséquence alors même que l'acquittement lui était assuré aussi bien qu'à Beppo, autrefois, pour un crime de sang : il s'était évadé d'un camp d'internement de l'île d'Elbe et il avait tué deux Chemises noires. Je lui objectai qu'elle-même avait possédé une Winchester et la détenait encore probablement, et que, néanmoins, elle avait épargné les voleurs qui, une nuit, s'étaient introduits à l'intérieur de la chapelle dont elle était la gardienne ; n'y avait-elle pas gagné le surnom de « Rose des Giuliani » qui l'agaçait ? A quoi elle me rétorqua qu'elle aurait cherché à atteindre les voleurs si la distance et l'obscurité ne l'en avaient empêchée, la contraignant à décharger sa colère sur le panneau de la ligne d'autobus en bordure de la Nationale, qui servait souvent de cible aux chasseurs de retour en ville.

Pendant la jeunesse de l'oncle Alexandre, la Winchester que l'on utilisait devait être de ce modèle qui possédait un magasin de cinq cartouches placé sous le canon, et dont le chien, pour la première fois, n'était plus apparent. M'avait-on jamais montré la dernière carabine du catalogue ? Si, au premier coup d'œil, elle ne se distinguait de la 30-30 que par le quadrillage de la crosse, son verrouillage était supérieur en efficacité : le vieux Beppo eût été aux anges. Nous parlâmes un peu de la chasse, et sans doute y étions-nous encouragés par les battements d'ailes qui se reproduisaient dans le feuillage au-dessus de nos têtes. Nous quittions le sentier, nous avions retrouvé sous nos pas les pavés d'une transversale à la hauteur de la statue de la pleureuse, lorsque Rose me posa sa question concernant le revolver que mon père avait à portée de la main, dans le tiroir de sa table de nuit. Me rappelais-je l'obstination que j'avais mise à le réclamer, mes trépignements ? Pour une fois au moins on avait su et ce que je pensais et ce que je voulais ; mais comment aurait-on pu me contenter ? Quand il était parti accompagner ma mère qui allait se faire soigner dans une clinique, mon père avait le revolver sur lui — il ne s'en séparait que pour dormir.

« Malheureusement », poursuivit Rose dont les doigts se refermèrent sur mon biceps à travers le tissu de la veste, comme si les rôles venaient d'être intervertis et que ce fût à mon tour d'être soutenu pendant que nous avancions sans hâte en direction de la chapelle du cimetière ; le nuage en forme de flèche qui traînait encore dans le ciel semblait en indiquer l'emplacement au sommet de la colline. L'air était d'une douceur presque romaine, nous avions encore une demi-heure devant nous, si le faire-part publié dans le « carnet mondain » ne comportait pas d'inexactitude. Je revoyais mon père qui, le dos redressé par deux ou trois coussins, était toujours en train de fumer lorsque je pénétrais en pyjama dans la « chambre du balcon », dont le lit m'apparaissait comme une citadelle qu'il fallait prendre d'assaut. Il éloignait la cigarette de ses lèvres pour la poser sur le cendrier de cristal, presque translucide d'être traversé par la lumière de la lampe de chevet qui avait un abat-jour à franges, et l'ample mouvement de son bras amenait et fixait mon regard sur le tiroir entrouvert, à l'intérieur duquel brillait l'objet dont on devait m'affirmer par la suite qu'il s'agissait d'un objet en argent, un objet identique à celui que ma cousine ne cessait, tout en marchant, de tripoter dans la poche de son imperméable pour épuiser la joie de son cadeau. Je me rappelais bien l'insistance avec laquelle j'avais réclamé cette arme, assez indigné, en outre, qu'on me la refuse puisque j'étais seul, la nuit, à la Villa ; j'invoquais des peurs, on ne me croyait pas ; on répétait que Tango suffisait pour ma défense et que, de toute manière, nous étions dans un pays où les enfants et les vieilles femmes n'avaient rien à craindre de personne. Plus tard je ne parviendrais jamais à démonter la Winchester aussi naturellement que Beppo; je tirerais bien quelques chevrotines à l'occasion, moi aussi, pour ne pas me singulariser, mais c'est le revolver qui était dans le tiroir — un P .38 sans doute — qui m'aurait rendu heureux. Qu'en avait-on fait ? Sans me répondre sur ce point, Rose enchaînait pour me demander si je me rappelais également qu'elle-même s'était absentée à plusieurs reprises au cours des mois qui avaient suivi le départ de mes parents. Elle pesa tout à coup sur mon bras pour que je m'arrête, mais tourna en même temps la tête du côté opposé au mien, vers ce monument en fonte qui ressemblait à une cabine téléphonique, où l'on discernait par l'entrebâillement de la porte la tache rose d'un vitrail au-dessus d'un prie-Dieu crevé et couvert de poussière. Cette découverte semblait retirer tout intérêt ou conviction à la phrase qu'elle laissait tomber après une pause : « Ta mère et ton père ne sont pas morts comme on t'a dit. » Et puis, sans lâcher mon bras, pour éviter que je ne bouge, elle se plaça de manière à me faire face; les coins de sa bouche s'affaissèrent en un rictus qui détruisait tout le bénéfice de son maquillage du matin. Elle désigna d'un mouvement du menton ce qui nous entourait. « C'est le moment ou jamais — sans doute ma cousine voulait-elle dire : l'endroit — liquidons ça. Je raconte, tu m'écoutes. Tu me répondras si tu n'es pas d'accord. Ensuite, basta, on n'y reviendra plus. » Le ton était le même que si elle m'eût donné des instructions pour accomplir un travail : ramasser les premières fèves du jardin ou fermer les volets de la Villa quand M. Tiberi, après avoir, une fois de plus, cité la définition du crépuscule selon Dante — « moins que le jour, moins que la nuit » —, annonçait, du haut du balcon, de la tramontane pour le lendemain.

Les battements d'ailes qui m'avaient intrigué quelques minutes auparavant se renouvelèrent. J'aperçus cette fois les oiseaux sans parvenir néanmoins à identifier l'espèce, et je m'avisai que je n'avais jamais vu de bécasses vivantes — seulement lorsque les chasseurs les retiraient, l'une après l'autre, de leur gibecière, et que leur cou retombait sur le poing fermé comme un sexe au repos qui bringuebale.

« Avance, ne reste pas planté là », dit Rose, oubliant qu'elle était responsable de notre immobilité. Le couple de touristes qui passait crut sans doute que nous partagions sa curiosité pour ces quatre demi-colonnes qui, par un effet d'optique, évoquaient dans leur alignement les ruines d'un temple grec. Quand nous eûmes repris notre marche, regardant au loin devant elle, comme avide de découvrir de nouvelles curiosités d'architecture au flanc de la colline, Rose déclara que ma mère était morte sur une table d'opération, trois mois après son départ de la Villa, mais que l'on avait préféré ne pas m'annoncer la nouvelle tout de suite. Mon père tenait à s'en charger lui-même. Tout le temps que dura son récit, la voix de ma cousine ne s'éleva jamais assez haut pour que l'éraillement revînt : Madeleine ne fut que « ta mère » tandis que mon père était désigné par son prénom.

Fabio avait décidé de procéder à une inhumation provisoire sur place, parce qu'il ne se sentait pas en mesure d'affronter la foule qui, là-bas, aurait couru assister aux obsèques bien plus par curiosité ou désœuvrement que par sympathie ; pour beaucoup c'eût été d'abord une opportunité pour visiter la maison où mes parents avaient vécu repliés sur eux-mêmes pendant une dizaine d'années. Rose, qui s'était rendue auprès de Fabio pour le seconder dans l'accomplissement des formalités — la mort étant l'affaire des femmes —, avait approuvé l'attitude qu'il préconisait à mon égard pour l'immédiat. Puisque je semblais heureux, on allait m'accorder de l'être pendant deux ou trois semaines de plus. Fabio était descendu dans un hôtel de luxe, il en avait les moyens, il avait vendu un terrain — le terrain même qui se trouvait en bordure de la plage où il nous emmenait nous baigner. Quelqu'un qui avait veillé des nuits et des nuits au chevet d'une malade éprouvait le besoin de se changer un peu les idées en prolongeant son séjour dans une grande ville — Rose l'avait compris, et aussi qu'il ne voulût pas montrer sa tristesse en public. Quand il acceptait de desserrer les lèvres, c'était pour répéter qu'à la fin il avait pu imaginer ce que sa femme serait devenue physiquement dans sa vieillesse, et qu'il en était resté les yeux secs, mais je ne devais pas prendre cette réflexion en mauvaise part. Elle ne signifiait que son accablement devant les transformations que la maladie inflige au corps — celle-là surtout, la pire de toutes. Était-il nécessaire de la nommer ? Et à quoi rimait d'en supporter les douleurs jusqu'au bout ? Quoi qu'en disaient les curés, si le Christ avait accepté toutes les souffrances du monde, ce n'était pas pour en abandonner une part à chacun de nous — surtout pas celle-là. Rose saurait la refuser, le cas échéant : si le Christ était mort pour rien, elle ferait en sorte de ne pas en apporter elle-même la démonstration. Quoi qu'il en soit, le lendemain de l'enterrement, avant de reprendre le bateau, elle m'avait acheté un train électrique dont le circuit recouvrait exactement le grand rond, le machin, l'espèce de soleil qui était dans le dallage de marbre au rez-de-chaussée de la Villa, juste à la verticale du lustre, si je voulais bien me rappeler. Deux mois plus tard, Fabio ne se décidant pas à fixer une date pour son retour, elle était retournée auprès de lui, plus très sûre que la consigne de silence serait respectée longtemps encore dans le quartier Giuliani, où les gosses avec lesquels je jouais risquaient de surprendre des bribes de conversation à mon sujet entre les adultes, et de me les servir sans ménagements. Fabio paraissait moins sombre que la première fois, bien qu'il fût plus difficile que jamais de deviner ses pensées. Même si on le fréquentait depuis l'enfance, même si on l'avait suivi dans les champs au-dessus de la gare, on ne parvenait, au mieux, qu'à interpréter certains de ses gestes, tel celui qui consistait à tirer sur le cuir de son bracelet-montre et traduisait une colère rentrée. Mon père était maintenant en compagnie d'une blonde, et Rose avait jugé cela de bon augure, d'autant plus qu'il s'agissait d'une de ces femmes que l'on recherche pour se distraire et qui, un peu abîmées et par conséquent pressées, consentent à n'importe quoi, sauf à pleurnicher avec un homme ou à devenir sa gouvernante. Fabio avait invité sa cousine au restaurant, matin et soir, comme je le faisais moi-même depuis son arrivée à Paris ; il s'interrogeait sur mon avenir, les aptitudes que j'avais, les études que je ferais, et se déclarait confiant parce que je ne serais pas de ceux qui débutent sans le sou :

« J'avais une base », telle était l'expression qu'il employait. Quand elle cherchait le sommeil, se demandant comment M. Solinas se débrouillait pour m'assurer des repas à heures fixes et me maintenir dans l'ignorance des événements, Rose entendait ouvrir et refermer avec précaution la porte de la chambre à côté : la blonde rejoignait mon père juste pour la nuit. De nouveau, on m'avait acheté des jouets dans un magasin près du port ; il avait été convenu que mon père rentrerait le mois suivant. Vingt-six jours après — vingt-six, deux fois treize — le patron de l'hôtel adressait à Rose un télégramme que, par chance, le cycliste lui avait remis en main propre, alors qu'elle remontait des rives du torrent, un baquet de linge sur la tête. Les publicités étaient mensongères : rien ne remplaçait l'eau des rivières et le séchage au soleil pour prolonger l'intégrité de la couleur dans les tissus et la blancheur des draps.

Brusquement, Rose me retint par le bras et me dévisagea, plissant les paupières, l'air d'un dentiste qui a retiré la roulette de la bouche de son patient pour lui accorder un répit, ou attendre un effet plus profond de l'anesthésie. Puis, comme pour repousser cette mèche qui avait le plus de reflets fauves et lui couvrait l'oreille, elle passa l'index et le médius sur sa tempe droite, mais ses doigts s'étaient raidis quelques secondes pour imiter le canon d'un revolver. « Tu me suis, ou j'appelle l'orchestre ? » interrogea-t-elle. Il n'y avait pas d'avion l'après-midi, mais un bateau partait pour une destination qui l'arrangeait, presque à la même heure que le *Città di Bari*, lui laissant à peine la possibilité de boucler une valise et d'achever la préparation de notre dîner après qu'elle eut téléphoné au patron de l'hôtel à qui mon père avait réglé sa note par un chèque, l'avant-veille — un type bien, le patron : il s'était débrouillé pour que les journaux ne disent rien. Il répétait : « J'aurais pas cru ça de lui » ; or c'était justement parce que personne n'aurait pu prévoir que personne n'avait soupçonné, quand on avait rapatrié les deux corps. J'avais moi-même facilité les choses en m'abstenant de toute question. Souvent, Rose était tentée d'attribuer au partage d'un secret de cette importance le fait qu'elle ne se fût jamais décidée à plaquer Solinas ; la plupart du temps, les couples ne tenaient que par le souvenir de ce qui ne pouvait s'avouer dans aucun domaine. Chaque année, à la date de l'anniversaire, elle recommençait avec le marchand de chaussures une discussion sur l'opportunité et l'utilité de tout me raconter. Chaque année, ayant pesé le pour et le contre, ils tombaient d'accord : nous étions tranquilles, pourquoi compliquer la situation et me rendre malheureux ? La vérité, d'ailleurs, comment l'aurait-on connue avec exactitude, car il y avait deux hypothèses, quand on en arrivait à faire ce que Fabio avait fait : ou bien on s'était découvert une maladie incurable, ou bien la raison et les nerfs avaient flanché, sous l'effet d'une émotion ou d'un chagrin. « Bien sûr, dit Rose, pour toi c'était ta mère, et une mère, on n'en a qu'une seule — mais pour lui, ta mère, ce n'était qu'une femme. »

Il ne fallait pas que le bruit se répandît que j'étais le fils d'un individu qui avait les nerfs malades ; il ne fallait pas qu'il fût dit qu'il y avait une tendance à la folie dans la famille, on s'en serait servi pour me nuire, et le risque était gros que je me persuade le premier qu'une menace était dissimulée au fond de moi-même.

Aujourd'hui, Solinas disparu, il n'y avait plus que Rose qui fût au courant, et elle s'était décidée à parler parce qu'elle estimait que ma vie était désormais à l'abri des conséquences de toute révélation. Ainsi, quoi qu'il arrivât, les choses derrière elle étaient maintenant aussi nettes et précises que l'inventaire du mobilier et de la vaisselle qu'elle m'avait donné avant que je ne quitte le pays. On n'avait pu me donner le revolver, qui me revenait de droit, parce que la police l'avait confisqué : mon père ne possédait pas de port d'arme — qui en possédait ? « Avance et ne me regarde pas », dit Rose puisque je n'objectais rien.

Le silence s'installa entre nous. Quand nous nous engageâmes dans une allée bordée de thuyas, surgit à l'opposé, qui était un carrefour, la silhouette de la vieille au turban penchée sur son landau comme si elle avançait sous des coups de fouet. A mi-chemin, elle se redressa avec un mouvement de révolte et s'arrêta pour inspecter du regard les alentours. Je m'attendais à ce qu'elle appelât Ramsès et les autres chats qui l'avaient adoptée comme maîtresse, et qui, si elle était en retard, descendaient à sa rencontre jusqu'à la maison des gardes à l'entrée du cimetière ; d'après ses hochements de tête et le mouvement de ses lèvres, il n'était pas douteux qu'elle marmonnait, mais c'est à moi qu'elle s'adressa lorsque nous fûmes assez près pour distinguer le nom de la marque sur les flancs des boîtes de conserve, qui dépassaient des cartons. « Vous savez, n'est-ce pas ? dit-elle, le cou tendu, les mains crispées sur le guidon. Vous savez ? Vous les avez entendus ? »

Pourquoi penser toujours à elle comme à une vieille ? Débarrassée du rimmel qui l'affligeait d'une barricade de cils, de la couche de poudre qui accusait ses traits, avec une chevelure en liberté et un manteau plus féminin que celui-ci dont la martingale était empruntée aux capotes de l'armée, elle eût semblé du même âge que Rose. Nous l'avions dépassée de quelques mètres et je me réjouissais de cette diversion qui justifiait mon silence, quand elle reprit presque sur un ton d'excuse : « Vous venez souvent ici. Alors j'aurais pensé que vous au moins... Mais vous êtes comme les autres, cria-t-elle plus tard, avec tant de force que nous devions nous retourner. Tous les mêmes ! Sourds et aveugles. Vous ne méritez pas d'être en avance sur la Joie... »

Quand elle eut acquiescé on ne savait à quoi, d'un signe de tête, et recommencé de pousser son landau, ce fut avec une gaieté âpre, une ombre de gouaille, qu'elle déclama : « Je suis la Résurrection et la Vie », détachant les syllabes, donnant l'impression de reprendre une phrase entendue seulement d'elle-même et qui était à l'origine de ce regain d'énergie qui lui permettait d'avancer la tête haute. Au carrefour, on apercevait, entre les arbres, l'esplanade de la chapelle avec son gazon à l'anglaise, son parterre de bégonias et la haie de buis taillée avec autant de soin et de fantaisie que la toison du caniche en pension chez le fleuriste de la rue du Repos ; leur vue me rappela qu'une visite du parc et du château de Versailles était prévue au programme du lendemain. La porte de l'édifice était ouverte. De petits groupes s'étaient formés le long des marches de l'escalier devant lequel des voitures ralentissaient pour déposer deux ou trois passagers avant de repartir à la recherche d'une place de stationnement. Où était Marthe Dieudonné ? Frédéric s'était-il dérangé ? L'avait-on averti au moins ?

« Eh bien, voilà », soupira ma cousine en guise de conclusion à tout, et elle tira l'étui en argent de sa poche. Je lui répondis que mon père avait raison lorsqu'il affirmait que, dans certains cas, il n'y avait rien à dire. Je lui tendis du feu, geste qu'elle détestait en général, qui n'avait jamais été de mise entre nous, et qui eut pour effet de nous éloigner encore plus l'un de l'autre, chacun dans ses pensées. Pour me faire pardonner, je m'ouvris à Rose du projet que j'avais de l'emmener à Rome, avant la fin de l'année ; elle me rétorqua que l'on gâchait toujours le plaisir que l'on avait par la pensée du suivant qui n'était jamais sûr.

Quand on saute en parachute à proximité d'une ville, celle-ci paraît tenir dans le creux du bras, mais au bout de quelques secondes, ayant repris leurs dimensions, murs, toits, clochers et terrains vagues semblent sauter en l'air comme si le contact même du corps avec le sol avait déterminé l'explosion des formes et des volumes au centre de laquelle on se trouve — si rapide qu'on n'a pu s'étonner que pas un bruit ne l'eût accompagnée. C'est, en gros, ce que je ressentis lorsque les deux prêtres en surplis se présentèrent sur le parvis de la chapelle et que le fourgon des Pompes funèbres se rangea devant l'escalier dont nous n'étions plus maintenant qu'à une vingtaine de mètres. Tant que j'étais resté sous le couvert des arbres, le lieu vers lequel je m'acheminais avec ma cousine n'était que ce qu'il était — un lieu que je dominais. Mais à peine y avais-je posé le pied, au choc infligé par l'apparition de certains visages, il se produisit un chamboulement des perspectives, une dispersion de toutes les images, un chevauchement des histoires qui surgissaient des changements mêmes survenus à ces figures d'hommes et de femmes que je reconnaissais çà et là sans parvenir souvent à mettre un nom dessus. Elles me ramenaient à une période de ma vie que je doutais presque parfois d'avoir vécue, et à une société dont j'avais été écarté du fait des zigzags de ce qui me tenait lieu de carrière. Et que tous ses membres, dont le nombre augmentait d'ailleurs au fur et à mesure que j'avançais, se retrouvent aux obsèques de la fille de Marthe Dieudonné signifiait qu'ils avaient roulé ensemble pendant que je me laissais distancer par le peloton, sans m'en émouvoir parce que je n'avais jamais couru après rien. J'avais l'âme d'un spectateur, non d'un concurrent, à l'inverse de tous ceux-là qui avaient eu une ambition précise dans l'existence, et l'avaient sans doute accomplie depuis notre séparation puisqu'ils étaient ici, Marthe n'ayant pas l'habitude de conserver son amitié à des traînards. A en juger toutefois par l'emphase ralentie de leurs gestes — des poignées de main, accolades et tapes sur l'épaule qu'ils échangeaient —, certains n'avaient plus l'occasion de se voir régulièrement. Les mimiques qu'ils employaient étaient de celles que soutiennent en général des exclamations, des rires ou des plaisanteries. Parce qu'ils s'en abstenaient et se bornaient aux simulacres de la surprise et de la joie — bouche ouverte, tête légèrement renversée en arrière, coudes écartés du corps — je croyais suivre une scène se déroulant derrière une vitre qui en eût atténué le son. Pourtant déjà mêlé à la foule, je m'imaginais être à l'extérieur, du côté où rien n'estompait le chant des oiseaux dans les branches des marronniers et les cris des gosses qui se renvoyaient le ballon à la volée et n'hésitaient pas à piétiner la pelouse aux bégonias pour le rattraper, quand l'un d'eux avait raté une passe. Un vieux monsieur en complet gris, nœud papillon et lunettes que, de loin, j'avais pris pour Edmond, le souffre-douleur de Nina Salisachs, jusqu'à ce que je m'avise qu'il n'aurait pas vécu aussi vieux en conservant une telle vivacité d'allure, allait à grands pas, de groupe en groupe, et, sur un signe du pouce qu'il faisait, l'un de ses interlocuteurs se dirigeait vers la chapelle, les autres poursuivant leur conversation. Un jeune homme pour qui ses compagnons mimèrent des applaudissements réexpédia aux deux gosses, par un tir précis, le ballon qui avait rebondi sur le capot d'une voiture. Le brouhaha diminua d'un ton, au bruit que firent les employés des Pompes funèbres en retirant le cercueil de la plate-forme du fourgon, pour le hisser sur leurs épaules — ses poignées brillaient. Au moment où ils franchissaient le porche, à la suite des officiants, Marthe Dieudonné, qui se tenait sur le côté gauche de l'escalier et les avait regardés gravir les marches avec leur fardeau, se retourna comme pour dénombrer les assistants qui ne quitteraient pas l'esplanade afin de profiter du soleil. En réalité, c'était pour attendre l'espèce de sosie d'Edmond qui avait accueilli trois retardataires descendus d'un taxi et se dépêchait maintenant de la rejoindre. Elle lui donna le bras. Était-ce son père, dont elle ne parlait jamais et qui était appelé aujourd'hui à remplacer Frédéric puisqu'il fallait un homme pour conduire le deuil ? Pour la raison même qu'elle avait toujours eu soin de ne présenter aucun membre de sa famille à ses intimes — et ses parents moins encore que le faussaire en antiquités auquel son éducation avait été confiée après leur divorce —, la femme qui l'escortait ne pouvait être sa mère. Je la reconnaissais, sans doute, mais ni plus ni moins que ces personnes dont on se demande si on ne les a pas approchées autrefois, si elles ne furent pas, dans l'histoire de nos amitiés, l'équivalent des seconds rôles et des figurants du film, ou encore si elles ne jouissent pas, dans un domaine quelconque, d'une notoriété qui amène, de loin en loin, les journaux à utiliser ce même cliché de leurs archives, les montrant inchangées depuis l'action, l'œuvre, la récompense, le record, le crime, qui les sépara des anonymes parmi lesquels nous sommes restés.

La jeunesse de mon ancienne amie, qui n'était pas la jeunesse que nous avions perdue ensemble, aux alentours de la place Saint-Sulpice, et devait tout à la chirurgie, m'avait touché malgré son artifice, quand elle m'était apparue dans la lumière d'aquarium qui régnait dans la cabine de massage au premier étage de cet institut de beauté pour hommes qui était, en fait, une maison de rendez-vous. Ici, en plein air, par sa perfection de Pomone sur un socle, elle avait pour conséquence de rendre, par contraste, plus acceptables, humains et presque sympathiques les affaissements, les boursouflures et les débâcles s'esquissant ou se manifestant déjà sur le visage des autres. Les outrages du temps se révélaient sans doute assez accentués sur le mien pour que chacun de ceux que j'avais tutoyés vingt ans auparavant, et que je me hasardais à saluer, m'opposât d'abord une expression où l'incertitude le disputait à la curiosité avant que la politesse ne l'emportât, leur arrachant un sourire ou un hochement de tête. J'étais sûr d'avoir passé pas mal de soirées à l'Amiral, au Pim's ou ailleurs, en compagnie de cette arrogante lesbienne en tailleur-pantalon bleu marine, petite-fille d'un politicien, toujours en quête d'un emploi d'attachée de presse et le trouvant toujours en raison de son nom, qui atteignait l'âge des femmes dont elle avait l'habitude de tomber amoureuse dans sa jeunesse, subissant le mari, s'il le fallait, pour les avoir : la coupe de ses vêtements lui donnait l'air d'un midship qui eût vieilli dans son grade. Elle s'appliquait à tracer, de la pointe de son parapluie inutile, un cercle autour du caillou qui dépassait de la couche de gravier, à ses pieds.

Sa voisine, qui ne serait jamais assez maigre pour redevenir une adolescente, lui disait son regret de ne pas être à la campagne par un temps pareil, mais que s'y rendre un samedi après-midi pour rentrer le dimanche soir, la peine passait le plaisir. Je me rappelais qu'il y avait deux bancs en bois de teck dans son jardin. On hésitait à accepter ses invitations parce qu'il fallait bien laisser un pourboire à la femme de chambre, au maître d'hôtel, à la cuisinière et au jardinier qui avait apporté des fleurs de la serre. Nina Salisachs se classant à part, c'était la première femme vraiment riche que j'eusse approchée, c'est-à-dire une femme dont la fortune était la principale caractéristique, avec toutes les conséquences qui en découlent à partir d'un angle unique. Elle baissa la voix, ayant deviné que j'écoutais, mais trop tard pour que je ne saisisse pas une allusion aux délais imposés par une autopsie. La fille de Marthe Dieudonné n'avait pas succombé à une mort naturelle ; à tout le moins, on avait eu des doutes, comme au sujet de Taïeb autrefois, ce qui justifiait qu'une semaine se fût écoulée entre la publication de l'avis de décès et la cérémonie d'aujourd'hui.

« Finalement, est-ce qu'on a su ? » dit l'autre, occupée par un deuxième caillou qu'elle poussait comme un joueur de golf le fait de sa balle. Mais Rose, qui, d'une voix redevenue rauque, claironnait à mon oreille : « Qu'est-ce qu'on fait ? On y va ? », m'empêcha d'entendre la réponse. Je ne parvins qu'à attraper un chiffre — dix-huit — et sans doute s'appliquait-il à l'âge d'Hélène que j'avais ondoyée à la sauvette et par superstition dans un évier de cuisine en l'absence de sa mère, quand elle avait deux ans, Hélène à qui Taïeb avait acheté un ours en peluche, et à la mémoire de laquelle s'élevait maintenant ce ronflement d'orgues qui nous parvenait, en dépit de la distance, du charivari des gosses et des claquements de portières, car les gens continuaient d'arriver.

Rose s'était calmée parce que je lui avais promis de la rejoindre dès que j'aurais signé le registre des condoléances qu'on n'avait pas dû manquer de placer sur une table, à l'entrée de la chapelle. Mais je n'avais aucune envie que mon nom tombât sous les yeux de Marthe Dieudonné, bien qu'il ne fût pas de ceux qui tranchent ou que l'on remarque dans une liste comme celle qui allait se constituer aujourd'hui. Regardant ma cousine qui s'éloignait en direction des bancs au-delà du parterre de fleurs, soudain je ne comprenais plus pour quelle raison j'étais venu — sinon peut-être pour éprouver cette indifférence même qui alternait avec un sentiment de satiété. Je ne restai à l'intérieur de la chapelle, où des lustres de salon suppléent à l'absence de fenêtres, que le temps de remarquer la nudité des murs et de m'apercevoir que j'avais commis une erreur significative de mon ignorance en matière de musique : il n'y avait pas d'orgues, seulement un harmonium, et c'était le vieux monsieur à nœud papillon qui jouait, et s'en acquittait avec une raideur qui sentait la pose. En bas de l'escalier, je faillis bousculer une femme qui, pour m'arrêter dans mon élan, avait ouvert les bras comme on le fait devant un ami distrait qui risque de vous frôler sans vous voir. Si elle n'avait pas ensuite retiré ses lunettes noires, les gardant quelques secondes en l'air pour juger sans doute de l'effet qu'elle produisait, de prime abord, je n'aurais pas reconnu Sabine Deloffre. Le visage nu, surtout, elle ressemblait plus que jamais à sa tante et à son cousin, et cette ressemblance qui me rassurait embrasa le souvenir de Mme Catta qui autrefois me plongeait la tête dans son tablier râpeux comme la toile d'un sac de pommes de terre, m'enveloppant d'excitantes et crapuleuses odeurs d'entrailles et de sang, tandis que, par-dessus ma tête, elle répétait à ses clientes : « C'est le petit de Fabio », et que sa main plaquait contre mon dos les morceaux de choix, enveloppés de papier marron.

J'embrassai sa nièce sur les deux joues, et j'en eus tant de plaisir que j'eusse volontiers recommencé si elle ne s'était pas raidie sous le coup de la surprise. Le parfum que l'on respirait sur elle, et où l'on décelait des pointes de rose et de gardénia, c'était le parfum même qui enrichissait le couturier dont on l'avait instituée simultanément la gouvernante, la secrétaire particulière et l'infirmière, afin qu'elle le modérât dans l'usage des drogues dont il avait besoin parce que la saison du talent naturel était pour lui révolue. Ce tailleur noir coupé près du corps et cette blouse de la même couleur où de minuscules pois blancs semblaient reprendre le moucheté de la nacre de ses lunettes, n'avaient pas dû lui coûter cher. Son travail, que l'on évitait de définir pour respecter la fiction d'un vieux collage, car le couturier, veuf comme elle, aimait les femmes, lui permettait de se maintenir dans un univers dont elle eût été exclue à la mort de son mari, qui ne lui avait laissé qu'une bibliothèque à vendre aux enchères, et sans doute aussi ses petites aquarelles exécutées pendant les suspensions d'audience et les dépositions des experts. Me Deloffre avait plaidé jusqu'à l'infarctus, courant la province malgré son âge, moins coté cependant qu'à l'époque où, venu là-bas à la faveur d'une session de la cour d'assises, il avait dédaigné de rendre visite à sa tante par alliance, la bouchère du Boulevard. Après tout, il ne soupçonnait peut-être pas l'existence de Mme Catta.

Je n'avais pas oublié que Marthe Dieudonné, à ses débuts dans la carrière, avait été sa maîtresse, quand sa veuve me dit : « Vous partez ? », sur le même ton que si, au foyer du théâtre, à l'entracte, nous hésitions à regagner notre place parce que la pièce nous ennuyait, et qu'elle eût à balayer mon dernier scrupule. Sabine Deloffre me souriait mais il y avait encore dans son attitude de la réticence et du regret à rester dans la règle qu'elle avait posée elle-même en m'ouvrant les bras par fantaisie ou désœuvrement, au pied de l'escalier. Ayant capté la chaleur de mes sentiments, déconcertée par leur ampleur, résignée à l'accepter en l'absence de témoins, elle essayait sans doute de deviner une fois pour toutes dans quel épisode du passé l'affection que je lui témoignais avec tant d'exubérance avait sa source. Elle s'interrogeait, tout comme au cours de ce dîner, six mois plus tôt, quand nous avions été relégués au bout de la table avec les invités qui meublent et les garçons qui n'ont pas encore fait leurs preuves. La diversité des événements qui avaient jalonné son existence n'autorisait à exclure aucune hypothèse, y compris celle qu'il y ait eu entre nous une passade. Mais pas plus que les soirs où, au restaurant de l'Amiral, se sentant l'objet de la curiosité du jeune homme que j'étais à ce moment-là, elle en rajoutait dans le brillant et l'étalage des manières, Sabine Deloffre n'imaginerait d'aller dans son exploration jusqu'à cette boutique qui, après la fermeture des autres magasins, restait un îlot de lumière dans l'obscurité des arcades du Boulevard, parce que la patronne lavait le carrelage à grande eau ou secondait l'un des commis occupés à la préparation des commandes pour le lendemain. L'harmonium ronflait de plus belle derrière nous, une limousine noire glissa dans l'allée pour la seconde fois depuis que j'étais sorti de la chapelle, mais je ne prêtai aucune attention à la passagère dont on distinguait le chignon gris, par la lunette arrière. Mon interlocutrice, tout à coup aussi grande et magnifique, à mes yeux, que Mme Catta — quand la Junon du rumsteak et de la hampe se tenait sur le bord du trottoir pour arrêter les camions chargés de bétail —, jouait maintenant avec une branche de ses lunettes dans un geste qui mettait en valeur la beauté de sa main dont — à en juger par les anneaux blanchâtres autour de ses doigts — elle avait ôté les bagues et les brillants habituels, ne gardant que son alliance et où n'était encore apparue aucune tache de rouille. J'étais prêt à croire que le pouce écarté au maximum de l'index signifiait la générosité, que la première phalange, parce qu'elle était plus longue que la deuxième, indiquait l'énergie, l'activité et la ténacité. Je pouvais réunir autant de preuves de ces qualités que de démonstrations de leur absence dans le caractère de Sabine Deloffre, mais ne comptais plus que les preuves devant ce visage que j'avais aimé et admiré au cours de ma vie sous des noms et des sexes différents, et qui, au lieu de se figer dans la résistance à l'âge, comme celui de Marthe Dieudonné, avait accepté certains compromis. Sabine Deloffre savait lâcher du lest dans la négociation avec le temps, tirant un surcroît de séduction, et même un air de bonté, des pattes d'oie aux tempes, du sillon entre les sourcils qui, pour ce qu'elle avait d'impérieux dans le maintien et qui lui venait également de sa tante, se justifiait chez elle, mieux que chez toute autre, d'être appelé la « griffe du lion ». Les mèches grisonnantes, qu'elle ne prenait plus la peine de dissimuler, lui préparaient une entrée en majesté dans la vieillesse. Un jour, il ne lui manquerait plus que la canne, la mantille et le camée d'Elena Santarcangeli, un adolescent l'aimerait pour ce qu'elle aurait, à son tour, inventé ou suggéré, et qui deviendrait toute la vérité sous le regard de l'amour.

Des gens déambulaient sur l'esplanade, marchant de front par groupes de trois ou quatre, et la lesbienne au parapluie, qui n'avait pas bougé de sa place, mais qui, à présent, se trouvait seule, le bras droit replié, la paume ouverte pour répondre aux saluts, qu'elle recevait en permanence, semblait régler la circulation des promeneurs. Assise sur un banc, devant la haie de buis qui, si l'on n'était pas en haut des marches de la chapelle, réduisait la vue panoramique des quartiers sud de Paris à la ligne des toits d'une bourgade dans le lointain grisâtre d'une eau-forte, Rose avait déjà entamé une causette avec une de ses voisines. Elle inclina le buste vers un landau qui avait d'énormes roues de draisienne et ne contenait probablement pas des boîtes de conserve pour chat. C'était elle, dorénavant, la propriétaire de la boucherie de Mme Catta, dont la nièce abandonnait son sourire pour murmurer sans conviction : « Pauvre Marthe », en attendant que je me décide à lui faire part de mes projets. Et elle effectua ensuite un geste dont la double conséquence fut de l'escamoter elle-même sous mes yeux et de précipiter le reflux de l'émotion qui me troublait encore, me resserrant le cœur à son égard : elle avait remis ses lunettes noires. Soudain, il n'y avait plus qu'une femme pareille à tant d'autres dans la foule, d'une élégance pour un après-midi aux courses, à Longchamp, parce qu'elle s'habillait gratis chez un grand couturier, et qui ne m'avait jamais inspiré ni amitié, ni sympathie, rien que de la curiosité. J'avais eu bien des occasions de la fréquenter, je les avais toutes négligées. Les preuves de sa déportation en Allemagne étant irréfutables, je préférais penser qu'elle avait été une victime et non pas une héroïne, en raison de la frivolité et de la dureté de ses actes et propos dont j'avais été le témoin ou que des relations communes me rapportaient.

J'avais douté, je m'étais étonné aussi fort, quoique pour des raisons opposées, quand M. Tiberi m'avait révélé que je croisais chaque jour, sous les arcades du Boulevard, les auteurs de lettres de dénonciation qu'il avait traduites pour la police fasciste ; elles équivalaient à des tentatives d'assassinat, surtout au moment où les Chemises noires l'avaient emporté sur l'armée. Il prétendait qu'il en avait jeté beaucoup au panier, et qu'à la fin il se limitait à transmettre les renseignements susceptibles de concerner le mouvement des troupes. Ces hommes qui se rendaient d'un pas tranquille au cercle de l'Hôtel de l'Europe, ces ménagères ou bourgeoises qui léchaient les vitrines, tous impunis, souvent récompensés, après leur mauvais coup, par une suite de bonheurs ininterrompus, avaient un aspect en contradiction avec leurs agissements antérieurs que je découvrais dans tout le raffinement de leur méchanceté. M. Tiberi m'affirmait que la plupart d'entre eux avaient oublié ; même ceux qui avaient une mort sur la conscience ? M. Tiberi répondait que chacun avait souhaité, souhaitait ou souhaiterait un jour la mort d'une personne, parce qu'un jour il n'y aurait d'obstacle au bonheur que par une personne, que c'était fatal, que nous étions tous ainsi faits et que, au surplus, il n'y avait pas de différence entre souhaiter et obtenir sauf pour la victime. Mais aujourd'hui encore je renâclais à l'admettre : ni le bien ni le mal ne s'imprimaient sur le visage, qui en disait encore moins que les mains et où il n'y avait de vraiment perceptible que le travail du temps ; à la longue, il unifiait tout et tous, et la maladie pouvait l'accélérer en quelques semaines au point de laisser les yeux secs à mon père devant ce que ma mère était devenue dans un lit de clinique.

Naguère, j'aurais été gêné d'avouer à Sabine Deloffre que j'avais l'intention de me rendre sur la tombe d'une chanteuse populaire en compagnie d'une cousine de province, de peur qu'elle n'en tire l'argument d'un de ces numéros qui lui assuraient une réputation de femme d'esprit dans un milieu dont elle était la représentante d'autant plus parfaite qu'elle n'en était pas originaire, par ce même phénomène qui rend un étranger plus familier des subtilités d'une langue apprise avec passion, que les naturels l'ayant reçue à leur naissance. A présent, j'espérais que la vérité me servirait à la décourager de s'accrocher à mes basques ; nous serions en outre obligés de traverser tout le cimetière à pied pour rejoindre le chauffeur qui déjeunait dans un bistrot du quartier. « Il fait si beau, s'exclama-t-elle comme si je m'ingéniais à trouver des moyens de prolonger la promenade au soleil. Je ne mange pas à midi, mais je prendrais volontiers un verre. »

Sans le vouloir, Rose allait peut-être réussir là où j'échouais. Ne lui avais-je pas indiqué que je connaissais un peu la nièce de Mme Catta, quand elle m'avait décrit les conditions dans lesquelles le beau caissier de l'après-midi, le joueur de poker professionnel, avait envoyé sa mère à l'hospice ? Même si je me bornais aux présentations, sans pousser plus loin, il n'y avait pas de raison pour que ma cousine, déjà alertée, fût moins sensible que n'importe qui à cet air de famille qui m'avait frappé dans la cohue et la pénombre de l'escalier d'un restaurant, une vingtaine d'années plus tôt. Elle était bien capable de le relever tout de suite, de déballer son affaire avec d'autant plus d'empressement qu'elle croirait sans doute agir dans l'intérêt même de Mme Catta en informant du sort de l'infirme un membre de sa famille qu'un hasard l'amenait à rencontrer et qui n'était pas au courant. J'imaginai la gêne de Sabine Deloffre qui allait comprendre tout à coup des aspects de mon comportement à son égard qui l'avaient intriguée. Son esquive était prévisible : elle ne manquait pas d'amis dans la foule, qui lui fourniraient le prétexte de nous quitter, tous n'étaient que sourires en l'apercevant, à commencer par la lesbienne, qui lui avait lancé : « Vous partez déjà ? », et qu'elle feignait de n'avoir pas entendue pour ne rien perdre de ma réaction à sa dernière réplique. Car, lui ayant demandé si elle savait quelque chose de précis sur les circonstances de la mort de la petite Dieudonné, j'avais recueilli : « Cher » — « cher », depuis le début, parce qu'elle pensait sans doute dissimuler, par cette tournure qu'allégeait l'ironie, l'oubli d'un prénom qu'elle n'avait en réalité jamais connu ou retenu — « cher, de quoi meurt-on à dix-huit ans ? Quelle question ! On meurt parce qu'on a découvert ce que sont les adultes. » Une femme qui avait eu cet âge sous un drôle de pyjama rayé était fondée à le soutenir, mais l'intelligence de son observation m'avait été gâchée par la conscience même de cette intelligence qui transparaissait dans le ton de la voix : détaché et rêveur à la fois, avec une pointe de mélancolie, il exigeait la diminution des lumières et le baisser du rideau à la fin du dernier acte. A vingt mètres d'ici, Rose saurait me débarrasser d'une présence que je n'avais aucune envie d'applaudir et qui se révélait maintenant dépourvue de toute espèce d'effet sur mon imagination.

« Vous revenez, n'est-ce pas », cria l'autre dont le sourire de flirt ne m'enveloppait que par raccroc ; les femmes de ce genre traitaient les hommes avec une hostilité qui ne se relâchait jamais, tantôt parce qu'elles les considéraient comme des concurrents, tantôt parce qu'elles les méprisaient de ne pouvoir l'être, et le sourire de celle-là me remit en mémoire des racontars selon lesquels Sabine Deloffre n'avait dû de survivre à sa déportation qu'à l'amour qu'elle avait inspiré à l'une de ses gardiennes. Elle s'en était tirée parce qu'on l'avait nourrie en cachette. Mais on enjolivait sans doute, et, de toute façon, je me refusais à croire qu'il y eût place pour le moindre sentiment dans le cœur des kapos des deux sexes, en dépit de tant de bizarreries que j'avais vues en amour — à commencer par la durée de certains attachements que j'avais moi-même suscités sans les avoir cherchés, et dont je n'étais jamais parvenu à discerner la cause. Je fis signe à Rose, qui m'avait aperçu, de ne pas quitter son banc. « Attention », dit Sabine Deloffre qui me saisit par le bras. La limousine que j'avais remarquée lors de son premier passage, et qui ne s'était pas arrêtée devant la chapelle, nous barrait le chemin, presque aussi haute que ces fourgons d'une dizaine de places à bord desquels les Pompes funèbres transportent les proches du défunt jusqu'au cimetière, après l'absoute, et où les adultes ont la paupière lourde et le regard vide des enfants de la campagne victimes à l'aube du ramassage scolaire. Je ne me serais pas écarté d'un bond, la crosse de ses pare-chocs étincelants, qui étaient d'un modèle que l'on ne fabriquait plus, m'eût touché la jambe. Depuis quelques minutes, son chauffeur n'ayant sans doute pas trouvé un endroit pour se garer, elle remontait l'allée en marche arrière, progressant par saccades et d'autant moins vite que les promeneurs, aussitôt qu'ils s'étaient écartés pour lui laisser le passage, revenaient s'attrouper autour, ce qui provoquait un nouvel arrêt. Quelques-uns se penchaient, passaient même la tête à l'intérieur, et quand ils se redressaient, on distinguait une expression d'amusement sur leur figure.

L'à-propos et la spontanéité n'avaient jamais été mes caractéristiques, et pourtant, avant que le chauffeur ne fût descendu de son siège, j'ouvris la portière pour tendre la main à la passagère, qui s'en empara comme le faisait autrefois la Princesse quand je l'aidais à s'extraire de la Traction avant du Boiteux, et que la pression de ses doigts, se refermant sur mon poignet, me conduisait à imaginer le contact des serres d'un faucon. « Qui le fabrique s'en débarrasse/Qui l'achète ne s'en sert pas/Qui l'utilise ne le voit pas », telle était la devinette que m'avait posée le vieux Beppo pour me narguer et que je n'aurais pas résolue sans la perspicacité de mon précepteur et pour laquelle « un cercueil » était la réponse. Et il me sembla que Nina Salisachs, qui posait sur moi le regard de ses yeux d'un vert toujours aussi transparent et pailleté de jaune, mais où l'on distinguait autour de l'iris le halo blanc de la cataracte, venait juste de soulever le couvercle du sien par ce geste si souvent reproduit dans le marbre et le fer sur les plus beaux monuments du Père-Lachaise, où l'on voyait des mains sortir du milieu d'une dalle ou d'une porte anticipant la Résurrection. Le dessèchement du visage de l'ambassadeur Giuliani, derrière son hublot, n'était pas plus accusé que celui de la Russe, où, avec l'âge, les taches de rousseur s'étaient accentuées comme chez les femmes enceintes. Le corps était à l'avenant, quoique la main qui s'accrochait à la mienne me transmît les ondes d'une énergie presque inchangée depuis l'époque où, dans le vestibule d'un hôtel particulier du Marais, je croisais parfois des personnages de la Bible qui venaient de jouer aux échecs. Et cette main était dépourvue de bagues, comme celle de Sabine Deloffre, mais moins sans doute par une discrétion de circonstance que de peur que le diamant « jonquille » ne glisse en raison de la maigreur des doigts, pas plus épais que les trois fils de jonc noués en tresse par les rempailleurs de chaises. Nina, qui, sans lâcher prise, se courbait pour descendre de la voiture, arrondissant la bouche, élargissant les narines comme pour maîtriser un bâillement, portait un blazer bleu marine aux épaulettes aplaties, luisant aux coudes ; le blason d'une improbable université était cousu sur la pochette. Un élastique noué sous ses ballerines tendait son pantalon de flanelle grise qui ne semblait rien contenir, mais il n'y avait pas de taches de sabayon sur son chemisier et ses ongles étaient nets. Dès qu'elle eut posé le pied sur l'esplanade, je l'embrassai comme j'avais embrassé Sabine Deloffre quelques instants plus tôt, mû par cet élan de tendresse qui caractérise peut-être la dernière étape avant l'indifférence et l'oubli dans l'histoire de toute amitié qui a eu son importance. Sous mes lèvres, sa peau avait à peu près autant de douceur que du papier d'émeri ; aucun parfum, la même odeur tabac, relevée d'une pointe de graillon, qui imprègne les habits quand on a passé des heures dans un bistrot. Un sentiment de gratitude m'avait submergé, une légère ivresse de pardon évangélique, et aussi l'impression d'être devenu manchot parce que Nina, resserrant encore l'étreinte de sa main, me privait de l'usage d'un bras. On pouvait dire et penser tout ce que l'on voulait d'elle, depuis notre séparation je n'avais pas rencontré une femme qui fût plus originale ni plus cultivée, aucun homme qui eût plus de caractère. Je me rappelais nos rires lorsque nous faisions assaut de proverbes, ou que nous rivalisions d'obscénité dans la conversation, à la manière de deux camarades de régiment qui se les lavent sous la douche. Les personnes avec lesquelles j'avais ri étaient moins nombreuses encore que celles qui m'avaient rendu heureux. Je devais à Nina de connaître en russe la douzaine de mots et d'expressions qui suffit à épuiser les virtualités de l'amour dans toutes les langues. Je me rappelais les étendues de neige que je n'avais jamais vues mais que j'avais aimées à travers ses descriptions, le rassemblement des bouvreuils, à l'approche du printemps, dans la campagne de Kiev où coule précisément la Berezina, où les soldats de l'armée de Napoléon en déroute, en quémandant un morceau de pain aux paysans, semi-cadavres bleuis par le froid et aux grâces d'Ancien Régime, avaient laissé dans le vocabulaire *cheramignik*, dérivé de « cher ami », qui désignait maintenant un état de dénuement absolu. C'est du moins ce que Nina affirmait au cours de ses monologues où, pêle-mêle, Moscou brûlait, Koutouzov harcelait l'envahisseur, les Cosaques campaient à Paris, apportant dans leur fourrage les graines d'une herbe qu'on trouvait encore au bois de Boulogne ; un jeune poète mangeait un cornet de cerises en se rendant à un duel ; il crachait un noyau, le pistolet de son adversaire une balle. Quel Français se serait comporté ainsi ? Quand nous étions seuls, Nina affichait pour les Français autant de mépris que mon précepteur ; elle ne me comptait pas parmi eux, mais sans plus le dire que M. Tiberi. Sans doute s'était-elle forgé une opinion en compagnie de ceux que les activités de son mari attiraient chez elle, rue Vaneau, pendant la guerre, et les fils qu'elle avait eus après les pères ne l'avaient pas fait changer d'avis. Si méchante qu'elle fût, elle m'avait traité avec une affection que rien ne justifiait ; du point de vue qui l'intéressait quand elle examinait les hommes, je n'avais pas d'avenir.

Je l'avais fréquentée par curiosité à l'égard de son passé, mais il était vrai aussi que j'avais tiré beaucoup de plaisir de nos tête-à-tête, et si, au chapitre de l'intelligence et des promesses, je m'étais cru capable de supporter la comparaison avec les autres, probablement serais-je resté. Les individus n'étaient que ce qu'ils étaient dans les rapports que l'on avait avec eux, chacun de nous ne rencontrait pas la même personne sous le même nom — j'étais assez vieux maintenant pour le comprendre. Je me rappelais deux proverbes que j'avais cités à Nina Salisachs et qui l'avaient enchantée : « La ronce ne peut donner de raisin », et « Brebis noire, brebis blanche, qui meurt, meurt ; qui vit, vit ». Je ne lui devais pas seulement la recette d'un cocktail. Si elle me permettait de l'accompagner jusqu'à la porte de la chapelle, je lui demanderais quel était l'auteur de ce récit qu'elle m'avait prêté pour me prévenir contre la tentation de m'attacher à quelqu'un, et dont le titre se référait à lady Macbeth. La charrette des prisonniers s'éloignait dans un paysage de dégel, l'hiver, suivi par les bouvreuils, la rattrapait sur les chemins de la Sibérie où elle s'embourbait ; à bord, des couples tramaient des intrigues dont le succès avait pour conséquence de réduire encore leur liberté, et d'ajouter à leurs souffrances. Mais peut-être un croûton de pain avait-il une saveur différente si on le partageait ; il aurait fallu poser la question à Sabine Deloffre.

Je retenais difficilement le nom de l'auteur, après avoir lu un roman ; il me paraissait même contradictoire qu'on l'imprime sur la couverture, dès l'instant qu'il ne s'agissait pas de Mémoires ou d'une autobiographie. Il me gênait comme le chapeau de la spectatrice qui dissimule une partie de l'écran, au cinéma. Dans l'espoir de ressusciter notre ancienne entente, je murmurai « Moï milyi » à l'oreille de Nina, pendant que le chauffeur, qui avait contourné la voiture, se précipitait sur nous comme pour prévenir une tentative d'enlèvement de sa patronne par un gangster et sa complice. Ce n'était plus le domestique au nez cassé mais un jeune homme aux pommettes saillantes, qui, avec son mètre quatre-vingt-dix et ses épaules de culturiste, n'était pas inimaginable dans un rôle de garde du corps. Il écarta sans ménagements Sabine Deloffre, mais s'arrêta pile quand Nina, immobile depuis la fin de notre embrassade à laquelle elle s'était prêtée sans réticence, eut lâché ma main pour lisser le col de mon imperméable dont une pointe rebiquait. Nous nous trouvions alors nez à nez : j'avais oublié que pour une femme elle était d'une taille supérieure à la moyenne, parce que je me la représentais toujours assise dans son salon, devant son échiquier, le menton sur son poing fermé.

Sous l'Occupation, quand elle était encore rousse et belle, et que séduire était le principal article de sa mission, à son entrée dans les salons de Paquin, Goering l'aurait sans doute confondue avec l'un des mannequins du couturier, si l'un des officiers de l'État-major installé au Majestic, qui l'accompagnait et dînait souvent rue Vaneau, ne lui avait pas dit qui elle était. Ou plutôt ce qu'elle parvenait à paraître sans éveiller les soupçons. Elle risquait, à chaque instant, d'être arrêtée. Quelles que fussent ses raisons, son double jeu s'exerçait au détriment des futurs codétenus de M. Tiberi, qui étaient des crapules ; il y avait eu des moments où elle avait été au-dessus d'elle-même, comme la plupart d'entre nous. Mais ces moments, pour elle, avaient duré des années. Elle avait montré un courage dont j'eusse été incapable, même si, d'après les derniers renseignements, il y avait en moi le germe d'une folie. Bientôt j'allais l'admirer. « Pourquoi tu ne me téléphones plus ? », gémit-elle en grattant de l'index une tache bien hypothétique sur un imperméable que la femme de ménage m'avait rapporté de la teinturerie le matin même, et sans doute par ce geste essayait-elle de prouver que, malgré le halo blanc autour de l'iris, elle conservait toute son acuité visuelle. Obligé de suivre le mouvement de ses lèvres pour déchiffrer la suite — « Tu ne penses plus à la pauvre Nina, ce n'est pas gentil » —, je notai que le rouge à lèvres s'était infiltré dans les rides verticales autour de la bouche comme l'eau remplit les crevasses qu'elle trouve sur les bords sans dévier de son cours. Elle ajouta qu'elle avait acheté une maison à la montagne, qu'elle y passait l'hiver et qu'il y avait tant de neige que, certains jours, on était empêché d'ouvrir les fenêtres du rez-de-chaussée ; je viendrais à la Noël pour être pardonné. Nina parlait par saccades d'une voix qui m'eût persuadé qu'elle atteignait l'extrême de la fatigue des vieillards, à la minute où ils ne songent plus qu'à se tourner contre le mur, si je n'avais su, par expérience, que c'était son registre habituel quand elle voulait avoir le premier et le dernier mot, décidée à n'écouter aucune réplique. Elle réservait ses forces pour la conclusion qui, alors, partait d'un trait, ce qui se produisit. « J'ai beaucoup aimé ton roman », proclama-t-elle, tandis que sa main, se détachant de ma poitrine où elle s'était attardée pour une dernière caresse, dessinait dans l'air le mouvement du maestro ramassant les violons de l'orchestre, avant de s'abattre sur le bras du chauffeur, qui, familier de la musique de ces intonations, s'était déjà avancé d'un pas vers nous, sans perdre de son hostilité à mon égard. Je n'avais jamais plu aux domestiques de Nina, qui, toujours insensible à la présence de Sabine Deloffre, glissait à présent devant nous en marmonnant dans un sursaut d'énergie, le menton haut : « J'aime beaucoup, oui. Il faut qu'on en parle », sans qu'il fût possible de discerner si elle formulait des vœux pour le succès de l'ouvrage qu'elle m'attribuait, ou si elle exprimait l'intention de me communiquer dans l'intimité son propre jugement n'excluant pas quelques réserves. A quoi bon protester ? Je l'avais vue remplir d'eau un vase, le garnir de fleurs artificielles sous mes yeux et présenter ensuite le tout à ses invités pour les obliger à respirer un parfum imaginaire. Il eût été inutile de chercher à dissiper l'équivoque ; en outre, il y avait avantage, pour ma vanité, à l'entretenir dans l'esprit de Sabine Deloffre, qui était appelée à me quitter d'une minute à l'autre et que j'avais de fortes chances de ne plus revoir par la suite. Brebis noire ou brebis blanche, mais qui vivait encore, Nina Salisachs s'éloignait à pas précautionneux au bras de son chauffeur, dont la mine devait décourager les curieux d'accoster sa maîtresse, lorsque vint se camper devant moi, aux aguets comme un gardien de but appréhendant le penalty, le sportif en costume croisé qui, resté à la distance où il nous avait observés jusque-là, eût continué de passer pour le benjamin de l'assistance, et mon cadet, tant il était svelte d'allure et remuant. N'était-ce pas lui qui, tout à l'heure, avait renvoyé le ballon des gosses, d'un tir précis, quitte à ternir l'éclat de sa paire de richelieus ? Mais, à un mètre, le réseau des veinules éclatées sous les paupières, et quelques meurtrissures et rougeurs qui, sur ce visage mobile et fin, semblaient résulter moins de l'âge que d'une bagarre à main nue entre adolescents, laissant de la sorte espérer une guérison, auraient eu besoin de la pénombre du secteur des Maréchaux pour n'être pas visibles ; la minceur de sa silhouette devait beaucoup à la coupe de son costume.

« Tu es magnifique », lança-t-il à Sabine Deloffre comme on jette un jouet en caoutchouc à un animal pour qu'il aille s'amuser plus loin, mais, silencieuse et immobile depuis que j'avais ouvert la portière de la voiture, elle ne répondit pas, examinant les doigts repliés d'une main, l'air de vérifier l'état de propreté des ongles : pourvu qu'elle eût saisi le mot « roman ». L'homme déclara qu'il venait ici pour la deuxième fois en un mois, et qu'il espérait bien ne pas renouveler longtemps ses visites à une telle cadence ; mais, en contradiction avec la hâte qu'il avait eue à m'aborder, il tarda à s'en expliquer, continuant de me scruter. Sa manière de crisper la bouche et de hausser imperceptiblement un sourcil aidait à imaginer l'expression de sa mère quand elle soumettait à un interrogatoire sans bienveillance un camarade que son fils invitait avec régularité à la maison ou qu'il ne ratait aucune occasion de mentionner dans la conversation à table. J'étais prêt à le planter là s'il persistait à se taire, quand s'ébaucha sur ses lèvres un sourire dont la tristesse effaça tout ce que son attitude contenait de reproche, d'alerte et d'insatisfaction. « Évidemment, toi non plus tu ne savais pas, dit-il avec un accent qui limitait l'éventuelle recherche d'un logement aux quartiers d'Auteuil, de Passy et de la Muette. Je m'en aperçois tous les jours — la plupart des gens ne sont pas encore au courant, quoique, ajouta-t-il en jetant un coup d'œil par-dessus l'épaule, nous ayons eu autant de monde qu'il y en a aujourd'hui. J'avais pourtant prévenu sa famille qu'une annonce, rien qu'une annonce, ne suffisait pas, à Paris. Va faire comprendre ça à des provinciaux... ». Il eût souhaité voir au moins réitérés les « remerciements » par voie de presse, mais — que je me mette à sa place — comment, dans sa situation, aurait-il décidé quoi que ce soit, sans le consentement des parents puisque le père et la mère étaient encore vivants ? De qui parlait-il, et d'abord qui était-il lui-même ? Les paroles de condoléances que je prononçais par routine avec cette lenteur à la limite du bégaiement, qui persuade mieux de la sincérité des sentiments exprimés que des exagérations verbales tout d'un tenant, achevèrent de le radoucir et de le raccorder à mon rythme de nonchalant par système autant que par tempérament. Son éloge du disparu supposait, par ses allusions, qu'il avait existé entre nous trois une certaine familiarité dans les rapports, mais je me demandais à quelle date ils s'étaient noués, comment, où et pourquoi. En haut de l'escalier, le chauffeur accordait une halte à Nina Salisachs, qu'il aurait pu glisser sous son bras aussi facilement qu'une baguette de pain, une longue ficelle ; l'harmonium ne jouait plus.

Ses cartons sous le bras, le vieux botaniste que je côtoyais au comptoir du Relais surgit du sentier à gauche de la chapelle, à la vitesse de quelqu'un qui s'est laissé tomber d'un arbre. Il devait avoir, lui aussi, des perplexités devant les hybrides issus d'une graine provenant du pistil d'une espèce dont le stigmate a reçu le pollen d'une autre ; il devait avoir du mal à s'y reconnaître, parmi les caractères intermédiaires, entre ceux des deux variétés qu'un coup de vent ou le va-et-vient négligent d'un insecte a unies, mais du moins, à l'aide de l'instrument dissimulé sous sa veste et qui lui faisait la bosse d'un colt glissé dans la ceinture, pouvait-il arracher les racines et les tiges souterraines qui facilitent l'identification. A l'extrémité d'un filament, il y avait peut-être la poussière des jours où nous nous étions connus, cet homme qui me décrivait une courte agonie, et moi qui regardais du coin de l'œil le vieux monsieur traverser la foule à contre-courant. Et cette foule qui, dans son reflux vers la limousine de la Russe et le fourgon des Pompes funèbres, paraissait attendre la sortie d'un couple de mariés pour lui jeter des grains de riz, malgré le rapprochement des figures, demeurait aussi indéchiffrable qu'un herbier privé de ses étiquettes, et où je serais tout juste parvenu à nommer un ou deux genres. Le client qui méritait le moins, au physique, d'être appelé « charmant » par Mme Renée avait cette indifférence que j'avais toujours remarquée, sur le terrain, aux habitués des lieux : ils ne s'intéressaient qu'aux membres de la catégorie dont ils relevaient eux-mêmes. Celui-ci était sûrement un spécimen unique de la sienne, comme le cèdre du Liban qui ajoutait de l'ombre au secteur des Maréchaux et concurrençait, pour la hauteur, un hêtre où, sur le tronc, s'étaient dilatés des cœurs et des initiales gravés au couteau, un siècle auparavant, et maintenant hors d'atteinte. Mais, en dépit de l'attirail qu'il trimbalait, était-ce bien un botaniste ? Il passa à côté de Rose qui s'était levée de son banc et reboutonnait son manteau, pour disparaître à l'extrémité de la haie de buis au-dessus de laquelle se dispersaient les derniers nuages. La lumière augmenta sur l'esplanade ; une trouée s'effectua dans le panorama en direction du sud, rapprochant la ville dont les maisons avaient roulé vers nous comme les dés sur une table ; néanmoins, Sabine Deloffre, à qui mon interlocuteur tournait le dos, retira ses lunettes noires. C'est qu'elle avait à plonger la main à l'intérieur de la voiture et à se pencher pour tâter la couverture qui, recouvrant la moitié du siège arrière, tombait jusqu'au plancher, et où le corps de Nina Salisachs, trop léger, n'avait pu imprimer une forme. Peut-être connaissait-elle déjà ce que l'on se disposait à m'apprendre sur un ton qui traduisait moins le désir de me communiquer l'ultime détail de l'histoire que le vague espoir d'ébranler la réalité de celui-ci à force de répétitions — parce qu'à l'évidence mon interlocuteur voulait encore douter. Le disparu avait souscrit un contrat d'assurances qui prévoyait le versement du capital à son ami, s'il mourait ses cinquante ans accomplis. Mais il avait succombé à une reprise inattendue de la maladie, la veille même de son cinquantième anniversaire, à l'hôpital, et, de ce fait, il avait été impossible de reporter la déclaration du décès au lendemain, ce qu'il eût été facile d'arranger à la maison. Pierre-Yves était médecin, n'est-ce pas ? Il ne manquait pas d'amis parmi ses confrères pour lui rendre ce service. Quelqu'un bouscula exprès l'héritier, qui ne termina pas sa phrase — « A vingt-quatre heures près », était-il en train de dire — pour pivoter sur lui-même, mais la violence qui était montée en lui, et remettait dans ses jambes les frémissements du footballeur, dévia aussitôt dans une exclamation de surprise : les deux hommes s'embrassèrent.

« C'est du cachemire, dit Sabine Deloffre qui s'était redressée sans détacher les yeux de la couverture. Où est votre cousine ? J'aimerais bien boire un verre. Votre bistrot, où se trouve-t-il exactement ? » Je revis les feuilles mortes sur le plan d'eau du canal Saint-Martin balayé par les phares d'une 2-3CV, tandis que, un œil sur Rose qui se dirigeait vers nous, je répétais l'adresse du Relais. Par quel signe et à quel moment ma cousine allait-elle me signifier qu'elle reconnaissait la nièce de Mme Catta ? Mais, quand je croisai son regard, celui-ci ne reflétait qu'une amabilité aussi machinale que le geste de retirer ses gants pour se préparer aux présentations ; il y eut aussi un coup d'œil évaluateur de couturière pour la ligne et la tenue de Sabine Deloffre, qui, tout sourire, énonça quelques banalités sur la clémence de la température, du genre : « Quand on se lève, le matin, on ne sait trop comment s'habiller. »

Le chemin le plus court pour se rendre sur la tombe d'Édith Piaf, quand on n'avait pas pour guide un familier des chemins de traverse comme le chat Ramsès, consistait à longer le sentier d'où avait déboulé le botaniste, à emprunter ensuite l'allée contournant le columbarium aux allures de mosquée pour tourner à droite dans la voie en pente, presque un boulevard, qui descend vers le Mur des Fédérés et rejoint l'avenue bordée par les monuments à la mémoire des victimes de la déportation. Les quatre tapins du Relais ne s'aventuraient jamais plus loin dans cette direction, on aurait pu les surveiller d'une des fenêtres des immeubles d'où parvenaient parfois les coups de feu des westerns de l'après-midi à la télévision, mais, en raison même du peu d'heures qu'elles passaient dans le cimetière et de la longueur de leurs stations chez Mme Renée, il était douteux que ces femmes fussent sous la coupe d'un maquereau.

Le trajet que nous avions à faire était assez long. Sabine Deloffre qui, après les avoir saluées, répondant à leur curiosité, avait indiqué à plusieurs personnes le but de notre promenade, raconta comment, un soir, on l'avait emmenée dans l'appartement de la chanteuse. Elle décrivait la cohue des admirateurs et des courtisans qui buvaient du champagne et ne se gênaient pas pour fouiller les tiroirs, quand un rassemblement de touristes à proximité du tombeau d'Oscar Wilde nous obligea à quitter les pavés de la chaussée soulevés par les racines des ormes centenaires, pour monter sur le trottoir en terre battue. On aurait cru le piétinement de deux troupes d'élèves au milieu d'un corridor, chacune d'elles ayant un surveillant à sa tête, l'un exigeant de l'autre qu'il lui cédât le pas. Ils échangeaient des paroles à voix basse, le mépris se devinait à une moue sur le visage poupin et couperosé de l'adversaire de

Valdès, un homme en âge d'être le père de celui-ci et qui portait son feutre en arrière du front, à la façon des chanteurs comiques d'avant-guerre, l'époque même où toutes les lunettes étaient identiques aux siennes — rondes et à monture d'écaille brune. Lui aurait-on retiré son large manteau gris et son écharpe, ton sur ton, il eût semblé quand même enflé comme ce poisson des mers d'Extrême-Orient qui grossit sous l'effet de la colère à l'approche de l'ennemi, et se hérisse de pointes dont la piqûre tue ou paralyse. Il traînait des auditeurs des deux sexes, pour la plupart des étrangers, et ces deux Japonais en serre-file avaient sans doute mangé de ce poisson auquel il ressemblait et qui, selon la recette du cuisinier, se révèle exquis ou meurtrier pour qui le mange. Valdès n'était suivi que par des jeunes gens dont l'aîné n'avait pas trente ans, qui se poussaient du coude et commençaient à plaisanter sur la situation. J'avais entendu des rires analogues à l'Amiral, et plus près de nous, à tous égards, dans le secteur des Maréchaux où ils se mêlaient à l'odeur vanillée de l' « herbe ». Quand le conférencier qui, sur ces entrefaites, avait encore augmenté son volume par des moulinets de bras, glapit, n'y tenant plus : « Vous êtes un dégueulasse », je me remémorai de nouveau le vieil Edmond, sans que, une fois encore, aucune ressemblance physique pût le justifier. C'est que j'avais identifié cette voix — la voix même d'une certaine catégorie d'hommes féminins, cultivés et raffinés, à qui l'impossibilité de l'amour ne laisse plus que les ressources de la haine et les trésors de la susceptibilité, et dans la bouche desquels l'argot, même le plus anodin, prend l'acidité d'une maquerelle ivre qui se débonde. On en trouvait dans les placards de l'Université, de l'Édition et du Journalisme, où, à la longue ils périssaient asphyxiés par les émanations du talent et de la jeunesse des autres. Valdès, qui gardait le calme des gens sûrs de leur droit et n'avait pas reculé d'un centimètre, gagnait à la comparaison avec son rival. Jamais il ne m'avait paru aussi sympathique, ni aussi moqueur le sourire du sphinx ailé qui représentait Wilde, la croupe ornée de prénoms masculins tracés à la craie — des diminutifs à l'anglaise. Sabine Deloffre et ma cousine ne prêtèrent aucune attention à la scène, engagées dans une de ces conversations comme il s'en produit en voyage, et dont la chaleur et l'animation ne cachent pas que les limites en ont été fixées à l'avance par les participants. Il n'était plus question d'Édith Piaf quand nous arrivâmes à l'endroit où se trouvait sa tombe, d'après le plan que j'avais à la main et qui ne signalait pas la brusque accentuation de la pente. De quoi parlions-nous ? Les motifs d'avoir l'esprit ailleurs ne me manquaient pas. Si nous avions eu encore besoin de détails sur la fin de la chanteuse, après ce que Sabine Deloffre avait dit et tout ce que Rose se rappelait de la lecture des journaux, nous n'aurions eu qu'à écouter les deux couples de retraités en train de bavarder devant ce caveau en marbre noir, construit sur la seconde ligne de la division, et que la déclivité du terrain transforme de loin en promontoire au-dessus d'une vallée ou en poste de guet au sommet d'une falaise. Mais il ne doit qu'à sa situation et au luisant de la pierre d'apparaître plus grand que ceux qui l'entourent. Rose, que l'on devinait déçue, déclara que, si l'on avait sollicité la générosité du public, on eût réuni assez d'argent pour édifier une chapelle : « Tu vois que j'ai bien fait », murmura-t-elle en désignant du doigt les géraniums en pot et les bouquets de fleurs qui dissimulaient en partie les noms et les dates sur le pourtour : l'oncle Alexandre n'en aurait jamais autant. « Mais à moi, continua-t-elle, ça me sera bien égal, je te préviens... » Peut-être aurais-je dû, à ce moment-là, commencer sinon à deviner, du moins à être en état d'alerte. Mais il y avait deux heures au moins que mon chauffeur attendait au Relais et une demi-heure que nous avions quitté l'esplanade de la chapelle. Nous repartîmes bras dessus bras dessous tous les trois, par nécessité : le raidillon qu'il fallait dévaler pour atteindre l'Avenue circulaire était semé de nids-de-poule, et l'homme à la veste de velours noir entamait de son côté l'ascension en veillant à ne poser le pied que sur les pavés qui émergeaient, comme on traverse une rivière à gué. Notre allure en était ralentie, ce qui nous força à remarquer les quatre tombes qui s'échelonnaient sur notre droite, reproduisant en miniature le fronton et le toit d'une pagode ; les inscriptions dont l'or se détachait dans le groupe du porphyre veiné de gris étaient des idéogrammes. L'homme à la veste de velours noir, le « charmant », qui avait encore blanchi depuis notre précédente rencontre et en était rajeuni par contraste avec la finesse de ses traits et le bleu si dur de ses yeux, me lança un bonjour complice et, avant que j'eusse répondu — l'index, le pouce et le médius réunis sur un stylo imaginaire pour signifier qu'il traduisait —, il dit d'une voix traînante quoique très articulée : « L'homme ne peut pas être toujours aussi vert que le sapin. » Puis, en élargissant son sourire parce qu'il ne lui avait sans doute pas échappé que j'enviais la blancheur de ses dents bien plantées, il précisa : « On lit ça sur beaucoup de tombes en Chine », mais son regard qui m'avait évité, pour mon soulagement, filait désormais à travers la division, entre les petites feuilles des platanes : le bruit d'une serpe contre le bois venait des hauteurs de la colline. Parce qu'il m'était impossible d'inviter Rose à scruter cet inconnu qui avait toujours l'air d'en savoir long à mon sujet, je perdais la dernière chance de comprendre pourquoi, et en vertu de quelles similitudes, probablement ténues, je l'apparentais à l'évêque qui, une année, avait accompagné la fausse Elena Santarcangeli, quoique, dans mon souvenir et le contrejour de l'escalier des Giuliani, le prélat fût beaucoup plus mince. Quand il eut repris ses sautillements, la cadence de la serpe qui, dans l'intervalle, était devenue irrégulière, s'accéléra comme dans les champs à l'approche du maître.

A l'angle de l'Avenue circulaire se dresse un monument dont la façade représente des marches, et sur l'une d'elles un homme, presque réduit à l'état de squelette, courbe l'échine, écrasé par le bloc qui pèse sur son dos. Nous avancions dans la direction opposée lorsque Sabine Deloffre, qui paraissait n'avoir rien remarqué, nous demanda la permission de rebrousser chemin. Et je crus d'abord, en la voyant renverser la tête en arrière après s'être immobilisée au milieu du carrefour et avoir retiré ses lunettes, qu'elle voulait exposer son visage au soleil comme les femmes accoudées aux fenêtres de l'immeuble surplombant le mur d'enceinte tout proche, ou comme le tapin qui se tenait vingt mètres plus bas sur le bord du trottoir et se fouettait les flancs sans conviction avec une laisse de chien, à travers son manteau de fourrure, le nez au vent. Au bout de quelques instants, nous nous sommes approchés de Sabine Deloffre, qui dit alors sans se retourner : « C'est merveilleux, le silence, n'est-ce pas ? » Ses doigts jouaient avec la chaîne en or qu'elle avait tirée hors du col de son chemisier : « Qu'est-ce qu'on n'aurait pas donné pour ne plus entendre les hurlements, poursuivait-elle. Car personne ne parlait, tout le monde criait du matin au soir, et nous-mêmes autant que les Allemands. Où allions-nous chercher cette force ? Ce sont les cris qui me restent. » Puis, ayant rentré la tête comme pour se préserver d'une averse, elle continua de parler en marchant, sans aucune accommodation pour notre entendement aux choses de son passé, qu'elle pouvait croire nul, et qui restait encore apparemment dans le cas de Rose. Nous la suivîmes. Je devinai par quel réflexe elle triturait le médaillon au bout de la chaîne, quand elle ajouta qu'en plus des cris lui était restée l'obsession de défendre sa cuillère. Quand on avait réussi à en acheter une, on la portait en sautoir, par crainte des voleurs — surtout des voleuses, principalement les Grecques qui s'étaient fait une spécialité de ce trafic. Privé de cuillère, on n'avait plus d'autre ressource que de laper l'écuelle — surtout ne pas en arriver là, demeurer aussi propre qu'on le pouvait, quitte à sacrifier un pain entier contre un bout de savon. Dans sa voix, Sabine Deloffre ne mettait ni tristesse, ni complaisance, ni quoi que ce fût qui trahît un sentiment. Elle avait eu la même pour qualifier le tissu dans lequel était taillée la couverture dont Nina Salisachs recouvrait ses jambes en voiture. Elle le conserva pendant que nous nous rapprochions du bâtiment de la Conservation, Rose et moi un peu à la traîne, écoutant bouche bée ces phrases séparées par d'assez longues pauses où s'introduisait le bruit de la serpe. Sans jamais diminuer d'intensité, toujours sec et toujours régulier, celui-ci nous accompagna jusqu'à la grille de la rue du Repos, qu'allait franchir avant nous la femme au manteau de fourrure, celle-là même qui s'était plainte un jour que ses clients eussent souvent la velléité de lui imposer le partage du plaisir. Au passage, elle agita sa laisse devant le chien-loup à l'attache qui bondit, prêt à jouer, et gémit ensuite de déception. « Belle journée, Suzy, cria une voix à l'intérieur du pavillon des gardes. On se voit demain ? Je suis de permanence au four. »

« J'ai mal aux pieds », rétorqua la femme, qui boitait un peu, en effet, et s'engagea dans la rue déserte comme un dimanche de province, où il n'y avait qu'une voiture, la mienne, garée contre le mur à l'endroit où retombe la vigne vierge qui, d'ailleurs, en la garnissant de feuillage, lui faisait le toit d'un char de la Mi-Carême.

« On a changé quelque chose à la mort », murmura en écho Sabine Deloffre, l'air de mettre un point final à son monologue, et de se surprendre elle-même par cette constatation. Mais nous continuâmes de nous taire. Entre tant de sentiments qui cherchaient leur issue en moi et n'y parviendraient pas, parce que j'avais perdu depuis trop longtemps le don des larmes, se faufilait maintenant la peur de perdre la face : et si Mme Renée nous refoulait ? Je m'apprêtais à rompre le pacte : je n'étais accepté chez elle que parce que j'y venais seul. Mais le nombre ne modifia pas son accueil habituel, qui était un mélange d'indifférence, de réserve et de suspicion. Nous fûmes appelés « charmants » comme l'avaient été sans doute également ceux qui nous avaient précédés, les connaissances ou relations de Sabine Deloffre qui s'étaient installées à la table près de la fenêtre qu'on réservait d'ordinaire aux joueurs de poker. Il y avait l'ami de Pierre-Yves, et, habits gris, cheveux gris, yeux gris, diamant à l'oreille gauche, un peintre qui avait été célèbre pour sa conversation et ses théories, la propriétaire de cette maison de campagne dont on passait les domestiques en revue sur le perron pour leur donner un pourboire, et deux hommes que je n'avais jamais vus — ils furent les premiers à se lever pour proposer leur chaise à Sabine Deloffre et à ma cousine. Des fleurs fraîches garnissaient tous les vases du fait, sans doute, de la coïncidence de plusieurs anniversaires et enterrements. J'allai rejoindre au comptoir M. Michel, qui, par un geste — poing fermé, le pouce dressé —, m'avait signifié un éloge de l'établissement ; il avait dû déjeuner aussi bien que je m'étais risqué à le prédire, et boire de même — le vague de son expression inclinait à le croire. Pourquoi lui avais-je gâché son samedi ? Le botaniste ne lâchait pas ses cartons, et l'aveugle du métro, son manteau de drap bleu marine et d'un temps où l'on se faisait un manteau pour la vie, jeté sur les épaules, mordillait son crayon, hésitant à annoter un journal de turfiste et des bulletins de toutes les couleurs rangés sous la boule du sucrier qui servait de presse-papier. Les deux mécanos du garage à côté venaient à peine de sortir quand nous avions pénétré dans la salle. Ils laissaient de la musique dans leur sillage — elle ne devait plus s'interrompre jusqu'à notre départ. Dès qu'un disque s'arrêtait, l'un des habitués qui avaient droit aux paroles familières de Mme Renée, s'approchait du juke-box pour appuyer sur une touche, à croire que ces chansons de bal populaire protégeaient les gens du quartier de notre intrusion et, par leur ancienneté même, plaçaient entre nous le fossé supplémentaire des années. Si l'un d'eux — la septième ou la huitième fois peut-être — n'avait pas eu à retourner toutes ses poches pour dénicher une pièce de monnaie, prolongeant ainsi l'intervalle de silence, je n'aurais pas entendu ce que disait Rose, qui, d'un mouvement du menton, m'avait désigné à la nièce de Mme Catta dont elle accaparait l'attention depuis qu'elles avaient rapproché leurs chaises ; indifférentes à leurs voisins, elles finissaient d'ailleurs par être écoutées pour cette raison.

La patronne qui vidait à petits coups le doseur de café, l'aveugle du métro absorbé dans sa lecture ayant poussé vers elle sa tasse vide, parut souligner les premiers mots : la Villa n'avait pas été revendue, on la louait à des fonctionnaires de passage, on en tirait un assez bon loyer. Sabine Deloffre me glissa un regard où je crus distinguer la lueur d'un accès de jubilation. Le dos tourné à la salle, les jambes croisées, la femme prénommée Suzy regardait brûler les bûches dans la cheminée tout en se massant la cuisse sous sa robe. « Qu'est-ce que vous avez, s'inquiéta à mes côtés M. Michel. Vous ne vous sentez pas bien ? C'est sûrement parce que vous n'avez pas mangé... »

Un mois plus tard, dans la lettre qui m'a fait revoir les yeux de la bécasse avant la détonation, dans cette lettre qui commence par la phrase qu'elle avait griffonnée sur le talon de son chéquier, le premier soir où je l'avais emmenée au restaurant, ma cousine m'a rapporté sa conversation avec le médecin qu'elle était allée consulter pendant que je dormais jusqu'à midi parce que nous avions trop bu la veille pour fêter son arrivée. Elle avait voulu connaître la vérité afin de prendre ses dispositions, et maintenant elle m'interdisait de revenir avant que tout fût terminé pour elle, qui avait conservé la maison comme elle avait gardé le tombeau des Giuliani. Au fond, je savais bien — j'avais toujours su — que je reverrais les roses de Pline sur la façade, que, de nouveau, j'irais m'asseoir dans le hall pour contempler à mes pieds ce soleil qui étend ses rayons géométriques dans le marbre et n'a pas plus changé que l'autre. Mais comment Rose n'a-t-elle pas perçu le bruit de la serpe ? Un bruit qui s'élevait fréquemment dans les collines au-dessus de la gare, et, plus souvent encore, au bord du torrent, à la hauteur de la cannaie dont les tiges, au vent de la mer, se penchent dans le sens opposé au fil de l'eau, là où elle a bien des fois marché, Rose, sa jupe relevée jusqu'à la ceinture, le ventre adouci par l'amour de Fabio.

Rose, Fabio, Madeleine, Bianca, M. Tiberi, M. Solinas... Bruyères blanches ou bruyères jaunes, qui vit, vit ; qui meurt, meurt, et les morts sont des enfants qui nous viennent à mesure que nous vieillissons.

DU MÊME AUTEUR

Aux Éditions Gallimard

LES DAMES DE FRANCE, *roman*
LA DERNIÈRE FÊTE DE L'EMPIRE, *roman*
LES JARDINS DU CONSULAT, *roman*
LES ROSES DE PLINE, *roman*

Dans la collection Folio :

LA MAISON DES ATLANTES, *n° 449*
L'ÉDUCATION DE L'OUBLI, *n° 989*
LES DAMES DE FRANCE, *n° 1196*
LA DERNIÈRE FÊTE DE L'EMPIRE, *n° 1587*
LES JARDINS DU CONSULAT, *n° 1771*

Aux Éditions Denoël-Lettres Nouvelles

LA LOGE DU GOUVERNEUR, *roman*

COLLECTION FOLIO

Dernières parutions

1931. Tom Sharpe — *La grande poursuite.*
1932. Dashiell Hammett — *Le sac de Couffignal.*
1933. J.-P. Manchette — *Morgue pleine.*
1934. Marie NDiaye — *Comédie classique.*
1935. Mme de Sévigné — *Lettres choisies.*
1936. Jean Raspail — *Le président.*
1937. Jean-Denis Bredin — *L'absence.*
1938. Peter Handke — *L'heure de la sensation vraie.*
1939. Henry Miller — *Souvenir souvenirs.*
1940. Gerald Hanley — *Le dernier éléphant.*
1941. Christian Giudicelli — *Station balnéaire.*
1942. Patrick Modiano — *Quartier perdu.*
1943. Raymond Chandler — *La dame du lac.*
1944. Donald E. Westlake — *Le paquet.*
1945. Jacques Almira — *La fuite à Constantinople.*
1946. Marcel Proust — *A l'ombre des jeunes filles en fleurs.*
1947. Michel Chaillou — *Le rêve de Saxe.*
1948. Yukio Mishima — *La mort en été.*
1949. Pier Paolo Pasolini — *Théorème.*
1950. Sébastien Japrisot — *La passion des femmes.*
1951. Muriel Spark — *Ne pas déranger.*
1952. Joseph Kessel — *Wagon-lit.*
1953. Jim Thompson — *1275 âmes.*
1954. Charles Williams — *La mare aux diams.*
1955. Didier Daeninckx — *Meurtres pour mémoire.*
1956. Ed McBain — *N'épousez pas un flic.*

1958.	Mehdi Charef	*Le thé au harem d'Archi Ahmed.*
1959.	Sidney Sheldon	*Maîtresse du jeu.*
1960.	Richard Wright	*Les enfants de l'oncle Tom.*
1961.	Philippe Labro	*L'étudiant étranger.*
1962.	Catherine Hermary-Vieille	*Romy.*
1963.	Cecil Saint-Laurent	*L'erreur.*
1964.	Elisabeth Barillé	*Corps de jeune fille.*
1965.	Patrick Chamoiseau	*Chronique des sept misères.*
1966.	Plantu	*C'est le goulag !*
1967.	Jean Genet	*Haute surveillance.*
1968.	Henry Murger	*Scènes de la vie de bohème.*
1970.	Frédérick Tristan	*Le fils de Babel.*
1971.	Sempé	*Des hauts et des bas.*
1972.	Daniel Pennac	*Au bonheur des ogres.*
1973.	Jean-Louis Bory	*Un prix d'excellence.*
1974.	Daniel Boulanger	*Le chemin des caracoles.*
1975.	Pierre Moustiers	*Un aristocrate à la lanterne.*
1976.	J. P. Donleavy	*Un conte de fées new-yorkais.*
1977.	Carlos Fuentes	*Une certaine parenté.*
1978.	Seishi Yokomizo	*La hache, le koto et le chrysanthème.*
1979.	Dashiell Hammett	*La moisson rouge.*
1980.	John D. MacDonald	*Strip-tilt.*
1981.	Tahar Ben Jelloun	*Harrouda.*
1982.	Pierre Loti	*Pêcheur d'Islande.*
1983.	Maurice Barrès	*Les Déracinés.*
1984.	Nicolas Bréhal	*La pâleur et le sang.*
1985.	Annick Geille	*La voyageuse du soir.*
1986.	Pierre Magnan	*Les courriers de la mort.*
1987.	François Weyergans	*La vie d'un bébé.*
1988.	Lawrence Durrell	*Monsieur ou Le Prince des Ténèbres.*
1989.	Iris Murdoch	*Une tête coupée.*
1990.	Junichirô Tanizaki	*Svastika.*
1991.	Raymond Chandler	*Adieu, ma jolie.*
1992.	J.-P. Manchette	*Que d'os !*
1993.	Sempé	*Un léger décalage.*
1995.	Jacques Laurent	*Le dormeur debout.*

1996.	Diane de Margerie	*Le ressouvenir.*
1997.	Jean Dutourd	*Une tête de chien.*
1998.	Rachid Boudjedra	*Les 1001 années de la nostalgie.*
1999.	Jorge Semprun	*La Montagne blanche.*
2000.	J. M. G. Le Clézio	*Le chercheur d'or.*
2001.	Reiser	*Vive les femmes !*
2002.	F. Scott Fitzgerald	*Le dernier nabab.*
2003.	Jerome Charyn	*Marilyn la Dingue.*
2004.	Chester Himes	*Dare-dare.*
2005.	Marcel Proust	*Le Côté de Guermantes* I.
2006.	Marcel Proust	*Le Côté de Guermantes* II.
2007.	Karen Blixen	*Le dîner de Babette.*
2008.	Jean-Noël Schifano	*Chroniques napolitaines.*
2009.	Marguerite Duras	*Le Navire Night.*
2010.	Annie Ernaux	*Ce qu'ils disent ou rien.*
2011.	José Giovanni	*Le deuxième souffle.*
2012.	Jan Morris	*L'énigme (D'un sexe à l'autre).*
2013.	Philippe Sollers	*Le Cœur Absolu.*
2014.	Jacques Testart	*Simon l'embaumeur (ou La solitude du magicien).*
2015.	Raymond Chandler	*La grande fenêtre.*
2016.	Tito Topin	*55 de fièvre.*
2017.	Franz Kafka	*La Métamorphose* et autres récits.
2018.	Pierre Assouline	*L'homme de l'art (D.-H. Kahnweiler 1884-1979).*
2019.	Pascal Bruckner	*Allez jouer ailleurs.*
2020.	Bourbon Busset	*Lettre à Laurence.*
2021.	Gabriel Matzneff	*Cette camisole de flammes (Journal 1953-1962).*
2022.	Yukio Mishima	*Neige de printemps (La mer de la fertilité, I).*
2023.	Iris Murdoch	*Pâques sanglantes.*
2024.	Thérèse de Saint Phalle	*Le métronome.*
2025.	Jerome Charyn	*Zyeux-Bleus.*
2026.	Pascal Lainé	*Trois petits meurtres... et puis s'en va.*
2028.	Richard Bohringer	*C'est beau une ville la nuit.*

2029. Patrick Besson — *Ah ! Berlin* et autres récits.
2030. Alain Bosquet — *Un homme pour un autre.*
2031. Jeanne Bourin — *Les amours blessées.*
2032. Alejo Carpentier — *Guerre du temps* et autres nouvelles.
2033. Frédéric H. Fajardie — *Clause de style.*
2034. Albert Memmi — *Le désert (ou La vie et les aventures de Jubaïr Ouali El-Mammi).*
2035. Mario Vargas Llosa — *Qui a tué Palomino Molero ?*
2036. Jim Thompson — *Le démon dans ma peau.*
2037. Gogol — *Les Soirées du hameau.*
2038. Michel Déon — *La montée du soir.*
2039. Remo Forlani — *Quand les petites filles s'appelaient Sarah.*
2040. Richard Jorif — *Le Navire Argo.*
2041. Yachar Kemal — *Meurtre au marché des forgerons (Les seigneurs de l'Aktchasaz, I).*
2042. Patrick Modiano — *Dimanches d'août.*
2043. Daniel Pennac — *La fée carabine.*
2044. Richard Wright — *Fishbelly (The Long Dream).*
2045. Pierre Siniac — *L'unijambiste de la cote 284.*
2046. Ismaïl Kadaré — *Le crépuscule des dieux de la steppe.*
2047. Marcel Proust — *Sodome et Gomorrhe.*
2048. Edgar Allan Poe — *Ne pariez jamais votre tête au diable* et autres contes non traduits par Baudelaire.
2049. Rachid Boudjedra — *Le vainqueur de coupe.*
2050. Willa Cather — *Pionniers.*
2051. Marguerite Duras — *L'Eden Cinéma.*
2052. Jean-Pierre Enard — *Contes à faire rougir les petits chaperons.*
2053. Carlos Fuentes — *Terra Nostra,* tome I.
2054. Françoise Sagan — *Un sang d'aquarelle.*
2055. Sempé — *Face à face.*
2056. Raymond Chandler — *Le jade du mandarin.*
2057. Robert Merle — *Les hommes protégés.*
2059. François Salvaing — *Misayre ! Misayre !*

2060. André Pieyre de Mandiargues — *Tout disparaîtra.*
2062. Jean Diwo — *Le lit d'acajou (Les Dames du Faubourg, II).*
2063. Pascal Lainé — *Plutôt deux fois qu'une.*
2064. Félicien Marceau — *Les passions partagées.*
2065. Marie Nimier — *La girafe.*
2066. Anne Philipe — *Je l'écoute respirer.*
2067. Reiser — *Fous d'amour.*
2068. Albert Simonin — *Touchez pas au grisbi !*
2069. Muriel Spark — *Intentions suspectes.*
2070. Emile Zola — *Une page d'amour.*
2071. Nicolas Bréhal — *L'enfant au souffle coupé.*
2072. Driss Chraïbi — *Les Boucs.*
2073. Sylvie Germain — *Nuit-d'Ambre.*
2074. Jack-Alain Léger — *Un ciel si fragile.*
2075. Angelo Rinaldi — *Les roses de Pline.*
2076. Richard Wright — *Huit hommes.*
2078. Robin Cook — *Il est mort les yeux ouverts.*
2079. Marie Seurat — *Les corbeaux d'Alep.*
2080. Anatole France — *Les dieux ont soif.*
2081. J. A. Baker — *Le pèlerin.*
2082. James Baldwin — *Un autre pays.*
2083. Jean Dutourd — *2024.*
2084. Romain Gary — *Les clowns lyriques.*
2085. Alain Nadaud — *Archéologie du zéro.*
2086. Gilles Perrault — *Le dérapage.*
2087. Jacques Prévert — *Soleil de nuit.*
2088. Sempé — *Comme par hasard.*
2089. Marcel Proust — *La Prisonnière.*
2090. Georges Conchon — *Colette Stern.*
2091. Sébastien Japrisot — *Visages de l'amour et de la haine.*
2092. Joseph Kessel — *La règle de l'homme.*
2093. Iris Murdoch — *Le rêve de Bruno.*
2094. Catherine Paysan — *Le nègre de Sables.*
2095. Dominique Roulet — *Le crime d'Antoine.*
2096. Henri Vincenot — *Le maître des abeilles (Chronique de Montfranc-le-Haut).*
2097. David Goodis — *Vendredi 13.*

2098.	Anatole France	*La Rôtisserie de la reine Pédauque.*
2099.	Maurice Denuzière	*Les Trois-Chênes.*
2100.	Maurice Denuzière	*L'adieu au Sud.*
2101.	Maurice Denuzière	*Les années Louisiane.*
2102.	D. H. Lawrence	*Femmes amoureuses.*
2103.	XXX	*Déclaration universelle des droits de l'homme.*
2104.	Euripide	*Tragédies complètes,* tome I.
2105.	Euripide	*Tragédies complètes,* tome II.
2106.	Dickens	*Un conte de deux villes.*
2107.	James Morris	*Visa pour Venise.*
2108.	Daniel Boulanger	*La dame de cœur.*
2109.	Pierre Jean Jouve	*Vagadu.*
2110.	François-Olivier Rousseau	*Sébastien Doré.*
2111.	Roger Nimier	*D'Artagnan amoureux.*
2112.	L.-F. Céline	*Guignol's band, I. Guignol's band, II (Le pont de Londres).*
2113.	Carlos Fuentes	*Terra Nostra,* tome II.
2114.	Zoé Oldenbourg	*Les Amours égarées.*
2115.	Paule Constant	*Propriété privée.*
2116.	Emmanuel Carrère	*Hors d'atteinte ?*
2117.	Robert Mallet	*Ellynn.*
2118.	William R. Burnett	*Quand la ville dort.*
2119.	Pierre Magnan	*Le sang des Atrides.*
2120.	Pierre Loti	*Ramountcho.*
2121.	Annie Ernaux	*Une femme.*
2122.	Peter Handke	*Histoire d'enfant.*
2123.	Christine Aventin	*Le cœur en poche.*
2124.	Patrick Grainville	*La lisière.*
2125.	Carlos Fuentes	*Le vieux gringo.*
2126.	Muriel Spark	*Les célibataires.*
2127.	Raymond Queneau	*Contes et propos.*
2128.	Ed McBain	*Branle-bas au 87.*
2129.	Ismaïl Kadaré	*Le grand hiver.*
2130.	Hérodote	*L'Enquête,* livres V à IX.
2131.	Salvatore Satta	*Le jour du jugement.*
2132.	D. Belloc	*Suzanne.*

2133. Jean Vautrin — *Dix-huit tentatives pour devenir un saint.*
2135. Sempé — *De bon matin.*
2136. Marguerite Duras — *Le square.*
2137. Mario Vargas Llosa — *Pantaleón et les Visiteuses.*
2138. Raymond Carver — *Les trois roses jaunes.*
2139. Marcel Proust — *Albertine disparue.*
2140. Henri Bosco — *Tante Martine.*
2141. David Goodis — *Les pieds dans les nuages.*
2142. Louis Calaferte — *Septentrion.*
2143. Pierre Assouline — *Albert Londres.*
2144. Jacques Perry — *Alcool vert.*
2145. Groucho Marx — *Correspondance.*
2146. Cavanna — *Le saviez-vous ? (Le petit Cavanna illustré).*
2147. Louis Guilloux — *Coco perdu (Essai de voix).*
2148. J. M. G. Le Clézio — *La ronde (et autres faits divers).*
2149. Jean Tardieu — *La comédie de la comédie* suivi de *La comédie des arts* et de *Poèmes à jouer.*
2150. Claude Roy — *L'ami lointain.*
2151. William Irish — *J'ai vu rouge.*
2152. David Saul — *Paradis Blues.*
2153. Guy de Maupassant — *Le rosier de Madame Husson.*

Impression Bussière à Saint-Amand (Cher),
le 2 avril 1990.
Dépôt légal : avril 1990.
Numéro d'imprimeur : 310.
ISBN 2-07-038163-3./Imprimé en France.